Aux premiers jours de l'été

SUSAN MALLERY

Aux premiers jours de l'été

Prélud'

éditions HARLEQUIN

Collection : PRÉLUD'

Titre original : SUMMER DAYS

Traduction française de JULIETTE BOUCHERY

HARLEQUIN®
est une marque déposée par le Groupe Harlequin

PRÉLUD'®
est une marque déposée par Harlequin S.A.

ÉDITIONS HARLEQUIN
83-85, boulevard Vincent Auriol, 75646 PARIS CEDEX 13.
Service Lectrices — Tél. : 01 45 82 47 47

www.harlequin.fr

ISBN 978-2-2803-1377-3 — ISSN 1950-277X

1

Exaspéré, Rafe Stryker dut se résigner à couper le moteur. Il fallait vraiment venir à Fool's Gold pour vivre ça : une Mercedes interdite de passage par une chèvre ! Il ouvrit la portière et sortit. Loin de s'enfuir, l'animal campé au milieu de la route le dévisagea avec une telle assurance qu'il crut même deviner une lueur de défi au fond de ses prunelles dorées. Cette fichue bestiole semblait dire qu'il était ici sur *sa* route ; et que, si l'un des deux devait reculer, ce ne serait pas elle.

Bon, et maintenant ? Cette chèvre devait bien avoir un propriétaire, non ? Les mains sur les hanches, il jeta un regard à la ronde. Personne à l'horizon, bien sûr ; juste quelques arbres, une clôture brisée, et les montagnes à perte de vue. Beaucoup auraient tout simplement qualifié ce paysage de sublime mais, pour Rafe, on ne mettait pas les mots « sublime » et « Fool's Gold » dans la même phrase.

Et dire qu'il lui suffirait de rouler trois petites heures pour se retrouver à San Francisco ! Les buildings, la baie, les bons restaurants et les femmes élégantes… la civilisation, quoi ! Sa place était là-bas — pas à la lisière d'un bourg perdu où il s'était juré de ne jamais remettre les pieds. S'il ne s'était agi d'un cas de force majeure, jamais il ne serait revenu à Fool's Gold. Mais comment dire non alors que sa mère l'appelait à son secours ? Elle était bien le seul être au monde à qui il ne puisse rien refuser.

En attendant, il ne pouvait pas rester planté là sans rien faire. Après tout, cette fichue chèvre ne devait guère peser plus de soixante kilos. Certes, depuis dix-huit ans, il faisait son possible pour oublier son ancienne vie au Castle Ranch, mais certaines compétences ne se perdent jamais et, s'il avait été capable de manœuvrer des bêtes à cornes d'un tout autre gabarit dès son plus jeune âge, gérer une chèvre ne devrait guère lui poser problème. Il suffirait de la traîner sur le bas-côté… Seul hic : il ne portait pas vraiment la tenue adéquate. Les sabots pointus de l'animal risquaient d'abîmer son costume. Il tenta d'effrayer la chèvre par des gestes menaçants, mais sans succès. C'était l'impasse. Excédé, il s'accouda au toit de sa voiture en se pinçant l'arête du nez. Si seulement sa mère n'avait pas semblé aussi bouleversée au téléphone ! Il ferait demi-tour, rentrerait chez lui, et enverrait un de ses assistants faire disparaître la chèvre et régler le reste du problème. Après tout c'était bien l'un des privilèges liés à sa position : il y avait toujours un sous-fifre que l'on pouvait charger des tâches désagréables.

Cette idée le fit rire malgré lui : tout à coup, il se représentait sa collaboratrice principale, la quelque peu guindée Mlle Jennings, face à cette bestiole. Dotée d'une énergie et d'une efficacité hors du commun, elle était capable d'intimider les hommes d'affaires les plus aguerris. Elle n'aurait qu'à jeter un regard sur cet animal…

— Vous l'avez trouvée !

Saisi, Rafe se retourna. Une femme courait vers lui, une corde dans une main, une poignée de feuilles de laitue dans l'autre.

— Je me faisais du souci ! Athéna est vraiment trop maligne, je n'ai pas encore trouvé une clôture capable de la retenir. N'est-ce pas, ma grande ?

Un peu essoufflée, elle tapota affectueusement le dos de l'animal, qui se pressa contre elle comme un chien quémandant une caresse, et accepta sans difficulté la laitue et le licol. Tout en achevant de nouer la corde, sa propriétaire lança un sourire à Rafe.

— Bonjour ! Heidi Simpson.

Rafe nota les nattes et la chemise d'homme rentrée dans le

jean ; on était bien en pleine cambrousse ! Cela dit, même ce look un peu trop bucolique à son goût ne pouvait l'empêcher de voir qu'en d'autres circonstances elle aurait été tout à fait son genre de femme : grande, blonde, un buste gracieux, de longues jambes… En d'autres circonstances. Car il était maintenant clair que c'était par la faute de cette fille, s'il se retrouvait dans ce lieu honni.

— Rafe Stryker, répondit-il.

Il vit ses yeux verts s'écarquiller, sa bouche charnue cesser aussitôt de sourire. Elle recula d'un pas.

— Stryker, répéta-t-elle dans un souffle. May Stryker est votre…

— Ma mère, oui.

Elle s'écarta encore un peu de lui.

— Elle est… elle est au ranch en ce moment. Ils discutent, avec mon grand-père ; il semblerait qu'il y ait eu un malentendu.

— Un *malentendu* ?

Il prit ce que Mlle Jennings appelait sa voix de tueur.

— C'est comme ça que vous voyez la situation ? Moi, je dirais plutôt « fraude », ou mieux encore : « escroquerie ».

Stryker ? Catastrophe ! Le nom du bel inconnu à la voiture de luxe avait plongé Heidi dans une véritable panique. Que faire ! Pour tout dire la seule chose qui lui venait à l'esprit était de prendre la fuite… Bien entendu, c'était exclu, cela aurait été tout aussi ridicule qu'inutile. A vrai dire, ce n'était pas son style de reculer devant les difficultés, simplement, elle aurait préféré affronter ce type terrifiant derrière une table et en présence de témoins plutôt qu'en tête à tête sur une route déserte ! Il avait vraiment l'air en colère ! Très en colère même. Suffisamment pour lui passer sur le corps avec sa grosse voiture — plusieurs fois. Grand, très brun, athlétique, elle l'aurait sûrement trouvé séduisant si les circonstances… Elle jeta un regard en coin à Athéna en se demandant si la chèvre la protégerait, le cas échéant. Non, probablement pas — ou alors uniquement pour goûter au costume parfaitement coupé de M. Stryker. Elle reprit son souffle et hasarda :

— Je sais ce que vous pensez…

— Permettez-moi d'en douter.

Sa voix avait un timbre ombrageux, particulièrement troublant. Courageusement, elle fit une nouvelle tentative.

— Mon grand-père est allé trop loin, mais…

En fait, Glen n'avait fait qu'appliquer sa stratégie habituelle : faire exactement ce qui lui passait par la tête, demander pardon *après* plutôt que la permission *avant*. Elle se dépêcha d'écarter cette pensée et reprit avec conviction :

— Il n'avait pas le droit de faire ce qu'il a fait, bien sûr, mais il ne cherchait pas à faire de mal à…

— Il a escroqué ma mère.

Heidi eut une grimace.

— Vous êtes très proches, tous les deux ? Non, ne répondez pas, c'est une question stupide.

Après tout, c'était sa mère. Et visiblement ils n'étaient pas en froid, puisque, au premier appel, il accourait de San Francisco. En plus, Heidi devait le reconnaître, pour ce qu'elle avait pu en juger, May Stryker était une femme adorable. Au point même de sembler toute prête à se montrer compréhensive. Quel dommage qu'elle n'ait pas tenu son fils à l'écart du problème ! Serait-il, comme elle, sensible à la *raison* du geste de son grand-père ? Cela semblait peu probable, mais elle décida néanmoins de tenter une explication.

— Glen… enfin, mon grand-père a appris récemment qu'un de ses meilleurs amis avait un cancer. Harvey avait besoin de soins, pas d'assurance médicale… Glen a voulu l'aider.

Elle s'efforça de sourire ; ses lèvres refusèrent de coopérer.

— Il n'a rien trouvé d'autre que cette idée de vendre le ranch. Bien sûr qu'il n'aurait pas dû, mais… il l'a fait, et votre mère s'est présentée…

Sa voix s'éteignait malgré elle. D'un ton glacial, Stryker lança :

— Mais, si j'ai bien compris, c'est à vous que le ranch appartient ?

— Techniquement, oui.

C'était bien son nom sur le titre de propriété, mais comme elle ne payait les traites que depuis un an il appartenait surtout à la banque.

— Il a donc soutiré 250 000 dollars à ma mère, et elle a découvert en arrivant ici qu'en réalité elle ne possédait rien.

— C'est plus ou moins…

— Et votre grand-père n'a pas les moyens de la rembourser.

— Eh bien, il a une petite retraite et nous avons quelques économies…

Le regard de Stryker se posa un instant sur Athéna. Curieusement, il ne semblait pas l'apprécier.

— Combien, vos économies ?

Vaincue, elle sentit ses épaules s'affaisser.

— Dans les 2 500 dollars.

— Veuillez déplacer votre chèvre. Je monte au ranch.

— Et, une fois là, qu'est-ce que vous comptez faire ?

— Faire arrêter cet escroc.

— Non ! Vous ne pouvez pas faire ça, c'est un vieux monsieur.

Et aussi sa seule famille. Implacable, son adversaire répondit :

— Le juge tiendra sûrement compte de son âge en fixant le montant de sa caution.

— Il ne voulait faire de mal à personne !

— Ecoutez, mademoiselle Simpson. Vous avez votre histoire, nous aussi nous avons la nôtre. J'ai grandi ici, vous savez. Ma mère tenait la maison de l'ancien propriétaire. Il ne la payait presque pas et elle n'avait pas toujours de quoi nourrir ses quatre enfants, mais elle s'est accrochée, parce qu'il lui avait promis de lui léguer le ranch.

Aïe ! Heidi n'aimait pas du tout la direction que prenait ce récit. Elle sentait déjà que l'histoire se terminerait mal.

— Mais comme votre grand-père, poursuivit froidement

Stryker, il lui a menti. Quand il a fini par mourir, il avait légué le ranch à des cousins éloignés sur la côte Est.

Les yeux noirs de Stryker, transformés en lasers, la transpercèrent de part en part.

— *Personne*, articula-t-il lentement, ne prendra ce ranch à ma mère une seconde fois.

Oh ! non… C'était encore pire que tout ce qu'elle aurait pu imaginer. Suppliante, elle s'écria :

— Je vous en prie, vous devez comprendre… Mon grand-père est un homme adorable et…

— C'est un homme qui a volé 250 000 dollars à ma mère. Le reste ne m'intéresse pas. Et maintenant dégagez votre chèvre.

Elle aurait aimé répliquer quelque chose, mais rien ne lui vint à l'esprit. Elle s'écarta donc, entraînant Athéna à sa suite. Stryker monta dans sa voiture et démarra en trombe. Dans un dessin animé, la voiture se serait éloignée dans un nuage de poussière, mais la municipalité de Fool's Gold entretenait trop bien ses routes pour permettre ce genre d'effets. Lorsque la Mercedes disparut dans le premier virage, Heidi s'élança vers le raccourci qui coupait à travers ses terres. Enchantée, Athéna l'accompagna au grand trot, sans même insister pour prolonger son escapade.

— Tu as entendu ça ? haleta Heidi. Il est vraiment fou de rage !

La chèvre trotta de plus belle, sans paraître le moins du monde émue par ce qui pourrait bien arriver à Glen.

— Tu feras une autre tête si je suis obligée de te vendre pour rembourser May Stryker, marmotta Heidi, vaguement agacée par l'indifférence de l'animal.

Aussitôt, elle regretta ses paroles. Vendre sa chère Athéna ? Impossible ! Oh ! cette histoire était trop injuste ! Toute sa vie, elle n'avait rêvé que d'une seule chose : un vrai foyer. Une maison avec un toit et des fondations, l'électricité et l'eau courante, toutes ces choses si ordinaires qu'elle n'avait pas connues pendant son enfance nomade, passée à rouler de ville en ville au gré des déplacements du groupe de forains dont faisait partie son grand-père.

Elle s'était juré que, dès qu'elle en aurait les moyens, elle s'installerait sur ses propres terres. Le Castle Ranch ? Un coup de foudre. Elle était littéralement tombée amoureuse de la vieille maison mal entretenue, des quatre cents hectares quasi sauvages, et surtout de la petite ville voisine de Fool's Gold. Depuis un peu plus de un an maintenant, elle y coulait des jours heureux avec son troupeau de huit chèvres, et un nombre indéfini de têtes de bétail plus ou moins retournées à l'état sauvage (le ranch était resté à l'abandon pendant de longues années). Elle fabriquait du fromage et du savon au lait de chèvre, vendait également du lait cru et du crottin comme engrais. Par chance, il y avait sur la propriété un réseau de grottes naturelles, idéales pour la maturation du fromage. Pourquoi fallait-il que l'être qu'elle aimait le plus au monde menace de fiche en l'air cette vie idéale ? Comment son grand-père adoré avait-il pu imaginer vendre ce ranch qui ne lui appartenait même pas à une femme dont le fils semblait maintenant prêt à leur faire tomber le ciel sur la tête ?

La voiture de sa mère était garée devant la maison. Rafe freina sèchement, coupa le moteur, et resta quelques instants au volant à regarder autour de lui. Que c'était étrange de se retrouver ici ! Le ranch était encore plus délabré que dans son souvenir, la maison s'affaissait, des tronçons entiers de clôture avaient disparu. Il prit une grande inspiration. Mieux valait se préparer au pire. Il savait déjà qu'il ne pourrait pas quitter les lieux avant d'avoir définitivement réglé ce problème.

Lentement, il mit pied à terre. Le ciel était de ce bleu intense et lumineux qui fascine tant les cinéastes. Un vrai ciel typique de la Californie. Au loin se dressait la silhouette majestueuse de la Sierra Nevada. Adolescent, il l'avait souvent contemplée, les poings serrés, crispé dans une volonté farouche de franchir un jour cette barrière. A quinze ans, le sentiment d'être pris au piège ici était devenu insupportable ;

dix-huit ans plus tard, il trouvait parfaitement odieux d'être ramené ici contre son gré.

La porte de la maison s'ouvrit et sa mère parut. A cinquante-cinq ans, May Stryker était encore une belle femme. On avait souvent dit à Rafe qu'il lui ressemblait, mais autant il avait hérité d'elle sa haute taille et ses cheveux très bruns, autant, pour le caractère, il tenait plutôt de son père. May avait le cœur tendre, une oreille pour chacun et elle aurait tout fait pour soulager les malheurs du monde, tandis que Rafe était essentiellement déterminé à le conquérir.

— Tu es là, s'écria-t-elle en lui ouvrant les bras avec un sourire radieux. Je savais que tu viendrais. Oh ! Rafe, est-ce que ce n'est pas fabuleux d'être de retour ici !

Mais bien sûr, pensa-t-il amèrement. Et, pour fêter ça, si on allait griller des marshmallows en enfer ?

— Maman, soupira-t-il, tu peux m'expliquer ce qui se passe ? Ton message n'était pas très clair.

En fait, il comprenait très bien la situation, mais pas comment elle avait réussi à se fourrer dans un tel guêpier. Son message, plutôt confus, expliquait seulement qu'elle avait acheté le ranch, et que le vendeur lui disait maintenant qu'elle ne pouvait pas l'avoir… parce que le bien ne lui appartenait pas. Pour ce qu'il pouvait en juger : une escroquerie pure et simple ! Il s'était mis en route dès l'aube, et il sentait déjà que la journée allait être encore longue.

— Oh ! ne t'inquiète pas, dit May en lui prenant gentiment le bras. Glen et moi, on a discuté et…

— *Glen* ?

Le charmant sourire de sa mère s'élargit.

— Oui, celui qui m'a vendu le ranch. Tu comprends, il avait un ami gravement malade et…

— J'ai déjà entendu cette histoire.

— Ah bon ?

— Oui, je viens de croiser Mlle Simpson.

— Ah, tu l'as rencontrée ! Elle est formidable, non ? Elle élève des chèvres. Ce sont des gens très sympathiques, tu sais : Glen est le grand-père de Heidi, il l'a élevée quand elle a perdu ses parents alors qu'elle n'était encore qu'un bébé.

Pressentant que la situation était sur le point de lui échapper, Rafe voulut l'interrompre.

— Maman…

— Non, mon garçon. Inutile de me faire ces yeux-là, je ne suis pas en affaires avec toi et tu ne parviendras pas à m'intimider. Je suis désolée de t'avoir fait venir jusqu'ici mais maintenant je contrôle la situation.

— Ça, sûrement pas !

— Pardon ?

Comme elle haussait les sourcils, visiblement vexée, il se hâta de pousser son avantage.

— Je te rappelle que tu n'es pas seule en cause dans cette affaire ! Moi aussi, j'ai signé les papiers.

— Eh bien, tu n'as plus qu'à les désigner. Tu peux rentrer à San Francisco, Rafe, je m'occupe de cette histoire.

Il s'apprêtait à lui expliquer qu'il était impossible, légalement, de retirer sa signature d'un contrat, lorsqu'un homme parut sous la véranda. Assez âgé, il était très grand et mince, avec des cheveux d'un blanc de neige et des yeux bleus étincelants. Posément, il descendit les marches et s'avança vers Rafe avec un sourire.

— Vous voilà, lança-t-il en lui tendant cordialement la main. Glen Simpson. Heureux de vous rencontrer. Je suis vraiment désolé pour les ennuis que j'ai causés à votre maman, mais je peux vous assurer que nous allons régler le problème rapidement.

Cela, Rafe n'en doutait pas ! Le problème serait réglé — mais certainement pas d'une façon qui arrangerait ce vieil escroc.

— Ah bon ? Vous pouvez lui restituer les 250 000 dollars que vous lui avez volés ?

— Rafe !

Sans prêter attention aux protestations de sa mère, il braqua sur le vieil homme son regard le plus acéré. Ce dernier se troubla.

— Euh, pas précisément, non. Mais soit on trouvera l'argent, soit on trouvera un accord avec May. Il n'y a aucune raison pour que tout ne se termine pas le plus simplement du monde. Vous êtes bien d'accord avec moi ?

— Non.

Rafe lui tournait déjà le dos pour sortir son téléphone portable de sa poche. D'un geste nerveux, il desserra un peu sa cravate, pressa une touche…

— Je t'avais dit de ne pas aller là-bas, dit une voix familière à son oreille.

— Ecoute, je te paie pour des conseils juridiques, répliqua-t-il à voix basse. Pas pour t'entendre dire : « Je t'avais prévenu. »

Dante Jefferson, son avocat et associé, se mit à rire.

— Les « je t'avais prévenu » sont gratuits.

— Merci.

— Alors, c'est grave ?

Rafe balaya du regard le paysage trop familier dans lequel il avait passé son enfance — où il avait travaillé comme un forçat et où, parfois, il avait eu faim.

— Eh bien… Disons que c'est assez ennuyeux. Tu peux venir me rejoindre ici ?

Avant de partir ce matin, il avait expliqué la situation à Dante ; du moins le peu qu'il en savait.

— C'est bien ce que je pensais, ils n'ont pas d'argent pour la rembourser et le vieux n'est effectivement pas le vrai propriétaire du ranch.

Dante poussa une exclamation ironique.

— Ça c'est tout de même incroyable ! Elle lui verse 250000 dollars, ils conviennent d'un échéancier pour le reste de la somme… Mais qu'est-ce qu'il s'imaginait, qu'elle ne remarquerait pas qu'il ne lui donnait pas le bien ?

— Franchement, je ne sais pas ce qu'il a imaginé. Tu sais, les gens d'ici…

— Je ne suis encore jamais allé à Fool's Gold.

— Eh bien, tu as de la chance.

— Je suis sûr que tu exagères. Ta mère adore cet endroit ! protesta Dante, amusé.

— Ma mère croit aussi qu'il y a des extraterrestres sur une base secrète au Nevada.

— Oui, c'est pour ça que je l'aime. Et puis, tu peux lui reprocher sa naïveté, mais il me semblait t'avoir répété de ne jamais signer un document sans le lire… Si tu avais été un tout petit peu plus prudent…

La main de Rafe se crispa sur le petit appareil.

— Tu crois vraiment m'aider en me disant ça ?

— A ma façon, oui. Bon, d'accord. J'appelle la police locale, je leur faxe une constitution de partie civile, et je les envoie arrêter…

Il y eut une pause, un froissement de papiers, et il enchaîna :

— … le dénommé Glen Simpson. Il sera au trou dans moins d'une heure. Dès que c'est fait, je prends la route. Je devrais arriver en début de soirée. D'ici là, ne fais rien que je risque de regretter.

Cela, Rafe hésitait à le promettre. Il remercia son ami, raccrocha et se retourna… pour voir sa mère se précipiter vers lui.

— Rafe ! Tu ne vas tout de même pas faire arrêter Glen ?

Le vieil homme semblait déjà moins à son aise. Un peu pâle, il reculait maintenant vers la maison. Froidement, Rafe répondit :

— Maman, ce type t'a pris ton argent en te faisant croire que tu achetais un ranch. Ce ranch n'est pas à lui, il t'a volée et il n'a aucun moyen de te rembourser.

— Evidemment, si tu regardes les choses de cette façon…

— Et comment veux-tu que je les regarde ? C'est ce qui s'est passé, c'est tout ! coupa-t-il avec impatience.

— Je ne comprends pas pourquoi tu es comme ça !

Méfiant, il jeta un coup d'œil vers la maison. Contrairement à ce qu'il avait d'abord pensé, Simpson ne cherchait pas à s'enfuir, il se tenait maintenant immobile sous la véranda. Peut-être espérait-il encore bluffer, embobiner son monde ? Rafe ne demandait pas mieux que d'aller à l'affrontement, mais il aurait préféré un adversaire plus solide. Quant à sa mère, elle ne disait plus rien et contemplait ses pieds, les lèvres serrées.

Parfait, le premier round était terminé, il pouvait maintenant souffler et prendre ses marques. Quelle sensation étrange de se retrouver ici… Les lieux avaient un peu changé, mais pas tant que ça. La maison était toujours entourée de fleurs. Pas les mêmes que celles que plantait sa mère pendant son enfance, cela dit les couleurs étaient tout aussi vives. Un grand écriteau annonçait qu'ici on vendait du lait de chèvre, du fromage de chèvre, du fumier de chèvre… il fallait espérer que les stocks étaient entreposés séparément ! Quant aux chèvres en question, elles le contemplaient avec intérêt, sagement alignées derrière une clôture. Près de la grange, un cheval broutait paisiblement quelques pissenlits. Apparemment, il n'y avait plus de bétail. Quand il était gamin, c'était lui qui s'en occupait.

Il prit soudain conscience de l'air qu'il respirait — vif, incroyablement pur, presque grisant après la pollution de la grande ville. Finalement, ils avaient tout de même vécu de bons moments ici, avec ses deux frères et sa sœur. Il l'admettait un peu à contrecœur, mais il l'admettait. Surtout au début, quand son père était encore là, quand il leur apprenait à monter, à lui et Shane… Plus tard, c'était lui qui avait pris la relève avec Clay, puis avec Evangeline. Après la mort de leur père, il avait pleinement investi son rôle d'aîné et avait tenté de compenser l'absence paternelle auprès de ses frères et sœur. Une mission impossible, bien sûr. Après tout, il n'avait que 8 ans, lorsque c'était arrivé. Mais il avait tout de suite compris que papa ne rentrerait plus. Et que le temps de l'insouciance était révolu.

Des pas précipités l'arrachèrent à ses souvenirs. Il leva la tête ; la jeune femme croisée plus tôt, Heidi, venait de déboucher d'un sentier entre deux buissons fleuris. Sa chèvre trottait près d'elle comme un chien bien dressé.

— Glen, tout va bien ? s'écria-t-elle. Il s'est passé quelque chose ?

Son grand-père l'accueillit avec un calme surprenant pour un homme sur le point d'être arrêté.

— Ne t'inquiète pas, ma chérie, tout va s'arranger, assura-t-il.

— Mon fils crée des difficultés, précisa May, qui semblait furieuse. Il veut faire venir la police.

— Je ne sais pas pourquoi, ça ne me surprend pas, marmonna-t-elle en s'avançant vers lui, le souffle court. Ecoutez… je comprends que vous êtes très contrarié, mais je vous assure qu'on peut s'entendre. Il y a forcément une solution, si seulement vous voulez bien écouter… si chacun se montre raisonnable…

— Je vous souhaite bonne chance, soupira May. Rafe n'a jamais vu l'intérêt d'écouter qui que ce soit — ni de se montrer raisonnable.

— Personne n'est parfait, répliqua-t-il avec calme.

Les yeux verts de Heidi lancèrent un éclair.

— Ne jouez pas les cyniques s'il vous plaît. C'est de ma famille qu'il est question !

— De la mienne aussi.

A cet instant, une voiture déboucha en cahotant du chemin d'accès. Sur la portière, Rafe reconnut l'écusson de la ville. Le véhicule se gara et une policière en uniforme en descendit, les yeux cachés derrière des lunettes à reflets ; sur son badge, Rafe lut « Barns. Chef de la police ». Pour une fois, il fut impressionné : Dante ne s'était pas contenté de passer un simple coup de fil, il avait obtenu une intervention du sommet de la hiérarchie locale.

La main sur la tête de sa chèvre, Heidi Simpson s'avança à la rencontre de la nouvelle venue. Son sourire était un peu pâle, mais elle souriait et, malgré son irritation, Rafe dut admettre qu'elle avait du cran. Peut-être avait-il eu tort de s'emporter contre elle tout à l'heure, après tout, pour autant qu'il sache, elle ne jouait aucun rôle dans cette histoire. Au fond, elle n'était qu'une bergère innocente — mais disait-on « bergère » quand il s'agissait de chèvres ?

— Bonjour, je suis Heidi Simpson et…

— Je sais qui vous êtes, interrompit la nouvelle venue d'une voix brève.

Elle sortit un Smartphone de sa poche, consulta un message et déclara :

— Je cherche un certain Rafe Stryker.

— C'est moi, dit-il en s'avançant à son tour. Je vous remercie de vous être déplacée en personne.

— Votre avocat y tenait beaucoup, lâcha-t-elle froidement. Alors, dites-moi, que se passe-t-il ?

— Je veux porter plainte contre Glen Simpson, ici présent. Il a proposé de vendre le Castle Ranch à ma mère, lui a demandé une avance de 250000 dollars sur la foi de documents frauduleux. Mais, en fait, ce n'est pas lui le propriétaire et il n'a donc pas pu faire appel à un notaire. Maintenant, il affirme ne pas pouvoir rembourser la somme, qui est déjà dépensée.

May, qui avait jusque-là considéré la scène sans rien dire, laissa échapper une petite exclamation désolée et s'approcha d'un pas vif, déclarant fermement :

— Ecoutez, mon fils a peut-être raison sur les faits, mais il exagère complètement la gravité de la situation.

— Qu'est-ce que vous voulez dire ? demanda la chef de la police.

— M. Simpson n'a jamais voulu m'escroquer, il s'agit d'un simple malentendu. Il n'était absolument pas nécessaire de vous impliquer ni d'avoir recours à la loi.

— Je veux bien vous croire, madame, mais si votre fils compte porter plainte c'est qu'il estime avoir subi un préjudice. A moins… Dites-moi qu'il n'a aucun statut légal dans cette affaire et je fais demi-tour sans discuter.

— J'ai également signé l'acte de vente, dit Rafe.

Ce simple aveu lui était particulièrement pénible. Comment avait-il pu se laisser aller à une telle imprudence ! Pour faire bonne mesure, il ajouta :

— Ma mère reste convaincue que le genre humain est foncièrement bon et désintéressé, pas moi.

— Dans le cas de mon grand-père, elle a raison ! protesta Heidi.

Jusqu'ici, le seul à n'avoir pas prononcé un mot était le principal intéressé. La chef de la police se tourna alors vers lui.

— Et vous, vous avez quelque chose à dire ?

Ses yeux très bleus se levèrent vers l'horizon, puis revinrent se poser sur le visage de la policière.

— Non, fit-il tranquillement.

— Dans ce cas, je vais devoir vous emmener.

— Vous ne pouvez pas faire ça !

Affolée, Heidi cherchait à s'interposer entre la policière et son grand-père. Rafe nota que la chèvre ne la lâchait pas d'une semelle. D'une voix suppliante, la jeune femme insista :

— Je vous en prie, ne faites pas ça. Mon grand-père n'est plus tout jeune. On ne peut pas le mettre en prison.

— On ne l'envoie pas à Alcatraz, protesta Rafe. Juste dans la cellule d'un poste de police local. Ça n'a rien de bien traumatisant.

— Vous parlez d'expérience ? rétorqua-t-elle.

— Non.

— Alors taisez-vous.

Les yeux pleins de larmes, elle se tourna de nouveau vers la représentante de la loi.

— On doit bien pouvoir faire quelque chose ?

— Vous devriez parler au juge, répondit l'autre femme avec une gentillesse surprenante. Votre ami a raison, on n'est pas si mal dans nos cellules. Nous prendrons bien soin de votre grand-père.

— Je ne suis pas son ami.

— Ce n'est pas mon ami.

Les deux commentaires avaient fusé au même instant. Heidi et Rafe se mesurèrent du regard.

— Je peux le gifler ? demanda-t-elle à la chef de la police. Juste une fois, mais très fort ?

— Une autre fois, peut-être.

Rafe s'abstint de protester. De toute façon, cela ne l'avancerait à rien. Les deux femmes — trois, en comptant sa mère — le foudroyaient maintenant du regard. Il eut envie de leur faire remarquer qu'il n'avait rien fait de mal ; que le coupable, dans l'histoire, c'était Glen. Mais il connaissait suffisamment sa mère pour savoir que la logique ne lui serait d'aucun secours, pas plus que les arguments raisonnables… et il était plus que probable que Heidi réagirait de la même manière.

Glen ne fit aucune difficulté. En quelques secondes, il fut menotté et enfermé à l'arrière de la voiture de police.

— Je te rejoins dès que possible, lui dit sa petite-fille à travers la vitre. Je te ferai sortir sous caution.

— On ne pourra pas fixer de caution avant demain matin, l'informa la policière, mais venez donc lui rendre visite. Vous verrez que vous n'avez pas à vous faire de souci pour lui.

Elle reprit le volant et la voiture disparut bientôt dans le chemin creux. Heidi Simpson passa devant les Stryker à grands pas nerveux, détournant la tête. Elle entraîna sa chèvre vers son enclos… et Rafe se retrouva en tête à tête avec sa mère.

— Comment as-tu pu faire ça ?

Elle tremblait de fureur. Pourtant, il n'avait rien *fait*, juste permis à la chef de la police d'arrêter un criminel. Toutefois, il était clair que, dans son état d'esprit actuel, elle n'apprécierait guère la distinction.

— Il t'a volée, maman. Tu as déjà perdu ce ranch une fois, je ne vais pas rester les bras ballants pendant qu'on te l'enlève une seconde fois.

Le regard incandescent de sa mère se ternit.

— Oh ! Rafe… Je sais que tu cherches toujours à prendre soin de moi. Et je te remercie, sincèrement, mais je suis capable de me débrouiller seule.

— Tu viens de te faire escroquer !

— Oui, techniquement, bien sûr !

Il entoura ses épaules de son bras. Elle était grande, mais il la dépassait tout de même d'une demi-tête.

— Tu sais que tu me rends dingue ? demanda-t-il avec tendresse.

Elle renonça à poursuivre la dispute pour le serrer sur son cœur. Elle était trop heureuse de l'avoir auprès d'elle.

— Je sais, mais ce n'est pas mon intention.

— Ça aussi, je le sais.

Elle leva les yeux vers lui pour demander :

— Et maintenant qu'est-ce qu'on fait ?

— Maintenant, on récupère ton ranch.

2

Plantée sur la place principale de Fool's Gold, Heidi se rongeait le poing. Par où commencer ? Pour tirer Glen d'affaire, il leur faudrait un avocat, mais elle n'avait absolument pas les moyens de s'en offrir un. Ce qu'il lui fallait maintenant c'était… une idée, de la chance, un miracle ou… n'importe quoi qui puisse l'aider à faire sortir son grand-père de prison !

Lentement, elle pivota sur elle-même ; son regard balaya l'enseigne de Morgan's Books puis celle du Starbucks où elle retrouvait souvent ses amies — pas d'inspiration de ce côté. Un peu plus loin, il y avait le Jo's Bar, mais aucune banderole en façade ne proclamait : « Ici, conseils juridiques fiables et parfaitement gratuits ! » Elle sortit son portable, fit défiler ses contacts, trouva le numéro de son amie Charlie et texta : « Urgent. On peut parler ? » La réponse arriva en quelques secondes : « Bien sûr. Au QG. »

Le QG, c'était, trois rues plus loin, le local des pompiers de Fool's Gold. Laissant sa voiture là où elle l'avait garée, Heidi fit rapidement le trajet à pied. La brigade était logée dans le quartier le plus ancien de la petite ville, dans un bâtiment en briques à deux étages. Par cette belle journée d'avril, les immenses portes du garage étaient grandes ouvertes et Charlie Dixon l'attendait sur le seuil, adossée au capot d'un camion rutilant. Charlie était une grande fille pleine de ressources qui n'avait pas une très haute opinion des hommes en général, mais savait en revanche se montrer l'amie la plus fiable que l'on puisse imaginer.

— Qu'est-ce qui se passe ? demanda-t-elle quand Heidi la rejoignit.

— Un problème avec Glen.

Charlie posa les mains sur ses hanches étroites, haussant un sourcil dubitatif.

— Ton grand-père ? Ça ne doit pas être bien grave.

— Tu n'imagines pas de quoi il est capable.

En quelques mots, elle décrivit la situation, la veuve escroquée, le fils vengeur, et Glen dans une cellule au poste de police.

— Les hommes ! clama Charlie, excédée. Il faut toujours qu'ils créent des complications. Sérieusement, il a vendu ton ranch ?

— Il y a même un contrat, tous les documents, soupira Heidi.

Ce n'était pas la première fois que son grand-père franchissait une ligne rouge, mais il ne s'était encore jamais aventuré aussi loin dans l'illégalité. Ces dernières années, elle l'avait même cru assagi et ne se faisait plus vraiment de souci à son sujet — à part peut-être pour ses multiples conquêtes. Pour un homme de soixante-dix ans passés, sa vie amoureuse restait remarquablement agitée !

— Je dois absolument le sortir de là, dit-elle.

— Bon. On reste calme, on réfléchit. Le poste de police de Fool's Gold, ce n'est pas Guantánamo. Il y sera très bien. Pour ce qui est de le faire sortir…

Elle scruta le visage de son amie et demanda d'une voix brusque :

— Ne le prends pas mal, mais… tu as de l'argent ?

Heidi fit la grimace en pensant au chiffre modeste imprimé en bas de son dernier relevé de compte.

— Quasiment rien. J'ai tout investi dans le ranch.

— Il y a une hypothèque sur ton ranch ?

— Enorme.

— Toi, tu vis le rêve américain ! ironisa Charlie en lui donnant une tape affectueuse sur l'épaule.

Ce n'était pas grand-chose, mais ce geste fit du bien à

Heidi. Rien n'avait changé sur le fond mais, au moins, elle ne se sentait plus aussi seule. Le soutien de Charlie faisait un bien fou.

— Oui, c'est vrai, soupira-t-elle. Ça ne me dérangeait pas du tout de payer les traites, du moment que j'avais enfin une vie stable et un foyer. Je voyais venir le jour où j'aurais enfin quelque chose à moi.

— Ecoute, je connais une avocate, je sais qu'il lui arrive de plaider gratuitement si elle estime que l'accusé mérite d'être défendu. Je l'appelle, je lui explique la situation et je te dis ce qu'elle en pense.

— Tu crois qu'elle m'aiderait ?

— Elle m'adore, confia Charlie avec un large sourire. En fait, je suis sortie avec son fils. Quand on s'est séparés, il s'est mis avec une espèce de bimbo sans cervelle qui est aussitôt tombée enceinte. Du coup, il l'a épousée. Pour tout dire, je crois qu'il est fou d'elle et de sa gosse, mais aux yeux de sa mère je reste celle qu'il n'aurait pas dû laisser s'échapper.

Grande et solide, les cheveux courts, on ne voyait jamais Charlie qu'en uniforme ou en jean. Si elle n'était pas du tout féminine au sens conventionnel du terme (elle aurait sans doute très mal réagi, par exemple, si on s'était avisé de brandir un bâton de mascara dans sa direction), elle était séduisante à sa façon, et Heidi avait repéré plusieurs hommes qui semblaient vouloir amorcer des travaux d'approche. Sans doute pouvaient-ils voir qu'elle serait difficile à apprivoiser mais que, une fois conquise, elle leur réserverait une loyauté sans faille… et une vie plutôt mouvementée !

— Si tu veux mon avis, le fils est passé à côté d'une sacrée affaire, dit-elle avec conviction.

— Toi, tu es une vraie amie.

— Toi aussi. Quand cette histoire m'est tombée dessus, j'ai tout de suite pensé à toi.

C'était vrai. Elle avait senti, instinctivement, que Charlie irait droit au cœur du problème, qu'elle serait capable de proposer des solutions concrètes, sans s'affoler ni pousser de hauts cris. Si quelqu'un pouvait l'aider, c'était elle. Et effectivement sa réponse fut sans ambiguïté :

— On va arranger ça.

Heidi la quitta en serrant cette promesse sur son cœur. Glen, c'était toute sa famille, et elle lui devait tout. Elle ne gardait aucun souvenir de ses parents, morts alors qu'elle était encore toute petite. Depuis le premier jour, Glen et elle formaient une petite cellule familiale soudée, indestructible. Quoi qu'il ait pu faire, elle le soutiendrait… même si elle devait pour cela affronter un homme comme Rafe Stryker.

D'après Charlie, Trisha Wynn avait dépassé la soixantaine. Heidi fut donc assez déconcertée, en pénétrant dans son bureau, de trouver une femme à qui elle aurait donné quarante ans et qui s'habillait comme si elle en avait vingt-cinq. Sa robe chasuble rose au décolleté plongeant soulignait des formes pulpeuses. Elle était très maquillée, portait des talons aiguilles et de grands anneaux d'or tintaient à ses oreilles.

— Les amies de Charlie…, dit-elle en guise de salut.

Cordialement, elle fit asseoir Heidi, se laissa tomber dans son fauteuil de cuir et s'écria :

— Alors Glen a fini par avoir des ennuis ? Ça ne m'étonne pas !

— Vous connaissez mon grand-père ? s'écria Heidi, stupéfaite.

— On a passé ensemble un week-end mémorable, l'automne dernier, dans un hôtel fabuleux. Une suite avec une cheminée, les repas servis dans la chambre… D'habitude, j'évite les hommes plus âgés mais, pour lui, j'ai fait une exception… et je ne l'ai pas regretté !

Décontenancée, Heidi s'efforça de sourire, mais elle se sentait perdre pied. Elle ne tenait pas du tout à entendre les détails des escapades de Glen, surtout dans un moment pareil !

— Oui, eh bien, je suis contente que vous ayez été… contente, bredouilla-t-elle.

Le sourire de l'avocate se fit un peu canaille.

— On peut dire les choses comme ça. Bien ! Maintenant expliquez-moi ce qu'il a encore fait.

Pour la seconde fois en l'espace d'une heure, Heidi décrivit la situation. L'autre femme l'écouta sans l'interrompre, tout en prenant une foule de notes.

— Je vois, conclut-elle. Il ne peut pas rembourser la somme qu'elle lui a versée et vous n'êtes pas non plus prête à céder votre propriété.

C'était une affirmation plutôt qu'une question, mais Heidi répondit tout de même :

— Quitter Castle Ranch ? Jamais ! Cet endroit, j'en ai rêvé toute ma vie. Quant à rembourser… Mon grand-père n'a qu'une toute petite retraite. J'ai mon épargne, mais ça ne fait jamais que 2500 dollars.

L'avocate eut une brève grimace.

— Un conseil : ne dites jamais ça à un avocat.

— Oh ! Je… Charlie avait dit… enfin, elle a suggéré… que vous pourriez éventuellement vous charger gratuitement de sa défense ?

Son interlocutrice joignit ses mains aux ongles fuchsia.

— Cela m'arrive de temps en temps. Nous, les avocats, nous plaidons quelques affaires *pro bono publico* — pour le bien public —, histoire de justifier nos revenus plutôt confortables. Je le fais quand une affaire m'intéresse, ou quand on réussit à me culpabiliser. Ce n'est pas comme si j'avais besoin d'argent, mon quatrième mari, qu'il repose en paix, m'a laissée très à l'aise… mais c'est tout de même agréable d'être payée.

Heidi, qui ne voyait pas du tout que répondre à ce discours quelque peu déstabilisant, préféra le silence. Trisha Wynn se carra confortablement dans son fauteuil et reprit :

— Dans cette affaire, je vois deux problèmes fondamentaux : d'abord Glen a pris 250000 dollars, et aucun juge ne verra l'humour de la situation. C'est une escroquerie d'envergure qui pourrait l'envoyer en prison pendant des années. Ensuite, si vous êtes aussi fauchée que vous le dites, vous ne pouvez pas le tirer de là en remboursant la somme tout de suite.

Heidi secoua la tête avec angoisse.

— Non, mais si je pouvais rembourser petit à petit…

— Ce sera un élément de notre défense : nous ferons valoir votre volonté de réparer le tort causé. Il y aura peut-être moyen de se mettre d'accord sur un échéancier. Qu'est-ce que vous faites dans la vie ?

— J'élève des chèvres, je fais des fromages et des savons avec leur lait. Deux de mes chèvres sont enceintes, je pourrai vendre les chevreaux…

L'avocate leva les yeux au ciel.

— Ce n'est pas vrai ! Une fois dans ma vie, j'aimerais travailler pour un richissime patron de start-up. Bien ! Des chèvres, alors. On tentera de faire valoir le lien avec la communauté. Et ce Harvey, cet ami malade, qui est finalement à l'origine de toute l'histoire : faites-le venir. Le juge doit voir pourquoi Glen a pris cet argent. Après tout, ça peut faire une belle histoire. Il s'en sort comment ?

— Merveilleusement bien. Le traitement a réussi, il est en rémission complète et les médecins assurent qu'il vivra très vieux.

— Parfait. Qu'il vienne et qu'il apporte son dossier médical.

Avec brio, elle déroula sa stratégie ; puis, au moment de clore l'entretien, elle demanda :

— Vous m'avez dit le nom du fils ?

— Il s'appelle Rafe Stryker.

L'avocate se tourna vers son ordinateur, tapa le nom dans un moteur de recherche, lut quelques instants… et fit une grimace douloureuse.

— Ma petite demoiselle, vous avez mal choisi votre adversaire. Ce type flanquerait la frousse à un requin.

Elle ouvrit d'autres pages, les parcourut, et demanda d'une voix mourante :

— Il est beau garçon ?

Heidi revit l'inconnu très grand, très impressionnant, qui semblait déterminé à démanteler son univers.

— Oui, soupira-t-elle. Pourquoi ?

— Eh bien, si j'étais vous, recommanda son avocate

avec le plus grand sérieux, je m'arrangerais pour l'attirer dans mon lit. Il se pourrait que le sexe soit le seul moyen de vous tirer d'affaire.

Bouche bée, Heidi la dévisagea un long instant. Quand elle retrouva sa voix, elle parvint à articuler :

— Il y a un plan B ?

Rafe roulait lentement dans les rues de Fool's Gold, la voiture de sa mère dans son sillage. Voilà des années qu'il n'avait pas remis les pieds ici, et il aurait donné une fortune pour être ailleurs aujourd'hui !

Ce n'était pas que la petite ville soit laide — enfin, si on aimait le pittoresque. Les maisons étaient somme toute plutôt charmantes, les vitrines pimpantes et les trottoirs spacieux ; partout, des affiches colorées annonçaient des soldes ou des festivals. Les rues semblaient très animées pour un jour de semaine et son regard d'homme d'affaires ne pouvait ignorer la prospérité évidente de la localité. Mais rien de tout cela ne parvenait à faire taire son ressentiment : à ses yeux, Fool's Gold serait toujours le lieu où il s'était senti pris au piège du malheur. Obligé de porter une charge écrasante et d'assurer bien au-delà des moyens d'un garçon de son âge.

Tout était plus petit que dans son souvenir. Les adultes connaissent tous, un jour ou l'autre, ce changement d'échelle en retrouvant le décor de leur enfance. Il reconnut le parc où il allait retrouver ses copains, les rares après-midi où il parvenait à échapper aux corvées du ranch et à sa famille. Dans la rue qui montait vers l'école, trois garçons pédalaient furieusement sur leurs vélos. Lui aussi avait eu un vélo au même âge, offert par une des dames du bourg. Il avait dix, onze ans peut-être, il souffrait terriblement de ne pas être comme tout le monde, et ce cadeau avait terriblement heurté son orgueil.

Dans un sens, il pouvait difficilement se plaindre : les gens d'ici s'étaient montrés généreux avec eux, très généreux même. Chaque année, au mois d'août, les enfants Stryker recevaient des habits neufs en prévision de la rentrée, des chaussures, des cartables remplis de fournitures. Au moment des fêtes, on leur apportait des paniers de bonnes choses ; il y avait toujours des jouets pour Noël. A l'école, la cantine était gratuite pour eux, une situation qu'il avait toujours vécue comme une humiliation, bien que le personnel ait toujours pris garde à ne pas souligner leur différence. Et un jour, alors qu'il rentrait au ranch à pied, une voiture s'était garée devant lui et une femme avait ouvert sa portière pour lui tendre un blouson. Comme ça, sans commentaire. Un blouson tout neuf, bien chaud. Dans la poche, il avait trouvé des moufles et un billet de cinq dollars — une somme énorme pour lui à l'époque. Le sentiment qu'il avait alors éprouvé était encore vivace en lui : un mélange de reconnaissance et de rage absolue — car s'il appréciait la solidarité de ces inconnus, en même temps, elle ne cessait de lui rappeler sa condition, la misère dans laquelle il vivait avec sa famille. Combien de fois avait-il menti à sa mère, prétendant qu'il n'avait pas faim pour que ses frères et sa sœur aient de quoi se remplir le ventre ? Un sérieux sacrifice, pour un garçon en pleine croissance !

Quant au vieux Castle, le patron de sa mère… son attitude resterait à tout jamais inexplicable. Un être capable de vivre dans l'aisance, sous le même toit qu'une employée loyale et énergique, sans la payer même de quoi nourrir ses enfants ? Au fond, il y avait tout de même un aspect positif à ce fichu retour aux sources : cette vieille injustice serait enfin réparée. Rafe pourrait installer sa mère à la place que le vieux pingre lui avait refusée.

Avec le recul, il voyait bien que Fool's Gold n'était pas responsable de ses mauvais souvenirs — et, pourtant, son amertume et son ressentiment restaient bien vivaces. Il avait pourtant fait des efforts pour oublier, dépasser cette histoire ! Il était un homme riche aujourd'hui, un homme puissant ; il pouvait décrocher le téléphone et parler dans la minute à des sénateurs, des diplomates ; il connaissait personnellement les P.-D.G. d'une foule de grandes corporations… et voilà qu'il lui suffisait de retrouver le décor de son enfance pour redevenir le gosse trop maigre qui aurait donné n'importe quoi pour un peu de sécurité, un minimum de confort. Un ventre plein, des jouets qui ne soient pas des aumônes, une maman moins écrasée par le deuil et les soucis.

Il s'engagea sur l'esplanade du plus luxueux hôtel de la ville, le Ronan's Lodge (les gens d'ici l'appelaient le Ronan's Folly), une belle bâtisse de trois étages datant de l'époque de la ruée vers l'or. Laissant ses clés de voiture à l'employé chargé de la garer, il gravit le perron. Une haute porte de bois sculpté à deux battants s'ouvrait sur une seconde porte aux vitres décorées de délicats ramages. Petit, il n'aurait jamais imaginé pouvoir descendre un jour dans un établissement de cette classe. Aujourd'hui, il y pénétrait avec aisance, comme s'il était chez lui, en savourant un fugace sentiment de revanche. Encore ébloui par la lumière qui baignait la rue, il fut cependant surpris par l'atmosphère du lieu. Seuls les meubles cirés, les tapis tissés de satin et quelques vases de prix luisaient doucement dans la pénombre. Il déposa devant l'accueil le sac de cuir qui constituait son unique bagage et ressortit aider sa mère. Campée devant le perron, elle contemplait la façade en souriant.

— Je me souviens de cet hôtel, confia-t-elle, les yeux brillants. Il est sublime. Tu veux vraiment qu'on s'installe ici ?

— Ce sera plus commode.

— Décidément, tu n'as pas la fibre romantique !

— Il faut bien que je compense le fait que, toi, tu l'as un peu trop.

Elle éclata de rire tout en posant une caresse rapide sur sa joue.

— Oh ! Rafe… c'est merveilleux d'être de retour, non ? En traversant la ville, je voulais tout voir à la fois. Tout ici est tellement… tu n'adores pas ? Tu ne peux pas imaginer à quel point j'ai regretté de devoir partir. On était si heureux ici !

Comment pouvait-elle affirmer avoir été heureuse ici ? Se mentait-elle à elle-même ou bien était-ce lui qui refusait de voir les choses à sa manière ? Il est vrai qu'elle avait toujours su accepter les situations difficiles avec grâce. Vrai aussi qu'elle mettait toujours l'accent sur les aspects positifs des choses. Se pourrait-il qu'il ait exagéré le côté dramatique de leur existence à l'époque ? Quoi qu'il en soit, pour lui, à quinze ans, quitter Fool's Gold était devenu une obsession qui le consumait tout entier. Il se contenta de murmurer :

— Tu pourras de nouveau être heureuse une fois que tu auras récupéré ton ranch.

Il prit sa valise et l'escorta à l'intérieur. Il avait beau fréquenter couramment les plus grands hôtels, il trouvait décidément superbe ce foyer aux boiseries sculptées, avec son chandelier de cristal irlandais. Irlandais ? Il ne se souvenait plus d'où il tenait ce détail. Tandis que sa mère émerveillée admirait le décor, il alla se présenter à la réception.

— Bonjour. Rafe Stryker.

Il savait déjà qu'il n'y aurait pas de problème : son assistante s'était chargée de tout.

— Oui, monsieur Stryker, dit aussitôt l'employée. Deux suites au troisième étage.

Chaleureuse, efficace, la jeune femme lui fit remplir une fiche, lui donna les horaires du restaurant et l'informa qu'on servait boissons et repas dans les chambres à toute heure du jour et de la nuit. Boire un verre, voilà ce qu'il lui fallait — ou même plusieurs ! Il jeta un regard nostalgique vers la porte du bar, alla chercher sa mère et l'entraîna vers l'ascenseur.

— Ce doit être très cher, ici, murmura-t-elle, un peu intimidée, pendant que la cabine les emportait au troisième. Il me faut juste une petite chambre.

— Ils n'avaient plus que des suites.

— Rafe, ne dis pas n'importe quoi ! Je suis sûre qu'ils avaient des chambres ! Enfin, je n'aurai pas besoin de vivre à l'hôtel très longtemps. Nous allons vite trouver un arrangement avec Glen et Heidi.

Il la précéda vers la première porte et inséra la carte magnétique en demandant :

— Mais franchement, maman, même quand le ranch t'appartiendra tout à fait, tu penses vraiment que tu voudras y vivre à l'année ? C'est au milieu de nulle part… Je ne serai pas tranquille de te savoir aussi isolée.

Comme elle ne répondait pas, il insista avec douceur :

— Et puis, la maison est vieille. Je doute qu'elle ait été rénovée depuis la mort du vieux Castle.

Ce toit fatigué, ces murs écaillés… Qui allait devoir se charger de tout refaire ? A cette seule pensée, il se sentit venir un vilain mal de tête. Gentiment, sa mère lui tapota le bras.

— Tu es gentil de te faire du souci, Rafe, mais je serai très bien. Voilà près de vingt ans que je rêve de revenir au ranch. Le revoir, c'était un moment magique pour moi. Oui, je veux y vivre, je veux en faire un vrai foyer. Tout se passera très bien, tu verras !

Eh bien, peut-être. Dans un premier temps, il ne doutait pas de l'emporter au tribunal : avec Dante à ses côtés, c'était une quasi-certitude. Seulement, entre la décision du tribunal et le moment où la situation serait normalisée, le chemin serait long et semé d'embûches, et sa mère avait un vrai don pour tout compliquer. Et effectivement, au moment où il déposait sa valise au pied du grand lit, elle annonça :

— Bon et maintenant je veux aller voir Glen au poste.

— Ça commence…, grommela-t-il.

— Ecoute, je m'en veux de l'avoir envoyé là-bas, reprit-elle. Tu n'étais vraiment pas obligé d'appeler la police !

C'était typique ! Maintenant, elle lui reprochait d'avoir pris sa défense. Patiemment, il expliqua :

— Ce qu'il a fait est illégal, maman.

— Mais je le sais bien ! Et je sais aussi que tu cherchais uniquement à me protéger, seulement il y avait forcément une autre façon de régler le problème. On aurait tout de même pu commencer par discuter plutôt que de faire appel à la loi tout de suite !

Avec un peu de chance, il y aurait un minibar dans sa suite et il ne serait même pas obligé de redescendre pour avaler un remontant. Conscient qu'il avait peu de chances de la convaincre, il soupira :

— Le vieux Glen est très bien où il est.

— Comment est-ce que tu peux en être sûr ? Je veux voir par moi-même.

Ce ton buté… il le reconnut sans difficulté car il employait le même. Vaincu, il soupira :

— D'accord, donne-moi une demi-heure pour passer quelques coups de fil et on y va ensemble.

— Merci !

Elle souriait de nouveau, rayonnante. Après tout, elle avait eu ce qu'elle voulait ! Il la laissa en promettant de revenir très vite. Sa propre suite se trouvait au bout du couloir ; un geste de sa carte magnétique, et il déboucha dans un salon spacieux, tranquille. Pas de mère à l'horizon. Les rideaux ouverts encadraient la Sierra Nevada dressée vers le ciel. Il passa dans la chambre, lança son sac sur le lit immense, et revint dans le salon en retirant sa cravate. Le devoir avant tout : au lieu de se mettre en quête du minibar, il saisit son portable et appela San Francisco.

— Bureau de M. Stryker, dit la voix sèche de son assistante.

— Bonjour, mademoiselle Jennings.

— Monsieur Stryker. Vous êtes à Fool's Gold avec votre mère ?

— Oui, et j'ai l'impression que je vais devoir rester un certain temps.

— J'avais cru le comprendre quand M. Jefferson m'a dit qu'il partait vous rejoindre. C'est une ville charmante.

Rafe haussa les sourcils, surpris. Un commentaire personnel ? Mlle Jennings ne parlait jamais d'elle, il ne savait même pas si elle était mariée, grand-mère ou si elle vivait en communauté avec un groupe de rock.

— Vous êtes déjà venue ici ?

— Plusieurs fois. Ils organisent des festivals fabuleux.

Des goûts et des couleurs… Tout haut, il répondit poliment :

— Il faudra que je voie ça.

— Si vous souhaitez, je vous transmettrai leur calendrier. Tous les événements se trouvent sur le site de la ville.

— Pas pour l'instant, merci. Je voudrais surtout vous

demander de réorganiser mon propre calendrier. Annulez tout ce qui n'est pas important et reportez le reste.

Il y eut un bref silence pendant qu'elle notait ses instructions.

— Aucun problème, dit-elle enfin. J'ai vérifié les quinze jours à venir et je peux me charger de tout. A part votre rendez-vous avec Nina Blanchard, bien entendu.

Rafe se laissa choir sur le canapé en réprimant un juron.

— Je l'appellerai, indiqua-t-il d'une voix brève.

— Parfait.

Ils réglèrent quelques questions supplémentaires, puis Rafe raccrocha. Bien ! Maintenant, il pouvait se mettre à l'aise. Il sauta sur ses pieds, retourna dans la chambre et échangea son complet contre un jean, une chemise et son blouson de cuir. Tout en s'habillant, il réfléchissait, les sourcils froncés. Nina Blanchard commençait à lui poser un réel problème. Il ne pourrait pas l'éviter éternellement — c'était tout de même lui qui avait pris contact avec elle ! D'un autre côté, tant qu'il serait à Fool's Gold, il ne pourrait pas non plus profiter de ses services. Elle devrait attendre qu'il ait résolu le problème ambulant que représentait sa mère.

En quittant Fool's Gold dix-huit ans auparavant, Rafe était bien décidé à vivre à fond, à profiter de tout ce que la vie pouvait lui offrir. Boursier à Harvard, il avait travaillé comme un damné, réussi, voyagé, il s'était fait des amis et des relations importantes et avait réussi son entrée dans le cercle des puissants. Il avait parfois le sentiment d'avoir tout fait, tout vu. Pourtant une expérience manquait encore à son palmarès : il n'était jamais entré dans une prison.

Les cellules du poste de police de Fool's Gold représentaient sans doute ce qui se faisait de mieux dans le genre : quitte à être incarcéré, autant que ce soit dans un décor jaune soleil, avec aux murs des affiches multicolores vantant les festivals tant appréciés par son assistante. Loin de sentir le désinfectant (ou des odeurs plus douteuses), l'air fleurait bon le chili et le pain tout juste sorti du four. La préposée qui prit leurs noms était jeune et jolie — rien à voir avec les cerbères au visage brutal qu'on voit au cinéma.

— Eh bien, il y en a du monde, ce soir, lança-t-elle avec un sourire.

Un badge au nom de « Rodriguez », de beaux cheveux noirs brillants noués dans une queue-de-cheval très juvénile ; Rafe la toisa, désapprobateur. Une queue-de-cheval, pour un officier de police ? Un malfaiteur n'aurait qu'à l'empoigner pour maîtriser sa propriétaire et prendre le contrôle de la situation. Même à Fool's Gold, on croisait forcément des criminels, non ?

— Glen Simpson est très apprécié, vous savez, ajouta l'officier Rodriguez avec un sourire coquin. Nos moyennes s'équilibrent, mais on a encore relativement peu d'hommes de son âge, et je dois dire que nos dames mûres sont plutôt sensibles à son charme.

— Je ne comprends pas. De quelles moyennes parlez-vous ? demanda May, intriguée, tout en signant le formulaire qu'on lui présentait.

— Eh bien, jusqu'à tout récemment, la commune souffrait d'une pénurie d'hommes. L'info a filtré dans la presse l'an dernier et après ça a été la folie : on a été envahis par les médias, une équipe est même venue tourner un *reality show*…

— Ah oui, c'est vrai, il me semble en avoir entendu parler. Est-ce que l'émission n'a pas été interrompue brusquement ?

— Si ! En fait, personne ne la regardait, elle ne faisait pas du tout d'audience. Je ne sais pas pourquoi, moi, je la trouvais très bien. Bref, quand on a su qu'on manquait d'hommes, il en est venu de tout le pays. Ils voulaient tous s'installer ici… et mon métier est devenu beaucoup plus intéressant !

Ses yeux chocolat brillaient d'humour quand elle conclut :

— C'étaient surtout des jeunes. Résultat, quand Glen est arrivé, il a eu un succès fou. D'ailleurs, il n'est ici que depuis quelques heures et nous avons déjà eu six…

Elle se pencha sur son registre et corrigea :

— Non, sept visiteurs pour lui.

— Oui, eh bien, moi, je ne suis pas là parce que je

m'intéresse à lui ! Je veux juste m'assurer que Glen, enfin, que M. Simpson, est traité convenablement.

May se pencha vers la policière pour lui préciser, sur le ton de la confidence :

— C'est mon fils qui l'a fait arrêter.

— Merci pour ton soutien, maman !

— On aurait pu trouver un accord.

— Pas si tu comptes récupérer ton argent.

A son expression, il vit qu'elle allait se buter et leva les deux mains dans un geste apaisant.

— D'accord, tu as raison. On va s'assurer qu'il ne manque de rien. C'est la moindre des choses.

Il résista à l'envie de jeter un coup d'œil à sa montre et suivit la petite policière qui les entraîna dans un long couloir bien éclairé avant de leur faire franchir un sas ; les parfums délicieux qui flottaient dans les locaux s'intensifièrent et il se souvint qu'il n'avait pas pris le temps de déjeuner. Heureusement, l'heure du dîner approchait…

— Par ici, lança leur guide en ouvrant une nouvelle porte. Glen, vous avez encore de la visite.

Rafe, qui tirait ses idées sur la prison des films et des séries télévisées, resta bouche bée. Aucun thriller, aucun documentaire sur l'univers carcéral n'aurait pu le préparer aux conditions de détention de Glen Simpson. Ils trouvèrent le vieux monsieur mollement étendu sur sa couchette. S'il s'agissait bien du lit réglementaire des détenus, il était recouvert d'un magnifique patchwork et agrémenté d'une demi-douzaine de coussins multicolores. Un tapis couvrait le sol, il y avait plusieurs vases de fleurs. Juste devant les barreaux de la cellule, une télé grand écran trônait sur une table ; on entendait la bande sonore d'un film d'action. A côté, sur des tréteaux, une sorte de buffet présentait des plats couverts, des gamelles isothermes, des tartes, des gâteaux et des plateaux de cookies.

— Vous, là-bas ! aboya une voix rogue.

Interdit, Rafe se retourna — la chef de la police locale marchait droit sur lui. Il ouvrait la bouche pour la saluer quand elle lui saisit le bras d'une poigne de fer et le ramena dans le couloir.

— Tout ça, c'est votre faute, siffla-t-elle en refermant la porte derrière eux. Je préfère vous prévenir tout de suite que vous allez avoir de gros ennuis.

Elle lui arrivait tout juste à l'épaule, mais il sentit clairement qu'il ne pourrait pas s'autoriser la moindre insolence. Ce fut donc d'une voix très neutre qu'il demanda :

— De quoi parlez-vous ?

— De *lui*, répliqua-t-elle, le doigt tendu vers la porte menant aux cellules.

— S'il vous pose un problème…

Le regard qu'elle braqua sur lui était encore plus réussi que celui de l'impitoyable Mlle Jennings. D'une voix sourde, elle scanda :

— Lui, il ne me pose pas problème. Ce sont ces femmes. Vous savez combien de femmes sont venues le voir ?

— Six ? hasarda-t-il.

La petite policière de l'accueil avait dit sept, mais il supposait qu'elle comptait sa mère dans le lot.

— Six, approuva son interlocutrice. Elles arrivent avec des couvertures et des repas chauds. L'une d'entre elles a apporté cette fichue télévision ; une autre un second matelas de mousse. Parce que, autrement, notre détenu pourrait ne pas être tout à fait à son aise !

— Excusez-moi, mais je ne vois pas en quoi c'est ma faute.

— Vous m'avez obligée à l'arrêter, déclara-t-elle en enfonçant un index vengeur dans sa poitrine. Maintenant, vous allez vous dépêcher de régler ce problème ou je vous jure que je ferai de votre vie un enfer.

— Nous serons au tribunal demain matin…

— Parfait. La dernière chose dont j'aie besoin, c'est de voir la population civile transformer mes cellules en Fool's Gold Social Club. Alors demain, quand le juge vous demandera si vous acceptez que Glen soit relâché du moment qu'il s'engage à se plier aux décisions du tribunal, vous aurez intérêt à répondre haut et fort : « Pas de problème ! » Nous nous sommes bien compris ?

Rafe envisagea de lui faire remarquer qu'elle s'asseyait sur un certain nombre de lois avec son petit discours. Il avait parfaitement le droit d'exiger que Simpson soit incarcéré jusqu'à son procès. Mais à quoi bon ? Tant que cette histoire ne serait pas résolue, il serait coincé à Fool's Gold. Apparemment, sa mère tenait vraiment à s'installer sur son fichu ranch. Ce ne serait pas dans leur intérêt de se faire une ennemie de la chef de la police.

— Je vais prévenir mon avocat, promit-il.

— C'est tout ce que je vous demande.

Elle inspira profondément, expira, et lui confia :

— Parce que je vous jure que, si une personne de plus débarque ici avec une gamelle, il y aura du sang.

3

Au moment de prendre place au premier rang de la salle d'audience, à côté de Harvey, le vieil ami de Glen, Heidi sentit un trac monstre la prendre à la gorge. Jamais elle n'avait eu maille à partir avec la justice, pas même pour un ticket de stationnement ! Alors, se retrouver ici et pour une affaire aussi grave, c'était… disons, quelque chose comme une convocation dans le bureau du proviseur, mais en mille fois pire. Elle mourait d'envie de partir en courant. La juge, une longue femme mince, lui semblait terriblement intimidante dans sa toge noire. Et la greffière, si sévère dans son uniforme ! Sous le haut plafond de la salle, le moindre froissement se démultipliait en échos feutrés. L'ambiance était tendue et un léger murmure s'élevait de l'assistance, plutôt nombreuse.

Devant les sièges réservés au public, deux tables faisaient face à l'estrade sur laquelle siégeait la juge. D'un côté, Glen discutait à voix basse avec Trisha Wynn ; de l'autre, Rafe Stryker discutait avec son avocat. Décidément, ces deux-là formaient un sacré duo ! Jeunes, sportifs, élégants, et en même temps si différents ! Autant tout était sombre chez Stryker, ses cheveux, ses yeux, son expression (il jetait à la ronde des regards courroucés, comme si la terre entière était responsable de sa présence ici), autant son voisin semblait au contraire éclairer la salle de sa présence solaire. Blond, les yeux très bleus, il souriait, l'air absolument détendu. Lui aussi était beau garçon. Malgré l'état de ses nerfs, Heidi ne pouvait s'empêcher de le remarquer, mais curieusement il ne lui faisait aucun effet. Alors que chaque fois qu'elle regardait Stryker…

Comme si elle avait suivi le fil de ses pensées, Trisha Wynn se retourna pour lui souffler, avec un geste discret vers l'avocat :

— C'est Dante Jefferson. Je le connais de réputation… j'adorerais le rencontrer dans un contexte plus intime !

Déstabilisée, Heidi se demanda d'abord si elle avait mal compris. Jefferson était beaucoup plus jeune ! Il devait bien avoir vingt ou trente ans de moins. Oh ! et puis après tout, pourquoi une femme ne pourrait-elle pas désirer un homme plus jeune ? De toute façon, elle n'avait pas à porter de jugement sur une avocate prête à les défendre gratuitement, son grand-père et elle. Elle se contenta donc de souffler :

— C'est un bon avocat ?

Le sourire de Trisha se crispa un peu.

— Le meilleur. Il n'est pas seulement l'avocat de Stryker, mais aussi son associé. Une association qui marche du tonnerre d'ailleurs : à eux deux, ils ont déjà réussi à gagner l'équivalent du PIB d'un petit pays.

Discrètement, Heidi massa son ventre crispé d'angoisse.

— Glen va aller en prison ? chuchota-t-elle.

— Pas si je peux l'empêcher. Tout dépendra de l'attitude de la juge. Harvey, vous êtes prêt ?

Le vieil homme approuva de la tête.

— Je suis là pour Glen, comme il a été là pour moi.

— Très bien. La juge voudra vous parler. Soyez clair et franc, expliquez simplement ce qui s'est passé.

— C'est promis.

Pourvu que ce soit suffisant, pria Heidi en silence. L'avocate s'était détournée pour se replonger dans son dossier. Que c'était long ! Pourquoi ne commençaient-ils pas ? Incapable de tenir en place, elle jeta un regard à la ronde et croisa le regard de May Stryker, qui lui sourit en la saluant d'un petit geste. Déconcertée, elle répondit sans grand enthousiasme. Elles n'étaient tout de même pas exactement des amies. Après tout, si Glen se retrouvait ici aujourd'hui, c'était par la faute des Stryker ! Non, elle était injuste : Glen s'était fourré tout seul dans ce guêpier, il avait sciemment soutiré une grosse somme d'argent à Mme Stryker… en même temps… en même temps, il l'avait fait pour sauver Harvey. Tout était si compliqué ! Dans un sens, elle aurait aimé en vouloir à son grand-père, mais elle ne ressentait rien d'autre qu'une immense angoisse qui lui étreignait la gorge. D'ici quelques minutes, elle risquait de voir son grand-père condamné ou de tout perdre : le foyer dont elle avait tant rêvé, ses chèvres chéries, leurs maigres économies. S'ils devaient quitter Castle Ranch, où iraient-ils ? Et pour faire quoi ? Elle ne demandait pas grand-chose pourtant, juste avoir sa place quelque part…

Là-haut, sur son perchoir, la juge retira ses lunettes de lecture et annonça :

— J'ai examiné le dossier. Maître Wynn, vous représentez M. Simpson *pro bono* ?

— Oui, Votre Honneur, lança l'avocate en sautant sur ses pieds. Cette affaire m'a touchée, j'ai eu envie d'aider ces personnes.

— Bien, c'est noté.

Trisha Wynn se rassit. Sans réfléchir, poussée par une brusque flambée de terreur, Heidi se leva à son tour en chevrotant :

— Madame ?

La juge abaissa sur elle un regard désapprobateur tandis que Trisha Wynn se retournait à demi en ouvrant la bouche… on allait la rembarrer, lui ordonner de se taire. Affolée, elle s'écria :

— Je suis Heidi Simpson. S'il vous plaît, Votre Honneur, je peux avoir la permission de parler ?

La juge baissa un instant les yeux sur les feuilles disposées devant elle.

— Puisqu'il s'agit de votre ranch, je suis prête à vous entendre. Qu'avez-vous à nous dire, mademoiselle Simpson ?

Heidi aurait aimé que son avocate n'ait pas l'air aussi contrariée… et aussi que tous les regards de la salle ne soient pas braqués sur elle. Dans un sens, elle avait l'habitude de parler en public, sur une foire, elle savait très bien attirer le chaland — mais aujourd'hui il ne s'agissait pas de vendre des fromages, mais une histoire —, la leur. Cette fois, il n'y avait pas de répliques bien rodées, cette fois, l'enjeu était immense. Les jambes tremblantes, elle s'ordonna d'être forte, de trouver les mots qui convaincraient la juge… et se lança, sans filet, en soutenant de son mieux le regard impassible que la magistrate braquait sur elle.

— Je voulais dire que… je regrette beaucoup de me retrouver ici aujourd'hui, mais je ne suis pas capable de regretter que Harvey soit en vie.

Elle lança un sourire rapide à l'ami de son grand-père et, un peu réconfortée par son regard chaleureux, elle reprit d'une voix plus assurée :

— Je connais Harvey depuis toujours, c'est comme s'il faisait partie de ma famille. Quand il est venu trouver Glen, il était gravement malade. Et s'il est en pleine forme aujourd'hui, s'il est ici avec nous, c'est grâce à mon grand-père. Grâce à l'énorme bêtise qu'il a faite, je l'admets. Alors, c'est vrai que je tiens énormément à ma maison et à mon entreprise, c'est vrai que je ne peux pas cautionner une escroquerie, mais je ne peux pas donner à tout ça davantage de valeur qu'une vie humaine.

Rafe Stryker laissa échapper une petite exclamation de mépris ; discrètement, son avocat posa la main sur son bras pour le faire taire. Sans l'avoir décidé, Heidi s'adressa alors directement à lui, à l'homme d'affaires qui avait remis leurs vies entre les mains de la justice.

— Tout ne peut pas être réduit à sa valeur en dollars. Mon grand-père a eu tort de vouloir vendre un ranch qui ne lui appartenait pas, il a eu tort de prendre l'argent de Mme Stryker… mais il n'a pas fait ça à la légère ou pour son avantage personnel. Il l'a fait parce qu'il ne voyait pas d'autre solution pour sauver un homme qui est comme un frère pour lui.

Elle leva les yeux vers la juge et se heurta à un visage impassible. Dans un ultime effort, elle ajouta encore :

— Ce ranch, c'est ce dont j'ai toujours rêvé. J'ai un petit troupeau de chèvres, je fabrique du fromage, du savon ; je vends aussi du lait à quelques clients. Ce n'est pas une grande entreprise mais elle nous fait vivre, mon grand-père et moi, et c'est tout ce que je souhaite. Vous savez, il m'a recueillie à la mort de mes parents, il a pris soin de moi. Alors, je ne peux ni renoncer à la seule maison que j'aie jamais eue ni laisser mon unique famille aller en prison. Ce que je veux dire, c'est que… enfin voilà : je prends la responsabilité pour son geste. Je ferai ce qu'il faudra pour rembourser Mme Stryker.

— Si je comprends bien, vous êtes prête à tout mettre en œuvre pour aider votre grand-père, dit lentement la juge. Mais vous ne possédez pas 250 000 dollars.

— Non.

— Votre propriété est hypothéquée ?

— Permettez-moi de vous soumettre un document, intervint Trisha Wynn en se levant. J'ai ici les éléments de l'hypothèque.

Comme la juge acceptait d'un hochement de tête, elle s'avança pour lui remettre le dossier et reprit aussitôt sa place auprès de Glen. Heidi, qui n'osait pas se rasseoir, resta plantée à sa place, le point de mire de tous les regards, pendant que la juge parcourait rapidement les feuillets. Enfin, elle lui jeta un regard aigu par-dessus ses lunettes.

— Dans le contexte actuel, je doute que vous parveniez à obtenir une seconde hypothèque — et si mes estimations sont justes, la somme couvrirait de toute façon moins de 20 % de ce que votre grand-père a pris à Mme Stryker.

Heidi la dévisagea, désemparée. Une seconde hypothèque ? Mais où trouverait-elle l'argent pour rembourser les traites ?

— Quelle fraction de cette dette pouvez-vous couvrir actuellement ? Quelle somme serait immédiatement disponible ?

— 2 500 dollars, répondit-elle tout bas.

Un murmure s'éleva de l'assistance, quelqu'un rit. Les joues rouge pivoine, Heidi cherchait comment riposter quand, tranquillement, l'avocat de Stryker se leva.

— Votre Honneur, nous avons bien saisi que Mlle Simpson est une bonne personne, qu'elle aime beaucoup son grand-père et qu'elle souhaiterait rembourser les Stryker. Reste que Glen Simpson a escroqué cette famille. Il a profité de l'âge avancé de Mme Stryker et de son inexpérience pour lui soutirer une somme importante.

— Mon âge avancé ? protesta l'intéressée à haute et intelligible voix. Dites donc, je ne suis pas encore sénile !

— Asseyez-vous, maître Jefferson, ordonna la juge. Votre tour viendra.

— Oui, Votre Honneur.

L'avocat se rassit aussitôt, mais il semblait toujours très satisfait. Pourquoi Stryker et Jefferson avaient-ils l'air si contents d'eux ? se demanda Heidi, malade d'anxiété. Elle aurait donné n'importe quoi pour voir poindre l'inquiétude sur leurs visages. La juge se pencha quelques instants sur ses notes avant de relever les yeux vers elle.

— Mademoiselle Simpson, vous pouvez vous rasseoir. Si je comprends bien, la personne près de vous est l'ami de votre grand-père ?

Cette supposition ayant été confirmée, elle demanda à Harvey de se lever à son tour et l'écouta raconter sa maladie, et le traitement grâce auquel il avait de bonnes chances de vivre encore de longues années. Il expliqua qu'il n'était pas assez âgé pour bénéficier du plan Medicare, qu'il n'avait jamais gagné suffisamment sa vie pour s'offrir une assurance santé, et qu'il n'aurait tout simplement pas pu assumer le coût du traitement. Cet argent, Glen le lui avait donné et, aujourd'hui, il était guéri. Ensuite la juge se tourna vers Glen et lui fit retracer les grandes lignes sa vie. En se mettant à la place d'un auditoire qui entendrait ce récit pour la première fois, Heidi eut l'impression de découvrir un personnage un peu marginal, une sorte de voyou au grand cœur. Dans un sens, ce n'était pas loin de la vérité ! Son grand-père avait toujours agi de manière impulsive, à l'émotion, sans réfléchir aux conséquences. C'était ainsi qu'il avait recueilli Heidi, sans s'interroger un seul instant sur la manière dont il parviendrait à élever cette petite fille… et sa tendresse avait largement compensé ses moments d'irresponsabilité.

Enfin, ce fut au tour de l'avocat des Stryker de présenter son point de vue. Il commença par se tourner vers Harvey.

— Tout d'abord, monsieur, je tiens à vous dire que moi aussi je ne peux que me réjouir de vous savoir guéri, dit-il. La santé, c'est le plus beau des cadeaux.

Le vieux monsieur hochait encore la tête avec ferveur quand Dante Jefferson se retourna vers la juge.

— Votre Honneur, nous ne cherchons pas à mettre en cause les motifs sans doute nobles de M. Simpson, cela dit il nous semble important de rappeler que, dans cette affaire, la victime est bien Mme Stryker. Voyez-vous, à mes yeux, toute cette histoire tourne autour de la notion de *foyer*. Pour Mlle Simpson et son grand-père, ce ranch, c'est un rêve qui se réalise… mais pour Mme Stryker aussi. Son mari et elle sont arrivés à Fool's Gold il y a trente-quatre ans. A l'époque, ils avaient été recrutés pour travailler au Castle Ranch, M. Stryker en tant que contremaître, son épouse pour tenir la maison de M. Castle et faire la cuisine. Quelques années plus tard, M. Stryker s'est tué dans un accident, et sa femme s'est retrouvée seule avec quatre enfants en bas âge.

Ce fut presque palpable, Heidi sentit le vent tourner. Ce récit était au moins aussi touchant que celui de la guérison de Harvey !

— May Stryker a continué son travail, mais, sans le salaire de son mari, la famille ne parvenait plus à joindre les deux bouts. M. Castle n'était pas un employeur généreux et les conditions de travail étaient rudes, mais elle s'est tout de même accrochée ; voyez-vous, M. Castle avait promis de lui léguer le ranch. Elle a cru qu'il lui suffirait de tenir le coup quelques années pour se retrouver propriétaire et qu'ensuite elle n'aurait plus de souci à se faire pour l'avenir de ses enfants. Seulement, M. Castle lui a menti. Quand il est décédé, la propriété est revenue à des cousins éloignés vivant sur la côte Est. Des cousins qui, soit dit en passant, ne s'y intéressaient absolument pas et qui ont laissé la propriété à l'abandon. Déçue, brisée, May est partie avec ses enfants à Los Angeles. Là-bas, elle a trouvé du travail, a commencé une nouvelle vie… mais elle n'a jamais pu oublier le Castle Ranch. En apprenant qu'il était à vendre, elle a cru pouvoir obtenir, enfin, ce que la vie lui avait refusé. Et voilà que pour la deuxième fois le ranch lui a été repris… cette fois par un escroc.

Jefferson s'interrompit, le doigt braqué vers Glen. C'était un peu théâtral, mais Heidi se fichait de sa mise en scène, elle devait l'admettre : cette histoire était absolument déchirante ! A tel point qu'alors qu'elle n'était pas en cause, n'avait joué aucun rôle dans la saga du vieux Castle ni dans l'escroquerie de Glen, elle se sentait horriblement coupable.

— Oh ! Dante, ça suffit !

May Stryker venait de sauter sur ses pieds en apostrophant rondement son propre avocat.

— Votre Honneur, ajouta-t-elle, je peux dire quelque chose ?

Excédée, la juge leva les mains au ciel.

— Ma foi, tout le monde a pu s'exprimer, pourquoi pas vous ! Nous vous écoutons, madame Stryker.

— Maman, siffla son fils. Ce n'est pas le moment…

— C'est le moment idéal, au contraire. Je sais que tu es un excellent homme d'affaires, et que c'est une sorte de principe chez toi de sortir victorieux de tous les conflits, mais je dois te dire que ce que nous faisons ici me déplaît beaucoup. Cet argent que M. Simpson m'a pris pose problème, bien sûr, mais pour autant je ne tiens pas du tout à mettre Heidi et son grand-père à la rue. Je sais trop bien ce qu'on ressent lorsqu'on perd son foyer, l'endroit où l'on a pensé qu'on passerait le restant de ses jours. Ce que nous devons chercher, tous ensemble, en y mettant chacun du nôtre, c'est un arrangement. Un compromis !

Spontanément (et sans se préoccuper de l'intérêt avide de l'assistance), elle se tourna vers Heidi pour proposer :

— On pourrait peut-être partager ? Je ne sais pas de quelle

façon, mais vous semblez être quelqu'un de raisonnable, et j'aimerais que tout le monde y trouve son compte.

— Moi aussi, souffla Heidi.

— Parfait !

May Stryker, qui semblait avoir pris en main toute la procédure, se retourna vers la juge pour lui confier :

— Heidi a des chèvres adorables. Elle a besoin de pâturages, et aussi d'un espace de fabrication.

— Vous vous rendez bien compte que M. Simpson vous a volé 250 000 dollars ? s'enquit la juge.

— Bien sûr, je sais que la situation n'est pas simple, mais Heidi parlait d'échelonner le remboursement. Je serais d'accord pour envisager une solution de ce genre.

— Elle n'a pas les moyens, objecta Dante Jefferson. Votre Honneur, elle avoue elle-même ne posséder que 2 500 dollars. Nous ne pouvons pas accepter un échéancier qui s'étirera sur trois générations ! Par ailleurs, M. Stryker a également signé la promesse de vente, le ranch lui appartient pour moitié et il doit avoir voix au chapitre.

— Je comprends cela, maître Jefferson. Cela dit, je suis tout de même surprise qu'un homme d'affaires chevronné comme votre client n'ait pas réalisé que cette vente était factice.

Un peu penaud, Jefferson balbutia :

— Il était très occupé, Votre Honneur.

— Seriez-vous en train de me dire que votre client n'a pas lu les documents incriminés ?

— Non, il ne l'a pas fait.

— *Caveat emptor*, maître Jefferson !

— C'est du latin, souffla Trisha Wynn à l'oreille de Heidi. Ça veut dire : « A l'acheteur de se méfier. »

Heidi avait très envie de croire que la juge penchait de son côté, mais elle redoutait d'attacher trop d'importance à une simple passe d'armes. L'enjeu était grave et ce serait naïf de sa part d'espérer trop ! Avec un soupir, la juge se renversa dans son fauteuil de cuir en retirant ses lunettes à double foyer.

— Monsieur Stryker, en dépit de votre statut légal, ai-je

raison de penser qu'il s'agit surtout de la propriété de votre mère ?

— Oui, Votre Honneur.

La magistrate hocha lentement la tête. Un instant, son regard se posa sur May qui était restée debout, les mains nouées devant elle. Au bout d'un long silence, elle déclara :

— Ecoutez, vous m'avez fourni matière à réflexion. M. Simpson s'est approprié une somme importante de manière illégale, mais je veux bien croire que ses intentions étaient bonnes. Ce qui n'excuse pas pour autant votre geste, monsieur Simpson ! ajouta-t-elle avec un regard sévère.

— Je sais, dit l'inculpé avec humilité.

— Mademoiselle Simpson, votre détermination à aider votre grand-père est tout à fait louable, mais vos 2500 dollars ne suffiront pas, vous en êtes consciente ?

— Oui, Votre Honneur, chevrota Heidi, la bouche sèche.

— Monsieur Stryker, vous êtes un homme d'affaires averti qui a signé un contrat sans le lire. Vous méritez tout ce qui vous arrive.

Heidi vit la mâchoire de Stryker se crisper, mais il ne répliqua pas.

— Quant à vous, madame Stryker, vous êtes la principale victime dans cette affaire, et pourtant c'est vous qui conseillez le pardon et réclamez un compromis. Laissez-moi vous dire que vous rendez un peu d'espoir à une vieille dame assez cynique. J'admire votre attitude et je choisis donc de considérer cette affaire selon votre point de vue.

Heidi releva la tête. Qu'est-ce que cela voulait dire, concrètement ? Etait-il envisageable que la justice renonce à poursuivre son grand-père ?

— La solution la plus simple, poursuivit la juge, serait de mettre M. Simpson en prison, ou de convenir d'un échéancier qui obligera sa petite-fille à passer sa vie à rembourser sa dette. Pour vous, madame Stryker, je suis prête à envisager d'autres options. Je souhaiterais faire des recherches dans la jurisprudence, voir ce qui a déjà été proposé par le passé dans d'autres affaires du même type. Malheureusement, mon planning est surchargé, mon assistante se marie la semaine prochaine…

Il y eut encore un silence, puis elle reprit :

— Et puis, il y a aussi la question du prêt bancaire. Ce prêt existe et, si Mlle Simpson doit continuer à le rembourser, elle aura remboursé le ranch deux fois. Je ne suis pas sûre que cela soit très correct… D'un autre côté, nous savons tous que les banques n'acceptent pas facilement de nouveaux arrangements.

Elle s'interrompit une fois de plus, puis, avec un léger sourire, elle lança :

— Alors, madame Stryker, je vous propose un compromis. Votre fils et vous-mêmes bénéficierez du statut de copropriétaires avec Mlle Simpson et son grand-père, du moins à titre temporaire. De notre côté, nous continuerons à travailler sur cette affaire, notamment en dialoguant avec la banque. Quant à vous, mademoiselle Simpson, je vous suggère de mettre ce répit à profit pour tenter de rassembler la somme due à Mme Stryker. De façon légale, bien entendu.

Heidi eut l'impression que, comme Alice, elle venait de basculer dans un terrier de lapin s'ouvrant sur un univers insolite. *Partager* le ranch ? A quatre, avec des inconnus ? C'était mieux que de tout perdre, mais comment cela pouvait-il fonctionner ? De l'autre côté de la salle, Stryker chuchotait avec son avocat, visiblement très contrarié. En revanche, May, rayonnante, souriait à Glen. Brusquement, elle se redressa et leva la main pour demander la parole.

— Votre Honneur ?

— Oui, madame Stryker ?

— Du moment que nous nous mettons d'accord, Heidi et moi, serait-il possible d'apporter des améliorations à la propriété ? La grange a besoin de travaux, et les clôtures sont en très mauvais état.

— Je vous rappelle que je n'ai pas rendu de décision définitive. Il ne s'agit que d'un arrangement temporaire. Vous pourriez encore perdre vos droits sur cette propriété, je vous demande de ne pas l'oublier. Cela dit, si vous vous mettez d'accord avec Mlle Simpson pour effectuer des travaux, et si vous acceptez toutes deux qu'il n'y ait aucune compensation au cas où l'arbitrage final ne soit pas celui escompté, allez-y ! Je convoquerai les parties en présence quand je serai prête à donner une décision définitive. Mais je vous préviens tout de suite que cela risque de prendre un certain temps.

Heidi en avait le vertige. Sauvée ! Enfin, pour l'instant. La greffière demandait maintenant à l'assistance de se lever ; elle obéit machinalement, avec l'impression d'avoir esquivé de justesse un train qui menaçait de la faucher.

— C'est bien, non ? souffla-t-elle à son avocate.

— En tout cas, c'est mieux que de voir Glen jugé pour escroquerie.

Elle lança un sourire canaille au vieil homme en précisant à voix basse :

— Tu sais que je t'adore, mais je n'aurais pas pu faire grand-chose : tu serais allé tout droit en prison.

Elle reprit ensuite tout son sérieux pour recommander à Heidi :

— Arrangez-vous avec May Stryker. Faites votre possible pour que la cohabitation fonctionne, trouvez des compromis, soyez très gentille avec elle et, pour l'amour du ciel, commencez à mettre de l'argent de côté. Même si vous ne trouvez pas toute la somme, le fait de montrer que vous cherchez réellement à la rembourser jouera en votre faveur.

— D'accord, souffla Heidi.

De l'autre côté, Rafe Stryker s'entretenait toujours avec son associé en jetant des regards furieux dans leur direction. May Stryker ne poserait aucun problème, songea-t-elle, mais son fils ! Comme si elle devinait ses pensées, Trisha se pencha pour lui glisser à l'oreille :

— Et n'oubliez pas ce que je vous ai dit. Rien de tel que le sexe pour mettre les gens d'accord.

Heidi fronça le nez. Un homme en costume sombre et en chaussures luisantes ? Alors là, ce n'était pas du tout son genre ! Et, même en faisant abstraction de la tenue, cet homme transpirait l'arrogance et l'obstination. C'est vrai qu'il était beau garçon, ce serait facile de se perdre dans son regard sombre… mais à la façon d'un lapin qui perd tous ses moyens face à un cobra. On était fasciné, jusqu'au moment où on sentait les crochets s'enfoncer dans sa chair.

— Sincèrement, je le vois mal changer d'avis, même en admettant qu'il se laisse séduire.

— Croyez-moi, tous les hommes se laissent séduire. Et, une fois séduits, ils font tout ce que vous voulez.

— Peut-être avec vous, mais moi je n'ai rien d'une femme fatale, protesta Heidi avec énergie. Je ne saurais même pa. par où commencer pour séduire un homme pareil.

Comment expliquer que, pour elle, le sexe n'était pas un jeu de pouvoir, mais un échange d'amour ? Ou tout au moins un échange de tendresse et d'attention !

— Pensez-y, conseilla son avocate. Si elle s'y prend bien, une femme peut faire tomber un empire.

La phrase sonnait bien, mais Heidi ne se sentait aucune vocation à renverser des empires, elle voulait juste empêcher que son grand-père aille en prison, et si possible garder son foyer et ses chèvres. Des objectifs qui n'impressionneraient personne certes, mais qui, à ses yeux, comptaient plus que tous les bouleversements de l'Histoire.

Elle glissa un regard furtif vers Rafe, s'attardant sur ses larges épaules, sa bouche bien dessinée. Serait-elle capable de séduire un homme comme lui ? De lui faire oublier qu'il tenait absolument à démolir sa vie ? Dans un éclair, elle se vit dans une robe moulante, perchée sur des talons vertigineux ; ses cheveux (un peu plus bouclés que dans la réalité) flottaient sur ses épaules, soulevés par une petite brise — ou un ventilateur hors champ. Mais non, c'était idiot : elle n'avait jamais su marcher avec des talons, elle se prendrait certainement les pieds dans sa robe. Avec sa chance, elle s'étalerait directement à ses pieds. Ridicule !

La scène lui sembla soudain si réelle qu'elle faillit pouffer — mais quand son regard revint se poser sur Stryker, toute envie de rire l'abandonna. Ce visage implacable, ce corps athlétique ramassé sur lui-même comme pour bondir : il ne jouait pas, lui ! Il n'attendait qu'un signal pour fondre sur sa proie. Tout à coup, la salle d'audience lui sembla glaciale ; instinctivement, elle croisa les bras sur sa poitrine.

— Heidi ?

Surprise, elle leva la tête ; May Stryker se tenait devant elle. Confuse, elle sauta sur ses pieds.

— Je voulais vous dire… je parlais tout à fait sincèrement, reprit l'autre femme. Je suis sûre qu'on peut s'arranger entre nous. Je ne suis pas rancunière, vous savez ! Je sais bien que Glen ne cherchait pas à m'escroquer. Il y avait urgence pour son ami et il n'a pas regardé plus loin, c'est tout.

Impressionnée par la grandeur d'âme de May, Heidi se demanda si elle se montrerait aussi généreuse, si les rôles étaient inversés.

— Merci beaucoup, j'apprécie énormément votre attitude, dit-elle. Ce n'est pas un méchant homme, vous savez, il est juste très… impulsif.

May lui sourit et un éclair amusé illumina ses beaux yeux sombres. Des yeux très semblables à ceux de son fils si leur expression n'avait pas été aussi différente !

— C'est parfois une qualité !

— Sauf si ça vous envoie devant le juge.

— Ça, c'est vrai.

Très consciente de l'élégance de la femme qui lui faisait face, Heidi tira discrètement les manches de son unique tenue un peu « habillée », une robe bleu marine et très sage, trouvée cinq ans plus tôt dans une friperie d'Albuquerque.

— Il faut qu'on discute, déclara May en sortant son portable. Donnez-moi votre numéro. Je vous appellerai bientôt et on pourra convenir d'un rendez-vous.

— C'était bien, soupira May quand Rafe la raccompagna dans sa suite.

Bien ? Ils venaient de passer la matinée au tribunal ! La juge mettait leur affaire en veilleuse jusqu'aux calendes

plus à elle qu'à aucune de ses amies précédentes, il se voyait tout à fait vieillir à ses côtés. Si ce n'était pas de l'amour… ! Et pourtant, quand, au bout de deux ans seulement, elle lui avait proposé de divorcer, il n'avait rien ressenti de plus qu'une vague insatisfaction, une sorte de sentiment d'échec.

— Ça n'avait rien à voir avec l'amour, riposta sa mère. L'amour, ça balaye tout sur son passage. Et toi, tu n'as jamais été balayé.

— C'est clair. Mais, à supposer que tu aies raison, j'ai pris les choses en main et je vais trouver quelqu'un, maintenant. Donc, tu n'as pas à t'inquiéter pour mon bonheur.

Sa mère leva les yeux au ciel, excédée.

— Tu t'es adressé à un agent matrimonial, Rafe ! Une professionnelle des rencontres. Qu'est-ce que tu imagines ? Que l'amour ça se trouve comme un appartement ? On fait quelques visites ciblées et on prend sa décision ? Mais enfin, cette Nina, elle ne sait rien de toi. Qu'est-ce que tu crois qu'elle va te vendre ? Non, crois-moi, le moment venu, tu trouveras la femme de ta vie de la même façon que moi j'ai trouvé ton père.

— Maman…

— Non, à toi d'écouter, pour une fois. Je sais que j'ai raison. Tu ne peux pas choisir une femme parce que son profil correspond au tien. La femme de ta vie, ce sera celle pour qui tu seras prêt à tout risquer.

Une fois de plus, il constata à quel point sa mère et lui ne vivaient pas dans le même monde. Tout risquer ? Cela ne voulait rien dire !

— Ecoute, je trouverai la femme de ma vie, promit-il. On se mariera et on aura des gosses.

Les gosses, au fond, c'était cela l'essentiel. S'il envisageait de se remarier c'était surtout à cause de ce désir profond qui le tenaillait : il voulait, passionnément, une famille. Une famille classique comme dans les livres pour enfants, un papa, une maman, des petits. Et puisqu'il n'avait pas su trouver de partenaire par ses propres moyens il s'adressait à une professionnelle. A ses yeux, c'était simplement une démarche logique, comme de faire appel à une agence de voyages ou un spécialiste du marketing. Quand on n'est pas le meilleur dans un domaine, on va chercher le meilleur ! Et Nina affichait un parcours sans faute. Il était certain qu'elle saurait lui présenter la future mère de ses enfants.

A l'évocation des futurs enfants de Rafe, sa mère retrouva aussitôt le sourire.

— Tu ne peux pas savoir à quel point j'adorerais avoir des petits-enfants. Tu te rends compte ? Tu pourrais les emmener en vacances au ranch !

Pour Rafe, c'était une vision de l'enfer. Il préféra ne pas répondre et en revint à la question fondamentale.

— Maman, ce ranch : tu es sûre que c'est ce que tu veux ?

— Oui, j'en suis sûre. Je veux m'y installer et y vivre toute l'année. Planter un potager, des fleurs ; peut-être avoir quelques animaux.

— Tant qu'il y aura des chèvres dans le voisinage, tu auras du mal à faire pousser tes légumes…

— Heidi et moi, on trouvera un compromis.

Il ne se donna pas la peine de préciser que Heidi et son grand-père ne poseraient en réalité aucun problème. Comme Nina, Dante était le meilleur dans sa spécialité ; dans cette histoire, il n'y aurait qu'un vainqueur.

— Le ranch couvre quoi, dans les quatre cents hectares ?

— Je ne me souviens plus très bien.

Lui se souvenait. Quatre cents hectares ? Après tout, c'était une superficie importante, il pourrait commencer à réfléchir à la meilleure façon de l'exploiter. De cette manière, il n'aurait pas tout à fait perdu son temps. Avec cet imbroglio, il ne pouvait pas rentrer à San Francisco tant que sa mère n'aurait pas obtenu ce qu'elle était venue chercher ici. Il se mit sur pied, lui prit les mains pour la faire lever à son tour et la serra gentiment sur son cœur.

— Très bien. Tu veux ce ranch, tu auras ce ranch.

Et peu importait ce que cela lui coûterait.

4

Quand elle versa le café dans les quatre tasses disposées sur la table, Heidi fut assez fière de noter que sa main ne tremblait pas. May avait tenu parole : le lendemain de l'audience, les deux Stryker et les deux Simpson étaient réunis dans la cuisine du ranch, prêts à entamer la discussion. Son avenir tout entier était dans la balance. La formule était peut-être un peu mélodramatique, mais elle reflétait finalement assez bien la réalité. Si la cohabitation se passait mal, elle se retrouverait à la rue avec son grand-père. Depuis l'audience, elle ne cessait d'avoir des bouffées de panique. La juge lui avait accordé un sursis mais rien ne garantissait qu'elle parviendrait à garder le ranch — et alors, que ferait-elle ? Où iraient-ils ?

Résolument, elle repoussa ces questions dans un coin de son esprit et prit place à la table légèrement bancale. L'heure n'était pas aux lamentations, elle devait garder l'esprit clair, collaborer avec May Stryker, et trouver le moyen d'amasser 250 000 dollars — d'ici l'été.

— Merci de nous recevoir, dit May en lui souriant.

— Vous êtes les bienvenus.

Elle faisait de son mieux pour sourire, elle aussi, mais l'expression belliqueuse de Rafe Stryker la mettait affreusement mal à l'aise. Ses premières rencontres avec lui, sur le chemin du ranch, puis dans la salle d'audience, ne l'avaient pas du tout préparée à l'effet de sa présence dans une pièce de taille relativement réduite. C'était agaçant : même en restant simplement assis là sans bouger, ce type occupait tout l'espace. Elle aurait aimé pouvoir l'ignorer, faire comme s'il n'était pas là — mais c'était mission impossible ! D'abord parce que ses yeux sombres la paralysaient, et ensuite parce qu'elle ne pouvait pas se permettre de se le mettre à dos. Il s'agissait tout de même d'une réunion de conciliation !

— J'ai décidé de rester à Fool's Gold, annonça May, apparemment imperméable aux tensions qui couvaient autour de la table.

A moins que ces tensions n'existent que dans l'espace personnel de Heidi ? L'attitude de Rafe Stryker n'avait peut-être rien à voir avec elle, après tout. Si ça se trouve, il était toujours comme ça, en permanence sur la défensive. En fait, il semblait à peine remarquer son existence, et… Stop ! Il était temps de revenir sur terre et de prendre une part intelligente à la conversation. Elle fit un effort pour se concentrer sur les propos de May, qui semblait avoir envie de s'épancher.

— J'ai tant de souvenirs, ici… Tant de souvenirs heureux !

— Je comprends ça, c'est une vraie maison de famille, renchérit Glen. Ici, on ne peut que se sentir chez soi. Et, justement pour cette raison, je tiens à vous dire que nous apprécions beaucoup votre proposition de chercher un arrangement.

— Mais c'est normal. Nous aimons tous cet endroit et il serait vraiment dommage que l'un de nous soit forcé de renoncer à son rêve. Il existe forcément une solution.

Stryker grommela quelque chose que Heidi ne saisit pas, mais qui ne ressemblait guère à un assentiment cordial. May lança un regard sévère à son fils avant de se retourner vers elle.

— Vous auriez le temps de nous faire visiter ? J'aimerais voir tout ce qui a changé et aussi découvrir votre petite entreprise.

— Ah ? Oui, bien sûr.

Elle aurait largement préféré leur indiquer la route du retour à San Francisco mais, clairement, ce n'était pas une option.

— Quand est-ce que vous voulez… ?

— Tout de suite, si ça vous convient ?

Aussitôt, Glen sauta sur ses pieds.

— Tout ce qui me donne l'occasion de passer un moment avec une jolie femme…

Stryker leva les yeux au ciel, mais May se contenta de sourire.

— Quel charmeur vous faites…

Pour la première fois, Heidi sentit qu'elle était sur la même longueur d'onde que Rafe Stryker. Ce n'était pas en flirtant avec May que Glen ferait avancer leur cause ! Elle allait même devoir lui parler très sérieusement, dès qu'ils se retrouveraient seuls tous les deux. Pressée d'en finir, elle se leva à son tour en lançant :

— Vous savez, il n'y a pas grand-chose à voir. Les chèvres et leur abri, bien sûr… la grange.

— N'oublie pas les grottes, intervint Glen.

Très gentleman, il tint la chaise de May en expliquant :

— Vous vous souvenez sûrement des grottes. C'est un site très ancien qui servait sans doute d'abri à la tribu qui vivait dans la région avant l'arrivée des colons. Personne ne les a jamais explorées entièrement.

— N'exagérons rien, elles ne sont pas si intéressantes que ça, soupira Heidi. Je m'en sers surtout pour la maturation des fromages. La température est idéale, et j'ai toute la place qu'il me faut.

Résigné, Rafe Stryker se leva finalement en marmottant :

— Des chèvres et des fromages. Formidable…

— Ne vous sentez surtout pas obligé de nous accompagner, glissa froidement Heidi. Vous pouvez parfaitement rester ici et conclure quelques OPA par téléphone.

Il haussa un sourcil, apparemment surpris par cette attaque. Sans se démonter, elle le toisa d'un air de défi. Stryker entrait dans la bataille avec une supériorité de moyens écrasante, et il avait l'habitude de gagner. Heidi, elle, ne vivait pas dans le même univers, ses uniques combats, c'était contre Athéna qu'elle les livrait et, d'ailleurs, elle n'aimait pas particulièrement les affrontements, mais elle sentait clairement que dans la lutte qui s'annonçait elle devait à tout prix se faire respecter.

— Oh ! non, répondit-il. Pas question de rater la visite.

Et il lui sourit, la prenant complètement au dépourvu. Pendant un instant, il cessa d'être un ogre odieux pour se métamorphoser en un homme charmant… et même très sexy ! Elle eut envie de dire quelque chose de drôle, rien que pour revoir ce sourire ; elle faillit même rejeter négligemment ses cheveux en arrière — par chance, elle se retint car, avec ses tresses, cela n'aurait strictement rien donné. Reprends-toi ! se hurla-t-elle intérieurement. Rafe Stryker était l'ennemi ! Il n'était pas venu ici pour flirter avec elle, mais pour lui arracher tout ce qu'elle possédait. Et elle ne le laisserait certainement pas faire ! De toute façon, s'il parvenait à lui faire perdre ses moyens d'un seul sourire, c'était uniquement le signe que sa vie amoureuse était un désastre. Un jour, quand cette histoire serait oubliée, elle se trouverait un gentil garçon et ils vivraient ensemble une belle histoire d'amour. Et ce n'est pas le sourire d'un type en costume qui la perturberait. En attendant, elle allait tâcher de ne pas perdre de vue l'enjeu et de se comporter en conséquence !

Le petit groupe se dirigea vers l'enclos des chèvres. Heidi avait réservé le meilleur emplacement à son petit troupeau : ici, la clôture était encore debout, ce qui lui avait permis d'investir davantage pour construire sa chèvrerie, une structure de bois solide et bien conçue qui servait à la fois d'abri et de local pour la traite. Les larges portes coulissantes permettaient au troupeau d'entrer et de sortir à sa guise, et les chèvres pouvaient s'y réfugier par mauvais temps ou quand l'une d'entre elles accouchait. Accoudée à la barrière, May étudia le troupeau avec intérêt.

— Elles ne sont pas toutes pareilles !

— Non, j'ai trois chèvres alpines et cinq nubiennes.

Avec un bref regard vers Rafe, Heidi ajouta :

— Vous avez déjà fait la connaissance d'Athéna.

— Oui. Elle a été charmante.

Elle préféra ne pas relever et enchaîna :

— Athéna, c'est la patronne, la meneuse du troupeau. Et vous voyez ces deux-là ? Ce sont Perséphone et Hera, elles sont enceintes.

Elle faillit préciser qu'elle comptait affecter l'argent de la vente des chevreaux au remboursement de la dette de son grand-père, mais décida que cela n'impressionnerait personne. Une goutte d'eau dans l'océan. Non, l'idéal aurait été de trouver un marché plus étendu pour ses fromages, un marché qui dépasserait l'enceinte de Fool's Gold. Elle avait bien pris contact avec quelques magasins à Sacramento et San Francisco, ils étaient intéressés, mais tout était si compliqué ! Pour aller présenter des échantillons, il fallait s'absenter du ranch, trouver quelqu'un pour s'occuper des chèvres... Au fond, il lui aurait fallu un représentant pour démarcher à sa place, quelqu'un qui aurait l'expérience de la vente, mais où trouver l'oiseau et surtout comment le payer ? Qu'on la parachute au milieu d'une foire et elle saurait canaliser la foule en virtuose, mais elle n'avait aucune expérience des affaires — ce qui ne l'avait pas empêchée de s'en sortir, jusqu'ici ! Tout allait bien avant que cette histoire ne vienne tout remettre en cause.

— Vous avez donné des noms de déesses grecques à toutes vos chèvres ? s'enquit Rafe.

— J'ai pensé que ce serait amusant et puis je trouvais que ça leur allait bien.

— Pourquoi, elles sont diplômées en lettres classiques ?

— Oh ! Rafe, gronda doucement May. Heidi, il faut excuser mon fils, il n'a jamais eu le sens de l'humour.

— J'ai autant d'humour que n'importe qui.

— Oui, convint tranquillement Heidi. Et tous ceux qui auditionnent pour *Nouvelle Star* savent chanter...

Son regard sombre se braqua sur elle. Sa réaction n'alla pas plus loin, mais elle n'eut aucun mal à saisir le fond de sa pensée, qui devait être du domaine de « pour qui te prends-tu, misérable insecte, pour oser te mesurer à moi ? ». Résolument, elle soutint son regard. D'accord, il était plus riche, plus grand et beaucoup plus impressionnant, mais elle comptait tout de même se battre.

— Elles sont faciles à nourrir ? demanda May. Il leur faut des soins particuliers ?

— Elles mangent du foin de bonne qualité, de la luzerne ; il leur faut beaucoup d'eau. L'idéal pour elles c'est de pouvoir brouter en plein air. Si on les laisse faire, elles rasent tout, l'herbe, les buissons, les fleurs ; il faut régulièrement les déplacer dans différents secteurs du ranch pour permettre à la végétation de se refaire. Chaque été, on les prête à des connaissances qui veulent défricher un terrain.

Ils quittèrent l'enclos pour redescendre vers la grange, une haute structure presque vide au fond de laquelle se trouvaient encore quelques box à demi effondrés. Heidi avait reconstruit deux d'entre eux pour pouvoir prendre deux chevaux en pension ; l'un d'entre eux était le grand hongre de son amie Charlie.

La visite continua. Plus elle montrait, plus elle expliquait, plus elle prenait conscience des clôtures brisées, des herbes folles, du délabrement des dépendances. Elle avait pourtant énormément travaillé depuis son arrivée ! Les chèvres étaient sa préoccupation principale, bien sûr, mais, maintenant qu'elles disposaient de l'équivalent caprin d'un 5-étoiles, elle avait eu l'intention de concentrer ses efforts sur la maison et la grange… Elle conclut le circuit en ramenant les Stryker à la maison pour leur servir des échantillons de ses fromages.

— Délicieux, déclara May en grignotant avec gourmandise. Vraiment très fin. Et vous faites aussi des savonnettes ?

— Oui, sur une base de lait de chèvre. C'est très doux, très hydratant. Le pH neutre a de bons résultats pour certains problèmes de peau, j'en vends à plusieurs mamans en ville dont les enfants font de l'eczéma.

— J'aimerais bien l'essayer !

Heidi alla ouvrir le placard où elle entreposait son stock, choisit deux savonnettes à la lavande et les offrit à May et Rafe.

— Merci, dit froidement ce dernier. Je suis toujours content de sentir la fleur.

— Tu devrais essayer, répliqua sa mère. Ça plairait peut-être aux femmes.

Elle lui tourna le dos pour confier à Heidi :

— Rafe a beaucoup de mal avec les relations amoureuses.

— Maman…

— Mais c'est vrai ! Et maintenant tu te débarrasses du problème en le confiant à cette Nina je-ne-sais-plus-quoi. Vous le croyez, ça ? Un agent matrimonial ! C'est dire s'il a du mal à se trouver quelqu'un !

Heidi dut faire un gros effort pour réprimer son hilarité. Décidément, May lui plaisait beaucoup ! C'est tout juste si on n'entendait pas grincer les dents de Stryker. Oh ! et puis elle ne risquait pas grand-chose à le chercher un peu : de toute façon, il était déjà déterminé à lui compliquer l'existence ! Impassible, elle suggéra donc :

— Vous savez, il y a beaucoup de femmes célibataires à Fool's Gold. Vous voulez que je demande à mes amies si elles connaissent quelqu'un pour vous ?

— Non. Merci, sans façon.

Il fulminait ! Enchantée, elle insista avec le plus grand sérieux :

— Vous êtes sûr ?

— Tout à fait.

May reprit un morceau de fromage en s'écriant gaiement :

— Quel bonheur de se retrouver ici ! Il me revient une foule de souvenirs… Mes enfants ont grandi sur ce ranch.

— C'est ce que j'avais cru comprendre.

Très décontracté, Glen entreprit de refaire du café en ajoutant :

— C'est vrai que c'est un paradis ici pour des enfants ! J'espère toujours que Heidi me donnera des arrière-petits-enfants mais, pour l'instant, je ne vois rien venir.

Ce fut au tour de Heidi de grincer des dents. Toujours aussi cordial, Glen ajouta :

— Vous avez trois enfants, May ?

— Quatre, répondit-elle en venant s'appuyer au plan de travail près de lui. Trois garçons et une fille. Shane élève des chevaux, Evangeline est danseuse, et Clay…

— Vous n'aviez pas dit que faisiez aussi du fumier de chèvre ? interrompit brusquement Rafe.

Heidi cligna des paupières, interdite.

— Pardon ?

— Vous en vendez, n'est-ce pas ?

— Euh… oui, c'est un engrais formidable. Vous voulez me passer commande ?

— Non, non.

Elle le dévisagea, perplexe… et comprit qu'il ne s'intéressait ni aux chèvres ni au fumier, mais cherchait uniquement à changer de sujet. La manœuvre n'était pas très subtile ! Que disait May au moment où il était intervenu ? Elle se repassa la conversation et conclut qu'il avait certainement voulu empêcher sa mère de parler de son frère Clay.

— Si vous changez d'avis…, murmura-t-elle en se demandant quel conflit pouvait bien opposer les deux frères.

— C'est vous qui les avez faits ? Qu'est-ce que ça sent bon !

Admirative, May regardait Glen sortir des biscuits du four et les disposer sur une assiette, à côté des tasses propres, du sucrier et du pot de café.

— Je me suis débrouillé seul très longtemps, j'ai bien dû me mettre à la cuisine ! Vous voyez cette petite ? ajouta-t-il en désignant Heidi, eh bien, elle avait trois ans quand elle a débarqué chez moi. Le petit bout le plus adorable qu'on puisse imaginer et une sacrée amatrice de sucré ! Mais son papa avait quitté le nid depuis longtemps et j'avais oublié tout ce que je savais sur les enfants. Et puis, je dois avouer que je n'avais pas été très présent pour les miens, j'étais le genre d'homme qui prend la route à la moindre occasion. Et autant dire que je ne connaissais rien à la pâtisserie à l'époque… Oh ! je n'en suis pas fier. Enfin, je me suis débrouillé de mon mieux avec la petite, et on ne s'est plus quittés.

— C'est une belle histoire, soupira May, attendrie. Beaucoup d'hommes ne se seraient même pas donné la peine d'essayer.

Heidi réprima un mouvement d'impatience. Oui, Glen l'avait prise sous son aile et élevée de son mieux, oui, c'était une belle histoire — mais, là, il la racontait uniquement pour se faire bien voir de May. Il avait toujours su s'y prendre avec ces dames ! Malheureusement, dès qu'il s'agissait de bâtir une relation durable, il n'avait plus aucun talent. Elle allait devoir lui rappeler d'urgence qu'il avait volé 250 000 dollars à May Stryker. Ce serait malvenu, en plus, de lui briser le cœur !

Glen servit le café, elle apporta du lait et fit circuler les biscuits. Rafe, bien entendu, les refusa et but son café noir.

— C'est du lait de chèvre ? s'enquit May en acceptant le petit pichet qu'elle lui offrait.

— Oui.

— Il faut absolument que je l'essaie.

Elle but une gorgée et lui lança son sourire le plus chaleureux.

— C'est parfait ! En fait, tout est parfait. Je ne vois pas pourquoi on ne pourrait pas parvenir à s'entendre.

— Maman..., protesta son fils.

Elle agita la main pour le faire taire.

— Non, Rafe, laisse-moi parler. Je veux participer à la vie de ce ranch et je ne vois pas pourquoi Heidi et Glen ne pourraient pas en faire autant. Il y a suffisamment de place pour nous tous.

Un compromis ? L'idée était séduisante, mais Heidi préférait savoir à quoi elle s'engageait avant de se réjouir tout à fait.

— Comment voyez-vous les choses ? demanda-t-elle.

— Eh bien, pour commencer, j'aimerais apporter quelques améliorations. Il faut absolument réparer la grange, les clôtures. Cette maison...

Avec un grand geste qui englobait l'électroménager vieillot de la cuisine, elle s'écria en riant :

— Ces appareils étaient déjà vieux quand je vivais ici. Je détestais ce four !

— Moi aussi, répondit Heidi avec ferveur. Il ne chauffe que d'un côté.

— Oui, je m'en souviens, il fallait toujours penser à tourner ses plats. Il faudrait aussi repeindre, éventuellement poser des planchers neufs...

— Ralentis un peu, recommanda Rafe. Une chose à la fois.

— Je regrette, Rafe, riposta sa mère, mais voilà vingt

ans que j'attends de revenir ici. J'y suis enfin et, à mon âge, on ne peut plus se permettre de prendre tout son temps.

— A votre âge ? répéta Glen, amusé. Allons, vous êtes à peine sortie de l'adolescence, et beaucoup trop jeune pour moi… C'est bien dommage, d'ailleurs !

— J'ai quatre enfants, je pourrais être grand-mère, protesta-t-elle, confuse.

— Pour tout dire, j'ai beau avoir Rafe devant moi, j'ai du mal à le croire.

La mâchoire crispée et l'air d'un homme résolu à s'armer de patience, l'intéressé articula :

— En faisant une liste, peut-être ?

Puis, comme tout le monde le dévisageait, perplexe, il précisa :

— Une liste de tout ce que tu aimerais faire au ranch.

— Formidable, s'écria sa mère.

— Moi ? Non, certainement pas…

Heidi cacha son sourire derrière sa tasse. L'aurait-elle jugé un peu vite en affirmant qu'il n'avait aucun humour ? Quant à May… si elle l'appréciait toujours, elle commençait à comprendre qu'il ne serait pas forcément facile de traiter avec elle. Ce mélange de gentillesse et de détermination pouvait même s'avérer assez redoutable… et Glen semblait déterminé à compliquer la situation.

— Maintenant, je crois que nous allons vous laisser, déclara May en reposant sa tasse vide. Vous avez sans doute des tas de choses à faire et moi je voudrais m'atteler à cette liste. Vous savez où nous sommes descendus, n'est-ce pas, au Ronan's Lodge ? Je vous ai bien donné mon numéro de portable ?

— Vous restez donc à Fool's Gold, pour l'instant, dit Heidi d'une voix neutre.

Ce fut Rafe qui répondit :

— Oui. Tant que cette histoire ne sera pas réglée.

Cela ressemblait assez à une menace, mais Glen prit la main de May dans la sienne, l'air absolument enchanté.

— Parfait ! Je me fais une joie de vous revoir très vite.

— Moi aussi, lui dit-elle tout bas, les yeux dans les yeux.

Il faudrait peut-être les laisser seuls tout de suite ? se demanda amèrement Heidi. Comment allait-elle s'y prendre pour faire entendre raison à Glen ? Comme s'ils n'avaient pas déjà assez d'ennuis ! Elle se posait très sérieusement la question quand elle surprit le regard que Rafe posait sur son grand-père : un regard très froid, et très déterminé. Décidément, il fallait espérer que le fameux agent matrimonial se dépêche de lui trouver une partenaire. S'il pouvait seulement tomber amoureux, cela lui ferait peut-être oublier son intention de détruire leur existence.

Elle attendit que la voiture des Stryker se soit éloignée pour rentrer dans la maison. Au salon, Glen s'installait en soupirant dans son fauteuil pour regarder la télévision.

— Pas si vite, lança-t-elle en s'emparant de la télécommande. Il faut qu'on parle.

— De quoi ?

— Ne fais pas l'innocent. May Stryker ! Je vois très bien ce que tu manigances.

— C'est une femme adorable.

— Effectivement. Et à laquelle tu n'as pas le droit de toucher.

Elle se laissa tomber sur un pouf aux pieds de son grand-père et reprit, de sa voix la plus persuasive :

— Je te parle sérieusement ! Ne fais pas ça. Tu sais très bien ce qui se passera : tu coucheras avec elle deux ou trois fois, elle tombera amoureuse et ensuite tu auras envie de passer à autre chose.

— Heidi ! C'est terrible de dire ça.

— Peut-être, mais c'est ta technique habituelle. Je t'en supplie, c'est trop important cette fois.

— Je sais, dit-il en se penchant vers elle, le visage grave. Mais cette fois je ne m'amuse pas.

— Tu flirtes avec elle.

— Elle me plaît.

— Toutes les femmes te plaisent.

Il la regardait avec une gravité inhabituelle.

— Non, elle me plaît *vraiment*. Cette fois, c'est différent.

Elle scruta son visage familier en se demandant si elle aurait la force de le secouer comme un prunier. Quel gamin ! Quel incorrigible…

— Arrête, tu ne me feras jamais croire que ce serait autre chose qu'une passade ! Depuis que je suis toute petite, tu n'as pas arrêté de me répéter que l'amour, c'était pour les imbéciles. Que si jamais je me sentais craquer, je devais partir en courant ! Et maintenant tu veux me faire croire…

Il leva les deux mains comme un homme qui se rend.

— Je sais, je sais ! Oui, c'est vrai, j'ai dit ça, mais, tu vois, je commence à prendre de l'âge, Heidi. Même moi, je suis obligé de l'admettre. Et vieillir tout seul… eh bien, la perspective ne me plaît pas plus que ça. Et finalement rien ne m'y oblige ! Du coup, je me demande : et si cela avait un sens, finalement, cette histoire de « jusqu'à ce que la mort nous sépare » ? Si je trouvais une femme qui me convient vraiment ?

Atterrée, elle secoua la tête.

— Non. Je n'y crois pas. On ne revient pas comme ça d'un seul coup sur toutes ses convictions.

— Et pourquoi pas ? Tout le monde a bien cru que la Terre était plate ! Je te dis juste que je me suis peut-être trompé, et que May ne ressemble à aucune des femmes que j'ai connues. Je ne peux pas passer à côté…

— Ne me fais pas ça, gémit-elle en se couvrant le visage de ses mains.

Il se pencha pour lui embrasser le front.

— Tu es mon petit soleil, Heidi, et je t'aime. Tu le sais, n'est-ce pas ?

— Oui. Moi aussi, je t'aime.

— Alors fais-moi un peu confiance.

*
* *

— Un margarita, et un shooter, commanda Heidi d'une voix brève.

Jo, propriétaire et tenancière du Jo's Bar, haussa les sourcils d'un air soupçonneux.

— Le shooter, ce n'est pas ton genre.

— Ce soir, si.

— Tu as l'intention de conduire ensuite ?

Certains clients auraient peut-être trouvé ces questions intrusives et déplacées, mais pas Heidi. Cette attention portée à l'autre, c'était tout Fool's Gold, et l'une des raisons pour lesquelles elle avait tenu à s'installer ici.

— Glen m'a déposée. Il viendra me chercher quand je l'appellerai.

— Très bien. Alors va pour le shooter.

Jo la quittait quand Annabelle et Charlie parurent à la porte. Ses deux meilleures amies la repérèrent à sa table et se hâtèrent de la rejoindre.

— Il circule des rumeurs incroyables, s'écria Annabelle en se glissant sur la banquette en face d'elle. La juge t'a vraiment condamnée à coucher avec Rafe Stryker ?

— N'importe quoi, s'étrangla-t-elle.

— Dommage, soupira la petite bibliothécaire. Je l'ai vu hier. Il est craquant.

— Attends, c'est vraiment ce qu'on raconte ? Cette histoire de coucher avec lui, je veux dire, pas le fait qu'il soit craquant.

Charlie leva les yeux au ciel.

— Mais non ! Annabelle, trouve-toi un homme, je te jure qu'il y a urgence.

— Ah non, désolée, je me suis juré que les relations amoureuses, c'était terminé ! De toute façon, les types bien ne craquent jamais pour moi. Au fond, ce ne serait pas très grave, s'il n'y avait pas la question du sexe… Tu crois que la juge ordonnerait à Stryker de coucher avec moi ?

Elle se prit la tête à deux mains ; aussitôt, ses longues boucles rousses croulèrent sur son visage.

— Pas d'alcool pour toi ce soir, recommanda sobrement son amie. Qui sait de quoi tu serais capable ?

— N'oublie pas que je suis bibliothécaire ! Tout le monde sait que nous sommes très sages et même assez coincées.

— C'est un mythe diffusé par l'Ordre des bibliothécaires pour nous jeter de la poudre aux yeux. Vous ne voulez pas trahir votre véritable nature, c'est tout.

Heidi riait de bon cœur. Voilà exactement ce dont elle avait besoin ce soir : un moment de détente avec ses amies. La porte de la salle battit de nouveau et Nevada Janack se précipita vers elles, un peu essoufflée.

— Je suis en retard ? Tucker est en Chine, je lui parlais sur Skype et j'ai perdu la notion du temps.

— Je t'en prie, épargne-moi les détails, lâcha Charlie. Je déteste les amoureux.

Comme Heidi s'écartait pour lui faire de la place, Nevada se laissa tomber sur la banquette en riant.

— Pas question que je m'excuse d'avoir le mari parfait, mais je veux bien avoir de la compassion pour toutes les femmes qui n'ont pas un Tucker à la maison.

— Dommage qu'il n'existe qu'en un seul exemplaire, soupira Annabelle. C'est comme Rafe Stryker…

Intriguée, Nevada interrogea Heidi du regard.

— J'ai entendu des rumeurs…

— Je vais tout vous raconter, et vous serez désolées pour moi, promit l'intéressée.

Jo revint se camper près de leur table en lançant d'un ton réprobateur :

— Alors, margaritas pour tout le monde ? Je vous préviens tout de suite, Heidi a commandé un shooter en plus.

— On veut tous les détails, assura Charlie avant de se tourner vers Jo. Oui, un margarita pour moi, mais pas de shooter.

Les autres passèrent la même commande et réclamèrent les petites choses à grignoter habituelles : chips, salsa et guacamole, ainsi que deux plats de *nachos*. Pas précisément diététique, pensa Heidi qui se sentait affamée tout à coup, mais exactement ce qu'exigeait la situation.

Glen et elle n'étaient arrivés que depuis quelques mois

quand elle avait rencontré les femmes qui l'entouraient ce soir. Elles formaient un vrai groupe d'amies, soudé et solidaire. L'hiver dernier, Nevada s'était mariée, en même temps que ses deux sœurs, et depuis, si elle se montrait toujours aussi chaleureuse, les rapports n'étaient plus tout à fait les mêmes. Elle avait Tucker, ils étaient fous l'un de l'autre, toujours collés l'un à l'autre. Du coup, elles se voyaient un peu moins souvent. Heidi ne lui reprochait pas son bonheur, mais il n'est pas toujours facile de fréquenter des jeunes mariés aussi heureux ! Chaque fois qu'elle les voyait se prendre la main ou échanger un regard tendre, elle se sentait renvoyée à sa propre solitude. En revanche, la défection de Nevada avait encore renforcé l'amitié des trois autres, toutes célibataires.

Autour d'elle, la discussion allait bon train. L'espace d'un instant, elle s'autorisa à se souvenir d'une autre amitié. Melinda, sa meilleure amie de toujours, aurait eu vingt-huit ans aujourd'hui. Cela faisait-il vraiment six ans, déjà ? Une histoire terrible, dépourvue de sens…

— Ça va ? lui demanda vivement Annabelle.

Elle hocha affirmativement la tête en se dépêchant de chasser ce chagrin ancien. Il serait toujours temps d'être triste, plus tard, quand elle serait seule ; pour l'instant, elle voulait profiter de la soirée. Jo apporta leurs verres en promettant que les plats suivraient très vite ; quand elle s'éloigna, Annabelle planta les coudes sur la table et ordonna :

— Bon ! Commence par le commencement et raconte-nous tout. Qu'est-ce que la juge a *vraiment* décidé ?

Comment résumer ? Heidi goûta son margarita et soupira.

— En gros, nous sommes copropriétaires. On est censés partager le ranch et se montrer très gentils les uns envers les autres jusqu'à ce qu'elle décide comment régler définitivement notre problème.

Elle décrivit la situation, y compris le fait que May avait le droit d'envisager des « améliorations », comme elle disait.

— Je ne comprends pas, déclara Charlie. Elle veut payer pour des travaux sur un ranch qui pourrait ne pas lui revenir ?

— Pour être franche, je crois qu'elle est assez sûre de la décision finale, avoua Heidi.

Si elle s'efforçait de faire bonne figure, au fond, elle aussi était à peu près sûre. Sûre de perdre. Morose, elle ajouta :

— Je me répète que May est vraiment gentille, et qu'au moins Glen n'est pas en prison.

— Elle tient tellement à avoir ce ranch ? demanda Annabelle. Elle ne pourrait pas acheter autre chose ailleurs ?

— Je me souviens d'eux, intervint tout à coup Nevada. Ils habitaient au Castle Ranch, il y a des années. J'étais petite, aucun des fils Stryker n'était dans ma classe… Je crois bien que Clay, le plus jeune, avait un an de plus que moi.

Elle plissa le front et ajouta :

— Il y avait aussi une petite sœur, non ? Beaucoup plus jeune… Je ne me souviens pas très bien, je sais juste que la famille était pauvre. Pas juste fauchée mais pauvre à ne pas pouvoir mettre un dîner correct sur la table. Ma mère aurait aimé leur donner les vieux habits de mes frères, mais ils se les repassaient déjà entre eux et, une fois le circuit terminé, il n'en restait vraiment rien de présentable… Elle apportait des provisions aux Stryker, des jouets. La ville avait un peu adopté la famille.

Heidi imaginait mal un homme aussi orgueilleux que Stryker acceptant la charité !

— Ça devait être difficile pour eux. A l'audience, ils ont dit que le vieux Castle avait promis de léguer le ranch à May Stryker à sa mort, mais qu'il n'a pas tenu parole. Du coup, c'est la deuxième fois qu'elle se sent trompée par quelqu'un qui lui a fait miroiter la propriété.

— Tu n'as aucune raison de culpabiliser, tu n'as rien fait de mal ! s'écria Nevada avec énergie. Tout ça, c'est la faute de Glen. Je sais bien qu'il cherchait à aider un ami mais, le résultat, c'est que tu dois rendre des comptes à sa place. Mais ça ne se passera pas comme ça ! On va t'aider, et tu t'en sortiras. Dis-nous juste ce qu'on peut faire.

Tant d'énergie, tant de confiance… cela faisait du bien ! Le phénomène Fool's Gold, une fois de plus : ses amies partaient du principe qu'il suffisait d'être solidaires pour surmonter toutes les difficultés. Décidément, elle ne pouvait pas baisser les bras, pas tant que les autres étaient prêtes à se battre. Les Stryker avaient davantage de ressources ? Tant pis, sa cause était juste et son cœur pur !

— Mon avocate veut que je couche avec lui, avoua-t-elle.

Confuse, elle rougit brutalement et avala d'un trait le shooter servi avec son cocktail. Un grand frisson la saisit… Quand elle ouvrit les yeux, ses trois amies la dévisageaient, interdites.

— Tu peux nous expliquer ? s'enquit Charlie.

Après la brûlure initiale, la tequila diffusait une merveilleuse chaleur dans son ventre. Un peu réconfortée, elle répondit :

— Elle pense qu'ensuite il pourrait être plus conciliant…

— Et tu as déjà commencé tes travaux de conciliation ? Parce que vu le résultat…

Les quatre femmes échangèrent un regard… et s'écroulèrent de rire. Quand enfin elle réussit à reprendre son souffle, Annabelle s'affaissa sur sa banquette en soupirant :

— Tu dois quand même être une sacrée affaire ! Je vois mal un homme payer 250 000 dollars pour faire l'amour avec moi.

— Ah ? Et ton tarif se situe dans quelle fourchette ? s'enquit Charlie.

— Oh ! je ne sais pas, dans les deux mille, peut-être ? Ou alors… Oui, si vous commenciez une relation, toi et Stryker, et si tu additionnais le nombre de fois où vous vous retrouvez au lit ensemble… Mais quoi, qu'est-ce que j'ai dit ?

Les trois autres la dévisageaient, muettes. Nevada s'éclaircit la gorge et précisa :

— Je crois que l'avocate de Heidi parlait en termes plus généraux. Du genre : si Stryker s'attachait à Heidi, il tirerait peut-être un trait sur la dette. Je ne pense pas qu'elle proposait un échéancier sexuel.

— Ah, oui… bon…, marmotta Annabelle en rougissant. Désolée.

— Pas de problème, répliqua Heidi, très amusée. Dis

donc, Annabelle, Charlie a raison, tu as un vrai problème. Il te faudrait un homme.

— Mais je ne demande pas mieux ! Trouve-moi un garçon correct qui veuille de moi et je suis partante ! Ou pas. Parce que ça ne se passerait sûrement pas très bien. Bref, pour en revenir à la question qui nous occupe… on devrait peut-être trouver une femme au beau Rafe ? Histoire de le distraire de sa proie ? Il serait si occupé à tomber amoureux qu'il oublierait d'être méchant avec Heidi.

— L'idée a du mérite, murmura Charlie.

Jo apporta leurs plats. Heidi, qui avait déjà vidé ses deux verres, souriait dans le vague, légèrement étourdie. Consciente des désagréments auxquels elle s'exposait en s'alcoolisant le ventre vide, elle saisit une poignée de chips au maïs et plongea la première dans le guacamole.

— Et qui pensais-tu sacrifier ? demanda Nevada en piochant dans les *nachos*.

— Eh bien, il me semble tout de même que le plus logique ce serait que ce soit toi, répondit Charlie.

Heidi leva les yeux ; Charlie la regardait. En fait, tous les regards étaient braqués sur elle.

— Quoi ? s'écria-t-elle, effarée. Non ! Surtout pas moi.

— Mais si, elle a raison, insista Nevada. En plus vous allez vous croiser tout le temps au ranch, ce sera facile.

— N'importe quoi ! Il me déteste. Il me méprise ! En plus, c'est une espèce de yuppie indécrottable. J'ai horreur des hommes comme lui. Il se croit mieux que tout le monde.

— En façade, peut-être, opina Annabelle. Mais c'est probablement juste un air qu'il se donne, pour se protéger. N'oublie pas qu'il était très pauvre quand il était petit. A toi de trouver l'homme réel sous l'apparence.

— Oui, eh bien, si tu veux mon avis, il faudrait creuser longtemps !

Annabelle se mit à rire.

— Je te dis juste que ça vaut le coup d'essayer ! Après tout, tu n'as rien à perdre, et il est canon, non ?

— Rien à perdre ? C'est vite dit !

— Il n'est pas mal, renchérit Charlie. Je l'ai vu se promener en ville, il est très bien bâti.

— Ce serait pour la bonne cause, l'encouragea Nevada.

Le consensus s'installait. Un peu affolée, Heidi voulut encore protester.

— Coucher avec l'ennemi ? Il n'y a pas eu un film ? Et il ne se terminait pas très mal ?

— Seulement pour l'homme, assura Annabelle. Oh ! allez, ce sera trop facile, il sera ébloui par tes charmes.

— Je n'ai pas de charmes. Je n'en ai jamais eu, ou alors ils se sont égarés dans un des déménagements. Même si je voulais tenter un truc pareil, aucune chance que Rafe Stryker craque pour moi, je ne suis pas du tout son genre. Moi, tout ce que je veux, c'est traverser la tempête sans rien faire qui puisse empirer la situation. Et, lui faire du plat, ce serait forcément pire.

D'un autre côté, où trouver 250 000 dollars pour rembourser May ? Au fond, c'était la vraie, l'unique question, et le seul moyen de récupérer la propriété exclusive du ranch… mais cela, elle refusait d'en discuter avec ses amies. Le réconfort, c'était une chose, la pitié, tout à fait une autre.

— Tu pourrais très bien le séduire, si tu voulais, lança Annabelle.

Nevada et Charlie hochaient la tête, convaincues. Heidi éclata de rire.

— Merci pour votre confiance, les filles, même si je la trouve assez mal placée. Allez, aux meilleures amies du monde !

Grâce à plusieurs verres d'eau, deux aspirines et le remède secret de son grand-père, Heidi se réveilla le lendemain matin en pleine forme. Pas de migraine, pas de nausées… elle devrait peut-être oublier les chèvres et commercialiser la formule anti-gueule de bois de Glen ! Une longue journée l'attendait et, après un café et une douche rapide, elle se mit au travail. Deux heures plus tard, les chèvres traites et parquées dans un nouvel enclos, elle redescendit vers la grange. La veille au soir, Charlie avait mentionné qu'elle n'aurait pas le temps de passer au ranch avant plusieurs jours — ce qui signifiait que Mason, le grand hongre, aurait besoin d'exercice. Et justement il faisait un temps idéal pour une balade à cheval. Une belle matinée d'avril fraîche et ensoleillée... Si elle se donnait deux heures, elle serait rentrée à temps pour préparer le déjeuner; ensuite, dans l'après-midi, elle essaierait de trouver le temps de monter aussi Kermit, son second pensionnaire.

— C'est dur, mais il faut bien que quelqu'un le fasse, marmonna-t-elle joyeusement en enfilant ses bottes de cheval.

Elle se passa de l'écran solaire, prit son chapeau de cow-boy, sortit... au moment où une Mercedes trop familière se rangeait devant la maison. Sa bonne humeur s'évanouit aussitôt.

— Bonjour ! J'espère que je ne vous dérange pas ? J'avais tellement envie de revenir !

May Stryker venait de bondir du siège du passager en agitant joyeusement la main.

— Vous ne me dérangez pas du tout, assura Heidi.

C'était la vérité... en ce qui concernait May. Si cette femme charmante avait été seule en cause, elles seraient facilement parvenues à s'entendre. Non, tout le problème se situait du côté de *l'autre* Stryker, qui dépliait maintenant son grand corps de la voiture et la regardait fixement par-dessus le toit.

— Bonjour.

Ce mot unique, prononcé d'une voix contenue, déclencha aussitôt un discret séisme dans ses entrailles. Oh ! non ! Mais aussi, c'était la faute de ses amies ! Cette longue discussion, hier soir, sur l'intérêt qu'elle aurait à coucher avec lui s'était certainement logée dans ses synapses. Hier encore, il était l'ennemi mais ce matin, contaminée par les filles, voilà qu'elle commençait à le voir comme l'homme superbement bien bâti qu'elle aurait tout intérêt à séduire pour sauver son ranch. Qu'elles aillent au diable, et lui aussi ! Pourquoi fallait-il qu'elle soit tombée sur un type pareil ? Pourquoi

May n'avait-elle pas un fils aussi adorable qu'elle, capable de pardonner ses frasques à un vieux monsieur un peu original ?

— Je... je partais faire un tour à cheval, dit-elle confusément. Les chevaux ont besoin d'exercice.

May s'approcha d'elle, tout sourire.

— Quelle agréable corvée ! Combien de chevaux y a-t-il ?

— Juste les deux que vous avez vus hier.

— Mais c'est parfait ! Rafe, pourquoi tu n'aiderais pas Heidi ? Si tu montes l'un des chevaux, elle en aura terminé deux fois plus vite !

Ils pourraient tout aussi bien tous aller se faire arracher une dent, pensa Heidi, horrifiée. Ce serait tout aussi amusant ! Tout en fournissant un effort héroïque pour rester impassible, elle répondit d'une voix égale :

— Oh ! ce n'est pas nécessaire. Je doute que M. Stryker ait vraiment envie de monter à cheval.

Savait-il seulement monter ? Dans un sens, l'idée de le voir se cramponner à sa selle, terrorisé, était assez plaisante. Et s'il tombait, s'il se heurtait la tête, qui sait, avec un peu de chance, peut-être qu'il se retrouverait amnésique ! Du coup, ils pourraient trouver un compromis sans lui, ce qui réglerait tous ses problèmes. Ah, ce serait si simple... Ce fut une déception de le voir hausser un sourcil en demandant :

— Vous ne m'en croyez pas capable ?

— Je n'ai pas dit ça.

— Vous n'avez pas eu besoin de le dire.

Il se pencha pour cueillir ses lunettes de soleil sur le tableau de bord et lui fit signe de le précéder vers la grange.

— Après vous.

5

— Vous savez, vous n'êtes pas obligé, protesta Heidi en entrant dans la pénombre fraîche de la grange.

C'était bien la troisième fois qu'elle le répétait — sans résultat. Pourquoi fallait-il que ce type impossible vienne lui gâcher sa sortie à cheval, en plus de tout le reste ! Furieuse, elle prit deux licols et une longe et ressortit, Stryker sur ses talons.

— Je sais m'y prendre avec les chevaux, répondit-il, impassible.

— Vous portez un complet à cinq mille dollars.

— Peut-être, mais j'ai grandi ici, ne l'oubliez pas. Et de toute façon je veux jeter un coup d'œil aux terres de ma mère.

Il se dirigeait déjà vers l'enclos où Mason et Kermit se prélassaient au soleil. Heidi se préparait à escalader la clôture, sa longe à la main, quand un sifflement perçant la fit sursauter. Les deux montures tournèrent vivement la tête ; Heidi (pourtant déterminée à ne pas se laisser impressionner) fut stupéfaite de voir les chevaux se hâter vers l'homme d'affaires. Rafe poussa la barrière et entra dans l'enclos en demandant :

— Où est-ce que je vous les amène ?

— Dans la grange.

Il s'éloigna dans la direction indiquée, une main sur l'encolure de chacun des chevaux qui l'accompagnaient avec une parfaite bonne volonté. Muette, Heidi suivit le mouvement, sa longe inutile à la main. Malgré elle, son regard s'attardait sur la silhouette virile tant admirée par Charlie. Oui, c'est vrai, il était superbe, athlétique à souhait… et alors ? Que Stryker soit bel homme, cela ne changeait rien ! Un serpent corail aussi est une belle créature, mais sa morsure est fatale.

Dans la grange, toujours en silence, chacun s'occupa de sa monture. Désormais, Stryker passait l'essentiel de ses journées derrière un bureau, mais il n'avait manifestement pas oublié les gestes d'autrefois. Rapide et efficace, il brossa et étrilla Mason, plaça une couverture sur son dos, alla chercher sa selle. A quelques pas de lui, Heidi s'affairait autour de Kermit, le plus petit de ses deux pensionnaires. Avec l'aisance née d'une longue pratique, elle hissa la selle sur son dos puis serra les sangles. Mason et Kermit étaient de nature calme, ils prenaient le mors sans faire d'histoires ; du coin de l'œil, elle vit son compagnon procéder à une dernière vérification puis, ensemble, ils menèrent leurs montures hors de la grange. Elle se dirigeait vers le bloc quand Stryker l'arrêta en disant :

— Je vous fais monter ?

— Je peux tout à fait…

— Je sais, oui.

Il noua rapidement les rênes de Mason au poteau le plus proche et s'approcha d'elle. Agacée, elle s'abstint pourtant de protester davantage et empoigna le pommeau de sa selle. Il fit un étrier de ses mains, elle y posa sa botte ; ils ne se touchaient pas, et pourtant le geste semblait curieusement intime. Un peu troublée, elle décida qu'à sa façon bien personnelle (c'est-à-dire autoritaire et misogyne) il cherchait sans doute juste à se montrer poli. Sa mère l'avait bien élevé, il en restait forcément quelque chose. Il la souleva, elle passa la jambe par-dessus la croupe de Kermit et se posa sur la selle avec la légèreté d'une plume.

— Merci.

— De rien.

Sans bouger de sa place, il la toisa un instant et ajouta :

— Vous êtes un peu susceptible, non ?

Elle ravala la riposte trop vive qui lui montait aux lèvres et répondit froidement :

— Vous m'avez menacée plusieurs fois. Je trouve assez normal de rester prudente.

— Je ne fais que protéger ce qui est à moi.

— Moi aussi.

Au fond, ils étaient sur la même longueur d'onde, pensa-t-elle, sarcastique. Elle faillit faire cette réflexion tout haut mais se ravisa et se contenta d'articuler :

— Tout sera beaucoup plus facile si on parvient à se comporter de façon civilisée.

Il lui sourit, un lent sourire qu'elle trouva, malgré elle, terriblement sexy.

— Facile, je ne sais pas faire.

— Alors ça, ça ne m'étonne pas !

Avec un petit rire, il retourna auprès de Mason et se mit en selle à son tour.

— Bon, je vous suis !

Elle tira son chapeau sur ses yeux en s'efforçant de ne pas remarquer que, pour un type qui roulait en Mercedes, il semblait très à l'aise en selle.

— En général, je fais un circuit qui couvre à peu près tout le ranch.

— Parfait.

Bien sûr qu'il trouvait cela parfait : il voulait faire le tour du propriétaire ! Agacée, elle s'enquit :

— Vous comptez faire pipi sur tous les arbres pour marquer votre territoire ?

Il éclata d'un grand rire en s'écriant :

— J'attendrai de mieux vous connaître !

Il plaisantait ? Surprenant. Et elle ne tenait pas du tout à ce qu'il la surprenne, pour tout dire, elle préférait qu'il se montre uniformément déplaisant. Le plan absurde de ses amies ne cessait de lui revenir en tête : séduire Rafe… ? Elle lui jeta un regard furtif en admirant son dos droit, ses larges épaules. Comment pouvait-il bien être au lit ? Du genre qui prend son temps, qui s'assure que sa partenaire est comblée, ou bien plutôt égoïste ? Elle avait croisé les deux styles, sans doute plus souvent le second que le premier… Contrariée, elle se rappela à l'ordre. La question n'était pas à l'ordre du jour. Coucher avec lui serait vraiment la pire des solutions !

— Les clôtures sont toutes comme celle-ci ? demanda-t-il avec un geste vers les poteaux brisés ou couchés et les barbelés rouillés qui se tordaient dans les broussailles.

— Certains secteurs sont en meilleur état, mais il y a des brèches un peu partout.

Puis, sans réfléchir, elle demanda :

— C'était comment, quand vous habitiez ici ?

— Le ranch était mieux tenu. Le vieux Castle payait très mal ses employés, mais il soignait son exploitation.

Sa voix était amère. Une rancune compréhensible, vu ce qu'avait enduré sa famille. Malgré tout, elle ne retrouvait aucune trace du petit garçon mal nourri chez cet homme d'affaires prospère et arrogant. Pas moyen de faire se superposer les deux images ! Ils marquaient un temps de trot à flanc de colline quand elle repéra, entre les arbres d'un vallon en contrebas, des silhouettes sombres et massives. Elle changea aussitôt de direction en expliquant :

— Je préfère passer plus haut. Ce sont des vaches et des taureaux : quand vous êtes partis, tout est resté à l'abandon et ils ont dû se reproduire dans la nature. En tout cas, ils sont sauvages, maintenant.

— Sauvages ? répéta-t-il avec un regard surpris.

— Oui. Retournés à l'état sauvage.

Pour la seconde fois, elle entendit son grand rire.

— J'ai l'impression qu'ils vous posent problème !

— Non, pas tant que je les évite. Enfin, disons qu'ils me créent des problèmes avec les chèvres. Je vous jure qu'ils viennent la nuit montrer à Athéna comment faire le mur.

— Là, vous les surestimez.

— Je vous parie que non.

Il semblait de si bonne humeur — même s'il en profitait pour se moquer d'elle —qu'elle osa poser une question assez risquée :

— Votre mère… qu'est-ce qu'elle veut faire du ranch ?

— Franchement, je n'en ai pas la moindre idée.

Probablement lui rendre son visage d'autrefois. En fait, il n'a jamais eu beaucoup de classe, mais c'est sentimental. Elle veut le… guérir.

— Elle compte remettre du bétail ?

— Je ne pense pas.

— Vous pourriez lui poser la question.

— Oui — mais alors, je serais au courant de ses projets. Avec ma mère, parfois, je ne préfère pas.

— Vous avez tort. Après tout, c'est sans doute à cause de ça que vous vous retrouvez ici aujourd'hui. Comment ça se fait que vous ayez signé la promesse de vente ?

Il hésita, mais se décida tout de même à répondre :

— Il y a quelques années, l'une des amies de ma mère est morte subitement, en laissant ses affaires dans un désordre indescriptible. Ses enfants ont dû affronter un vrai parcours du combattant pour tout remettre à plat. Ma mère ne veut pas faire la même erreur. Elle a tout organisé ; si elle nous quittait, la transition serait très simple.

— Je trouve ça très prévenant de sa part… mais aussi assez glaçant. Elle est encore jeune.

— C'est vrai, mais une fois qu'elle a décidé quelque chose…

— Je vois. Alors c'est d'elle que vous tenez ça.

C'était sorti tout seul. Elle réprima une grimace. Un jour, elle apprendrait à réfléchir avant de parler !

— Vous me trouvez obstiné ?

— Eh bien… oui, on peut dire ça !

Le soleil approchait du zénith, mais la température restait agréable. Pas un nuage dans le ciel. Certains arbres bourgeonnaient, d'autres se drapaient d'une dentelle de fleurs roses ou blanches. Les oiseaux chantaient, c'était un moment parfait — si on retirait les taureaux sauvages de l'équation. Au bout d'un bref silence, il reprit :

— Une partie de son plan de remise en ordre consiste à m'impliquer dans toutes ses affaires. Elle a décrété que je devais avoir procuration pour tout et contresigner toutes ses transactions financières. Elle règle ses factures courantes, mais tous les autres documents passent entre mes mains. Cela finit par faire beaucoup de paperasses.

— C'est pour ça que vous n'avez pas lu la promesse de vente ?

— Oui. C'est entièrement ma faute, je le reconnais, mais je n'aime pas avoir l'impression de la surveiller. En général, je préfère lui faire confiance et croire qu'elle est suffisamment méfiante.

— Vous savez, Glen n'est pas une mauvaise personne.

— Personne n'a dit le contraire.

— Vous l'avez suggéré.

— Il a tout de même volé 250 000 dollars.

— Oui, mais pas pour lui. Pour sauver un ami.

Puis, comme il la toisait sans répondre, elle soupira :

— D'accord. Un vol, c'est un vol, quelle que soit la justification. Il a eu tort.

— Glen n'est peut-être pas un criminel endurci, mais il ne me semble pas très doué pour mesurer les conséquences de ses actes.

Au fond, il avait raison, même s'il était hors de question de l'admettre. Glen avait toujours traversé la vie en flânant, et en comptant sur son charme pour se tirer d'affaire.

— Je suppose que ça ne changera rien si je vous dis qu'il regrette ?

— Rien, effectivement.

Ils avancèrent en silence pendant quelques minutes. Heidi aurait aimé s'offrir une bonne indignation, mais elle comprenait trop bien le point de vue de Rafe Stryker. Il représentait toujours une menace pour elle, elle ferait son possible pour l'empêcher de la mettre à la rue… mais Glen avait trompé et escroqué sa mère et, cela, rien ne pouvait l'excuser.

— C'est lui qui m'a élevée, dit-elle tout à coup, le regard braqué sur la splendeur sauvage du paysage.

Des pans de neige scintillaient aux flancs des montagnes. Tout au long de l'été, ce voile blanc remonterait progressivement vers les cimes, sans jamais disparaître tout à fait. La Sierra était trop haute.

— Je sais, lâcha Rafe après un long silence, mais cela ne suffit pas pour me faire changer d'avis.

— Je cherche juste à vous expliquer pourquoi je ne me retourne pas contre lui, pourquoi je le défends. Je suis en colère contre lui, mais je sais que c'est quelqu'un de bien. Mes parents sont morts quand j'avais trois ans, Glen m'avait à peine vue deux ou trois fois, mais il n'a pas hésité un instant à me prendre avec lui.

— Qu'est-ce qu'il faisait, dans la vie ?

— Forain. Il faisait partie d'un groupe qui exploitait des manèges et des attractions en voyageant toujours ensemble. On passait ici chaque année. C'est comme ça que j'ai connu Fool's Gold.

— Je ne sais pas grand-chose de la vie des forains.

— C'est un monde à part. Toujours sur les routes, toujours incertain du lendemain, mais très soudé. Comme on était tout le temps en déplacement, notre famille, c'était les gens avec qui on travaillait.

— Vous n'alliez pas à l'école ?

— Il y avait plusieurs enfants et les adultes se répartissaient les différentes matières. Glen nous enseignait les maths.

— Ah oui ? Ça ne devait pas être toujours évident…

— Il était plutôt doué, en fait. Mon amie Melinda a décroché la note maximale à son test d'admission à l'université.

Elle-même n'avait eu aucune envie de faire des études supérieures… mais il lui arrivait encore de se demander si tout se serait terminé autrement si elle était partie en fac avec Melinda. Dans un sursaut, elle repoussa cette question : ce n'était pas le moment de se laisser déconcentrer ! Elle devait rester en alerte, prête à réfuter, contrer, tenir tête à Rafe. Curieuse, elle le laissa prendre un peu d'avance pour pouvoir mieux l'étudier. Il montait avec une aisance surprenante.

— Je vois que vous savez encore vous y prendre avec les chevaux, lâcha-t-elle.

D'un geste amical, il tapota l'encolure de Mason.

— Ce ne sera peut-être pas si pénible, finalement, de devoir passer quelque temps ici.

— Vous pourriez aussi — c'est juste une hypothèse — rentrer attendre la décision du juge à San Francisco, non ?

Il tourna la tête vers elle.

— Hors de question.

— Ça valait la peine d'essayer.

— Je pourrais vous le reprocher, mais j'aurais sans doute fait pareil. C'est dommage que nous voulions tous deux la même chose.

— Oui… Un chez-soi, un lieu où nous ayons notre place.

— Je pensais plutôt à ce domaine, aux terres.

— L'un ne va pas sans l'autre. Pas pour moi en tout cas. Ce ranch, c'est ce que j'ai attendu toute ma vie : un lieu où m'installer, avec Glen et mes chèvres.

— Ce n'est pas en élevant des chèvres que vous ferez fortune.

— Je n'ai jamais eu besoin de faire fortune. Jusqu'à aujourd'hui.

Après le déjeuner, Rafe décida de descendre en ville. Pendant sa balade à cheval avec Heidi, sa mère avait dressé toute une liste de choses dont elle comptait le charger au cours des semaines à venir. Comme il protestait qu'il avait tout de même une entreprise à gérer, elle lui avait littéralement tapoté la tête en susurrant qu'il trouverait sûrement moyen de faire les deux.

Il adorait sa mère, sincèrement, mais il y avait des jours — et celui-ci en faisait partie — où il aurait volontiers claqué la porte. Fichue famille ! Il fulminait toujours en se garant sur le parking du marchand de bois local. Au lieu d'entrer dans le petit bureau, il laissa sa voiture et partit à pied vers les rues commerçantes. Tiens, des courbatures ? La sortie à cheval avait pourtant duré moins de deux heures. Une fois rentré à San Francisco, il faudrait qu'il fasse davantage de sport ; un peu d'haltères, quelques kilomètres sur le tapis roulant, cela n'était rien comparé à ce que représentait la vie sur un ranch !

Il avait pris un plaisir surprenant à faire cette balade. Avancer à cheval sous un grand soleil, au cœur d'un paysage sauvage… la sensation était incomparable. Sans doute avait-il regardé trop de westerns. Un peu calmé, il entra au Starbucks pour commander un expresso et un scone. En ressortant, sa commande à la main, il pensa qu'il aurait dû proposer à Heidi de venir avec lui. Elle aurait…

Saisi, il faillit recracher sa première gorgée de café brûlant. Emmener Heidi Simpson en ville avec lui, lui offrir un café ? Et puis quoi encore ! Il n'était pas question de faire plus ample connaissance, et surtout pas de devenir amis ! Elle était l'adversaire, celle qui pouvait briser le cœur de sa mère en lui arrachant une deuxième fois la maison de ses rêves. Et sa gentillesse, son joli minois et ses grands yeux verts n'arrangeaient rien, au contraire ! Il voulait bien lui laisser le bénéfice du doute, admettre qu'elle n'était peut-être pas au courant des manœuvres de son grand-père, mais de là à lui faire confiance…

Il termina le scone, trouva une corbeille pour jeter le sachet, et décida de ne plus penser à elle. Ni à sa silhouette élancée, ni à son parfum fleuri (avec une pointe de vanille) quand il l'avait soulevée pour la mettre en selle. Et surtout pas à la façon dont ses yeux se plissaient quand elle souriait, tandis que son corps souple s'adaptait à chaque mouvement de sa monture. Sûrement pas ! D'ailleurs, il n'avait rien remarqué de tout cela. Heidi n'était rien d'autre qu'un obstacle sur sa route.

Il retournait vers le marchand de bois quand une dame d'un certain âge l'accosta. Une dame en tailleur bleu et collier de perles, avec cette coiffure bouffante et laquée que semblent affectionner tant de femmes d'un certain âge.

— Rafe Stryker, dit-elle en lui souriant.

— Oui… ?

— Je suis Marsha Tilson, la maire de cette ville.

Ce nom, ce regard direct et très bleu… Les sourcils froncés, Rafe fouilla dans ses souvenirs et s'écria soudain :

— Vous êtes la dame qui m'a donné le vélo !

Elle faisait aussi partie du groupe de femmes qui apportaient régulièrement des provisions et des vêtements à sa mère, mais le vélo avait davantage marqué le petit garçon d'autrefois. Le sourire de la maire s'élargit.

— Ça fait plaisir de voir que vous ne m'avez pas oubliée.

— C'était très généreux de votre part. Je vous remercie.

Même après tout ce temps, ces paroles lui coûtaient. Il détestait revenir sur cette époque où il ne mangeait pas toujours à sa faim, et où ils avaient tellement dépendu de la générosité des autres.

— Vous étiez un petit garçon assez impressionnant, dit tranquillement la vieille dame. Une détermination et un orgueil extraordinaires. Je m'en souviens très bien, vous preniez tout sur vous, vos frères et votre sœur ne devaient se faire aucun souci.

Gêné, il s'éclaircit la gorge. Il ne voyait pas du tout ce qu'il pourrait répondre à ce petit discours.

— Il fallait bien que quelqu'un le fasse.

— Vous aviez neuf ou dix ans, personne n'aurait jamais attendu tout cela de votre part. C'était un peu jeune pour endosser autant de responsabilités ! Il paraît que vous êtes devenu un homme d'affaires et que vous avez bien réussi ?

Il se contenta de confirmer de la tête.

— Fool's Gold a besoin d'hommes comme vous.

— Oh ! je ne compte pas rester, je suis juste ici pour dépanner ma mère.

Son interlocutrice sourit, le regard pétillant.

— Nous parviendrons peut-être à vous faire changer d'avis. Nous avons des conditions très favorables pour les entreprises. Il y a d'ailleurs un nouveau complexe hôtelier avec casino en cours de construction sur la commune, le Lucky Lady.

Investissements, projets immobiliers, voilà qui était son domaine ! Soudain intéressé, il dressa l'oreille.

— Je n'étais pas au courant.

— Vous devriez aller jeter un coup d'œil. C'est Janack Construction qui conduit le chantier.

— Je les connais, bien sûr.

Janack, c'était une référence mondiale. Ils prenaient en charge des chantiers immenses, des ponts suspendus dans des pays en voie de développement, des buildings en Chine. S'ils avaient un projet ici, cela signifiait forcément quelque chose.

— Merci pour l'information.

— Vous auriez une place parmi nous, Rafe.

Alors là, non, merci ! Bien entendu, il ne formula pas ce refus à voix haute ; il se contenta de souhaiter courtoisement une bonne journée à son interlocutrice avant de reprendre son chemin. Une fois de retour chez le marchand de bois, il trouva un coin tranquille, sortit son portable et composa un numéro familier.

— Jefferson ! répondit son ami Dante sur un ton peu amène.

— Tu passes une mauvaise journée ?

— Rafe ! s'écria Dante en riant. Excuse-moi, c'est juste que je n'ai pas regardé qui me sonnait et j'attends un appel d'un autre avocat. Tu sais ce que c'est, il faut marquer des points dès le premier échange. Alors, tu survis dans ton désert ? Tu as convaincu ta mère de revenir vers la civilisation ?

— A ton avis ?

— C'est une femme déterminée.

— On peut dire ça comme ça. En fait, j'ai une question. Tu pourrais te renseigner sur un chantier d'hôtel avec casino appelé le Lucky Lady ?

Il patienta quelques instants ; au bout du fil, il entendait le cliquetis du clavier de Dante. Il y eut un bref silence, puis un long sifflement.

— Impressionnant !

Son associé dévida des chiffres : nombre de chambres, nombre d'hectares, coût approximatif du chantier.

— Janack Construction a couvert tous les angles, je ne vois aucune entrée pour nous.

— Nous n'avons pas besoin d'une entrée. Finalement,

mon séjour ici ne sera peut-être pas une perte sèche : je pense au ranch de ma mère, à tout ce terrain inutilisé. L'hôtel et le casino auront besoin d'employés, et il n'y aura sûrement pas de quoi les loger tous à Fool's Gold. Tu mesures l'opportunité ?

— Je mets quelqu'un sur la question, promit Dante. Il faut se renseigner sur le plan d'urbanisme, savoir si quelqu'un d'autre a demandé des permis de construire… Tu sais quoi ? Tu pourrais aussi te servir de cette histoire pour te faire bien voir du juge.

— Ah ? Comment ?

— Ta maman veut que tu répares le ranch ? Eh bien, fonce ! Investis dans la maison et les terres, tu renforceras ta position. Si la décision finale va contre toi, tu pourras toujours faire appel en arguant de tous les investissements engagés. En plus, avec ce projet à ta porte, tu as une raison supplémentaire de vouloir gagner.

Oui : plusieurs millions de bénéfices, pensa Rafe. Voilà le genre de choses qui pouvait le motiver.

— Tu sais, la juge te verra d'un autre œil si tu t'impliques dans la vie de la commune, tu n'auras plus l'air d'être un requin de la finance venu exproprier des pauvres gens, mais tu seras l'enfant du pays qui a réussi et qui vient payer sa dette à la ville de son enfance…

— L'enfant du pays ? Alors ça, tu peux oublier, il est hors de question que je joue cette carte-là !

— Fais un petit effort !

— Il faut gagner ce procès, Dante. Je refuse d'être battu par une femme qui élève des chèvres.

— Elle est mignonne.

— Je reste de marbre.

— Je suis assez ému pour deux.

Surpris, Rafe éclata de rire.

— Elle n'est pas du tout ton style !

Dante aimait les femmes élégantes, sophistiquées et faciles. Heidi ne correspondait en rien à ce cahier des charges.

— Qu'est-ce qui se passe, tu te la réserves ? s'enquit ce dernier. Je dois me faire du souci ?

— Ça ne va pas, non ? Tu me vois craquer pour une gardienne de chèvres ? M'aplatir et lui offrir le ranch sur un plateau ?

— Dit comme ça, peut-être pas… Bon, allez, je te transmets un rapport sur le potentiel de développement des terrains de ta mère d'ici ce soir.

— Merci !

Rafe raccrocha, et entra enfin dans le bureau du marchand de bois. Un vieux bonhomme au visage buriné vint à sa rencontre ; d'après son badge, il se prénommait Frank.

— Que puis-je faire pour vous ?

— Il me faut les matériaux pour une quinzaine de kilomètres de clôture, et aussi pour réparer une vieille grange.

Il tira un papier de la poche de sa chemise et le déplia. Cette liste, il l'avait compilée à contrecœur mais, maintenant qu'il était au courant du chantier du complexe hôtelier, il se découvrait tout à coup davantage d'enthousiasme pour les projets de sa mère.

— Et sinon, vous connaîtriez des gars sérieux qui cherchent quelques jours de boulot ?

Le vieux Frank parcourut la liste et laissa échapper un long sifflement.

— Eh bien dites donc, vous ne faites pas les choses à moitié ! Très bien, on va s'occuper de vous. Pour les gars, le mieux serait de vous adresser à Ethan Hendrix. Il a la plus grosse entreprise de bâtiment du coin et ses gars ont du métier. Hendrix Construction, tenez, voici leur carte. Et maintenant suivez-moi, ajouta-t-il en se dirigeant vers une porte métallique.

Rafe lui emboîta le pas, s'effaçant pour laisser passer un adolescent qui ressortait du hangar avec trois tasseaux sur l'épaule. Ethan Hendrix ? Il se souvenait très bien de lui ! Ils avaient été copains, tous les deux. Et même tous les trois, avec Josh Golden, qui était devenu cycliste professionnel par la suite. Rafe avait suivi sa carrière de loin, et bu à sa santé le jour de sa victoire au Tour de France. Il savait le champion de retour à Fool's Gold, mais il n'imaginait pas qu'Ethan serait toujours ici.

Le vieux Frank lui fit parcourir son hangar en lui présentant tout un choix de matériaux ; il opta pour le plus solide et choisit ensuite le bois pour la grange. Pour terminer, il sélectionna des bardeaux de toiture ; là, Frank allait devoir passer commande car il n'avait pas suffisamment de stock. Au moment où ils achevaient de se mettre d'accord, deux gigantesques camions entrèrent dans la cour en marche arrière. Les clients venus faire leurs emplettes s'écartèrent, et Rafe et Frank se replièrent dans le bureau.

— De si gros camions sont généralement sur de gros projets. Ils sont là pour le chantier de l'hôtel-casino ?

— Ah, vous êtes au courant ?

— Oui.

Le visage buriné de Frank s'épanouit de satisfaction.

— On a eu de la chance : chez Janack, ils préfèrent acheter localement — et ils ont aussi recruté pas mal de monde ! Vous cherchez du boulot ?

— Non, mais je m'intéresse.

Il régla sa commande en demandant à être livré dans deux jours. De retour au volant de sa voiture, il sortit son portable pour vérifier ses e-mails et trouva un message de Nina Blanchard. Il le parcourut rapidement, composa son numéro ; on la lui passa aussitôt.

— Rafe, bonjour, ronronna Nina.

« Ronronner », c'était le seul mot qui convienne pour décrire cette voix sensuelle qui parlait toujours sur le ton de la confidence.

— Bonjour, Nina.

— Je vous trouve un peu fuyant, en ce moment, Rafe. Je ne vous surprendrai pas en vous disant que ce n'est pas une qualité que j'adore, chez un client. Votre assistante — quelle femme impressionnante au passage ! — a tout juste consenti à me dire que vous étiez en déplacement.

— Oui, je suis à Fool's Gold. Vous connaissez ?

— J'y suis passée plusieurs fois. Ils organisent des festivals absolument charmants.

— C'est ce qu'on ne cesse de me dire. Mais je suis ici pour une affaire de famille et je ne sais pas très bien quand je rentrerai à San Francisco. J'ai bien peur qu'il ne faille mettre notre projet en veilleuse.

— Ne soyez pas ridicule. Si vous ne pouvez pas venir rencontrer ces dames, elles viendront à vous.

Surpris, il jeta un coup d'œil à la ronde.

— Je ne pense pas…

— Pourquoi pas ? Au contraire, plus j'y pense, plus l'idée me plaît. Vous serez en terrain neutre. Et, si elles ne sont pas prêtes à faire la route pour vous rencontrer, elles ne méritent pas que vous vous intéressiez à elles. Vous m'avez demandé de vous trouver la femme idéale, Rafe, et je prends cette responsabilité très au sérieux.

— Bon. Très bien. Si une candidate accepte de venir jusqu'ici, je la rencontrerai.

— Parfait ! Je fais ma sélection, et nous verrons où cela nous mène.

Ils échangèrent quelques formules de politesse, et Rafe raccrocha avec un soupir. Cette perspective de mariage… il se reprochait un peu de ne pas éprouver davantage d'enthousiasme mais franchement, sans ce désir profond d'être père, jamais il ne se serait encombré d'une femme sur le long terme. Il devrait peut-être s'affranchir de l'idée conventionnelle selon laquelle les enfants ont besoin d'une mère et d'un père… d'un autre côté, il se souvenait trop bien des difficultés de sa propre mère, quand elle s'était retrouvée seule.

Il se demandait aussi si l'idée qu'avait Nina de l'épouse parfaite correspondait bien à la sienne. Il lui avait bien répété qu'il ne cherchait pas forcément l'amour ! L'amour, il avait testé, ça ne lui avait pas apporté grand-chose ; cette fois, il préférait se montrer pragmatique en cherchant quelqu'un avec qui il pourrait s'entendre, tout simplement. Au quotidien, de jour comme de nuit. Une amie avec qui il pourrait élever ses enfants — il ne demandait rien de plus ! L'amour… il était trop grand pour croire encore aux contes de fées.

Heidi lâcha Athéna dans le grand enclos et referma soigneusement la barrière. Fini de traire pour aujourd'hui ! Alignés près de la porte de la chèvrerie, trois chats au pelage opulent la fixaient avec impatience.

— J'aimerais bien savoir d'où vous sortez !

Comme chaque matin, elle leur versa un peu de lait de chèvre encore tiède dans un vieux plat à tarte. Le premier des chats s'était présenté un mois environ après l'arrivée des chèvres. Heidi était en train de traire, la tête un peu ailleurs, quand un miaou impératif l'avait fait sursauter. Elle regrettait maintenant de s'être laissé convaincre, car le matou noir et blanc était revenu chaque jour, à l'heure de la traite. Puis le tigré l'avait rejoint, et enfin le troisième, le gris au visage aplati. Tous trois étaient d'une ponctualité remarquable.

Dès qu'elle posa le plat sur le sol, ils se précipitèrent pour laper. Ils semblaient pourtant bien nourris. Ils habitaient sûrement dans le voisinage, mais où ? — et surtout comment avaient-ils appris à lire l'heure ? Elle ne trayait ses chèvres qu'une fois par jour et ils se présentaient toujours avec quelques minutes d'avance, s'installant sagement près de la porte pour patienter. Bien sûr, elle pourrait tout simplement cesser de leur donner du lait. Ce n'était pas comme si elle adorait les chats, mais ils devaient avoir un don particulier : ils n'avaient qu'à la regarder fixement pour qu'elle se sente obligée de les servir.

Cette idée de chats télépathes contrôlant les actions de leurs esclaves humains la fit rire. Le cœur léger, elle souleva ses seaux de lait, prit le chemin de la maison… et trouva un 4x4 et une Mercedes garés dans la cour. Rafe et May étaient de retour.

Deux jours s'étaient écoulés depuis leur dernière visite, le jour de la balade à cheval — le jour où elle s'était sentie bizarrement attirée par l'homme qui faisait tout son possible pour saccager sa vie. Fichues réactions chimiques ! pensa-t-elle en poussant la porte de la cuisine. Mais que venaient chercher les Stryker de si bon matin ?

— Bonjour, dit-elle en posant les seaux de métal galvanisé sur le plan de travail.

May était attablée en compagnie de Glen devant une boîte de viennoiseries sur laquelle Heidi reconnut le logo du meilleur pâtissier de Fool's Gold. Rafe se tenait un peu à l'écart, adossé au plan de travail ; autant la mère se montrait souriante et cordiale, autant le visage du fils était indéchiffrable. Rien de bien nouveau, donc.

— Oh ! vous étiez en train de traire les chèvres ? s'écria May. J'aimerais bien voir ça, un matin. Vous croyez que je pourrais apprendre ?

— Bien sûr, ce n'est pas difficile. Le plus important, c'est de garder le matériel très propre. Ce n'est pas toujours simple, quand on a affaire à des chèvres.

— Vous vendez le lait sans le bouillir ? demanda Rafe avec une pointe de dégoût.

— Tout à fait.

— Beaucoup de gens aujourd'hui reconnaissent les bienfaits du lait cru, s'exclama May avec enthousiasme. Oh ! Rafe, ce sera passionnant d'être ici.

Ici ? Comment cela, *ici* ? Comme elle ouvrait de grands yeux, Rafe expliqua d'une voix parfaitement neutre :

— Ma mère a décidé qu'elle préférerait habiter sur place, plutôt qu'à l'hôtel. Si vous acceptez, bien entendu.

Il ajoutait la dernière phrase uniquement pour la forme, Heidi le comprit tout de suite. Si May n'avait pas tenu à « trouver une solution », Glen serait en prison à l'heure actuelle. Ils lui devaient tout — ce qui signifiait aussi qu'elle avait tout pouvoir sur eux. En abuserait-elle ? C'était difficile à dire, elle pouvait aussi le faire en toute innocence, sans réellement mesurer à quel point elle avait tous les atouts en main. Tant que la juge n'aurait pas rendu sa décision finale, Heidi devait se montrer courtoise… mais de là à cohabiter ! Et si Rafe allait décider à son tour de… ? Cette seule idée la laissa sans force. Comme elle le fixait, bouche bée, il inclina légèrement la tête sur le côté en précisant :

— Oui. Ce sera en famille.

Mais bien sûr ! Il avait déjà précisé qu'il ne comptait pas repartir tant que l'affaire ne serait pas jugée — et un homme comme lui ne laisserait certainement pas sa mère s'installer au ranch sans « protection ». Oh ! non, ce n'était pas possible : les deux Stryker allaient vivre ici ? May, cela pouvait encore aller, mais *Rafe* ?

Elle aurait aimé dire qu'ils manquaient de place, mais il y avait six chambres et deux salles de bains ; les Stryker le savaient aussi bien qu'elle puisqu'ils avaient vécu ici. Faiblement, elle protesta :

— Vous savez, nous n'avons pas encore pu faire de travaux. Les salles de bains sont très primitives, les lits pas du tout confortables…

— Tout sera parfait, ne vous inquiétez pas, assura May.

Du regard, Heidi appela son grand-père à l'aide — mais Glen ne releva pas les yeux de son café. Elle eut l'impression désagréable que la question avait déjà été débattue pendant qu'elle était avec les chèvres, et qu'il avait accepté sans protester.

— J'espère que cela ne vous ennuie pas, reprit May, mais, Rafe et moi, nous nous sommes permis de choisir nos chambres. Je serai au rez-de-chaussée !

Heidi jeta un regard assassin à son grand-père. Il devait être enchanté : lui aussi dormait au rez-de-chaussée. Mais, s'il envisageait encore de séduire May, il se préparait à commettre la pire erreur de son existence. Non, la pire était d'avoir escroqué May, mais si maintenant il voulait en plus… Elle devait absolument lui faire entendre raison.

— Nous voilà colocataires, murmura Rafe.

En se retournant vers lui, elle surprit une lueur au fond de ses yeux sombres. Parce que en plus il trouvait ça drôle ? Elle en aurait tapé du pied de rage. Froidement, elle lui dit :

— Vous savez qu'il n'y a qu'une salle de bains à l'étage.

— Je suis prêt à partager.

— Parfait. Alors, vous êtes les bienvenus, bien sûr.

Son attitude était peut-être un peu raide, mais elle se sentait déjà fière d'avoir réussi à prononcer ces mots sans hurler ni fondre en larmes. Non, elle ne craquerait pas. Sa vie s'effondrait, elle allait de catastrophe en catastrophe mais, quand on touche le fond, on finit bien par remonter, n'est-ce pas ? Tôt ou tard, elle parviendrait à s'en sortir. Elle rembourserait May, reprendrait le fil de sa vie ; d'ici quelques années, ces événements ne seraient plus qu'une anecdote amusante à raconter à ses amis.

— Allons décharger vos affaires, proposa Glen en se mettant debout.

Heidi le laissa sortir sans un mot. Plus tard, il serait temps de le prendre à part et de lui dire tout ce qu'elle avait sur le cœur. Comme dans un rêve, elle passa dans la buanderie pour chercher des bouteilles de verre stérilisées. Un pas derrière elle la fit sursauter. Rafe n'était pas sorti avec les autres comme elle l'avait cru, il l'avait suivie. Sans rien dire, il saisit quatre bouteilles et retourna avec elle dans la cuisine.

— Je suis monté à l'étage, lui dit-il.

Le ressentiment de Heidi déborda. Incapable de se retenir, elle lâcha amèrement :

— Ça ne me surprend même pas. Vous avez fouillé dans mes tiroirs, pendant que vous y étiez ?

— Non. Vous y teniez ?

Elle refusa de relever. Les mains tremblantes, elle plaça un entonnoir galvanisé dans la première bouteille, souleva un seau à la force du poignet et se mit à verser.

— J'ai vu que vous étiez dans mon ancienne chambre.

Le flot blanc ne vacilla presque pas : elle avait vraiment une forme physique éblouissante ! Sans le regarder, elle murmura :

— Vous voulez peut-être la récupérer ?

— Non, gardez-la. J'ai pris la chambre voisine.

Il se dirigea vers la porte en lâchant :

— J'espère seulement que vous ne ronflez pas.

*
* *

Glen eut beau déployer des trésors de stratégie pour éviter sa petite-fille, elle réussit finalement à le piéger peu avant le dîner. Une manœuvre simple, imparable : elle monta la garde devant la porte de la salle de bains pendant qu'il se douchait. Le cœur serré, elle l'écouta fredonner de vieilles chansons familières, comme il le faisait toujours en se rasant ; des chansons qui lui rappelaient l'époque où, toute petite, elle avait si peur des orages qui roulaient sur les grandes plaines du Midwest. Glen la serrait très fort dans ses bras en fredonnant ces tubes d'une génération avant sa naissance. De bons souvenirs… qui n'entamaient en rien sa détermination. L'heure était grave et, si elle n'y prenait pas garde, Glen allait encore empirer leur situation. Il ouvrit la porte, la vit et s'arrêta net, le regard coupable.

— Heidi ! lança-t-il d'une voix faussement enjouée. Tu m'attendais ?

Elle saisit son bras, le traîna dans sa chambre et referma la porte derrière eux. Campée devant le battant, les mains sur les hanches, elle ordonna :

— Tu ne touches pas à May. Bas les pattes.

Il lui lança un regard innocent.

— Je ne vois pas du tout de quoi tu parles.

— Mais si, Glen, bien sûr que si ! J'ai vu la façon dont tu la regardais, je t'ai regardé flirter avec elle. Tu l'apprécies, d'accord, c'est formidable, mais cette fois la réponse est non.

Le visage fermé, il se redressa de toute sa haute taille.

— Ecoute, tu es ma petite-fille. Ce n'est quand même pas toi qui vas me dire ce que j'ai à faire.

— Cette fois, si. Tu m'as entraînée dans cette galère et je refuse que tu nous fasses toucher le fond maintenant. Si tu fais du mal à May, elle n'aura sans doute plus très envie de se montrer équitable et nous aurons tout perdu.

— Je n'ai aucune intention de lui faire du mal.

— Mais ça arrivera forcément ! rétorqua-t-elle. Tu sais très bien comment tu es. Tu n'as aucune difficulté à plaire aux femmes, mais tu ne tiens jamais à les garder. Tu te lasses, tu t'en vas et elles s'effondrent. Si tu fais ça à May, elle nous prendra le ranch et on sera à la rue.

Il hocha lentement la tête.

— Tu as raison. Je ferai attention.

Elle scruta son visage. Disait-il juste ce qu'elle voulait entendre, ou avait-il vraiment compris ?

— C'est juré ? insista-t-elle.

Il se pencha pour embrasser sa joue.

— Je regrette de t'avoir mise dans ce guêpier, tu sais ? Je ne ferai rien pour compliquer les choses plus qu'elles ne le sont déjà.

6

— Ça vous ennuie ?

May se tenait au centre du salon, le visage tout illuminé de gentillesse, les bras remplis de photos encadrées.

— Je m'impose, je sais ! Mes garçons me disent toujours que je m'investis trop. Je suis quelqu'un d'enthousiaste… mais en général c'est plutôt une qualité, non ?

Elle s'embrouillait comme une gamine qui quémande un plaisir. Heidi devait désormais supporter le voisinage de Rafe, dans la chambre à côté de la sienne ; son grand-père l'évitait, ce qui signifiait qu'il était soit fâché, soit déterminé à séduire May malgré sa promesse. A part ça, elle n'avait qu'une somme minable sur son compte d'épargne et une dette de 250 000 dollars à régler… et pourtant elle ne put s'empêcher de sourire.

— Il faudrait davantage de gens enthousiastes, répondit-elle. Non, May, ça ne m'ennuie pas que vous décoriez la maison. Et, si vous avez un canapé ou deux dans vos valises, je serai aussi enchantée de leur trouver une place.

May éclata de rire.

— Vous n'êtes pas fan des carreaux verts et violets ?

— Curieusement, non.

L'hideux canapé à carreaux était dans la maison quand elle l'avait achetée ; faute de moyens, elle l'avait laissé à sa place en se promettant de s'offrir mieux dès qu'elle le pourrait.

— Il était déjà moche quand on habitait ici, confia May. Maintenant, en plus, il est vieux.

Elle disposa trois photos sur la table basse ; curieuse, Heidi s'approcha pour les examiner. Le premier portrait datait de dix ans au moins, mais elle reconnut tout de suite Rafe ; vêtu d'une toge et d'une coiffe plate, il tenait un diplôme roulé sur lequel on déchiffrait le mot « Harvard ». Evidemment !

May, qui avait suivi son regard, expliqua avec fierté :

— Il a décroché une bourse. Je n'aurais même pas pu payer ses livres, alors, vous imaginez, l'envoyer à Harvard ! Il a travaillé très dur et terminé en tête de sa classe.

Elle montra le cadre central dans lequel un bel homme souriait, décontracté, le bras autour de l'encolure d'un cheval.

— C'est Shane, mon deuxième fils. Il élève des chevaux, surtout des arabes et des chevaux de rodéo. Il est au Tennessee pour le moment. Et voici Clay, mon bébé.

Clay était aussi brun que les deux autres, la ressemblance familiale était assez marquée… mais, si ses frères étaient très agréables à regarder, il était *sublime*. Un visage parfait. Et un corps… Son T-shirt bleu tout simple moulait des épaules puissantes, une poitrine sculptée dans le marbre. Il ne souriait pas et Heidi se surprit à le regretter : elle aurait aimé voir ce sourire.

— Waouh, exhala-t-elle en prenant le cadre pour mieux l'examiner. C'est drôle, j'ai l'impression de l'avoir déjà vu quelque part…

— Rafe n'aime pas que je parle de Clay, lança May un peu confusément en lui reprenant la photo.

Elle semblait très gênée tout à coup. Le beau Clay serait-il en prison ? Ou pire encore ? Heidi voyait mal ce qui pourrait être pire, mais comme May semblait réellement troublée elle lui tapota gentiment le bras.

— Dans ce cas, on ne parle pas de lui, pas de problème !

Puis, comme May hochait la tête, les lèvres crispées, elle voulut la mettre à l'aise en changeant le sujet.

— Et vous avez aussi une fille, non ?

May tria rapidement les photos restantes et lui en passa une : quatre enfants, les trois garçons et leur petite sœur, accrochés à une barrière. La différence des tailles la surprit : les garçons se suivaient de très près, mais Evangeline était manifestement arrivée six à huit ans plus tard. Elle ne ressemblait pas du tout au reste de la famille.

— Elle est adorable, s'écria-t-elle. Toute blonde, avec ces beaux yeux verts ! Je vois que vous n'avez pas d'autres photos, est-ce qu'elle…

Elle s'interrompit brusquement. Quand apprendrait-elle à réfléchir avant de parler ? Ennuyée, elle balbutia :

— Elle n'est pas… il ne lui est rien arrivé de grave, n'est-ce pas ?

— Oh ! non ! Elle est… elle est danseuse, de formation classique. Je ne l'ai pas vue danser très souvent, mais je l'ai trouvée merveilleuse. Tant d'élégance et de grâce, j'aimerais seulement…

Elle prit une grande inspiration et avoua :

— En fait, nous ne sommes pas très proches. Nous n'avons presque plus de contacts. Les mères et les filles, vous connaissez ça…

Heidi, qui se souvenait à peine de sa propre mère, ne saisissait pas exactement le problème, mais elle hocha la tête d'un air entendu. De toute évidence, la vie du clan Stryker n'était pas aussi simple qu'elle l'avait cru. Vivement, May acheva de disposer ses photos ; Heidi nota qu'Evangeline ne figurait que sur cette image unique. Curieux !

— On devrait probablement se mettre d'accord sur quelques règles de vie, proposa May. Concernant la cuisine, par exemple.

— Par exemple ? répéta Heidi avec appréhension.

— Eh bien, il me semble que ce serait plus simple si on prenait nos repas ensemble, tous les quatre. J'aime beaucoup faire la cuisine et ce serait un plaisir pour moi de préparer les repas.

Heidi, pour qui la cuisine était surtout une corvée, put répondre en toute sincérité qu'elle lui abandonnerait cette tâche sans regret. En revanche, la perspective de s'asseoir en face de Rafe chaque soir… Terrifiant ! Et en même temps étrangement tentant… Que tout était devenu compliqué !

— J'ai déjà posé la question à Glen, il dit que cela ne lui pose aucun problème.

Evidemment ! Heidi ravala un commentaire acide et répondit amicalement :

— Faites la cuisine autant que vous voudrez. J'espère que vous me permettrez de vous donner un coup de main. Mais en ce qui concerne Glen… Surtout, ne le prenez pas mal, mais vous devriez vous préserver un peu. C'est un vrai charmeur et…

May se détourna en rougissant et se mit à réorganiser les photos sur la table.

— Oui, j'ai entendu quelques rumeurs à son sujet en ville. Mais ne vous faites pas de souci, je ne me laisserai pas déborder par son charme. C'est juste… agréable d'avoir un homme à qui parler. Mon mari est mort depuis si longtemps que j'avais presque oublié quel effet cela fait d'avoir un homme à la maison.

Impossible d'insister davantage. De tout son cœur, Heidi espéra que son avertissement suffirait à désamorcer le piège.

— Il y a des plats que vous n'aimez pas ? demanda May.

— Je ne vois pas, non.

— Très bien. Rafe et moi, nous sortons ce soir, mais je me mettrai aux fourneaux demain. Des lasagnes, peut-être.

— Des lasagnes maison ? Formidable !

— Oh ! et puis… Je ne sais pas comment vous allez réagir, mais…

Elle rougissait. Un peu inquiète, Heidi murmura :

— Dites toujours…

— On… On pourrait se tutoyer ? C'est si formel, ce « vous », et puisque nous allons habiter sous le même toit…

Heidi se détendit dans un grand sourire.

— C'est tout ? Mais bien sûr !

Le sourire de May s'épanouit, éblouissant. Elle allait répondre quand le rugissement d'un gros camion jaillit du chemin d'accès. Elle pivota sur elle-même, les mains jointes.

— Ils sont là ! C'est le matériel pour les clôtures. Oh ! il faut que je voie ça !

Elle se précipita dans la véranda. Enthousiaste, oui, ça on pouvait le dire ! Plus calmement, Heidi lui emboîta le pas. Dans la cour, les deux camions manœuvraient pour pouvoir décharger au plus près de la grange. De sa place, elle voyait le contenu des bennes : un monceau de poteaux de clôture, de tasseaux, d'ardoises… et même une gigantesque porte de grange en bois. L'idée de faire des travaux était excitante, bien sûr, mais tout ce matériel devait coûter très cher. Serait-elle obligée de tout rembourser si elle espérait se débarrasser de May un jour ?

Elle aurait aimé protester, faire valoir que, tant que la juge n'avait pas rendu sa décision, il s'agissait toujours de *sa* maison, *ses* terres. Elle n'osa pas. Ce n'était pas dans sa nature de s'affirmer, et surtout elle savait trop bien que, sans la générosité de May, Glen se languirait en prison à l'heure actuelle. De plus, elle devait le reconnaître, elle appréciait sincèrement cette femme pleine d'énergie et ne voulait pas lui faire de peine. Elle ferma les yeux. Maintenant, elle mesurait réellement dans quel piège elle était tombée.

Rafe se gara derrière les camions. Quand il émergea de sa voiture, en jean, chemise de travail et grosses chaussures de chantier, il n'avait plus rien de l'homme d'affaires fortuné et trop lisse rencontré quelques jours plus tôt. Son jean lui allait même comme un gant. Mais si, protesta intérieurement Heidi, elle pouvait parfaitement admirer la plastique d'un homme, sans avoir la moindre envie de se rapprocher de lui ! Cette silhouette élancée, ces longues jambes, ces hanches étroites et ces larges épaules n'étaient qu'un hasard de la génétique ; un coup bas de Mère Nature en l'occurrence ! Et sa propre réaction, rien d'autre qu'une question d'hormones, simplement parce que cela faisait trop longtemps qu'elle ne s'était pas retrouvée dans les bras d'un homme.

Quelques petits copains pendant son adolescence, et une brève histoire d'amour à vingt ans : Mike, un « gadjo » comme disaient les forains, un type bien enraciné, qui vivait dans le petit bourg d'Arizona où ils s'étaient installés pour l'hiver. Toute sa vie, Heidi avait entendu les mêmes mises en garde : quand une nomade craque pour un sédentaire, cela ne donne jamais rien de bon — et pourtant, éblouie, elle avait succombé au charme du garçon et lui avait donné son cœur et sa virginité. Le printemps venu, il était devenu évident que Mike ne prendrait pas la route avec eux ; de son côté, elle ne s'était pas sentie prête à quitter sa famille, cette famille étendue que représentait pour elle tout le groupe des forains. Mike et elle s'étaient donc quittés, le cœur brisé, en se jurant de garder le contact ; un an plus tard, ils avaient déjà cessé de s'appeler. Par un ami mutuel, elle avait ensuite appris qu'il était fiancé ; les hivers suivants, les forains s'étaient arrêtés ailleurs.

Un cœur brisé, cela se recolle. Elle s'était vite remise à apprécier la vie, mais l'amour ne faisait pas partie de ses priorités. Un jour bien sûr cela viendrait, mais il n'y avait pas urgence… Parmi les forains, les rares jeunes étaient comme des frères pour elle. Et ils ne restaient jamais assez longtemps dans une localité pour qu'elle puisse vraiment envisager une relation sérieuse. Puis, alors qu'elle commençait à aspirer à un autre mode de vie, Melinda, sa meilleure amie, était tombée amoureuse à son tour.

Un amour fulgurant, dévastateur. Melinda, avec son cœur trop tendre, ne voyait jamais que le meilleur côté des gens ; la trahison de son ami l'avait fauchée en plein vol. Il s'en était suivi une dépression, et deux tentatives de suicide qui avaient profondément ébranlé la petite communauté foraine. Heidi s'était juré de garder son amie en vie, à tout prix… mais Melinda était tout aussi déterminée à mourir. Elle n'avait pas su empêcher le pire.

Habituellement, Heidi fuyait ces souvenirs, mais cette fois ils venaient de s'abattre sur elle avec une telle violence qu'elle ne put leur échapper. Bouleversée, elle tourna les talons et passa derrière la maison pour se réfugier auprès de ses chèvres. Les souffrances de Melinda l'avaient énormément marquée ; depuis, elle se méfiait de l'amour. Elle connaissait très peu de couples heureux (les forains restaient souvent célibataires) et se demandait sérieusement où était l'intérêt.

Des disputes, des soucis, des séparations, des larmes. La mort même parfois. Non vraiment, le pari lui semblait trop risqué ! Une situation présentant autant d'embûches et de dangers se justifiait-elle vraiment, sur le long terme ?

Et puis, cela faisait si longtemps qu'un homme n'était pas passé dans son lit. L'inconvénient d'une communauté aussi soudée que Fool's Gold était qu'on n'avait de secrets pour personne. Tout le monde était au courant du moindre de vos faits et gestes. Pour faire des rencontres, il aurait fallu aller ailleurs, mais cela devenait compliqué, coûteux. De toute façon, ce n'était pas son style de traîner dans les bars, et autant dire que les chèvres n'ajoutaient rien à sa séduction. Glen, qui prenait la question très à la légère, lui répétait que, si elle se rendait disponible, les occasions se présenteraient forcément. Il pouvait toujours parler, ce n'était pas pareil pour un homme ! En tout cas, la prochaine fois qu'on lui ferait des propositions, elle irait peut-être jusqu'à dire oui !

Heidi acheva d'imprimer ses nouvelles étiquettes et étudia attentivement le résultat. L'image était bien nette, les couleurs vives… oui, c'était plutôt réussi. Ce nouveau look allait-il attirer des clients ? En tout cas, sa nouvelle campagne de vente était lancée ! Elle sauta sur ses pieds, pressée de montrer sa création à Glen, histoire de récolter une première opinion. Elle sortait en coup de vent de sa chambre, plongée dans ses réflexions stratégiques — l'idéal serait de connaître un spécialiste du marketing, ou du moins une personne qui connaîtrait… —, quand elle se heurta de plein fouet à un obstacle. Elle recula en titubant, un peu étourdie. C'était tiède, très masculin, c'était… Rafe, bien sûr ! Et non seulement Rafe, mais Rafe uniquement vêtu de deux serviettes et d'un sourire impudent.

Dans un sens, c'était… normal. L'effort qu'elle devait fournir pour tenter de relativiser la situation était assez violent, mais elle était déterminée à y parvenir. Il venait de passer l'après-midi à décharger le matériel des clôtures. Quand on a beaucoup sué, on tient à se doucher avant le dîner. Mais il était dans *son* couloir, juste devant *sa* chambre, et ses cheveux mouillés se dressaient en petites piques irrésistibles. Il ne s'était pas donné la peine de se raser et le spectacle de ses joues rêches, son corps presque nu… La serviette drapée autour de son cou ne cachait pas sa poitrine puissante et l'autre, nouée autour de ses hanches, évoquait toutes sortes de possibilités. Chavirée, elle reconnut sur sa peau le parfum de son savon au lait de chèvre… et n'entendit que de très loin sa propre voix lancer sèchement :

— Vous ne pouvez pas vous rhabiller dans la salle de bains ?

Ce fichu sourcil se haussa. Calmement, il demanda :

— Il y a un problème ?

— Non ! Mais, si vous croyez que je vais coucher avec vous, vous vous trompez ! Vous êtes assez buté pour que ça ne vous détourne même pas de vos projets, et j'aurais perdu sur tous les tableaux.

Elle vit ses lèvres se retrousser dans un sourire.

— Je ne crois pas vous avoir proposé de coucher avec moi mais puisque vous en parlez…

Elle le regarda fixement ; dans une sorte d'écroulement immobile, elle prit conscience de ce qu'elle venait de dire. Sans un mot, elle tourna les talons et se précipita dans l'escalier, poursuivie par l'éclat de rire de Rafe. Hors d'elle, elle se rua à l'extérieur ; l'air frais du soir emplit ses poumons sans parvenir à apaiser la brûlure de ses joues. Quel… crétin, fulmina-t-elle. De quel droit se permettait-il… d'être aussi irrésistible en se promenant tout nu dans sa serviette. Décidément, la vie avait un fichu sens de l'humour !

— Je vous préviens, ne me dites surtout pas qu'il suffirait de coucher avec Rafe pour régler tous mes problèmes, lança Heidi. J'espère que vous avez une autre stratégie à proposer.

Ce n'était sans doute pas la façon la plus conventionnelle d'entamer une discussion avec son avocate, mais elle tenait à être très claire sur ce point. Elle aurait beaucoup donné pour ne jamais revoir ce type insupportable. D'un grand geste fataliste, Trisha Wynn rassembla les dossiers épars devant elle.

— Vous me liez les mains tout en exigeant un miracle ! Bon, d'accord, ajouta-t-elle en riant, je ne dis plus rien. Vous croyez qu'il coucherait avec moi, alors ? Personnellement, je ne dirais pas non.

Cette franche déclaration fit naître des images quelque peu dérangeantes dans l'esprit de Heidi, qui se sentit tout de même soulagée d'avoir éclairci la question. Elle reprit :

— Rafe et May se sont installés chez moi.

— Oh ! je n'aime pas ça. Ce sera très difficile de les déloger.

— Je ne vois pas comment j'aurais pu refuser : la juge nous ordonne de partager le ranch, la maison est assez grande, et…

Elle s'interrompit, hésitant à confier ses angoisses au sujet de Glen et May. On avait déjà beaucoup trop parlé de sexe !

— Et comment ça se passe, au quotidien ?

— Eh bien, May est charmante. Très gentille, maternelle ; elle fait même la cuisine.

— Proposez-lui de s'installer chez moi ! Je donnerais n'importe quoi pour qu'on me mitonne des petits plats.

— Moi aussi, j'apprécie. En fait, je l'apprécie, *elle*. D'ailleurs, s'il n'y avait qu'elle, je pense que ça irait. Mais Rafe… c'est compliqué.

— J'imagine.

— J'en ai appris un peu plus sur ce que sa famille a enduré à l'époque où May travaillait pour l'ancien propriétaire. Il a été odieux avec elle.

— C'est sans doute vrai, mais ça ne devrait pas influencer la juge.

— Sinon, vous savez quelque chose sur Clay, le plus jeune des frères Stryker ?

Trisha Wynn se renversa contre le dossier de son siège avec un sourire amusé.

— Vous n'êtes pas au courant ?

Puis elle éclata de rire. Perplexe, Heidi demanda :

— Mais de quoi est-ce que vous parlez… ?

— Vous n'avez pas vu ses photos ?

— Si, May a mis des photos de tous ses enfants dans le salon.

— Pas ce genre de photo !

Avec entrain, Trisha tira à elle son ordinateur portable, pianota quelques instants, puis fit pivoter l'appareil pour présenter l'écran à sa cliente. Celle-ci découvrit une photo d'homme, plus précisément des fesses masculines, plein centre et en gros plan. Des fesses admirables au demeurant. Trisha pressa une touche, et Heidi put admirer Clay Stryker sous un autre angle, dans un caleçon extrêmement moulant. Elle sentit ses yeux s'arrondir. Soit la photo avait été retouchée, soit son… équipement était impressionnant.

— Il est… un…

— Oui, un mannequin spécialisé dans les sous-vêtements masculins. Il prête aussi ses fesses de rêve aux stars, qu'il double pour les scènes de nu. Croyez-moi, les studios paient très cher pour mettre son corps à l'écran. Il gagne très bien sa vie.

— Ça alors, je ne me serais jamais doutée… Rafe parle de lui comme si c'était un criminel. Ou plutôt, non, il fait tout pour ne pas en parler.

— Il a peut-être honte ! Rafe est un homme d'affaires tout ce qu'il y a de plus sérieux, je doute que cela l'arrange de voir son petit frère poser quasiment nu sur les affiches géantes de Times Square.

Les sourcils froncés, Heidi protesta :

— C'est tout de même son frère…

— Tout le monde ne fait pas passer sa famille avant tout le reste. Sinon, vous avez avancé sur le plan financier ?

Heidi aurait largement préféré continuer à parler du corps de Clay. Et même de n'importe quoi plutôt que de ses finances !

— Pas vraiment, non. Je vais tenter de vendre davantage de fromages, et j'aurai bientôt deux chevreaux…

— Corrigez-moi si je me trompe, mais ils ne vont pas vous rapporter cent mille dollars pièce ?

— Pas vraiment, non.

— Comment est-ce que vous avez réussi à acheter le ranch, à l'origine ?

Heidi haussa les épaules avec lassitude.

— J'avais gagné un petit pactole à la loterie. Il m'a servi d'apport personnel, et aussi à acheter les chèvres. On avait également quelques petites économies. Je me suis remise à acheter des tickets de loterie, mais je doute que ça marche une seconde fois.

— Vous avez des parents riches sur leur lit de mort ?

— Non.

— Dommage.

L'avocate retourna son ordinateur vers elle et le ferma. Elle semblait avoir perdu toute envie de rire.

— Vous devez absolument trouver un moyen de rembourser une part importante de ce que Glen a volé. La juge ne voudra pas entendre parler d'un échéancier qui s'étire sur deux décennies. Trouvez quelque chose, Heidi. Sinon, vous perdrez le ranch et Glen ira en prison. Une vraie prison, cette fois, pas la sympathique petite cellule de Fool's Gold.

— Je trouverai quelque chose.

Elle parlait avec assurance mais, en fait, elle ne voyait pas le commencement d'une solution.

Rafe plissa les yeux en cherchant à repérer l'ancien tracé de la clôture. On aurait dit un tracé en pointillé, avec des poteaux manquants, d'autres couchés dans les herbes folles. Ceux qui restaient étaient le plus souvent penchés, hérissés de filaments rouillés de barbelés. De loin en loin, un tronçon restait relativement intact, puis la ligne s'interrompait de nouveau. Dans un sens, la tâche aurait été moins ardue s'il n'y avait jamais eu de clôture, car il allait devoir vérifier chaque poteau, arracher ceux qui ne tenaient plus, se débarrasser des anciens barbelés et tout reprendre avec des matériaux neufs.

— C'est un sacré chantier.

Il se retourna, surpris. Glen s'avançait tranquillement vers lui en enfilant une paire de gants de travail.

— Il était temps qu'on s'y mette !

— *On* ? Vous comptez m'aider ?

Voilà dix ans que le vieux monsieur avait dû prendre sa retraite ! Il semblait encore solide, mais Rafe préférait ne pas prendre de risques. Il allait refuser quand Glen répondit avec un sourire :

— On travaille dur, chez les forains. Et ce n'est pas comme si vous alliez creuser les trous à l'ancienne.

Il désigna la tarière à moteur louée par Rafe en ajoutant :

— Mon garçon, vous n'étiez pas encore né que je maniais déjà des machines de ce genre !

« Mon garçon » ? Rafe s'interdit de répliquer. Si le vieux cherchait à l'intimider, il pourrait repasser.

— Ma foi, si vous voulez vous charger des trous…

Ce serait la tâche la plus facile puisque la machine ferait le plus gros du travail. De son côté, il charrierait les poteaux, les fixerait. Il venait d'arracher, à grand-peine, le premier poteau bancal quand il vit deux pick-up remonter lentement la pente broussailleuse en suivant la ligne de la clôture effondrée. Les deux véhicules se garèrent à quelques mètres, le chauffeur du premier sauta à terre : un grand type aux cheveux sombres que Rafe eut l'impression d'avoir déjà croisé quelque part. En voyant son expression, l'inconnu éclata de rire.

— Moi non plus, je ne t'aurais pas reconnu, s'exclama-t-il en s'approchant.

— Ethan ? hasarda Rafe en scrutant son visage. Ethan Hendrix ?

— Gagné !

Un large sourire étirait son visage hâlé. Ils se serrèrent chaleureusement la main.

— C'est génial que tu sois revenu, déclara Ethan. Je

n'en reviens pas de te voir ; je me souviens à quel point tu détestais Fool's Gold.

— Je ne vais pas rester longtemps.

Le regard d'Ethan se posa sur la pile impressionnante de poteaux neufs et de rouleaux de barbelés.

— Vu d'ici, ça a comme un petit air de permanence.

— Ma mère a l'intention de s'installer ici. Moi, je lui donne juste un coup de main.

— Tu as toujours pris soin d'elle.

Deux hommes étaient descendus du second fourgon ; Ethan leur fit signe de s'approcher en expliquant :

— J'ai eu un coup de fil de Frank, à l'entrepôt de bois. Je vais te laisser mes deux meilleurs gars.

Avec un éclair d'humour dans ses yeux sombres, il précisa :

— Je sais que tu comptais faire le travail toi-même, mais aux dernières nouvelles tu travaillais dans la finance. Alors, j'ai pensé que tu étais peut-être un peu ramolli !

— Je ne suis pas ramolli.

Rafe ouvrait la bouche pour présenter Glen quand celui-ci le fit taire d'un geste cordial.

— Je connais Ethan, assura-t-il, et aussi ces deux-là. Venez par là, on va s'y mettre pendant qu'ils échangent des vieux souvenirs. Il faut bien que quelqu'un fasse le travail !

Les deux nouveaux venus le rejoignirent en riant et Rafe et Ethan redescendirent ensemble vers le plus grand des deux pick-up.

— Tu n'es jamais parti ? demanda Rafe. Toi aussi, tu avais envie d'aller voir ailleurs.

— J'avais fait des projets, c'est vrai, convint Ethan en haussant les épaules. La vie en a décidé autrement. En fin de compte, c'est ce qui pouvait m'arriver de mieux.

Avec un sourire de connivence, il tira deux photos de son portefeuille. Curieux, Rafe étudia la jolie rousse, les trois enfants.

— Je vois que tu n'as pas chômé.

— Je suis très heureux.

— Je suis content pour toi, dit Rafe avec conviction en lui rendant ses photos.

Il était sincère. Lui aussi rêvait d'avoir des enfants un jour.

— Tu habites où, maintenant ? lui demanda son ami d'enfance.

— A San Francisco. Et toi, alors, tu es dans le bâtiment ?

— Plus ou moins. En fait, l'entreprise se gère toute seule ; moi, je m'occupe surtout de construire des turbines à vent.

Puis, comme Rafe haussait les sourcils, perplexe, il lui lança un nouveau sourire, particulièrement lumineux dans son visage bronzé.

— Des éoliennes, espèce d'ignare. Pour fabriquer de l'énergie avec le vent.

Ils discutèrent encore quelques minutes, puis Ethan proposa :

— On devrait essayer de se voir, une fois où on aura un peu plus le temps de parler. Je vais voir avec Liz pour fixer une date. Tu te souviens de Josh Golden ?

— Bien sûr !

— Il est de retour ici. Marié, une gosse ; Fiona a un an. C'est fou ce que le temps passe ! On fera une soirée tous ensemble.

Ils parlèrent des autres amis de leur enfance, ceux qui vivaient encore dans la région et ceux qui s'étaient installés ailleurs, puis Ethan jeta un coup d'œil à sa montre.

— Je dois filer. Garde mes gars aussi longtemps que tu voudras, ils savent ce qu'ils ont à faire.

— J'apprécie le coup de main. Tu me factureras leurs heures.

— Comptes-y. D'après mes informations, tu peux te le permettre.

— Je me débrouille, admit Rafe en haussant les épaules.

— Je t'appelle bientôt. Je suis content que tu sois de retour.

— Je ne suis pas de retour !

Ethan se retourna vers lui, la main sur la poignée de sa portière.

— Oh ! tu sais, j'en connais d'autres qui ont dit la même

chose en arrivant ici. Ils ne sont pas encore repartis. Tu es peut-être davantage de retour que tu ne le crois, Rafe.

Le soleil n'était pas encore couché. Assis sur les marches de la véranda, une bouteille de bière entre les bottes, Rafe contemplait le paysage baigné de lumière blonde. Une bonne journée, pensa-t-il en s'étirant. Ses muscles fatigués protestèrent un peu ; ce n'est pas une tâche facile de dresser une clôture, même avec une tarière motorisée et des bras en abondance. Il avait mal aux épaules ; malgré les gants, ses mains étaient tailladées et constellées d'ampoules. Il aurait dû se sentir contrarié de s'être éreinté à la tâche comme le dernier des ploucs… mais c'était tout le contraire. Quand il contemplait la ligne bien nette, bien solide, du premier tronçon de la clôture, il éprouvait une satisfaction profonde, une fierté tranquille. Oui, ils avaient bien travaillé aujourd'hui. Grâce aux gars envoyés par Ethan, il ne leur faudrait qu'une quinzaine de jours pour enclore tout le ranch. Ensuite, ils s'attaqueraient à la grange.

Bien entendu, il n'oubliait pas son entreprise pour autant ; il resterait en contact étroit avec son bureau, et Mlle Jennings le tiendrait à jour sur les dossiers les plus importants. Il pensa à ses journées normales, faites de réunions, de négociations, de voyages. Au bout de douze ou quatorze heures d'action, il n'existait jamais rien qu'il puisse montrer du doigt, aucun résultat matériel, aucune réalisation concrète. Lorsque, après d'âpres négociations, un contrat se signait enfin, il était déjà plongé dans de nouveaux travaux d'approche — si bien qu'il s'arrêtait rarement pour savourer ou fêter la victoire. Ici, il devait le reconnaître, tout était plus simple. Lui qui croyait que le fait de se retrouver coincé à Fool's Gold serait un enfer ! Finalement, cette journée lui avait fait du bien.

Son portable sonna. Automatiquement, il le tira de la poche de sa chemise et lâcha d'un ton froid :

— Stryker.

— Je t'ai manqué ?

— Non, Dante, répondit-il en souriant.

— Tu devrais. Attends de savoir ce qui s'est passé aujourd'hui !

Avec une satisfaction gourmande, son ami lui décrivit l'affaire qu'il venait de boucler. En déposant des documents au tribunal in extremis, en charmant un juge… bref, Dante avait fait le nécessaire, une fois de plus, pour s'assurer qu'ils ne décrocheraient pas simplement la victoire, mais qu'ils écraseraient leur adversaire.

— Impressionnant, reconnut Rafe en buvant une gorgée de bière.

Au lieu d'écouter les détails d'une transaction qui leur rapporterait sans doute des millions, il se surprit à tendre l'oreille aux sons qui lui parvenaient de la maison : le bourdonnement d'une conversation, le jingle qui annonçait l'émission préférée de sa mère. Heidi était montée à l'étage après le dîner, reparaîtrait-elle dans le courant de la soirée ? A table (à part pour s'extasier sur les lasagnes de May), elle n'avait pas dit un mot, ne l'avait pas regardé une seule fois. Il n'était pas parvenu à la faire participer à la conversation générale. May aussi avait noté son silence ; aux petits soins, elle lui avait demandé deux fois si elle ne se sentait pas bien. Mais bien sûr, May n'était pas au courant de la petite phrase qui lui avait échappé et qui était sûrement à l'origine de son malaise.

Quand avait-elle commencé à les imaginer tous les deux dans le même lit ? Pour décider, en fin de compte, de ne pas coucher avec lui. Une bonne décision, sans aucun doute — à ceci près que sa déclaration avait eu l'effet opposé. Jusque-là, il ne lui était pas venu à l'idée de coucher avec elle ; maintenant, il ne parvenait plus à penser à autre chose.

— Tu ne m'écoutes pas, dit la voix de Dante à son oreille.

— Désolé. J'ai du mal à me concentrer, ici.

— Ce sont les chèvres ?

— Pas exactement.

— Une femme, alors ?

— Tu as d'autres nouvelles pour moi ?

— Je prends ça pour un oui. C'est la petite bergère ? Je te renvoie ta remarque de la dernière fois : elle n'est pas du tout ton genre.

— Qu'est-ce que tu entends par là ?

— Ecoute, je te connais et, depuis ton divorce, les femmes à qui tu t'intéresses sont très belles, je te l'accorde, mais disons… du genre qui ne saurait pas reconnaître une émotion authentique si elle leur sautait à la jugulaire. Je ne vois pas vraiment Heidi Simpson comme ça.

— Et depuis quand est-ce que tu es devenu un expert ?

— Je te dis juste ce que je pense.

— Je raccroche. Passe une bonne soirée.

Il coupa la communication, avala une nouvelle gorgée de bière, et décida que Dante avait raison. Heidi n'était pas comme les femmes qui traversaient sa vie sans jamais s'arrêter, elle était plus nature, plus concrète, plus réelle en un sens. En même temps, le ranch devait revenir à sa mère, c'était une évidence — ce qui signifiait que Heidi allait perdre tous ses droits. Il était donc impératif de garder ses distances, et surtout de ne rien faire pour compliquer la situation. Il en était là de son raisonnement quand la porte s'ouvrit et Heidi en personne parut. Le regard fixé sur le couchant, elle huma l'air avec plaisir… et s'arrêta net en le voyant.

— Désolée !

Elle allait rentrer. Sans réfléchir, il s'écria :

— Attendez !

Il glissa de côté sur sa marche pour lui faire une place et proposa :

— Tenez-moi compagnie une minute.

— Je ne veux pas vous déranger.

— Vous ne me dérangez pas.

Il la vit jeter un regard à la ronde — manifestement, elle cherchait un prétexte pour refuser — puis elle soupira et s'approcha sans enthousiasme. Une fois assise près de lui (il perçut aussitôt son parfum de vanille), elle se tint très raide, le regard fixé au loin. Pour une fois, ses cheveux flottaient librement sur ses épaules ; sa tenue (T-shirt à manches longues, jean et bottes) n'avait rien de provocant et, pourtant, il avait une conscience aiguë de sa présence et ne put s'empêcher de se demander quel effet cela ferait de la serrer contre lui.

— C'est du travail bien fait, lança-t-elle.

— Oui.

— Glen dit que vous avez trimé dur.

— Ça vous étonne ?

Elle lui jeta un bref regard avant de se concentrer de nouveau sur le paysage.

— Vous me faisiez plutôt l'effet d'un manager.

— Plus doué pour donner des ordres que pour abattre le vrai boulot, c'est ça ?

Il fut content de la voir sourire. Elle glissa :

— Nous savons tous deux que, ça, c'est parfaitement vrai.

— D'accord, mais je suis tout de même capable de monter une clôture. C'est juste que je fais généralement mon possible pour laisser l'exécution aux autres.

Elle ne portait pas de maquillage, constata-t-il tout à coup. Voilà ce qui la rendait si… réelle ! Sa peau semblait très douce, sa bouche aussi. Curieux, il baissa les yeux pour découvrir ses mains. Des ongles courts, quelques cals… des mains de travailleuse manuelle.

— May m'a dit que vous aviez trouvé quelqu'un pour prendre le bétail, reprit-elle.

Il rafla sa bouteille de bière, en but quelques gorgées.

— Il propose un prix correct. Il passera d'ici deux ou trois jours pour les emmener.

— Ils vont finir dans l'assiette de quelqu'un ?

— C'est de l'inquiétude que j'entends ?

— Je ne veux pas qu'on leur fasse du mal, soupira-t-elle. Bien sûr, j'aimerais m'en débarrasser, mais tout de même… Vous croyez qu'un zoo les prendrait ?

Il avala de travers, manqua s'étrangler. Elle le contempla avec inquiétude jusqu'à ce qu'il ait terminé de tousser.

— Ça va ?

Il hocha affirmativement la tête en se raclant la gorge.

— Vous voulez proposer votre bétail à un zoo ?

— Ils vivaient là en liberté, bien tranquilles. Ça m'ennuie de penser qu'ils finiront à l'abattoir.

— D'où croyez-vous que proviennent vos steaks ?

— C'est différent. Je ne les connais pas personnellement.

— Ceux-là non plus, vous ne les connaissez pas. Vous avez peur d'eux. Heidi, en plus, cette vente vous rapportera une jolie somme !

Il faillit se mordre la langue. Pourquoi lui rappelait-il cet aspect des choses, pourquoi l'aidait-il à tirer un profit du bétail qui se reproduisait dans la nature depuis la mort du vieux Castle ? Chaque dollar qu'elle mettrait de côté l'aiderait à rembourser sa dette envers sa mère ; si elle rassemblait une somme suffisante, la juge lui rendrait peut-être sa propriété !

— Je crois que je dois encore réfléchir, dit-elle. S'il promet de ne pas les tuer…

— Et qu'est-ce qu'il peut en faire d'autre, à votre avis ?

— Je ne sais pas. Mais vous, vous ne pensez qu'en termes de rentabilité, d'efficacité. Moi, je veux juste m'occuper de mes chèvres sans avoir à m'inquiéter du sort de bêtes… comestibles.

— Il y a aussi des gens qui mangent de la chèvre.

— En tout cas, personne ne mangera les miennes.

— Non. Elles ont une bonne vie, ici.

Heidi réprima un soupir. L'air était délicieusement frais, les couleurs du ciel stupéfiantes ; si ces sensations la frappaient avec une telle intensité, c'était uniquement dû à la beauté naturelle qui l'entourait et au silence magique de cette soirée. Les chèvres s'étaient retirées dans leur abri, les oiseaux dans leurs nids. Elle ne faisait qu'une avec la nature. Elle était sereine.

Puis Rafe changea de position sur sa marche et son geste lui arracha un sursaut un peu brusque. Un vrai bond de chèvre, oui ! En fait de sérénité, on devait entendre battre son cœur à dix mètres à la ronde ! C'était certainement à cause de ce qu'elle avait dit sur le fait de ne pas coucher ensemble, rien de plus. Maintenant, il savait forcément qu'elle y avait pensé et, avec son ego démesuré, il devait se faire toutes sortes d'idées. Alors que pour elle il s'agissait uniquement d'une stratégie pour le convaincre de lui laisser son ranch. Une idée stupide, de toute façon, surtout qu'elle n'était sûrement pas assez douée, sur le plan de la séduction…

— Heidi ?

— Oui ?

— Vous allez bien ? On dirait que vous avez mal quelque part.

— Non, non, ça va.

Pressée de changer de sujet, elle ajouta :

— Le dîner était délicieux.

— C'est au dîner que vous pensiez ?

— Non, mais je préfère réorienter la conversation.

Quand il pivota vers elle, sa jambe gainée de jean se retrouva à quelques millimètres de sa cuisse.

— Vous pouvez tout de même trouver mieux que de parler des lasagnes de ma mère.

Il lui souriait ! Elle avala sa salive et se força à articuler :

— D'accord. San Francisco vous manque ?

— Oui.

— Vous êtes tout de même chez moi, protesta-t-elle. Vous pourriez au moins enrober les choses, dire quelque chose de gentil sur l'endroit où vous vous trouvez.

— Pourquoi ? Je préfère la grande ville.

— Pour le shopping, le ballet ?

Encore ce sourire ! Sa bouche était vraiment bien dessinée — irrésistible même, elle ne parvenait plus à la quitter des yeux. Quel effet cela ferait-il si… si jamais l'envie le prenait, disons, de… Mentalement, elle claqua la porte sur ces pensées déplacées et tourna la tête pour contempler la grange. Un bel exemple de construction rurale, et nettement moins dangereux à étudier que son compagnon.

— Pour commencer, j'aime les bons restaurants, dit-il. Et puis, le trajet est très court pour me rendre au bureau.

— Votre style de vie doit vous manquer ?

— Oui. Il n'y a rien pour moi, ici. Je ne suis pas un

cow-boy, mon métier, c'est d'acheter et de vendre ce qui donne du pouvoir.

Malgré la vibration subtile qui s'installait dans tout son corps, malgré le désir qu'elle ressentait, elle ne put retenir un éclat de rire et recommanda :

— Vous devriez retourner là-bas. Juste pour vous assurer qu'ils s'en sortent sans vous.

— J'ai une bonne équipe. Ils s'en sortent.

— Ça doit être bien de pouvoir compter sur quelqu'un.

— Ça l'est.

— Vous dites ça pour me jeter votre richesse au visage ? Je sais bien que vous pourriez acheter tout ce que je possède avec la petite monnaie au fond de vos poches, mais ça ne m'atteint pas. Je ne suis pas une fille de la ville, moi, et je n'aime pas les *gadjé*.

— Les *gadjé* ? Je croyais que c'était un terme employé par les Tsiganes. Vous appelez sérieusement les gens comme ça ?

— Les forains aussi utilisent ce mot. Les *gadjé* sont sédentaires, ils ont leurs racines en ville. Ils sont différents.

Et certains d'entre eux avaient martyrisé sa meilleure amie. Cela, elle ne le pardonnerait jamais.

— Vous devriez les accueillir à bras ouverts, dit-il. Ce sont eux qui achètent vos fromages.

Très décontracté, il s'adossa au pilier de la véranda en demandant d'un ton léger :

— Dites-moi un peu, quel est votre marché exactement ?

Elle battit des paupières, déconcertée.

— Vous voulez dire… le nom des magasins qui vendent mes fromages ?

Ce sourire…

— Non, je vous demande quels secteurs vous trouvez les plus profitables : les produits bios, les échanges locaux, la cosmétique ?

— Ah…

Elle noua les mains sur ses genoux. Le frémissement dans son corps s'était éteint et elle se sentait seulement vaguement mal à l'aise, incertaine.

— Je vends ici, en ville, aux magasins auxquels je peux livrer en personne. Pendant les festivals, je tiens généralement un stand.

Il attendait la suite, comme s'il pensait qu'elle gardait le meilleur pour la fin. Elle s'éclaircit la gorge et murmura :

— C'est à peu près tout…

— Quoi ? Et vous croyez pouvoir gagner votre vie de cette façon ? Mais il faut multiplier vos débouchés ! Les chaînes de produits bios comme Whole Foods et Trader Joe's, bien sûr, mais il y a aussi les petits magasins de produits diététiques et les crémeries spécialisées. Vous êtes à quelques heures de route de San Francisco, à peine plus loin de Los Angeles ; ce sont des marchés fantastiques ! Les épiceries fines les plus renommées cherchent toutes des producteurs locaux. Vous pourriez aussi faire les salons. Pourquoi ne pas envoyer des échantillons à Rachael Ray, du Food Network ? Et vos commerciaux, qu'est-ce qu'ils disent ?

— Vous êtes le seul ici à pouvoir employer du petit personnel, répliqua-t-elle avec rancune. Je ne peux pas m'offrir des commerciaux.

— Si vous voulez passer au cran supérieur, c'est pourtant la seule solution. Sinon, vous allez végéter sans jamais être sûre de boucler vos fins de mois. En trois mois, un commercial digne de ce nom générerait suffisamment de chiffre pour couvrir son salaire ; vous pourriez réinvestir le reste de vos bénéfices dans votre affaire. Des marchés, il y en a des douzaines potentiels, après, encore faut-il que vous ayez une production suffisante.

— Ce ne serait pas le problème.

— Dans ce cas…

Il se tut subitement, comme s'il venait de se rendre compte de ce qu'il faisait — c'est-à-dire user de son expertise et de son sens des affaires pour développer l'entreprise de son adversaire.

— Ce sont d'excellentes idées, dit-elle. Je vais y réfléchir.

C'était effectivement un solide plan de développement, mais il n'avait aucun souci à se faire : même si elle appliquait ses conseils dès demain, il faudrait des mois pour que le résultat se fasse sentir. La juge ne lui laisserait sûrement pas le temps d'engranger des bénéfices conséquents.

— Heidi, je…

Il se tut, en secouant la tête avec une certaine brusquerie. Muette, elle attendit qu'il lui interdise d'appliquer les idées qu'il venait de lui donner, ou qu'il lui rappelle qu'elle ne pouvait pas se mesurer à lui : même si sa petite affaire se transformait brusquement en multinationale, il gagnerait de toute façon ce procès. Au lieu de quoi il murmura quelques mots qu'elle ne saisit pas, l'attrapa aux épaules et l'embrassa.

Elle fut si stupéfaite qu'elle ne réagit d'abord même pas. Les sens anesthésiés, elle ne parvenait tout simplement pas à admettre ce qui lui arrivait. Rafe, l'embrasser ? Mais pour quoi faire ? Puis elle prit conscience de la chaleur, non, de la brûlure de ses lèvres sur les siennes. Leurs bouches s'imbriquaient à la perfection. Son baiser était affirmé — même dans ce registre, il contrôlait la situation — mais il exprimait aussi une douceur inattendue, oui, il offrait bien plus qu'il ne prenait. Aussi fou que cela puisse paraître, elle percevait chez Rafe une attente, comme s'il *espérait* qu'elle allait s'abandonner. Comme si cet abandon comptait pour lui.

Dans sa confusion, elle avait fermé les yeux. Elle sentit la bouche de Rafe s'animer sur la sienne et, instinctivement, elle se pencha vers lui. L'étoffe de sa chemise était très douce sous ses mains, d'autant plus troublante qu'elle devinait en dessous les muscles durs, puissants. Il la serrait maintenant à la taille et elle pouvait percevoir la pression de chacun de ses doigts.

Le baiser se prolongea, gagna en chaleur et en intimité. Elle tenta encore de se rappeler le danger qu'il représentait pour elle : un homme comme lui jouait uniquement pour gagner. Quant à elle, elle ne jouait jamais, elle avait beaucoup à perdre et il était plus que temps de s'écarter de lui… mais son corps ne semblait tout simplement pas comprendre le message. C'était si bon ! Elle cessa de résister.

A l'instant où elle se rendit, il la broya contre lui en dévorant sa bouche avec passion. En elle, des désirs longtemps engourdis se réveillèrent, son sang courut plus vite dans ses veines, ses seins se gonflèrent, une pulsation délicieuse s'épanouit entre ses cuisses. La langue de Rafe dansait avec la sienne, ses grandes mains lui caressaient le dos… Perdue dans ses sensations, elle aurait aimé qu'il s'enhardisse encore, qu'il s'intéresse à ses seins, qu'il descende peut-être plus bas…

Il détacha sa bouche de la sienne, pressa ses lèvres contre sa joue, descendit dans son cou mordiller sa clavicule. Quand ses dents éraflèrent sa peau, elle frissonna de désir — un désir si aigu, si violent, qu'elle faillit saisir ses mains et les placer là où elle les attendait ! Elle savait pourtant que ce serait une folie, mais au point où elle en était elle était prête à toutes les folies.

Mais à cet instant une vibration furieuse jaillit, comme un gros bourdon emprisonné entre leurs deux corps ; en même temps, un carillon guilleret éclatait à ses oreilles. Elle bondit en arrière en réprimant un cri… c'était le téléphone de Rafe, seulement son téléphone. La bouche encore fourmillante de sensations, elle chercha à reprendre son souffle. Rafe avait sorti l'appareil et elle vit son pouce enfoncer le bouton qui rejetait l'appel… malgré tout, à l'écran, elle avait eu le temps de déchiffrer un nom. Nina.

— Votre compagne ? demanda-t-elle dans le silence qui suivit.

Le visage de Rafe était indéchiffrable. Ses yeux sombres la contemplaient sans rien trahir de ses pensées.

— Non.

Elle attendit la suite. Qui que soit cette femme, elle comptait suffisamment pour lui pour qu'il l'ait enregistrée dans ses contacts sous son seul prénom. Il était maintenant trop tard pour reprendre le baiser, la magie était brisée. Rafe finit par lâcher :

— C'est mon agent matrimonial.

Elle se remit à respirer. Un agent matrimonial… C'était mieux ou pire qu'une compagne ? Mieux, décida-t-elle. Cela signifiait qu'il n'avait personne, et qu'il cherchait quelqu'un.

Pas une fille comme elle, bien entendu ! Et c'était tant mieux d'ailleurs, parce qu'elle non plus ne s'intéressait pas à lui… malgré les apparences. Maintenant qu'il ne la touchait plus, elle commençait à mesurer l'ampleur de la bêtise qu'elle venait de faire.

Elle réussit à se mettre sur pied, à traverser la véranda et à atteindre la porte.

— Vous devriez la rappeler, dit-elle, contente d'entendre que sa voix semblait parfaitement calme. C'est peut-être important.

7

Rafe entendit des mouvements dans la chambre de Heidi, puis son pas léger qui descendait l'escalier. La pâle lumière qui filtrait sous le store lui apprit qu'il était encore très tôt. Il attendit quelques instants, en tendant d'oreille ; dès que la porte de derrière se referma, il se leva à son tour et s'habilla rapidement.

Trois jours s'étaient écoulés depuis leur baiser. Tout au long de ces trois jours, elle avait fait son possible pour l'éviter — et il avait senti en permanence le regard de sa mère posé sur lui. Il ne s'était évidemment pas expliqué avec elle, et il aurait parié que Heidi n'avait rien confié à son grand-père — mais May, avec ses fichues antennes, savait qu'il se passait quelque chose. Impossible de lui cacher quoi que ce soit ! S'il se refusait à discuter de sa vie privée avec sa mère, il allait tout de même bien falloir normaliser la situation. Et cela, il ne voyait qu'une façon de le faire : clarifier les choses avec Heidi.

Il descendit donc à son tour, traversa le salon et la cuisine, et sortit dans la fraîcheur du petit matin. Personne en vue. Heidi devait déjà être montée à la chèvrerie. En gravissant la pente, il vit trois chats accourir en gambadant et se glisser devant lui par la porte entrouverte. Quand il poussa la porte à son tour, il découvrit un tableau charmant : Heidi trayait Athéna ; alignés près d'elle, les trois chats la contemplaient en clignant les yeux, sagement assis.

— Je ne savais pas que vous aviez des chats, dit-il.

Elle ne leva pas la tête, ses mains ne perdirent pas le

rythme ; le lait gicla avec la même régularité dans le seau de métal luisant.

— Ils ne sont pas à moi. Ils viennent toujours à l'heure de la traite.

Distraitement, il se demanda s'il saurait traire une chèvre. Probablement, mais ce talent ne trouverait guère d'applications une fois rentré à San Francisco !

— Je peux vous donner un coup de main ?

— Je ne vois pas comment.

Il compta les chèvres qui attendaient leur tour avec impatience — il n'y en avait que six.

— Vous ne les trayez pas toutes ?

— Pas les deux qui sont enceintes.

— Elles tombent enceintes souvent ?

— En moyenne une fois par an.

Autrement dit, pour chaque chèvre, il y avait une période considérable de l'année où elle ne rapportait rien.

— Ça limite tout de même beaucoup votre capacité de production.

— Oui. J'ai besoin d'agrandir un peu mon troupeau — mais pas au point où il deviendrait ingérable.

Il aurait aimé lui demander si elle avait réfléchi à ses conseils. S'il ne connaissait rien aux chèvres, il était un as dans le domaine des affaires et les principes de vente restaient les mêmes quel que soit le produit.

— Vous allez garder vos chevreaux ?

— Probablement pas. Il vaut mieux diversifier les lignées. Je connais quelques éleveurs, je pourrai sans doute négocier des échanges.

Elle en avait terminé avec Athéna. La chèvre s'écarta avec dignité et, d'elle-même, la suivante prit sa place. Heidi lui nettoya le pis avec soin avant de se remettre à traire. Concentrée sur sa tâche, elle lâcha :

— Si vous avez toujours le nom de l'acheteur, je suis d'accord pour vendre le bétail.

— Je vais l'appeler. Il était disponible pour passer cette semaine.

— Parfait. Merci beaucoup.

Elle poursuivit sa tâche, efficace, sans geste superflu. Ils ne disaient plus rien et le souvenir du baiser s'enflait peu à peu dans le silence. Pourquoi avait-il fait ça ? Il ne le savait plus très bien. Ce serait rassurant de pouvoir se dire qu'elle était là, qu'il n'avait rien de mieux à faire… mais ce serait un mensonge. Il avait *vraiment* eu envie de l'embrasser. De la toucher et de la goûter — et maintenant il en voulait davantage. C'était d'ailleurs ce qui l'avait décidé à rappeler Nina et à accepter le rendez-vous qu'elle lui proposait : il n'y avait pas de place pour Heidi dans ses projets. Il doutait qu'elle soit fille à faire l'amour simplement pour le plaisir. Non, elle demanderait davantage et, lui, il y avait longtemps qu'il avait renoncé aux sentiments. Sans parler de leur situation judiciaire qui compliquait encore grandement les choses.

— Pour l'autre soir…, hasarda-t-il.

Il vit les mains de Heidi ralentir, puis accélérer leur cadence.

— … Je ne voulais pas créer une gêne entre nous.

— Dommage, dit-elle sans le regarder. Parce que c'était plutôt réussi de ce point de vue-là.

— Vous m'en voulez.

— Disons que c'est surtout que je n'y comprends rien. Parlez-moi de votre agent matrimonial — vous avez vraiment recruté quelqu'un pour vous trouver une femme ? Vous savez dans quel siècle on vit ?

— Je ne travaille qu'avec les meilleurs. Elle est la meilleure.

Elle tourna enfin la tête, mais c'était pour le dévisager, incrédule.

— Vous n'êtes pas capable de trouver quelqu'un tout seul ?

— J'ai essayé. Ça s'est mal terminé.

Elle acheva de traire la deuxième chèvre, qui laissa la place à la troisième.

— Vous savez, j'ai été marié, avoua-t-il. On était très jeunes, très amoureux, j'ai cru que tout était parfait mais, un jour, elle est venue me dire qu'elle ne m'aimait plus et elle est partie. J'aurais dû me sentir effondré, ou au moins vexé ; eh bien, il n'y a rien eu — juste le soulagement qu'il n'y ait pas eu d'enfants pour souffrir de notre séparation. C'est là que j'ai compris que je me faisais des illusions. Il m'avait semblé que, l'amour, ça devait vous secouer davantage.

Il en avait conclu que l'amour n'était qu'un mythe, un prétexte pour pousser les gens vers les relations durables qui forment l'assise de la société. Personnellement, il ne voyait pas l'intérêt.

— Et vous voulez tout de même vous remarier ? s'enquit-elle.

— Je veux avoir des gosses et j'ai la faiblesse de croire que, dans un monde parfait, il faut deux parents.

— Laissez-moi deviner. Vous avez demandé à Nina de vous trouver une femme diplômée, ayant une carrière, mais si possible pas trop accaparante. Vous êtes prêt à la laisser travailler, mais vous préféreriez qu'elle reste à la maison avec les gosses. Au moins pour un temps. Intelligente, mais pas trop ; jolie mais pas trop belle. De l'humour, capable de discuter de l'actualité, pas du genre à aller voir ailleurs. Vous comptez être fidèle, mais vous ne vous attendez pas à ce qu'elle vous touche en plein cœur : le cœur, vous le gardez pour vos enfants. Vous en voudriez trois si possible, mais vous vous contenteriez de deux. Et un chien.

Rafe s'interdit toute réaction. Il ne fit pas un geste, mais cette immobilité lui demanda un réel effort. Il lui semblait qu'elle venait de l'ouvrir en deux, négligemment, et d'exposer au grand jour ses pensées les plus intimes. De réduire tout ce qu'il était, tous ses désirs, à une liste grotesque. Comment avait-elle deviné ? Lui qui avait la réputation d'être si difficile à cerner, quand avait-il dévoilé ses cartes ? Etait-elle douée d'une intuition particulière ? Sa mère elle-même n'aurait pas pu donner autant de détails.

— Vous n'approuvez pas, articula-t-il.

— Je n'ai pas d'opinion. C'est juste que je ne comprends pas qu'on veuille passer sa vie auprès de quelqu'un dont on n'est pas amoureux.

— L'amour est une illusion.

— Alors là, vous vous trompez. L'amour, c'est très réel, et très dangereux aussi. Les gens font des choses démentes en son nom, des choses très graves. C'est très violent, brutal même, et on ne peut pas jouer impunément avec ça. Quand est-ce que vous allez rencontrer la première candidate ?

— Dans quelques jours.

Elle leva les yeux vers lui un bref instant.

— Elle vient à Fool's Gold ? Juste pour une soirée ?

— J'ai dit à Nina que je préférais attendre, mais d'après elle ça ne pose aucun problème.

— C'est vrai que vous êtes un sacré parti.

Elle ne lui riait pas au visage, mais il captait une lueur d'humour dans ses yeux. Le jour de leur première rencontre, il détenait toutes les cartes, contrôlait parfaitement la situation — comment avait-il perdu la main ? Le rapport de force s'était inversé, et maintenant il se faisait l'effet de l'homme qui court sur des rondins emportés par un fleuve. Une sensation qu'il n'appréciait pas du tout !

— Et est-ce que nous aurons le plaisir de la rencontrer ? glissa-t-elle.

— Non.

Il tourna les talons, sortit à grands pas et redescendit vers la maison. Il avait une clôture à terminer, une entreprise à diriger — quant à Heidi, s'il avait cru la vexer en l'embrassant, il s'était trompé. Elle était beaucoup moins fragile qu'il ne le croyait, et se révélait même une adversaire redoutable. Fini de prendre des gants désormais ! Il n'était venu à Fool's Gold que pour une raison : remporter la partie.

Heidi déposa ses seaux de lait dans la cuisine, sûre de ne pas croiser Rafe : elle venait de le voir de loin monter vers la clôture. Ouf ! Elle n'aurait pas pu affronter un nouveau round avec lui aujourd'hui. Le premier la laissait sur le flanc.

Tout dans leurs rapports était injuste. D'abord il était trop riche, il avait trop de relations, trop de pouvoir. Et puis surtout il était trop grand, trop sexy ; il n'avait qu'à sourire pour lui faire perdre tous ses moyens. C'était la faute de ce baiser, décida-t-elle en versant le lait du jour dans des bouteilles stérilisées qu'elle stocka dans le réfrigérateur du cellier. Sa façon de la toucher, tout ce qu'il lui avait fait ressentir… Comment était-elle censée oublier, maintenant ? Lui, il se concentrerait sur sa quête d'une épouse idéale et, pendant ce temps, elle fantasmerait malgré elle en imaginant un nouveau baiser. Et de longues nuits sensuelles dans le lit de Rafe.

Quant à la femme qu'il recherchait, elle était sûre d'avoir vu juste. La liste lui semblait évidente : elle n'avait fait qu'énumérer tout ce qu'elle n'était pas. Mais bon, cela n'avait aucune importance : avec un peu de chance, la juge leur donnerait raison, à Glen et elle, les Stryker retourneraient à San Francisco et tout rentrerait dans l'ordre. Elle pourrait oublier cette interruption du cours tranquille de sa vie.

Elle se versa une tasse de café, l'emporta dans le salon et s'installa avec un soupir dans son fauteuil préféré, près de la fenêtre. Elle commençait à se détendre quand elle entendit un rire étouffé. Un rire très doux, très intime… Interdite, elle tendit l'oreille. Un murmure traversa la cloison et elle reconnut l'intonation de Glen… puis la voix fraîche de May qui lui répondait.

Non, non, non ! Ils ne pouvaient pas déjà être en train de… Elle avait parlé à son grand-père, mis May en garde ; ils avaient tous deux assez d'expérience pour ne pas tomber dans un piège aussi évident. Effondrée, elle se replia sans bruit dans la cuisine où elle se laissa choir sur une chaise. Et maintenant, qu'allaient-ils devenir ? Tout était fichu. May avait déjà su se faire entendre du juge ; si Glen la plaquait, si elle se mettait en colère, on lui donnerait raison sur toute la ligne. Il fallait agir ! Déjà, tenter encore une fois de raisonner Glen. Ensuite, trouver un allié qui verrait les choses sous le même jour qu'elle. Autrement dit, Rafe. Alors qu'elle aurait donné n'importe quoi pour pouvoir l'éviter.

Il lui fallut vingt-quatre heures pour trouver le courage de parler. Rafe n'était pas rentré dîner la veille ; May avait mentionné une soirée avec de vieux amis. Pas tout à fait convaincue par ce prétexte, Heidi n'avait pu que constater son absence — et quand il était rentré, très tard, elle n'avait pas osé sortir de sa chambre pour lui parler. Il y avait urgence, pourtant ! Quand il s'agissait de séduire les femmes, Glen était le meilleur. Il fallait absolument protéger May.

Le lendemain, quand elle entendit deux gros camions entrer au ralenti dans la cour, elle supposa qu'on livrait encore des matériaux de construction. Par curiosité, elle sortit tout de même dans la véranda… et entra de plain-pied dans une scène digne d'un vieux western. Dans le vallon en contrebas, un groupe d'hommes à cheval virevoltaient dans un nuage de poussière, poussant devant eux un troupeau de bovins meuglant, capturant au lasso les bêtes qui cherchaient à s'échapper, dirigeant groupe après groupe vaches et taureaux vers un enclos préfabriqué. On emportait son bétail sauvage !

Au cœur du groupe de cow-boys, elle reconnut Rafe monté sur Mason. Eblouie, elle se figea sur place ; malgré la fraîcheur de la journée, elle sentit une chaleur étrange l'envahir rien qu'à le regarder chevaucher ainsi en virtuose, tête nue, une corde à la main. Un jean usé moulait ses cuisses puissantes, ses larges épaules se détachaient sur le bleu du ciel… L'un des autres, un inconnu, cria quelque chose et il partit d'un grand rire… elle sentit ses genoux ployer. Aïe, cette fois, elle se préparait de sérieux ennuis ! Fascinée, elle le regarda lancer Mason en avant tout en faisant tournoyer son lasso… la boucle retomba autour du cou d'un taurillon et Mason freina aussitôt, s'asseyant presque sur ses sabots arrière. Le hongre avait manifestement du métier, et *Rafe*… pour un homme qui affichait une telle classe en complet, il semblait curieusement à l'aise dans ce rôle ! Sans doute n'avait-il pas oublié les leçons de son enfance ?

Elle fit volte-face et rentra dans la maison, où elle passa un certain nombre de coups de fil et rédigea plusieurs courriels. Si Rafe menaçait de renverser tout l'édifice de sa vie, il lui avait tout de même fait plusieurs suggestions intéressantes. Elle s'était déjà adressée à plusieurs magasins à San Francisco et Los Angeles, et se renseignait maintenant sur le moyen de recruter un commercial, au moins à temps partiel. Grâce à l'argent généré par la vente du bétail, elle allait pouvoir prendre ce risque, tout en déposant la majeure partie de la somme sur le compte spécial « Rembourser May ».

Il était presque midi quand Glen la rejoignit dans son petit bureau.

— Ils ont presque terminé de charger le bétail, annonça-t-il.

— Parfait.

Elle se retourna pour le toiser, l'œil réprobateur :

— Je croyais que nous avions un accord, tous les deux.

Il ne se troubla pas, ne se donna même pas la peine de prendre un air penaud.

— Je t'en prie, Heidi, je ne suis pas un gamin, répondit-il d'un ton tranquille. Ce n'est pas à toi de me dicter mes actes, surtout sur le plan amoureux.

— Ça ne te suffisait pas de lui voler 250 000 dollars ? Tu tiens absolument à lui gâcher la vie ?

— Ne dis pas ça. C'est une femme adorable, peut-être celle que j'attendais.

— Tu n'as jamais attendu personne, Glen. Je pensais que tu te calmerais un peu, avec l'âge, mais tu… enfin, tu as même couché avec ton avocate !

— C'était quand on venait d'arriver. Et elle n'était pas encore mon avocate.

Gentiment, il s'approcha pour lui tapoter l'épaule en ajoutant :

— Ne te fais pas de souci pour moi. Tout va bien se passer.

— Ce n'est pas pour toi que je me fais du souci, clama-t-elle, exaspérée. Je m'inquiète pour May ! Et comment peux-tu savoir si tout va bien se passer ? Si tu lui fais de la peine, elle se plaindra à la juge. Tu y as pensé ?

Glen cessa de sourire.

— L'amour ne se dicte pas. Si je t'ai appris une chose, c'est bien que les chemins du cœur sont imprévisibles ! May ne cesse de me surprendre, et c'est peut-être exactement ce dont j'avais besoin.

— Il me semblait plutôt que tu m'avais appris que, si

l'amour faisait mine de se montrer, il fallait prendre ses jambes à son cou… Franchement, tu peux présenter les choses aussi joliment que tu voudras, tu ne tombes *jamais* amoureux. Tu ne crois pas à l'amour, tu me l'as répété dix mille fois. Tu t'amuses avec une femme et, dès qu'elle s'attache, tu passes à la suivante. Le problème, c'est que May n'est pas comme Trisha Wynn, elle ne sait pas jouer le jeu. Elle est veuve depuis très longtemps, elle ne comprendra rien à ta façon de faire. Tu mets en jeu notre maison et notre gagne-pain pour le plaisir d'une simple conquête.

— Mais non ! Je te jure que cette fois c'est différent. Elle me touche… Je ne peux pas laisser passer cette chance. Fais-moi confiance, c'est tout ce que je te demande.

Rien à faire. Le cœur gros, elle le regarda sortir. Non, décidément, cette fois, il lui en demandait trop. Elle l'aimait de tout son cœur mais elle ne lui faisait pas *du tout* confiance. Sombrement, elle se remit à la tâche et travailla encore deux heures. Puis, quand elle entendit un nouveau pas et un raclement de bottes à la porte de derrière, elle se déconnecta d'internet, se leva résolument, et passa dans la cuisine.

Campé devant l'évier, Rafe buvait un grand verre d'eau. Avec ses cheveux collés de sueur et son jean poussiéreux, il ressemblait à une publicité pour un produit viril et sexy. Il dut sentir sa présence car il se retourna, son verre vide à la main. Des gouttelettes brillaient sur sa poitrine, dans l'échancrure de sa chemise.

— Ils sont partis. Vous pourrez vous promener sans craindre d'être attaquée par des taureaux sauvages.

— Je vous remercie d'avoir organisé tout ça.

— Pas de problème.

Il se resservit au pichet d'eau fraîche du réfrigérateur, but de nouveau. Elle le regarda faire tout en cherchant fébrilement une entrée en matière. Comment aborde-t-on un sujet aussi délicat ? Surpris par ce regard muet braqué sur lui, il finit par demander :

— Qu'est-ce qu'il y a ?

Allez, assez hésité, il était temps de se lancer.

— Je… je me fais du souci pour votre mère.

— Ah ? Pourquoi ?

— Parce qu'elle est en train de craquer pour Glen ! Et, croyez-moi, ça ne donnera rien de bon.

— Enfin, il a plus de soixante-dix ans ! protesta-t-il avec un petit rire. Il ne se passera rien de bien grave.

— Ne le sous-estimez pas à cause de son âge. Les femmes le trouvent irrésistible, et il sait encore les charmer. Seulement voilà, il… il ne pratique pas les relations durables, ce qui veut dire que votre mère pourrait avoir un… un choc. Une déconvenue.

Il ne se contentait plus de la toiser, ironique, il riait ouvertement ! Furieuse, elle croisa les bras sur sa poitrine.

— Vous ne prenez pas la situation au sérieux.

— Désolé, mais je ne peux pas ! Glen et ma mère ?

— Elle était dans sa chambre ce matin. Je l'ai entendue rire.

— Elle voulait peut-être juste lui demander quelque chose.

— Ils faisaient l'amour.

Instantanément, son visage se ferma.

— Sûrement pas.

— J'ai parlé à Glen mais il refuse de m'écouter. Il faut absolument mettre May en garde. Glen n'est pas homme à se caser. Si c'est ce qu'elle attend, il faut qu'elle sache que ça n'arrivera pas.

— Je ne vais tout de même pas donner des conseils à ma mère sur sa vie privée !

— Vous préférez avoir à la consoler ensuite ?

— Glen et elle ne sont pas… ensemble.

— Et comment est-ce que vous pouvez le savoir ?

— Je le sais, c'est tout.

Exaspérée, elle leva les mains au ciel.

— Alors, c'est vraiment ça votre manière d'aborder les problèmes. Vous faites toujours comme ça, comme s'ils n'existaient pas ?

— Je ne vois pas pourquoi vous dites ça.

— Ah ? Et Clay ? Vous ne parlez jamais de lui.

Le regard de Rafe se durcit.

— Mes relations avec mon frère ne vous regardent pas.

— Mais vous vous rendez compte qu'en voyant votre attitude j'ai commencé par croire qu'il était un criminel ? Il est mannequin spécialisé dans les sous-vêtements masculins — et alors ? Il gagne probablement encore plus d'argent que vous. Où est le problème ?

— Il aurait pu faire quelque chose de sa vie.

— Il fait quelque chose.

— Pas quelque chose dont on puisse être fier.

Heidi se campa devant lui, les mains sur les hanches.

— Vous êtes coincé à ce point ? Le métier vous gêne, alors vous effacez l'homme de votre radar ?

— Mais non !

— Et vous êtes trop gêné pour parler de Glen à votre mère. C'est quoi, le problème ? Le sexe ?

— Je n'ai aucun problème avec le sexe, gronda-t-il.

— Eh bien, je ne sais pas où est le problème exactement, mais il y en a un, c'est clair !

— Pour l'instant, le problème c'est vous.

D'un geste mesuré, il posa son verre et se planta à son tour devant elle.

— J'ai travaillé comme un forçat quand j'étais adolescent. Je me suis passé de manger et j'ai fait le travail d'un homme pour veiller sur ma famille. Ça me donne le droit de dire si oui ou non mon frère gâche sa vie. Idem pour ma sœur.

Déroutée, elle scruta son visage.

— Je croyais qu'elle était danseuse.

— Je n'ai pas la moindre idée de ce qu'elle est. Elle a tout plaqué…

Il se ravisa en secouant la tête.

— Je n'ai pas envie de parler d'elle.

— C'est vous qui en avez parlé en premier, objecta-t-elle sans se démonter.

Il serra les lèvres et se tut, faisant peser sur elle son regard le plus opaque. Dans le silence chargé, tout en braquant sur lui un regard de défi, elle réfléchit à ce qu'elle savait de lui. Oui, son enfance avait dû être rude… et pourtant, il avait réussi à décrocher une bourse, à faire de grandes études et à se bâtir son petit empire personnel. Il avait réussi… mais un petit garçon effrayé et affamé se cachait-il encore quelque part en lui ?

— Ce n'est pas parce que Clay a choisi une voie qui ne vous plaît pas qu'il n'apprécie pas ce que vous avez fait pour lui, hasarda-t-elle.

— N'essayez pas d'entrer dans ma tête. Vous n'y ariverez pas.

— Je cherche juste à dire que vous allez devoir le laisser vivre. Vous ne pouvez pas tout contrôler.

— Un conseil fondé sur votre longue expérience des familles nombreuses ?

— Tout à fait. Figurez-vous que, les familles nombreuses, je connais ! riposta-t-elle. Pas dans le sens d'une famille traditionnelle peut-être, mais je sais exactement ce que c'est de grandir dans un groupe très soudé.

Voyant son expression, elle leva les mains dans un geste apaisant :

— Très bien, on ne parle plus de Clay ! Mais, je vous en prie, il faut mettre votre mère en garde.

— Hors de question.

— Décidément, pour un homme qui a été marié, vous ne comprenez pas grand-chose aux femmes. Je comprends mieux pourquoi vous avez besoin d'un agent matrimonial. Bon, très bien, ne dites rien, ne faites rien ! Je vous aurai prévenu.

Heidi reposa son verre vide, capta le regard de Jo et lui fit le signe qui, dans tous les bars du monde, signifie : « Barman ! La même chose. »

— Je prévois une enveloppe de cent à cent trente-cinq mille dollars, expliquait Annabelle à ses côtés. J'espère avoir le bus pour quatre-vingt ou quatre-vingt-dix mille, et je réserve le reste des fonds pour l'aménager et le stocker.

— Un bibliobus, dit Charlie, pensive.

— Mais oui ! s'écria Annabelle, débordante d'enthousiasme. Il y a une foule de gens dans la commune qui ne peuvent pas facilement venir jusqu'à moi pour emprunter des livres. La dernière collecte de fonds a servi à terminer la médiathèque, et c'était une très bonne chose, mais vous imaginez ? Avec un ou deux ordinateurs portables et une connexion mobile, on pourrait aussi apporter le Net à des gens qui n'y ont encore jamais touché !

— Je te trouve énervante quand tu es aussi généreuse et sincère, lâcha Charlie. Je ne te reconnais plus.

— Oui, tu as raison, l'ironie désabusée me vient plus naturellement, mais ce projet de bibliobus compte énormément pour moi. J'ai commencé à réfléchir à un nouveau festival, pour générer des fonds ; il faut que j'en discute avec Pia.

En tant que responsable des multiples festivals de Fool's Gold, Pia faisait de véritables miracles à partir d'un bureau minuscule à l'arrière de la mairie. Grâce à son stupéfiant talent de coordinatrice, les rues se décoraient et se remplissaient de stands, les intervenants arrivaient à l'heure dite, étaient accueillis, logés, nourris, rémunérés…

— On te donnera un coup de main, promit Heidi. Dis-nous juste ce qu'il faut faire.

— Attends, je n'ai pas dit que j'étais volontaire, moi ! protesta Charlie.

— Mais si, tu l'es. Bien sûr que si.

— OK, soupira-t-elle. C'est bon, je suis volontaire.

— On n'en est qu'au tout début du projet, mais je vous tiendrai au courant.

Jo apporta le margarita de Heidi, promit une livraison rapide de leurs hamburgers et repartit s'occuper de ses autres clients. Heidi tendait la main vers son verre quand elle s'aperçut que ses amies la dévisageaient.

— Quoi ? demanda-t-elle, interdite.

— C'est ton deuxième, lança Charlie.

— Oui, et alors ?

— Tu ne prends jamais un second verre avant le repas.

Et même le plus souvent tu ne prends qu'un seul verre de toute la soirée.

— La journée a été rude. Je ne sais même pas par où commencer !

— Commence où tu veux, recommanda Annabelle en lui tapotant le bras. On va essayer de suivre.

— Bon. Glen couche avec May — enfin, j'en suis presque sûre : elle était dans sa chambre ce matin, ils riaient tous les deux et l'ambiance m'a paru très intime. Je suis horriblement inquiète, vous ne pouvez pas imaginer ! Il va lui briser le cœur, c'est sûr ! C'est ce qu'il fait chaque fois. Il est incapable de se contenter d'une seule femme… Et ensuite elle lui en voudra à mort et elle n'aura qu'un mot à dire pour l'envoyer en prison, et me mettre à la rue par la même occasion. J'ai essayé d'en parler à Rafe, mais il refuse de m'écouter. Il pense que Glen est trop vieux pour faire l'amour — quel crétin ! Quand je pense… Et Glen qui m'a toujours répété que l'amour n'existait pas, que c'était un piège pour les imbéciles ! Maintenant, voilà qu'il a le culot de soutenir qu'il a vraiment des sentiments pour May, qu'elle est peut-être la femme de sa vie ! Après tout ce temps, il ose dire qu'il s'est trompé et que je dois oublier tout ce qu'il m'a jamais dit sur le sujet.

Elle s'interrompit pour reprendre son souffle.

— Et Rafe — vous n'allez pas le croire, mais il a recruté un agent matrimonial. Il sort avec une fille ce soir, elle fait la route depuis San Francisco rien que pour le rencontrer. Dans un sens, je la comprends ! Si vous tenez votre chance de décrocher la timbale et de vous faire épouser par un homme comme lui, vous n'hésitez pas à faire trois heures de route jusqu'à Fool's Gold ! Sinon, les taureaux sauvages sont partis, ça, c'est une bonne chose parce qu'on m'a payé un petit pactole, et je vais pouvoir recruter un commercial pour mes fromages… D'un autre côté, je dois dire que ça m'impressionne un peu, je vois bien que tout va changer. C'est Rafe qui a eu cette idée, bizarrement. Vraiment, je n'y comprends rien, il me donne un coup de main pour développer mon affaire alors même qu'il essaie de me prendre ma maison…

Elle prit une nouvelle inspiration et conclut :

— Il se passe trop de choses.

Elle saisit son verre et avala une généreuse lampée. Annabelle et Charlie échangèrent un long regard.

— Effectivement, ça fait une sacrée liste, lâcha la bibliothécaire.

— Le nom de Rafe revient souvent, et elle boit plus que d'habitude, ajouta Charlie. Tu sais ce que ça veut dire ?

— Des ennuis en perspective. D'énormes ennuis.

— Les hommes !

— Il n'y a pas d'ennuis en perspective avec des hommes, protesta Heidi. Du tout, zéro, *nada* ! Je ne m'intéresse pas à Rafe.

— Mais tu l'as embrassé, déclara Annabelle sur le ton de l'évidence.

— Oui, mais c'était…

Elle s'interrompit en plaquant la main sur sa bouche. Elle avait pourtant fait tellement attention à ne pas parler du baiser !

— Ce n'est pas ce que vous croyez.

— Alors vas-y, explique : c'était juste un petit bisou sur les lèvres, ou un vrai baiser torride ? s'enquit Charlie.

Bien décidée à ne pas se laisser piéger deux fois, Heidi serra les lèvres d'un air de défi.

— Torride, conclut Annabelle avec un soupir. J'en étais sûre ! Oh ! qu'est-ce que je ne donnerais pas pour un baiser vraiment torride ! Ou n'importe quel baiser d'ailleurs. J'ai la nostalgie du sexe, des hommes, des orgasmes, vous ne pouvez pas savoir ! Euh, désolée, c'était quoi, la question ?

— Tu as raison. C'était forcément un baiser torride.

Elles se turent car Jo s'approchait, les bras chargés d'assiettes fumantes. Dès qu'elle fut repartie, Heidi saisit une frite, la dévora et protesta, la bouche pleine :

— C'était un accident ! En tout cas, ça ne tirait pas du tout à conséquence : puisque je vous dit qu'il a un agent matrimonial ! Et d'ailleurs, franchement, qui fait ça ? Il doit être encore plus tordu qu'il n'en a l'air. Parce que, sinon, je ne vois pas pourquoi il ne peut pas trouver quelqu'un tout seul. Après tout, il est riche, bien foutu, et quand il monte Mason, ohhh…

Elle se tourna vers Charlie pour ajouter :

— Au fait, tu savais que ton cheval sait prendre le bétail au lasso ? Enfin, la partie qui dépend du cheval, bien sûr, ce n'est pas lui qui lance la corde…

Posément, Charlie attaqua son hamburger en lâchant :

— Bien sûr que j'étais au courant : c'est moi qui l'ai acheté, non ? Et alors, Rafe est sexy à cheval ?

— Je suis bien obligée de le reconnaître : incroyablement. Ça devrait même être illégal. Avec ses épaules, et…

— Ma pauvre, dit Annabelle avec compassion. Je pensais que tu allais coucher avec lui pour garder le ranch, pas tomber amoureuse !

Pensive, Heidi mordit dans son propre hamburger, mâcha longuement, et déclara :

— Alors là, pas la peine de vous faire du souci, je ne vais pas tomber amoureuse. Il n'est pas du tout mon genre. C'est un *gadjo* et je ne craque pas pour les *gadjé*.

— Un *gadjo* ? articula Charlie. Je situe vaguement l'expression mais ce n'est pas comme si, toi, tu étais encore avec les forains ! Toi aussi, tu es sédentaire, maintenant. Tu es devenue une *gadjo*.

— Pour les filles, on dit une *gadji*. Mais je ne serai jamais comme ça. Dans ma nature profonde, je continue à faire partie des forains, affirma Heidi en avalant encore une grande gorgée de margarita.

La tequila descendait facilement et, si sa tête bourdonnait un peu, où était le problème ? Bientôt, elle ne penserait plus du tout à Rafe — ni à la rencontre qu'il ferait ce soir. Une espèce de bimbo venue de San Francisco…

— Quel crétin, marmotta-t-elle. De quel droit se permet-il d'être aussi à l'aise à cheval ? Et puis, ce n'est pas comme si j'avais commencé, pour le baiser. C'est lui qui m'a embrassée.

— Et alors, c'était stupéfiant ? soupira Annabelle.

— Oui, dans un sens. Mais ce n'est pas comme s'il voulait coucher avec moi.

— Et ce n'est pas comme si tu étais vexée qu'il ne veuille pas, glissa Charlie.

— Bien sûr que non. Je ne vais pas me vexer pour un crétin pareil.

— Ça, tu l'as déjà dit.

Heidi termina son margarita et fit un grand geste pour en commander un autre.

— Tu ne veux pas vraiment un verre de plus, indiqua Charlie. Tu es déjà à moitié partie.

— Ce n'est pas toi qui décides, riposta l'intéressée.

— Trop tard, murmura Annabelle. On ne peut plus rien faire.

— Tu vas détester la vie, demain matin.

Charlie avait sans doute raison mais, pour une fois, Heidi s'en fichait comme de son premier… margarita.

8

— Mais j'ai besoin de ma voiture, protesta Heidi, sanglée sur le siège passager du pick-up de Charlie. Bon, je n'aurais pas pris le volant, mais on aurait pu la remorquer. Ou la faire suivre le troupeau, comme les chèvres.

La vision d'une petite troupe de voitures suivant vaillamment leur berger la fit rire. Un peu obscurément, elle clama :

— Ils devraient faire la publicité !

— Mais de quoi est-ce que tu parles ? demanda Charlie.

— Rien du tout. Je ne sens plus mes joues.

— Ça ira mieux quand tu auras vomi.

— N'importe quoi !

Ça ira mieux quand tu auras vomi. La formule lui plut tant qu'elle la répéta plusieurs fois en riant. Son éclat de rire s'acheva dans un renâclement sonore ; d'un geste vif, elle se couvrit la bouche en s'écriant :

— C'est pas moi.

— T'inquiète, ce n'est rien à côté des bruits que tu feras tout à l'heure.

Elles roulèrent encore quelques minutes en silence, puis Charlie se gara dans la cour du ranch en déclarant :

— La prochaine fois qu'on se verra, je te dirai « je t'avais prévenue ». Tu prendras l'air penaude, mais je n'aurai aucune pitié. Prépare-toi à de lourds regrets.

— Je regrette déjà, marmonna Heidi qui n'arrivait pas à actionner le mécanisme de sa ceinture de sécurité.

Le fonctionnement lui en semblait tout à coup très compliqué, et une nostalgie bizarre s'abattit sur elle, assortie d'une culpabilité indistincte. Les deux émotions semblaient avoir un rapport avec Rafe et sa sortie de ce soir.

— Je la déteste, affirma-t-elle.

— Qui donc ?

— Je ne sais pas encore.

— D'accord.

Charlie descendit de son côté, contourna le capot et vint ouvrir sa portière. Derrière elle, Heidi entrevit une silhouette dans la véranda. Elle plissait les yeux pour mieux la distinguer quand l'homme fit un pas en avant. Le clair de lune inonda son visage ; c'était Rafe.

— Vous ne devriez pas être là, lui lança-t-elle. Vous devriez être avec elle.

— Oh ! non, murmura Charlie. Tais-toi ! Viens, on va te faire entrer.

— Il s'est passé quelque chose ? demanda Rafe en dévalant les marches du perron pour les rejoindre.

Qu'il était grand ! Heidi revit son corps nu enroulé dans sa serviette, sa peau encore humide, l'aura virile qui se dégageait de lui. L'idéal aurait été de le voir entièrement nu. Voilà bien longtemps qu'elle n'avait pas vu de corps d'homme tout à fait nu, surtout un corps comme celui de Rafe.

— Trop de margaritas, expliqua Charlie d'une voix brève en se penchant à l'intérieur de l'habitacle pour débloquer la ceinture. Elle n'a pas l'habitude de boire. La nuit sera difficile. Viens, ma grande. Attention en descendant.

— Je la prends, proposa Rafe en s'approchant.

Charlie s'écarta pour lui laisser la place ; Heidi se retrouva subitement nez à nez avec lui.

— C'est ta faute, lui dit-elle.

— Je n'en doute pas, convint-il. Allez, la bergère, on rentre à la maison.

Elle allait objecter à ce titre de « bergère » mais, finalement, sa façon de le dire était plutôt agréable. Amicale, presque. Oui, un peu taquine, comme s'ils étaient une paire d'amis. Pourtant, Rafe était tout sauf un type amical — plutôt le genre à prendre ce qui lui faisait envie et à vous laisser ruinée, brisée au bord de la route…

— Qu'est-ce qu'il y a de si drôle ? demanda-t-il.

— Quoi ?

— Vous riez.

Surprise, elle se tâta le visage.

— Mais non.

— Elle a vraiment beaucoup bu ? demanda-t-il par-dessus son épaule.

— Disons que si j'étais vous, vers 2 heures du matin, je ne lui barrerais pas le chemin des toilettes.

— Merci pour l'avertissement.

Il se retourna vers Heidi et s'enquit :

— Prête à descendre de voiture ?

— D'accord.

Elle voulut faire un pas en avant, s'emmêla les pieds ; si Rafe ne l'avait pas rattrapée, elle aurait sans doute basculé hors de la cabine la tête la première. Il marmotta quelque chose qu'elle ne saisit pas et l'empoigna à bras-le-corps.

— Bien ! On va faire ça simplement.

Délicatement, il réussit à la soulever de son siège et à la poser devant lui. L'équilibre, c'était compliqué, décida-t-elle. Vaguement, elle songea qu'elle devrait frapper à la porte de Glen pour lui demander une dose de son élixir… mais l'idée s'évanouit aussi vite qu'elle était venue.

— Vous n'arriverez pas à monter l'escalier toute seule, je me trompe ? lui demanda Rafe.

Elle était trop occupée à contempler sa bouche pour lui répondre. Une bouche très belle, qui lui plaisait beaucoup, surtout quand elle se posait sur la sienne.

— Charlie m'a demandé si c'était un baiser torride et je n'ai pas voulu lui répondre, mais je crois bien qu'elle a deviné.

Rafe comprit qu'elle croyait se chuchoter à elle-même sa confidence ; il tourna la tête vers la grande femme carrée qui venait de la ramener et demanda :

— C'est vous, Charlie ?

— Ouais.

— Mason est à vous ?

Elle hocha affirmativement la tête et ajouta d'une voix brève :

— Heidi m'a dit que vous le montiez. J'apprécie que vous lui donniez de l'exercice, mais c'est une moins bonne idée de compliquer la vie de Heidi.

— Je trouve aussi. Et je n'ai pas l'intention de lui compliquer la vie. En dehors de notre différend au sujet du ranch bien sûr.

Elle le toisa sans réagir, si longtemps qu'il finit par préciser :

— C'était juste un baiser. Un seul.

— Ça commence généralement par un baiser. Heidi est mon amie. Ne m'obligez pas à m'occuper de votre cas.

Il soupira, passa le bras autour de la taille de Heidi et l'orienta vers la véranda. Que faisait-il ici ? Pourquoi n'était-il pas à San Francisco, en train de regarder un match avec Dante — ou même de travailler tard ? Au lieu d'aider une bergère ivre morte à gravir le perron du ranch de son enfance ? A cet instant précis, un gros blocage dans une négociation ou même une menace de procès lui aurait fait le plus grand bien.

— Je promets de ne pas lui faire de mal, lâcha-t-il. Ça ira comme ça ?

— On verra.

Il souleva Heidi par-dessus la dernière marche. Derrière lui, Charlie referma la portière côté passager et reprit le volant ; quelques instants plus tard, le pick-up s'éloignait en cahotant dans les ornières.

— Au revoir, Charlie, chantonna Heidi.

Elle voulut agiter la main, faillit s'étaler ; une fois de plus, il la rattrapa de justesse. Mollement appuyée contre lui, elle lui tapota le bras avec gentillesse.

— Tu es musclé.

— Merci.

— C'est très agréable. Je t'ai vu dans ta serviette et, ça aussi, c'était pas mal. Si tu n'étais pas en train d'essayer de me voler ma maison, tu me plairais beaucoup en fait. Tu ne veux pas changer d'avis ?

— Ce n'est pas vraiment le moment idéal pour en parler.

— Mais si ! Idéal ! On pourrait aussi juste s'embrasser.

Elle levait vers lui un regard plein d'espoir. Gêné, il marmonna :

— Vous n'avez pas une troisième option ?

Elle hocha la tête comme un jouet mécanique, puis s'interrompit pour lancer, accusatrice :

— Tu es sorti ce soir. Avec une fille.

— Ça vous dérangerait moins si c'était avec un homme ?

Elle réfléchit quelques instants, pensive, et répondit :

— Je ne sais pas. J'ai parlé de t'embrasser ?

— Oui.

— Tu as répondu quelque chose ?

— Non.

En fait, il suffirait certainement de lui parler de sa soirée pour détourner le cours de ses pensées — mais il ne s'en sentait vraiment pas le courage. Cette soirée, c'était déjà assez pénible d'avoir dû la vivre sans devoir en plus en faire le récit ! Julia était une jeune femme absolument charmante mais, tout au long des deux heures qu'avait duré leur rencontre, il n'avait pas cessé de regarder discrètement sa montre. Il s'était surpris à penser à Heidi, au ranch ; à se demander pourquoi il préférerait être là-bas plutôt qu'ici, à dîner avec une jeune femme de son monde et tout ce qu'il y a de plus séduisante. Il avait fait ses excuses très tôt et il était rentré, en coupant son portable pour que Nina ne puisse pas le joindre. Il ne tenait pas du tout à lui faire son rapport sur ce rendez-vous.

— Allez, ordonna-t-il. On rentre.

Il réussit à lui faire franchir la porte, mais la perspective de l'escalier le découragea. On va faire simple, décida-t-il en la soulevant dans ses bras et en gravissant rapidement les marches. Une fois sur le palier, il poussa de l'épaule la porte de la chambre de sa patiente et la déposa avec précaution au centre de la pièce. Le clair de lune entrait par la fenêtre, ils étaient seuls tous les deux… résolument, il rebroussa chemin pour aller allumer le plafonnier. Quand il se retourna, elle le contemplait, émerveillée.

— Tu m'as portée…

Surpris, il fit oui de la tête.

— C'est très romantique ! Tu peux m'embrasser, maintenant.

Obligeamment, elle ferma les yeux en lui tendant ses lèvres. Devant cette moue adorable, une seule solution : tourner les talons ! Elle était soûle, et il ne voulait pas de complications. Qu'y avait-il de si particulier chez cette fille pour qu'elle génère en lui une réaction aussi démesurée ? Elle n'était pas du tout son style de femme ! Mais justement, bizarrement, cela ne la rendait que plus… attachante. Tout en elle le touchait, sa spontanéité, sa drôlerie, le fait qu'elle travaille si dur, et même sa loyauté envers son vieux filou de grand-père. De plus, même dans cet état pitoyable, il la trouvait incroyablement sexy.

Elle lui offrait toujours sa bouche. Prudemment, il se pencha pour l'effleurer de la sienne… et une chaleur stupéfiante le traversa, un désir d'une force hallucinante. Comme elle vacillait, il la saisit aux épaules pour la retenir. A l'instant où il la toucha, il sentit qu'il était perdu.

Seul son sens de l'honneur le sauva. Il n'était pas homme à profiter d'une femme qui a bu, et il avait suffisamment de fierté pour vouloir qu'elle sache ce qu'elle faisait si elle venait dans son lit. Cela lui demanda un fichu effort, mais il réussit tout de même à reprendre ses distances. Elle bâilla subitement, les yeux ronds et vagues.

— C'était bien, soupira-t-elle, mais j'ai sommeil.

Ce commentaire ingénu le fit sourire, malgré la torture exquise qu'endurait son corps.

— Vous n'avez pas sommeil, vous allez vous effondrer.

— C'est pareil ! déclara-t-elle avec beaucoup de dignité.

Prudemment, elle manœuvra pour se retourner vers son lit. Discrètement, il l'aida à marcher, l'assit au bord du matelas et s'agenouilla pour lui retirer ses chaussures. Rien de plus, décida-t-il, pas question de la déshabiller. Elle s'allongea avec un gros soupir d'enfant ; il tira la couette sur elle et posa un baiser sur son front.

— Vous serez très mal demain, murmura-t-il.

— Mais non. Glen a un remède secret.

— Vous voulez que je vous le prépare ?

Elle ne sembla pas l'entendre. Les yeux clos, elle inspira profondément et murmura :

— Bonne nuit, Rafe.

Elle dormait déjà. Tout bas, il souffla :

— Bonne nuit, bergère.

Il quitta la pièce en laissant la porte entrouverte. Sur le seuil de sa propre chambre, il hésita, et alla allumer dans la salle de bains. Elle trouverait plus facilement son chemin dans quelques heures, quand sa nuit virerait au cauchemar. Il refermait sa porte quand un son bizarre lui parvint. Heidi ? Se sentait-elle mal, déjà ? Inquiet, il ressortit dans le couloir pour tendre l'oreille. Quelques secondes plus tard, le son se répéta… il ne venait pas de la chambre de Heidi mais du rez-de-chaussée. Une sorte de plainte… Pas un cri de détresse, cela ressemblait plutôt à… *sa mère* ? Son corps entier se rétracta, il bondit en arrière comme un bernard-l'hermite rentre dans sa coquille, barricada la porte, saisit son iPod, enfonça les écouteurs dans ses oreilles et mit le volume à fond.

Il avait toujours su que Fool's Gold ne lui valait rien. Cette fois, c'était le comble de l'horreur : sa mère se dévergondait avec son escroc. Et lui, il ne pouvait pas avoir la seule femme dont il ait réellement envie.

Il était plus de minuit quand il finit tout de même par s'endormir. Une petite heure plus tard, il fut réveillé par des pas rapides suivis du claquement de la porte des toilettes. Il roula sur lui-même, sombra de nouveau dans un sommeil agité ; l'alarme de son téléphone se déclencha juste avant l'aube. Rapidement, il enfila ses vêtements, saisit ses bottes et sortit dans le couloir. A l'issue d'un bref débat intérieur, il alla frapper un coup discret à la porte de Heidi.

— Allez-vous-en…, répondit une voix faible.

Il entrouvrit la porte; elle était recroquevillée tout au fond de son lit.

— Je m'occuperai des chèvres ce matin, souffla-t-il.

— Vous n'y connaissez rien.

— Je m'arrangerai.

— Il faut tout désinfecter.

— J'ai vu comment vous vous y prenez.

La forme sous la couette s'anima, un œil rouge et gonflé parut, au milieu d'une peau entre le livide et le verdâtre. Rafe demanda :

— A quelle heure est-ce que vous avez terminé de vomir ?

— Je ne suis pas sûre d'avoir terminé.

— Je m'occuperai des chèvres, répéta-t-il.

— Merci.

Elle retomba, inerte, puis gémit :

— Lars doit venir ce matin.

— Lars ?

— Il rogne leurs sabots.

— Je m'en occupe. Ou, plutôt, Lars fera ce qu'il a à faire. En général, je préfère regarder les autres travailler.

— Merci. Je crois que je vais bientôt mourir.

— Désolé, vous n'aurez pas cette chance. Vous aurez envie de mourir, vous souffrirez le martyre, mais vous vous en sortirez.

— J'ai du mal à y croire.

Se souvenait-elle seulement de l'avoir supplié de l'embrasser hier soir ? Même si c'était le cas, elle ferait comme s'il ne s'était rien passé.

— Essayez de dormir, recommanda-t-il. Je vais traire les chèvres et accueillir Lars.

Il sortit de la chambre à reculons, descendit sans bruit. En traversant la cuisine, il entendit des voix étouffées dans la chambre de Glen… et accéléra le pas, la tête rentrée dans les épaules. Pas question de croiser sa mère, ou même de penser à elle en ce moment ! En tout cas pas avant d'avoir bu son café.

A la chèvrerie, les pensionnaires attendaient la traite avec impatience. Athéna agita les oreilles en le voyant entrer ; elle avait déjà compris que cette journée ne serait pas comme les autres. Les yeux étrécis, elle recula d'un pas, presque menaçante.

— Tout va bien, assura Rafe.

Elle ne sembla pas convaincue. Il se lava soigneusement les mains, rassembla le matériel et s'avança vers elle. Elle s'écarta aussitôt, avec une expression de contrariété assez comique : elle semblait partagée entre le besoin d'être soulagée du lait qui gonflait son pis et l'inquiétude parce qu'il n'était pas Heidi. Les autres chèvres suivaient attentivement la scène. Si Athéna se laissait faire, elles la suivraient ; si elle se rebiffait... Il préféra ne pas y penser.

Les trois chats entrèrent, nonchalants, par la porte entrouverte. Eux ne semblaient guère troublés par le changement de personnel : le chat gris s'enroula même autour de ses chevilles, laissant une traînée de poils clairs sur son jean.

— Salut toi, lui dit-il.

Le chat le contempla, clignant des yeux et ronronnant bruyamment... et ce son paisible dénoua la situation : Athéna agita de nouveau les oreilles, mais elle vint se placer devant le petit tabouret.

— Merci, chat, murmura Rafe en prenant une paire des gants fins jetables dont se servait Heidi.

Il s'assit sur le tabouret, beaucoup trop bas pour lui, passa soigneusement le désinfectant sur le pis de la chèvre, et se mit au travail. Cinq minutes plus tard, il dut s'avouer que la tâche était beaucoup plus ardue qu'elle n'en avait l'air. Cela semblait si simple, quand Heidi trayait ! Tandis qu'il s'escrimait, Athéna ne cessait de lui jeter des regards désapprobateurs, comme si elle se demandait pourquoi elle se retrouvait livrée à des manipulations aussi ineptes. Quand finalement il estima en avoir terminé avec elle, la deuxième chèvre s'avança sans faire d'histoires. Puis la troisième et ainsi de suite.

Ce fut long, mais il en vint tout de même à bout. Reconnaissant, il servit généreusement les chats et ouvrit grand les portes pour que les chèvres puissent s'ébattre dans leur enclos. Inutile de les emmener dans un autre secteur du ranch puisque l'homme des sabots allait venir. Cela tombait bien : il n'était pas du tout sûr qu'elles l'auraient suivi.

Il remplit leur abreuvoir, puis souleva ses seaux et les rapporta à la maison. Il mit le lait à décanter dans des bouteilles qu'il aligna ensuite dans le réfrigérateur du cellier. Voilà, c'était fait. Soulagé, il avala un petit déjeuner rapide — par chance, sa mère ne se montra pas — et partit rejoindre les gars d'Ethan, déjà au travail sur la clôture.

Vers 9 heures, un vieux fourgon rouge tout cabossé grimpa la pente et se rangea contre le mur de la chèvrerie. Un homme en descendit, ou plutôt une sorte d'ours aux cheveux fauves, avec une grosse barbe et un corps massif. Rafe quitta son poste pour aller l'accueillir.

— Bonjour ! C'est vous, Lars ?

— Où est Heidi ?

Une voix grave et grondante, un accent à couper au couteau. Un peu surpris, Rafe répondit :

— Elle n'est pas bien, ce matin. Elle m'a demandé de m'assurer que vous avez tout ce qu'il vous faut.

— Mais je dois voir Heidi.

Bon. Il était peut-être un peu simplet… ou il s'intéressait de très près à sa cliente.

— Oui, je sais, mais elle est malade. Les chèvres sont ici.

Il montra la barrière ; curieuse, Athéna venait de passer la tête entre deux barreaux.

— Vous êtes qui ? demanda Lars en soulevant sans le moindre effort une énorme boîte à outils remplie de limes, de sécateurs bizarres, de bocaux et de pinceaux.

— Je m'appelle Rafe Stryker.

— Vous êtes avec Heidi ?

Une question ambiguë ! Rafe chercha à l'esquiver en répondant :

— J'habite juste ici pour le moment.

— Avec Heidi ?

Visiblement outré, l'ours avait augmenté le volume. Lassé de le ménager, Rafe s'adossa à la clôture en lui souriant froidement.

— Oui. Avec Heidi.

Sous son rideau velu, le visage de Lars rougit brusquement ; il serra des poings de la taille approximative d'un pneu. Il faisait bien quinze centimètres et trente kilos de plus que Rafe ; celui-ci se savait capable de se débrouiller dans une bagarre normale, mais face à une telle montagne ? Il haussa les épaules : les batailles inégales, il connaissait ! Mais, contrairement à ce qu'il avait craint, Lars ne passa pas à l'attaque. Il sembla hésiter une longue seconde, puis ses épaules s'affaissèrent et il reprit sa boîte à outils en déclarant :

— Bon, je vais voir les chèvres maintenant.

Heidi huma l'air avec précaution. May avait dû mettre un gâteau au four. En temps normal, ce parfum l'aurait mise de bonne humeur pour toute la journée mais, cet après-midi, elle osait à peine y penser.

Elle avait cessé de vomir peu avant l'aube, mais attendu jusqu'à midi avant de décider qu'elle allait survivre. Vers 10 heures, Rafe lui avait monté un plateau de thé et de pain grillé, le posant à son chevet avant de ressortir sans un mot. Une discrétion qu'elle avait beaucoup appréciée : la soirée précédente était plus que floue dans son esprit, mais elle gardait le souvenir très net de lui avoir annoncé qu'il pouvait l'embrasser. Déjà qu'elle se sentait affreusement mal, elle se serait volontiers passée de cette humiliation supplémentaire !

A pas prudents, elle descendit dans la cuisine et se servit une tasse de café. La première gorgée lui rendit l'espoir d'un avenir meilleur. Elle se jura de ne plus jamais se comporter d'une façon aussi stupide — et si jamais elle recommençait tout de même, elle réveillerait son grand-père, quelle que soit l'heure, pour qu'il lui prépare son remède miracle.

— Ah, tu es levée !

La voix joyeuse de May la fit sursauter. La pulsation douloureuse derrière ses yeux se transforma en un étau si pénible qu'elle dut retenir un gémissement. Lentement, elle se retourna, s'efforçant de sourire.

— Oui…

— Tu as passé une bonne soirée ?

— Je suppose, oui. Je… j'espère que je n'ai pas pris le volant pour rentrer ?

— Non, une de tes amies t'a ramenée. Glen et Rafe sont allés en ville chercher ta voiture, ils devraient revenir bientôt.

Gentiment, elle lui prit le coude pour la faire asseoir à la table de la cuisine.

— Installe-toi. Tu n'as pas l'air en grande forme.

— Pas trop, non, avoua-t-elle. Trop de tequila.

Cette histoire de voiture lui donnait un sursis : au moins, elle n'aurait pas à affronter Rafe tout de suite.

— Au moins, tu t'es amusée.

— J'espère bien, mais je ne m'en souviens même pas.

Voyons, elle était avec ses copines, Rafe avec sa… candidate. Au fond, c'était cette superposition, le baiser de Rafe et le fait qu'il soit aussitôt sorti avec une inconnue, qui l'avait mise dans tous ses états. Elle leva des yeux lourds vers May en demandant :

— J'espère que je ne t'ai pas réveillée en rentrant ?

May rougit et s'engouffra vivement dans le cellier.

— Je n'ai rien entendu ! Rafe a dit que ta nuit avait été rude ?

Heidi réprima une grimace. Rude, oui, c'était le mot.

— Quand on dit que l'alcool est un poison, ce ne sont pas des blagues.

— Tu te sentiras bientôt mieux. Surtout, il faut boire beaucoup d'eau, c'est très important de s'hydrater.

La seule idée d'avaler un verre d'eau lui donnait la nausée, mais Heidi hocha la tête, docile. Empressée, May fit griller du pain, lui versa de nouveau du café.

— Tu as de la chance d'avoir des amies ici, dit-elle gaiement. Figure-toi que j'ai croisé quelques-unes de mes anciennes copines, du temps où on habitait ici. La plupart d'entre elles sont restées. Je les envie !

Elle remit la cafetière sur son socle et s'attarda un instant à la fenêtre, le regard au loin.

— Je n'ai jamais oublié la vue de cette fenêtre. Je regardais changer les saisons…

Elle jeta un sourire à Heidi par-dessus son épaule.

— Tu comprends, j'arrivais des grandes plaines du Midwest ! Je n'en revenais pas : des montagnes plein le ciel ! Même quand mon mari est mort, je n'ai pas voulu repartir. Financièrement, c'était très difficile, mais on avait cette maison et la ville était tellement accueillante.

Le cerveau embrumé de Heidi commençait doucement à s'éclaircir.

— Ce qui me semble le plus fou, c'est l'attitude du vieux Castle, cette idée de promettre le ranch pour ensuite le léguer à d'autres…

May hocha la tête. Le grille-pain fit jaillir deux tranches dorées qu'elle posa sur une assiette, beurra légèrement et lui apporta.

— Ça m'ennuie de dire du mal des morts, mais c'était… tout simplement malhonnête. Je lui faisais confiance et il s'est fichu de moi. C'était juste une manière de me garder à son service pour presque rien. Quand j'ai su que je n'aurais pas le ranch, je me suis sentie… effondrée. J'aurais peut-être dû rester à Fool's Gold malgré tout, là où j'avais des amis, mais l'humiliation était trop forte.

— Il n'y avait pas de raison, tu n'avais rien fait de mal.

May s'assit en face d'elle avec un soupir.

— Oui, j'ai fini par le comprendre ! A l'époque, je voyais juste qu'il avait profité de moi. En l'espace de quelques années, j'avais perdu mon mari, le ranch… j'ai préféré partir et tout recommencer à zéro.

Pensive, Heidi grignota son pain grillé. Son mal de tête s'atténuait et, maintenant que la douleur était gérable, elle se représentait trop bien la situation d'une jeune veuve avec quatre gosses en bas âge, sans maison, sans argent…

— Ça a dû être une période terrible, mais finalement tu t'es débrouillée comme un chef, dit-elle avec conviction. Tes enfants s'en sont tous bien sortis.

— Oui ! s'écria May en riant, mais ce n'est pas forcément grâce à moi. Ils se sont faits tout seuls. Rafe est allé à Harvard…

— Oui, j'ai vu la photo.

— Shane est un vrai magicien avec les chevaux. Clay…

Comme elle se taisait, Heidi lui tapota spontanément la main.

— Je suis au courant, pour Clay. Il a très bien réussi, lui aussi.

Dans les yeux de May, elle put lire un certain soulagement… et aussi une étincelle d'humour.

— Rafe n'approuve pas, alors j'essaie de ne pas en parler devant lui, mais avoue que c'est plutôt rigolo ! Mon fils, le postérieur des stars ! En fait, il gagne même très bien sa vie avec ça.

— Je crois que c'est en partie ce qui énerve Rafe.

— Sûrement !

La sonnerie du four se déclencha. May sauta sur ses pieds, courut sortir son gâteau et fit la grimace : un côté était bien gonflé et doré, l'autre tout plat.

— Oh ! non. J'ai complètement oublié de le retourner.

Elle fit pivoter le plat, le remit au four et régla de nouveau la minuterie.

— Cette vieille baraque… Il y aurait tant à faire !

— Un four neuf, ce serait déjà bien.

— Et un plus gros ballon d'eau chaude.

Heidi n'avait jamais remarqué que l'eau chaude était un problème. Est-ce que May en faisait une consommation particulièrement importante ? Mais oui, bien sûr : les douches à deux durent beaucoup plus longtemps. Heidi réprima une grimace. Elle ne pouvait pas garder tout cela sur le cœur plus longtemps ! Elle se dépêcha de terminer son café pour se donner du courage et déclara :

— May, tu es une femme adorable.

— Voilà une entrée en matière inquiétante, répliqua l'intéressée. Si j'étais chez le médecin, je saurais tout de suite que je suis fichue.

— Je me fais du souci pour toi… c'est… c'est à cause de Glen. Il n'a pas voulu m'écouter, mais j'espère que toi…

— Tu as peur qu'il me brise le cœur, c'est ça ?

Quelque peu interloquée, Heidi la dévisagea.

— C'est gentil de ta part de t'inquiéter pour moi. Glen m'a dit la même chose, il m'a prévenue qu'il n'avait jamais su avoir une relation durable…

Le regard dans le vague, elle repoussa distraitement ses cheveux de son front.

— Tu sais, ça fait maintenant plus de vingt ans que mon mari est mort. Je n'aimerai jamais personne comme je l'ai aimé, c'est clair, c'est accepté. Il m'a donné mes garçons et il sera toujours mon premier amour. Mais le moment est peut-être venu de m'amuser un peu, non ?

Un sourire coquin illumina son joli visage ; spontanément, elle confia :

— Je ne compte pas épouser Glen, Heidi ! Je veux juste prendre un peu de bon temps. Et, pour ça, il est tout à fait l'homme de la situation !

Heidi battait des paupières, décontenancée, quand le minuteur sonna pour la deuxième fois. Cette fois, le gâteau était moins déséquilibré — mais à peine.

— Ce serait peut-être mieux avec un glaçage ? suggéra Heidi. Et des petites paillettes ?

— Toi, tu es mon genre de fille, déclara May. Aucun problème n'est insoluble tant qu'on a du glaçage et des paillettes.

Heidi sentit bien qu'elle aurait dû rire, elle aussi — mais un chagrin inattendu lui serrait le cœur. Elle qui avait toujours soutenu qu'on ne pouvait pas regretter ce qu'on n'avait jamais eu, qu'elle était si petite à la mort de ses parents que leur disparition ne pouvait pas l'avoir marquée… Voilà que May faisait naître en elle un regret poignant : le regret de n'avoir pas eu de mère. Une maman pour lui faire des gâteaux, lui apprendre à choisir ses robes ; une maman avec qui elle aurait eu ce genre de discussion, ce genre de connivence.

Enfin ! Puisqu'elle ne pouvait pas changer le passé, elle devait se concentrer sur l'avenir. Même si elle ne voyait pas du tout comment elle pourrait régler ses problèmes actuels sans faire de peine à May.

9

Du faîte du toit de la grange, Rafe découvrait presque toute l'étendue du ranch. Là-bas, au nord de la propriété, il voyait les chèvres brouter paisiblement l'herbe nouvelle. La clôture maintenant achevée dessinait une ligne ample et bien nette. Ils avaient travaillé comme des forçats et ils avaient fini bien plus tôt que prévu. Quand il pensait au nombre de poteaux arrachés et remplacés, aux kilomètres de barbelés fixés avec d'énormes agrafes — et tout ça pour quoi ? Pour enfermer huit chèvres. Enfin, sa mère avait insisté…

— Rafe !

Il attrapa au vol la bouteille de plastique que lui lançait l'un des gars d'Ethan. Chaque soir, sa mère mettait ces bouteilles d'eau au congélateur ; en milieu de matinée, quand le soleil se mettait réellement à taper, la glace avait fondu, mais elles restaient délicieusement fraîches. Il but longuement puis respira à pleins poumons. Ces journées au grand air, le soleil, le rude labeur physique… voilà des années qu'il n'avait pas ressenti un tel bien-être. Oh ! ce n'était rien de plus que des vacances un peu particulières, sa vraie vie se déroulait ailleurs, derrière un bureau, à exploiter son talent de négociateur et à déléguer toutes les tâches qui lui déplaisaient. Pour cela, oui, il était vraiment doué. Dante disait toujours que si Rafe ressortait de la salle de conférences en ayant un véritable travail à accomplir, il estimait que la réunion avait été un échec. Ce qu'il faisait ici le changeait agréablement, c'était certain, mais ce n'était rien d'autre que… oui, une sorte d'interlude.

Ou une plongée dans le passé. Capturer du bétail, monter à cheval, dresser une clôture, et maintenant réparer la grange ? C'était ce que faisait son père. Ce que lui-même avait dû faire, adolescent, pour gagner quelques dollars. C'était assez troublant de voir avec quelle facilité il reprenait ses anciennes habitudes : il roulait hors de son lit à l'aube, enfilait de vieux vêtements et sortait s'échiner jusqu'au soir, travaillant de ses mains, vivant sous le toit de sa mère, deux choses qu'il s'était pourtant juré d'éviter comme la peste. La différence, cependant, c'était la rassurante certitude de pouvoir s'échapper à tout moment pour retrouver son bureau luxueux à San Francisco. Du coup, sachant qu'il n'y était pas condamné, il était libre d'apprécier les bons côtés de cette existence, d'éprouver, chaque jour, la profonde satisfaction du travail accompli. Il pouvait secouer un poteau de clôture pour s'assurer qu'il était solidement ancré dans le sol, admirer une paroi de la grange en sachant qu'il l'avait réparée. Il ne sortait guère, ne fréquentait plus les grands restaurants en compagnie de femmes superbes et sophistiquées ou d'hommes influents, mais chaque soir la conversation roulait sans effort autour de la vieille table de la cuisine ; Glen avait toujours une anecdote à raconter sur sa vie de forain, et Heidi une observation ou une opinion surprenante. Il aimait l'entendre rire, et éprouvait une anticipation délicieuse chaque fois qu'elle lui souriait.

Certains soirs, quand il montait prendre sa douche, sa journée de travail achevée, il lui arrivait d'envisager sérieusement d'y entraîner Heidi avec lui. Il se la représentait nue avec lui sous le jet d'eau, croyait presque sentir le velouté de sa peau au creux de ses paumes. Il rêvait de la recouvrir de mousse onctueuse, imaginait tout ce qu'ils pourraient faire ensemble… avant de retomber brutalement sur terre. Elle n'était pas du tout faite pour lui. Et, dans la situation complexe où ils se trouvaient, entamer une histoire avec elle serait même une bêtise impardonnable.

Il finit de boire et laissa choir la bouteille vide sur le sol en contrebas. Les réparations de la grange avançaient, le gros œuvre serait terminé demain… mais sa mère s'empresserait certainement de lui présenter une nouvelle liste de travaux. Deux jours auparavant, en rentrant à l'heure du déjeuner, il l'avait entendue au téléphone en train de commander un nouveau fourneau. Il lui aurait volontiers rappelé qu'ils n'étaient pas encore sûrs d'obtenir le ranch, mais à quoi bon ? Elle n'en faisait jamais qu'à sa tête. Finalement, il était beaucoup plus simple de se taire et d'abattre le travail qu'elle lui demandait.

Il reprenait son marteau quand le grondement d'un moteur attira son attention. Un gros fourgon de transport d'animaux remontait le chemin d'accès en cahotant. Surpris, il le regarda manœuvrer depuis son perchoir. Il n'avait guère discuté avec Heidi depuis quelques jours — depuis le soir de sa cuite, pour être précis. Sans doute se sentait-elle gênée, sans doute préférait-elle l'éviter, mais il lui semblait tout de même qu'il l'aurait su, si elle avait décidé d'agrandir son troupeau de chèvres. Il lui venait tout à coup un très mauvais pressentiment !

Prudemment, en faisant attention où il posait les pieds sur le toit délabré, il rejoignit le rebord puis descendit l'échelle ; il prenait pied sur la terre ferme quand sa mère jaillit de la maison en criant :

— Les voilà !

Elle aussi avait changé depuis leur arrivée au Castle Ranch, elle ne s'habillait plus qu'en jean et T-shirt ; on lui aurait donné trente-cinq ans en la voyant accourir, les joues roses et les cheveux au vent. Avec une certaine inquiétude, il lança :

— Maman, qu'est-ce que tu as…

— Attends, tu vas voir !

Elle se précipita pour accueillir le chauffeur. Un second larron déverrouillait déjà les grandes portes à l'arrière du fourgon, abaissait un plan incliné ; à l'intérieur, Rafe entendait piétiner des animaux. Sa mère n'aurait tout de même pas commandé des chèvres sans en parler à Heidi ? Elle ne se serait pas non plus offert un cheval sans demander conseil à

Shane ? De plus en plus soupçonneux, il la regarda signer les papiers qu'on lui tendait puis se retourner vers lui, rayonnante.

— Il se passe quelque chose ?

Heidi venait d'émerger à son tour de la maison, éblouie par le grand soleil.

— Il paraît qu'on doit attendre, lui indiqua Rafe.

— C'est une surprise ! s'écria May en lui sautant au cou. Oh ! je suis folle d'impatience.

— Ah bon ? Je n'avais pas remarqué.

Son petit commentaire lui valut une tape sur l'épaule. Le chauffeur et son collègue disparurent dans le camion, et le premier ressortit bientôt en menant par la bride…

— Un lama ? articula Rafe en contemplant la haute silhouette crépue.

— Il est beau, non ? clama May, aux anges. Enfin, je dis « il », je crois bien que c'est le mâle. C'est difficile à dire au premier coup d'œil, et ça semble toujours si indiscret de regarder — mais c'est un lama, oui. En tout, ils sont trois.

Dépassé, Rafe jeta un regard à Heidi comme pour chercher un soutien. Aussi stupéfaite que lui, elle demanda :

— Tu veux les élever pour leur pelage, enfin, leur laine… ?

— Oh non, même pas, répondit May. Mais j'ai pensé que trois c'était tout de même mieux : ce sont des animaux très grégaires, tu sais. Des cousins lointains du chameau. Des créatures splendides ! Je les ai vus sur eBay et je n'ai pas pu résister. Et puis, ils protégeront les chèvres ! J'ai lu un article : de nos jours, beaucoup de ranchs prennent des lamas pour protéger leur bétail. Ce sera parfait pour les chèvres enceintes. On est tellement près des montagnes, il pourrait y avoir des coyotes, ou des loups. Il ne faut pas qu'on fasse du mal à nos grandes filles !

— Bien sûr que non, murmura Rafe.

Des *lamas* ? Au nom du ciel, et si la juge décidait de lui retirer le ranch, qu'est-ce qu'elle en ferait ? Son appartement de San Francisco n'était pas franchement conçu pour accueillir trois lamas ! Il vit Heidi respirer à fond ; avec un calme qu'il admira, elle demanda :

— Bien, où est-ce que tu comptes les mettre ?

— Je pensais à ce secteur, répondit May en tendant la main vers l'ouest. C'est très ensoleillé, il y a des arbres, ils pourront grimper le versant de la colline…

Il y avait aussi de l'eau, pensa amèrement Rafe. Car sa mère avait tenu à ce qu'il fasse courir un tuyau jusqu'au bouquet d'arbres — sans préciser pourquoi, bien entendu. Euphorique, elle le planta là pour s'avancer vers ses nouveaux animaux de compagnie.

— Bonjour, mon doux ! Tu vas être très heureux ici.

Elle se retourna à demi vers Heidi pour lui confier :

— Ils sont un peu âgés. Ils avaient besoin d'un bon foyer.

Volubile, elle indiquait déjà aux livreurs où ils devaient conduire leurs pensionnaires. Un deuxième lama, plus brun et un peu plus petit, émergea à la suite du premier.

— De vieux lamas, murmura Heidi en s'approchant de Rafe. Dans un sens, j'admire assez sa philosophie.

— Oui, bien sûr. Tout est normal. Elle les a achetés pour protéger vos chèvres enceintes. Voilà. Comment le lui reprocher ?

— Je crois détecter un léger stress dans votre attitude ?

— Quelqu'un va devoir lui dire de se calmer.

— C'est *votre* mère…

— Quelqu'un d'autre que moi.

Il jeta un regard nostalgique vers l'ouest et San Francisco. Dire que quelques minutes plus tôt il s'était senti presque heureux d'être ici ! Son entreprise lui manquait, tout à coup ; en ce moment même, il s'y tenait sûrement une réunion qu'il aurait pu présider. Une réunion dans laquelle il aurait su exactement quel rôle jouer, quelle attitude adopter. Les deux premiers lamas, hautains, marchaient maintenant vers leur nouveau domaine. Le troisième surgit du camion… aussitôt suivi de deux moutons, probablement assez âgés eux aussi, qui descendirent le plan incliné avec prudence et furent emmenés dans le même enclos.

— Il y a encore autre chose ? glissa-t-il à mi-voix. Je n'ose pas regarder dans le camion.

— C'est tout, dit le chauffeur au même moment en tendant à May une liasse de documents, qu'elle serra sur son cœur en contemplant ses nouveaux protégés avec un sourire ému.

— J'ai fait des recherches pour savoir comment m'en occuper, lança-t-elle. Glen m'a beaucoup aidée.

— Il y avait beaucoup d'animaux chez les forains ? grinça son fils.

— Pas vraiment, non, répondit Heidi, l'air surpris. Ce n'était pas un cirque ! Je pense que vous allez devoir vous mettre en rapport avec un vétérinaire spécialisé dans les grands animaux. Je fais toujours appel à Cameron McKenzie, je vous donnerai son numéro.

Un vétérinaire ? Mais, bien sûr, des animaux âgés auraient forcément besoin de soins. De toute évidence, la situation allait devenir de plus en plus inextricable. Excédé, Rafe lança à sa mère :

— Tu ne pouvais pas te mettre à recueillir des chats, comme les autres femmes de ton âge ?

Elle lui donna une nouvelle tape sur le bras.

— Toi, ne commence pas. Je ne suis pas encore sénile. Non, j'ai beaucoup réfléchi, et c'est ce que je veux. Accueillir ces animaux sur ce ranch, c'est mon idée du bonheur.

Là, bien sûr, il ne pouvait plus rien dire. Il s'était toujours mis en quatre pour qu'elle soit heureuse ! Alors si elle avait besoin de trois lamas et d'une paire de moutons… Vaincu, il se frotta le front en la regardant retourner auprès de ses petits protégés.

— J'admire votre mère, lui chuchota Heidi. Quelle santé, quelle vitalité !

— On pourrait aussi formuler ça autrement, gronda-t-il sourdement.

— Oui, mais vous l'aimez et vous feriez n'importe quoi pour elle !

— Arrêtez de rire. Elle aura ma peau. Pourquoi est-ce que je ne peux pas être comme ces types qui détestent leur mère ? Tout serait tellement plus simple !

— Peut-être, mais vous n'êtes pas du genre à vous défiler

devant vos responsabilités. Sauf quand il s'agit de Clay, bien entendu. Je trouve ça très intéressant.

Hein ? Où voulait-elle en venir ? A bout de forces, il gémit :

— J'ai des lamas et des moutons, maintenant, on peut laisser mon frère en dehors de l'équation ? Ou alors je vous propose de discuter de votre cuite.

— Non, c'est bon, dit-elle très vite. Ça n'a aucun intérêt.

— Vous voyez ? Les compromis parfois, ça a du bon.

Spontanément, il entoura ses épaules de son bras et l'entraîna vers la grange.

— Allez, bergère, venez me donner un coup de main. Qui sait ce que ma mère va encore acheter sur eBay ? En attendant la prochaine catastrophe, vous me passerez les clous, que je termine le toit de la grange. Au moins je penserai à autre chose.

— Oh ! répliqua-t-elle, très amusée, c'est quasiment un rendez-vous ! Je pourrai mettre votre blouson quand vous m'emmènerez boire un milk-shake ?

Il la contempla un instant et s'entendit ajouter :

— Vous deviez être ravissante, au lycée.

— Je suis toujours ravissante.

Il partit d'un grand éclat de rire.

— Vous fréquentez trop ma mère !

— J'étudie aux pieds du maître. D'ailleurs, je vous préviens tout de suite que ça risque de vous causer de sacrés problèmes.

Là, elle n'avait pas tort. Il constata subitement qu'il n'avait plus tellement envie de rire.

Heidi poussa une petite exclamation de triomphe. Magnifique ! Ce nouveau modèle de savonnette octogonale était charmant, et les minuscules fleurs séchées posées au fond des moules s'étaient placées à la perfection : on les voyait tout juste à travers la mince pellicule de savon crémeux.

Cela faisait partie de sa nouvelle campagne de marketing : sans changer ses recettes de base, elle allait s'efforcer de rendre ses produits plus attractifs. Ces derniers jours, elle avait fait beaucoup de recherches en ligne et visité une foule de forums dédiés aux petites entreprises comme la sienne. Rafe avait eu raison, il existait une énorme demande pour les produits artisanaux, biologiques et naturels.

Enchantée de sa réussite, elle aligna les savonnettes sur la claie où elles sécheraient encore une quinzaine de jours avant d'être emballées. L'une de ses nouvelles copines en ligne l'avait mise en contact avec un étudiant d'art qui avait conçu pour elle un logo charmant, en demandant pour seule contrepartie l'autorisation d'utiliser la référence comme justificatif de stage. Elle venait de recevoir son premier lot d'étiquettes adhésives. Souriante, elle choisit une savonnette de la série précédente, l'enveloppa artistiquement de papier plissé, et scella le tout avec une étiquette neuve. Le résultat était parfait !

— Tout se passe bien ?

Elle sursauta et se retourna vivement ; Rafe se tenait sur le seuil de la petite pièce qui lui servait de bureau et de laboratoire. C'était l'endroit idéal pour travailler : le cellier était juste à côté, elle avait accès à tout son matériel… et elle se trouvait suffisamment loin de la chambre de Glen pour ne pas risquer d'entendre ce qui s'y passait.

— Oui, tout va bien, lança-t-elle. Vous me surveillez ?

Aussitôt, elle regretta sa question. C'était agaçant : face à lui, elle se sentait toujours sur la défensive, vaguement coupable — et cela se manifestait sous forme d'agressivité. Sans se démonter, il lui lança un drôle de sourire. Puis, spontanément, il leva les bras et s'accrocha à la traverse de la porte pour s'étirer. Son T-shirt remonta jusqu'à la ceinture de son jean. Malheureusement, pas plus haut.

La soirée tirait à sa fin. Un peu plus tôt, ils avaient dîné tous ensemble, puis May et Glen s'étaient installés dans le salon pour regarder la télévision, et Rafe dans la véranda pour lire ses courriels. Heidi en avait profité pour s'isoler un peu et se concentrer sur son travail. Mais voilà qu'il était de nouveau là, tout près d'elle. Il ne lui laissait décidément guère de répit.

Il laissa retomber ses bras et entra d'un pas tranquille.

— Vous fabriquez du savon, fit-il.

— Et alors ?

— Arrêtez un peu, vous faites la tête d'une gamine qui s'est fait prendre en train de fumer derrière le gymnase. Si vous n'êtes pas en train de livrer des secrets militaires dans vos emballages, vous n'avez peut-être pas besoin de prendre cet air coupable.

— Je ne me sens pas coupable !

Tout serait tellement plus simple si elle savait mentir ! Elle soupira, et ajouta d'un ton plus naturel :

— J'ai suivi vos conseils et je me suis mise à chercher de nouveaux marchés. J'ai expédié des échantillons à différents magasins et à des commerciaux, et je viens de décrocher mes premières commandes. Du coup, j'ai du travail.

— C'est une bonne chose, déclara-t-il sobrement en s'asseyant sur la chaise du bureau.

— De mon point de vue, oui.

Ils savaient tous deux ce qu'elle voulait dire : si son affaire devenait rentable, elle pourrait envisager de rembourser May, et convaincre la justice de lui laisser le ranch.

— Je suis content pour vous, insista-t-il.

— Parce que vous ne pensez pas que je puisse redresser la barre assez vite pour influencer le jugement ?

Il la surprit en lui effleurant la joue du bout des doigts.

— Tout était beaucoup plus facile avant que je ne vous connaisse.

— Je… C'est pareil pour moi… mais j'ai tout de même besoin de gagner.

— Moi aussi, murmura-t-il en laissant retomber sa main. Parlez-moi de votre empire du savon.

— Ce n'est pas encore un empire, mais j'ai des commandes fermes et pas mal de demandes d'informations. Annabelle connaît quelqu'un en ville qui pourra me créer un site, je ferai le plus de buzz possible…

Elle hésita, pressée de changer le sujet.

— Et euh… sinon, les animaux sont installés pour la nuit ?

— Oui, les lamas comme les moutons. Mais à quoi est-ce qu'elle pensait, vous pouvez me le dire ?

Heidi aurait été bien incapable de répondre, mais elle admirait tout de même la capacité de May à faire exactement ce dont elle avait envie. Rafe se renversa contre le dossier de sa chaise en soupirant :

— Il faudra demander à Lars de vérifier leurs sabots à son prochain passage, j'imagine.

— Oui, je n'y avais pas pensé. Les moutons et les lamas ont besoin de se faire rogner les sabots ?

— En tout cas, il pourra nous le dire.

— Vous dites ça d'une drôle de façon.

Il lui lança un sourire entendu en précisant :

— Lars était très déçu de ne pas vous voir, l'autre jour. Et, pour tout dire, carrément furieux de me trouver dans la place.

— Oh ! je vous en prie, protesta-t-elle en rassemblant ses papiers d'emballage. Je le connais à peine.

— Assez pour lui avoir fait une sacrée impression.

— Puisqu'on aborde ce genre de sujet, comment s'est passée votre soirée avec la dernière candidate envoyée par votre agent matrimonial ?

— Agréable, lâcha-t-il en haussant les épaules.

— Je vois qu'elle vous a fait une sacrée impression !

— C'était juste un rendez-vous.

— Vous êtes rentré tôt.

— Alors là, ça m'étonne que vous vous en souveniez !

Les répliques fusaient, le ton montait ; la dernière pique fit mouche et Heidi rougit. Cette soirée désastreuse ! Pourquoi fallait-il qu'elle la lui rappelle. Si les détails lui échappaient, elle savait qu'il avait été question d'un baiser. Il était temps de faire marche arrière. Un ton plus bas, elle demanda :

— Donc, ce n'était pas la femme de votre vie ?

— Non.

— Pourtant, elle a fait toute cette route rien que pour vous rencontrer ! Ce n'est pas rien.

— Je ne voudrais pas être trop cynique, mais est-ce que vous avez la moindre idée de ce que je pèse, financièrement ?

— Pas vraiment, non.

Trisha avait effectivement dit quelque chose… Ingénument, elle demanda :

— Beaucoup ?

Le sourire qu'il lui lança était si sexy que la savonnette qu'elle emballait faillit lui glisser des mains.

— On pourrait le résumer comme ça.

— Et vous pensez qu'elle s'intéresse au magot plutôt qu'à votre beauté intérieure ?

— C'est une question qui se pose en tout cas.

Une attitude assez réaliste !

— Vous devriez dire à votre Nina de ne plus leur parler de votre fortune, conseilla-t-elle. Histoire de vous trouver quelqu'un qui vous aimera pour vous-même.

— Oh ! je ne cherche pas vraiment l'amour, plutôt une sorte de partenariat.

— Vous êtes d'un romantisme à tomber !

— J'ai déjà testé l'approche romantique. Ça n'a pas donné grand-chose.

Peut-être croyait-il sincèrement l'avoir testée, mais elle soupçonnait fort que Rafe et son ex-femme n'avaient jamais été vraiment amoureux. A ses yeux, l'amour était une force redoutable ; une fois sous son emprise, il était très difficile de se libérer. Melinda lui avait prouvé qu'on pouvait réellement mourir d'amour. Voulant échapper à ces idées trop sombres, elle demanda d'un ton léger :

— Bon alors, dites-moi, où est-ce que vous l'avez emmenée ?

— Qui donc ?

— Eh bien, votre rendez-vous de l'autre soir.

— Au restaurant de l'hôtel.

Elle poussa un grand soupir désabusé.

— Il est là, votre problème ! Il fallait lui proposer quelque chose de beaucoup plus spécial.

— Une promenade à cheval au clair de lune, par exemple ?

— Surtout pas — ou alors, en la prévenant à l'avance

pour qu'elle puisse s'habiller en conséquence. Fool's Gold a beaucoup de ressources, vous savez ? Des petits restaurants très originaux, avec beaucoup d'ambiance. L'hôtel, c'est beaucoup trop guindé, trop impersonnel. Vous auriez pu aussi monter au Gold Rush Ski Lodge, il y a un téléphérique qui va au sommet de la montagne. Ça, c'est romantique.

— Et froid.

Elle leva les yeux au ciel.

— Justement, ça vous donne un prétexte pour la réchauffer contre vous. Sérieusement ! Je comprends pourquoi vous avez besoin d'un agent matrimonial, vous ne savez pas du tout vous y prendre.

— Ne vous faites pas de souci pour moi, je sais me débrouiller. Le problème, ce n'est pas moi, c'est cette ville. Le fait d'être de retour ici.

— Trop de souvenirs ?

— Ouais, on peut dire ça.

Elle se souvint de ce qu'elle avait glané ici et là sur les difficultés de la famille Stryker.

— Mais vous n'êtes plus ce petit garçon, dit-elle avec force. Aujourd'hui, vous ne dépendez de personne et vous pouvez prendre en charge votre famille sans problème.

Il inspira brusquement, saisit l'une des savonnettes emballées et l'examina attentivement.

— On nous apportait des paniers au moment des fêtes, reprit-il sans lever les yeux. Pas des restes, mais de vrais menus de Noël ou de Thanksgiving, une dinde, un jambon entier, avec tout ce qu'il fallait pour les accompagner. Et des tartes, des gâteaux, des films pour nous, les gosses, des livres pour ma mère.

— C'était gentil.

— Peut-être, mais là n'est pas la question. Je savais toujours quand ils allaient venir. J'ouvrais la porte et je lisais la pitié dans leurs yeux.

En l'écoutant, elle comprit que quoi qu'elle en dise, à cet instant, il n'était plus le Rafe Stryker qu'elle connaissait, mais le petit garçon de dix ans qui souffrait de ne pas pouvoir nourrir sa famille. Celui qui s'était imposé la tâche démesurée de faire vivre sa mère, ses frères et sa sœur, qui avait travaillé comme un homme alors qu'il n'était qu'un adolescent…

— Ce n'était pas à vous de porter votre famille à bout de bras, murmura-t-elle.

— Il fallait bien que quelqu'un le fasse.

— Votre mère était là pour ça.

— Elle était complètement débordée. Trop de travail, personne pour l'aider…

— Sans doute, mais avouez qu'elle ne s'est pas si mal débrouillée. Et puis, vous avez fait tout votre possible.

— Ce n'était pas suffisant.

Elle commençait à mieux comprendre sa façon de fonctionner. Petit, il s'était senti impuissant à protéger sa famille ; aujourd'hui, il était suffisamment riche et influent, mais sa protection avait aussi un prix. Si May bénéficiait d'une indulgence illimitée, en revanche, il ne pardonnait pas à ses frères ou à sa sœur de ne pas se montrer à la hauteur de ses espérances… ou de son sacrifice.

— Vous ne voulez pas me parler de votre sœur ? demanda-t-elle à brûle-pourpoint.

Il lui lança un long regard opaque.

— Qu'est-ce que vous voulez savoir ?

— Je ne sais pas. Elle est comment ?

— C'est difficile à dire. J'ai beaucoup joué avec mes frères, mais Evangeline était beaucoup plus jeune. J'avais neuf ans quand elle est née.

— Je croyais que votre père était mort quand vous aviez huit ans.

— C'est vrai.

— Ah !

— C'est arrivé quelques mois après, précisa-t-il. Maman avait du mal à s'en sortir.

Il posa délicatement la savonnette et expliqua d'une voix parfaitement inexpressive :

— Shane a ramené un type à la maison. Un cow-boy de

passage — on organisait encore des rodéos à Fool's Gold, à l'époque. Maman a dû passer la nuit avec lui. Nous, on était encore au lit quand il est parti et on ne l'a jamais revu. Quelques mois plus tard, elle nous a annoncé qu'elle allait avoir un bébé.

— Ça a dû être… difficile, murmura-t-elle.

— Maman est solide.

— Je voulais dire pour votre sœur. Cette place à part dans la famille. Le fait que sa présence soit un rappel constant du dérapage de votre mère. Ce n'était sans doute pas facile à porter.

— Elles ne l'ont pas vécu comme ça. Ni l'une ni l'autre.

Il hésita un instant, et soupira :

— En fait, je n'en sais rien. Pour tout dire, Evie ne vient jamais nous voir. Shane et Clay ont de ses nouvelles de temps en temps, mais elle ne nous appelle jamais directement, maman et moi.

Elle devina qu'en réalité il situait très clairement le problème, mais qu'il refusait de l'admettre — car, s'il le faisait, il serait obligé de faire quelque chose pour le régler. Tant qu'il niait la difficulté, rien ne l'obligeait à agir.

— Et où est-ce qu'elle vit en ce moment ?

— A New York. Elle est danseuse. Elle a été admise à l'école Juilliard. En fait, je crois qu'elle est très douée.

Elle attendit la suite. Comme il n'ajoutait rien, elle murmura :

— Vous ne m'avez toujours pas dit quel genre de personne elle est.

— Je ne la vois pas souvent. Petite, elle passait son temps à danser…

— Bref, elle a toujours été de trop ?

Il se leva brusquement en demandant :

— Vous avez fini de considérer ma famille avec ce regard critique et méprisant ? Vous aimez parler de solidarité mais, dès que les gens ne vivent pas comme vous, c'est qu'ils n'ont pas de cœur, c'est ça ? C'est votre tribu contre le reste du monde, hein ?

— C'est injuste de dire ça.

— Pourtant, c'est la pure vérité. Evangeline est ma sœur et je l'aime, figurez-vous. Je ne sais peut-être pas tout de son quotidien, mais si elle avait un souci, si elle avait besoin de quoi que ce soit, je serais là pour elle. Nous le serions tous. On est une famille.

Il quitta la pièce à grands pas. Elle le suivit des yeux en se demandant si Evangeline voyait les choses de la même façon. May avait rempli le salon de photos de ses garçons, mais il n'y en avait qu'une seule de sa fille. Rafe n'avait manifestement pas parlé à sa sœur depuis plusieurs mois. Chaque famille connaît des tensions, des conflits larvés, bien sûr… Mais si on ne parvient pas à les surmonter, au bout d'un moment, on cesse d'être une famille.

May lissa le papier sur la table de la cuisine.

— Alors, qu'est-ce que tu en penses ? demanda-t-elle.

Heidi étudia le dessin. Le croquis montrait la grange telle qu'elle était aujourd'hui… et des projets d'extension qui doublaient quasiment son volume : enfilade de box, sellerie, atelier, grenier à foin…

— Ce serait formidable, bien sûr…

Et très cher. De quoi la ruiner définitivement si elle gagnait le procès et qu'il lui fallait restituer la somme. La juge avait dit qu'elle ne serait pas tenue de rembourser les frais engagés par May, mais ce n'était qu'une assurance verbale !

— Parfait ! J'espérais bien que tu dirais ça, s'écria May. J'ai déjà téléphoné à Shane, je lui ai parlé du ranch et des chevaux. J'espère qu'il voudra bien venir ici.

— Shane, répéta Heidi d'une voix mourante. Ici ?

Un *autre* frère Stryker ? Elle n'y survivrait pas.

— Oh ! il te plaira. Il est beaucoup moins coincé que Rafe. Sans doute parce qu'il n'était pas l'aîné.

Désemparée, Heidi contempla le dessin. Impossible de refuser, quel prétexte aurait-elle pu invoquer ? De toute façon, elle n'avait tout simplement pas le courage de décevoir May. Les Stryker s'insinuaient dans sa vie, squattaient chaque recoin de son univers et elle ne voyait pas comment les arrêter. Si cela continuait… ce serait la catastrophe et personne ne serait gagnant.

10

L'équipe déchargeait un nouveau lot de bois de construction. Les projets de sa mère prenaient de l'ampleur chaque jour, pensa Rafe avec un soupir, et les petites réparations toutes simples se transformaient doucement en un remaniement complet. La veille, elle lui avait montré son plan ; il s'était contenté d'apporter quelques corrections mineures en promettant de réfléchir à la réalisation — et, ce matin, il apprenait qu'elle avait pris contact avec Ethan, embauché ses gars pour le reste de l'été, et commandé tous les matériaux nécessaires. A ce stade, il aurait de la chance s'il revoyait un jour son bureau.

Il aurait dû être fou de rage. Fou d'impatience aussi de retrouver sa vie normale — mais, curieusement, cette dernière péripétie ne le dérangeait pas plus que cela. Insensiblement, il s'était coulé dans sa nouvelle routine : il se levait très tôt, passait ses matinées à travailler au coude à coude avec les gars d'Ethan puis, après le déjeuner, il s'occupait de l'entreprise, donnait ses instructions à Mlle Jennings, discutait avec Dante des projets en cours. Vers 16 heures, il lui arrivait de rejoindre les charpentiers pour leur donner un coup de main. Ses soirées, il les passait devant son écran d'ordinateur, à moins qu'il ne regarde un match avec Heidi ou qu'il ne sorte marcher. Pas vraiment l'emploi du temps conventionnel d'un jeune et riche chef d'entreprise, beau parti qui plus est ! Pas de réunions de crise, pas de négociations interminables, pas non plus de dîners somptueux ou de soirées au spectacle. Pour tout dire, il ne regrettait réellement que deux aspects de son ancienne vie : Dante, et son abonnement à la saison des Giants. Lui qui croyait mourir d'ennui en venant s'enterrer ici ! Finalement, il se sentait incroyablement bien. Il avait des cals aux mains, se couchait le soir écrasé d'une bonne fatigue. Charlie, qui ne l'appréciait pourtant guère, admettait que, grâce à ses longues randonnées équestres, elle n'avait jamais vu son cheval en meilleure forme. En fait, c'était assez simple : cet endroit en pleine nature était… réel. Authentique, honnête. Subitement, il se mit à rire. S'il n'y prenait pas garde, il allait finir par craquer et redevenir un simple cow-boy.

Le chauffeur du camion s'approcha en feuilletant les documents de son porte-bloc.

— Vous élevez des chèvres, ici ? demanda-t-il en tendant un stylo à Rafe.

— Oui, pourquoi ?

— J'ai vu des chèvres sur le bas-côté en arrivant. Vous devriez vérifier que les vôtres ne se sont pas échappées.

Inquiet, Rafe griffonna sa signature et se hâta vers la maison. Où Heidi avait-elle parqué les chèvres ce matin ? Il prenait pied dans la véranda quand la porte s'ouvrit à la volée et Heidi en jaillit.

— Les chèvres… ? lança-t-il.

— Oui ! Mon amie Nevada vient de m'appeler. Athéna en a emmené trois sur le chantier du casino. Elle avait déjà fait la même chose l'année dernière, elle a dû se souvenir du chemin.

Elle courait déjà vers la chèvrerie. Il lui emboîta le pas en demandant :

— Vous faites comment, pour les récupérer ?

Elle disparut à l'intérieur et ressortit avec des longes.

— Je n'ai pas de fourgon assez grand pour les transporter, alors je les ramène à pied. J'aimerais seulement comprendre comment elle fait pour ouvrir la barrière !

Elle semblait vraiment inquiète. Ennuyé pour elle, il l'accompagna vers le chemin en suggérant :

— Dites-vous que ça leur fait juste un peu d'exercice.

— Je me fais du souci pour Perséphone. Elle est enceinte. Ce n'est sûrement pas bon pour elle de marcher autant.

— Les chèvres enceintes ne se déplacent pas, à l'état sauvage ?

— Si, mais elles mangent en avançant. Et puis elles y vont tranquillement. Mais, quand Athéna pique un de ses caprices, c'est plutôt de la marche forcée. Je vais devoir appeler le vétérinaire au retour.

Il lui prit les longes des mains et lui dit de sa voix la plus rassurante :

— Il ne va rien leur arriver, vous verrez.

— J'espère. C'est seulement sa seconde grossesse.

— Et Athéna n'est pas enceinte, elle ? Pourquoi ?

— Les chèvres alpines s'accouplent à l'automne. C'est pour ça que j'ai panaché les nubiennes et les alpines : pour avoir des grossesses décalées. Comme ça, je ne suis jamais à court de lait frais. Pour le fromage, ce n'est pas un problème : j'ai toujours un stock à des stades différents de maturation, mais plusieurs familles du voisinage comptent sur mon lait.

— Eh bien, le lait d'aujourd'hui aura un petit goût de vent de la liberté.

Cette fois, elle lui sourit.

— Je vous jure, Athéna a vraiment besoin d'un hobby pour se distraire.

— Dommage que vous ne puissiez pas lui apprendre à lire.

— Si elle savait lire, elle serait le maître du monde.

— Vous devriez peut-être mettre les chèvres avec les lamas ? S'ils sont vraiment capables de protéger un troupeau, ils sauraient peut-être les empêcher de s'évader — ou au moins vous alerter quand Athéna fait le mur.

— Je pourrais toujours tenter. Je ne tenais pas à ce qu'ils fassent connaissance, au cas où ils s'attacheraient…

Il comprit tout de suite ce qu'elle ne disait pas : quoi qu'il arrive, la cohabitation serait temporaire. Tôt ou tard, quelqu'un devrait s'en aller, soit Heidi et ses chèvres, soit May et ses lamas. Et la pauvre ne voulait pas que ses chèvres aient de la peine en perdant des amis ! Dante aurait dit qu'elle prenait ses responsabilités de bergère trop à cœur, qu'elle était trop sentimentale, et quelques semaines plus tôt il aurait sans doute été tout à fait d'accord avec lui. Maintenant, il comprenait mieux cette tendance, chez elle, à éprouver de l'empathie pour tous ceux qui se retrouvaient… comment dire ? A l'écart, ignorés par la majorité. Ceux qui ne trouvaient leur place nulle part.

Côte à côte, ils remontèrent la petite route qui serpentait à flanc de colline. Il n'était encore jamais allé dans cette direction. A quatre kilomètres du ranch environ, ils s'engagèrent sur un sentier qui coupait à travers un bois. Il faisait beaucoup plus frais à l'ombre, des feuilles mortes et des aiguilles de pin craquaient sous leurs pas… Le chemin lui parut étonnamment long et il commençait à se demander si Heidi ne s'était pas perdue quand ils débouchèrent subitement sur… un tout autre univers.

Une immense carrière à ciel ouvert. Le flanc de la montagne renvoyait le grondement des gros engins qui rampaient çà et là dans la terre boueuse. D'ici, à l'extrémité occidentale du chantier, Rafe aurait évalué l'espace déboisé à trente-cinq hectares. Le bâtiment principal serait énorme ; pour l'instant, on ne voyait que des fondations de béton et une armature d'acier, mais il devinait déjà sa structure. Plusieurs étages, une vue stupéfiante sur les montagnes. Il avait demandé à Dante de lui transmettre des éléments sur ce chantier en cours, et étudié avec attention les informations reçues, mais les plans transmettaient mal l'ambition extraordinaire du projet.

— Impressionnant, non ? demanda gaiement Heidi. Là-bas, ce trou immense, ce sont les futurs parkings, à plusieurs niveaux pour ne pas occuper trop d'espace en surface. Le grand bâtiment, c'est le casino et complexe hôtelier. Je ne sais plus combien ils veulent faire de chambres au juste, mais au moins dans les deux cents…

Elle lui expliqua la disposition des lieux, lui montra la piste de randonnée le long de laquelle on avait soigneusement préservé les grands arbres, le futur centre de thalasso, les restaurants… Tout en l'écoutant, Rafe vit une silhouette monter dans leur direction. Une jolie jeune femme aux cheveux très courts et au sourire chaleureux.

— Toi et tes chèvres ! lança-t-elle de loin. Alors, Athéna a encore fait un caprice ?

— Eh oui, répondit Heidi en l'embrassant. C'est une vraie rebelle. Si elle pouvait passer le permis, elle serait déjà partie sillonner les routes avec un gang de motards. Nevada, je te présente Rafe Stryker. Rafe, voici Nevada Janack.

Il serra la main de la jolie blonde en faisant un signe du menton vers le logo au flanc des caravanes du chantier.

— Vous êtes de la maison ?

— Par alliance, oui. Tucker doit être dans le secteur. Venez, je vais vous présenter.

Rafe se réjouit de la proposition car il avait très envie d'en apprendre davantage sur ce projet. Ils en avaient beaucoup parlé, Dante et lui, et maintenant qu'il découvrait le chantier il voyait une foule de possibilités.

Le téléphone calé au creux de l'épaule, Rafe pianotait sur le clavier de son ordinateur portable.

— Bon, il me faut tout ce que tu as pu apprendre. Oui, je sais que tu m'as déjà envoyé les plans, mais je veux tous les autres aspects du projet.

— Je lance une recherche, dit son ami.

— Le responsable, Tucker Janack, m'a parlé de trois cents chambres d'hôtel, un casino, un centre de thalasso, un parcours de golf… Sans parler du centre commercial qui va être construit par une autre entreprise.

— Pourquoi ? Le projet était trop petit pour Janack ?

— Sûrement. Bien : en fonction de la période de l'année, j'évaluerais les besoins en personnel à près de cinq cents personnes. Et ça m'étonnerait que Fool's Gold dispose de cinq cents chômeurs qualifiés ; résultat, ils devront faire venir du monde. Beaucoup de monde.

— Et ce monde devra se trouver un toit.

— Exactement.

Les doigts de Rafe coururent encore sur son clavier.

— Tu l'as ?

— Sous les yeux.

Rafe contemplait le plan du Castle Ranch. A l'échelle, on reconnaissait la maison principale, la grange, et la clôture qui dessinait le contour de la propriété, bordée au sud par la route. Si on postulait un lotissement sur la base de cinq cents mètres carrés l'unité pour une maison modeste, trois chambres et garage intégré… en gardant disons deux hectares autour des bâtiments du ranch pour sa mère et ses animaux, on pourrait facilement bâtir une centaine de maisons, et il resterait encore de la place pour de futurs développements.

— Tu fais le calcul ? demanda-t-il.

— Oui, et les chiffres me plaisent beaucoup. Vu le coût du terrain, c'est-à-dire zéro, on parle là de bénéfices assez astronomiques. Je me sens tout heureux, d'un seul coup.

— Moi aussi ! Inutile de faire dans le haut de gamme, on peut juste prévoir les options les plus courantes. Ensuite, on fait venir un paysagiste, et hop, le tour est joué.

— Les employés recrutés pour le casino seront pressés d'acheter. J'adore les acheteurs motivés, et même captifs.

Rafe prenait des notes à toute allure.

— On pourrait organiser nos propres financements. Leur faciliter l'obtention des prêts s'ils marchent avec notre prêteur — et hop, voilà encore des bénéfices. Il faudra juste que la municipalité accepte de marcher.

— Je me suis un peu renseigné, la ville a une politique d'accueil très favorable aux entreprises. La maire a la réputation d'être assez conciliante et il ne devrait pas y avoir d'exigences exorbitantes en termes d'urbanisme. Tant qu'on construit quelque chose de correct, en respectant les normes, ils feront tout pour nous faciliter la tâche.

— Eh bien, c'est parfait.

Il n'était pas question de construire des maisons qui s'effondreraient au bout de dix ans, Rafe comptait faire un travail correct, mais sans investir un dollar de plus que nécessaire.

— Et dire que ce trésor nous tombe entre les mains juste

parce que ma mère a absolument voulu racheter ce vieux ranch pourri ! Ça pourrait être le meilleur projet de l'année.

— A condition que la juge vous donne raison.

— Elle le fera : Heidi ne peut pas nous rembourser.

— Et, maintenant qu'on va pouvoir faire valoir des projets qui intéressent toute la commune, c'est gagné ! renchérit Dante, ravi. Ta bergère va se retrouver à la rue.

Il éclata de rire, mais Rafe n'eut pas envie de l'imiter. Il tenait toujours autant à avoir le ranch (et même plus que jamais, vu ce dernier rebondissement) mais il prenait tout à coup conscience qu'il imaginait mal le Castle Ranch sans Heidi et ses chèvres. Où irait-elle ? Ce n'était pas son problème, bien sûr, mais, tout de même, la question le dérangeait.

— On pourrait lui donner un petit hectare, proposa-t-il. Pour ses chèvres.

Dante éclata d'un grand rire.

— Très drôle, Rafe ! Comme si tu avais déjà donné quoi que ce soit à qui que ce soit.

Il riait toujours en raccrochant. Troublé, Rafe posa son téléphone en contemplant le paysage par la fenêtre. La théorie du profit avant tout… il y avait cru, pendant longtemps. La pauvreté, il connaissait. Faire fortune, c'était relever la tête, s'en sortir. Au lycée, le prof de littérature leur avait fait lire *Autant en emporte le vent*, puis ils avaient regardé le film. Il entendait encore ses copains rire de bon cœur devant la scène où Scarlett O'Hara brandit des navets terreux en jurant qu'elle n'aura plus jamais faim — mais; pour lui, cela n'avait rien de drôle. C'était ce qu'il vivait au quotidien. Enfant, puis adolescent, il avait dévoré les paniers offerts par les braves gens de Fool's Gold en se jurant que, quand il serait grand, il serait plus riche que n'importe qui et personne ne pourrait plus jamais profiter de lui. Ni le regarder avec pitié. A l'avenir, ce serait lui le gagnant, toujours. Dante avait raison, cela n'avait aucun sens de donner un hectare à Heidi et ses chèvres. Quand la juge rendrait sa décision, il garderait le ranch et elle serait à la porte, voilà tout.

*
* *

Le visage anxieux, Heidi attendait les conclusions de Cameron McKenzie, le vétérinaire. Il avait déjà ausculté Perséphone, examiné ses pattes, ses sabots, palpé son ventre distendu ; maintenant, il écoutait le cœur de la jeune chèvre. Enfin, il retira le stéthoscope en déclarant :

— Elle est en pleine forme.

Heidi cessa de retenir son souffle.

— Vous êtes sûr ? Elle a marché si loin aujourd'hui ! Jusqu'au chantier et retour.

— Oh ! vous savez, les chèvres aiment marcher.

Il se releva tout en flattant l'encolure de la chèvre.

— Si on pouvait trouver un moyen de garder Athéna à la maison, soupira May de sa place près de la porte.

— C'est une intelligence redoutable, déclara le vétérinaire en refermant sa sacoche. Il vous faudrait un verrou plus sûr.

— J'en suis à mon troisième système de fermeture, protesta Heidi. C'est dur d'avoir une chèvre plus intelligente que moi !

— On devrait faire plancher Rafe sur le problème, proposa May. Il est doué pour trouver des solutions.

Rafe ? Mais Rafe était doué sur tous les plans, c'était bien ce qui le rendait si dangereux ! Vingt fois au cours de la journée, Heidi se surprenait à penser à lui, à se demander ce qu'il faisait en ce moment, et quand elle le reverrait… S'il lui souriait, elle se liquéfiait intérieurement. Non, vraiment, cet homme lui posait un énorme problème et, des problèmes, elle en avait déjà par-dessus la tête.

En ressortant de la chèvrerie. Cameron contempla l'enclos où paissaient les trois lamas.

— Vous êtes vraiment en train d'élargir mon horizon. J'ai déjà eu affaire à des alpagas, mais des lamas, jamais. Je vais devoir me replonger dans mes bouquins.

— Il y a aussi des moutons, hasarda May.

— Les moutons, c'est facile. Vous attendez d'autres pensionnaires ?

— Je préfère vous faire la surprise, lança May en souriant.

Interdite, Heidi se retourna vers elle.

— Rafe est au courant ?

— Bien sûr que non. Tu le connais, il me dirait que c'est absurde. Il devra attendre de voir, comme tout le monde.

Heidi jeta un coup d'œil vers la maison. De là où elle se trouvait, elle voyait Rafe marcher de long en large dans la véranda, son mobile collé à l'oreille, l'air très concentré.

— J'attends avec impatience de voir ce que vous me réservez, murmura McKenzie. Heureux d'avoir fait votre connaissance, madame Stryker.

— Tout le plaisir est pour moi !

Ils se serrèrent la main, puis le vétérinaire se retourna vers Heidi en souriant.

— Vous êtes rassurée ?

— Oui ! Merci d'être venu. Je suis sûrement trop anxieuse.

— C'est une qualité que j'apprécie chez mes clients. S'il y a quoi que ce soit, vous savez comment me joindre.

Il remonta dans son 4x4, agita la main avec un sourire, et disparut dans le chemin d'accès.

— Quel charmant jeune homme, dit May. Beau garçon, en plus.

Heidi dut réfléchir pour revoir le visage du jeune vétérinaire, ses cheveux sombres et ses yeux verts.

— Je suppose, oui. Je ne m'étais pas posé la question.

— Il est marié ?

— Oui, depuis quelques mois. Mais ça ne changerait rien qu'il soit célibataire, il ne me fait aucun effet.

— Pas le moindre petit frisson ?

— Rien.

— Je vois.

Avec un bref regard vers la véranda, May ajouta :

— Les réactions du cœur sont imprévisibles.

Heidi ouvrit la bouche… et la referma. Pas question de s'engager sur ce terrain miné ! Ah, si elle avait le moindre sens commun, elle fuirait Rafe comme la peste ! Malheureusement, il semblait bien que son sens commun se soit mis en veilleuse, depuis quelque temps. Eh bien, tant pis ! Elle devrait vivre à proximité du danger, mais quoi qu'il arrive, quoi qu'elle puisse éprouver, elle ne tomberait pas dans le lit de Rafe. Cela, il n'en était pas question. Elle savait trop bien que, si elle franchissait ce pas, elle mettrait en jeu tout, absolument tout ce qui comptait pour elle.

Le Festival du printemps de Fool's Gold tombait le week-end de la fête des Mères, et de nombreux maris en profiteraient pour emmener leur femme sur le marché artisanal, histoire de lui faire choisir un cadeau. Le dimanche matin, les stands de restauration serviraient un brunch soigné et les fabricants de bijoux feraient des affaires.

La fête commença dès le vendredi soir avec un grand repas communal, et continua le samedi matin avec la parade des enfants. Tous les petits de la ville défilèrent dans leurs plus beaux atours, sur leurs vélos ou tirés dans de petits chariots décorés de fleurs et de rubans. Beaucoup étaient accompagnés par leurs chiens, également en tenue de fête : Rafe eut une grimace douloureuse en regardant passer un énorme danois affublé d'une robe.

— C'est horrible, souffla-t-il. Ces chiens n'ont plus aucune dignité.

— Oh ! elle est adorable ! s'écria Heidi en riant.

— Non, elle est humiliée.

Cela, Heidi en doutait fort car la chienne battait l'air de sa queue avec enthousiasme, les yeux brillants.

— Une vraie diva, répliqua-t-elle. L'an prochain, je devrais habiller Athéna pour la faire défiler.

— Elle mangera sa robe.

— Possible, mais sur la ligne de départ elle sera magnifique.

Les rues étaient pleines de monde car de nombreux touristes étaient venus se mêler à la population locale. Il n'était que 10 heures, mais on sentait déjà s'élever de partout une délicieuse odeur d'épices et de viande grillée.

— Vous parliez de déjeuner ? glissa Heidi en humant l'air avec gourmandise.

— Ne craignez rien, je ne vais pas vous laisser mourir de faim.

Le week-end, le ranch vivait à un rythme plus tranquille. Les charpentiers étaient de repos et, même si Rafe continuait parfois les travaux tout seul, l'ambiance était plus décontractée. En rentrant de la traite ce matin, elle avait trouvé Rafe dans la cuisine, et il l'avait surprise en lui proposant de but en blanc d'aller faire un tour au festival. Elle n'avait pas eu le courage de refuser, et maintenant ils se retrouvaient au cœur de la foule qui applaudissait la parade. Lorsque les derniers enfants furent passés, Rafe suggéra de faire le tour des stands.

— Vous êtes sûr que vous vous sentez bien ? s'étonna Heidi.

— Moi aussi, je suis capable de jouer au touriste.

— Je vous croirai quand vous aurez acheté un pin's avec le logo de Fool's Gold.

— Ma mère adorerait.

— May adore énormément de choses.

— Je ne relèverai pas le sous-entendu.

Il riait. Un peu troublée, elle protesta :

— Je n'ai pas dit que vous étiez forcément son contraire. Il vous arrive parfois de vous détendre et d'être à peu près supportable !

La foule était dense et des enfants se jetaient parfois dans leurs jambes. Quand un groupe de jeunes les bouscula, il saisit sa main pour l'attirer plus près de lui.

— Je ne veux pas vous perdre !

Il faisait des efforts pour se montrer gentil, se dit-elle. Peut-être essayait-il juste de normaliser leurs rapports. En même temps, cette façon de tenir sa main dépassait la simple cordialité. C'était… très agréable, cette grande main solide, un peu durcie par le travail, qui enserrait la sienne ; elle fit un gros effort pour réprimer un frémissement. Bon, il devenait urgent de se souvenir qu'il n'était pas fait pour elle — et surtout qu'elle ne serait jamais la femme qu'il lui fallait. Il cherchait une créature sophistiquée qui serait à sa place partout, en permanence séduisante et maîtresse d'elle-même ; une femme qui saurait toujours ce qu'il fallait dire ou ne pas dire. Pour elle, le summum de la sophistication, c'était de défaire ses nattes ! Et, si elle savait, techniquement, comment on se maquille, elle se contentait généralement d'une couche d'écran total. Son look était entièrement déterminé par le fait qu'elle démarrait ses journées en trayant ses chèvres. En plus, elle avait un don pour dire ce qu'il ne fallait pas quand il ne fallait pas. D'une voix un peu abrupte, elle lança :

— Dites-moi où vous avez rencontré votre femme.

— Au travail, répondit-il, un peu surpris. C'était mon premier poste après l'université et, elle, elle était stagiaire chez un type avec qui mon patron voulait faire des affaires.

— Pas très glamour.

— Pas vraiment, non, lâcha-t-il, amusé. Les deux patrons n'arrivaient pas à se mettre d'accord. Au bout de deux heures, Ansley et moi, on s'est repliés sur la machine à café. Je venais de conclure ma première affaire, un tout petit contrat ; je n'avais pas beaucoup de capital, mais le deal était passé et je me sentais capable de tout…

Ils passaient devant l'entrée du parc. Impulsivement, Heidi l'entraîna vers un banc.

— Laissez-moi deviner, reprit-elle en le faisant asseoir près d'elle. Ansley était une grande blonde assez réservée, issue d'une vieille famille bourrée aux as.

— Presque. Elle avait bien le pedigree, mais sa famille s'était ruinée deux générations plus tôt, et elle était brune. Intelligente. Ambitieuse, comme moi. Je lui ai proposé une sortie et elle a dit oui.

— Et vous êtes tombés follement amoureux ?

— Et j'ai appris à la connaître. Il n'y a pas eu de folie mais je pensais sincèrement qu'on pourrait faire notre vie ensemble. On avait les mêmes valeurs, les mêmes objectifs, on voulait tous les deux des enfants et une carrière.

Il regarda au loin et conclut avec un bref soupir :

— On s'est mariés, et tout m'a semblé parfait jusqu'au jour où elle m'a annoncé que c'était terminé. Et là… je me suis aperçu que ça ne me bouleversait pas tant que ça de la perdre.

Le seul amour romantique dont Heidi ait été le témoin s'était développé en sens inverse, en s'amplifiant avec le temps — il s'agissait d'une passion explosive, irrationnelle, un amour qui brûlait tout sur son passage. Cette perspective non plus n'avait rien d'attirant à ses yeux, elle ne tenait pas du tout à devenir l'esclave d'émotions incontrôlables. Il tourna la tête vers elle pour demander :

— Et vous ? Il y a bien eu un *gadjo* pour vous faire vibrer ?

— Pas vraiment. Un vague petit copain il y a longtemps mais, sinon, je ne fréquente pas les *gadjé*.

— Vous êtes avec moi en ce moment.

— Ce n'est pas pareil. Et vous ne vous intéressez pas à moi, je ne prends aucun risque.

Elle vit l'un de ses sourcils se hausser mais il ne fit aucun commentaire.

— Alors, qui ? Un type qui est resté avec les forains quand vous avez posé vos valises ? A moins qu'il ne s'agisse de Lars ? Si c'est lui, je crois que vous avez encore votre chance.

Elle se mit à rire en s'exclamant :

— Laissez Lars tranquille, il est très gentil. Non, de mon côté, il n'y a rien eu de mémorable : j'ai bien eu quelques petits copains, mais rien de très sérieux. Ma première histoire s'est finie tout en douceur et les autres… Sans intérêt.

Non, elle n'avait jamais éprouvé l'élan si intense, le vertige un peu nauséeux que lui décrivait Melinda. Pas plus que le « je-meurs-d'envie-d'être-auprès-de-lui-alors-que-je-sais-qu'il-me-fera-du-mal » qu'avouait Nevada l'été précédent, avant que Tucker ne comprenne enfin qu'il était amoureux d'elle. Elle savait que le grand amour existait, que cela pouvait vous emporter, mais l'affreuse vérité, c'était que la seule fois où elle avait ressenti quelque chose qui ressemble un peu à une émotion incontrôlée… c'était avec Rafe. Heureusement, tout restait encore très gérable !

— Finalement, je suis peut-être comme vous, il doit me manquer une case, lança-t-elle d'un ton léger.

— Ou alors l'amour est un mythe.

— Vous ne croyez pas vraiment ce que vous dites.

Regardez votre maman. Ça fait plus de vingt ans que votre père est mort et elle n'en a jamais aimé un autre.

— Bon, je veux bien admettre que ses sentiments étaient authentiques. Mais nommez-moi trois autres personnes qui ont vécu la même chose.

— Trois ? Facile : les triplées Hendrix, par exemple ! Elles se sont mariées toutes les trois l'an dernier. Et je pourrais vous en citer d'autres, rien que dans leur famille ! Vous dites que vous connaissez leur frère Ethan ? Eh bien, il est fou de sa femme. Et leur mère était heureuse avec son mari ; elle est restée seule très longtemps après sa mort, mais elle vient de retrouver son amour de jeunesse, après trente ans de séparation. L'amour, ça arrive tous les jours !

Elle se surprit elle-même en prononçant ces mots. Pendant des années, elle avait cru ce fichu Glen quand il lui répétait que l'amour était un piège à gogos. Ensuite, elle avait vu Melinda se laisser détruire… Aujourd'hui, elle ne savait plus trop ce qu'elle pensait vraiment. D'un côté, elle ne pouvait qu'envier le bonheur des couples heureux qu'elle fréquentait, mais de l'autre elle redoutait tout de même encore de tomber amoureuse. La chute pouvait être si brutale !

— Ne prends pas cet air triste, bergère, murmura-t-il.

Sur ces mots, il se pencha vers elle et l'embrassa.

Des inconnus passaient devant leur banc ; elle entendait des piaillements d'enfants, les couacs d'une fanfare sur la place centrale. Le soleil réchauffait ses bras, la brise apportait des parfums de fleurs et d'herbe coupée, des arômes de café et de grillades. Puis toutes ces sensations s'évanouirent et elle ne sentit plus que la bouche de Rafe sur la sienne.

Instinctivement, elle s'accrocha à ses épaules. Que sa peau était douce sous sa chemise de coton ! Il était si franchement masculin que, pour une fois, elle se sentit délicieusement féminine et, instinctivement, se pressa contre lui. Leur baiser se fit plus intense, une lave de désir jaillit du plus profond d'elle, gonflant ses seins et creusant un appel intense entre ses cuisses.

Elle voulait davantage que ce baiser ! Elle voulait Rafe

tout entier, elle le voulait nu, en train de faire toutes les choses qu'un homme comme lui peut faire pour le plaisir d'une femme. Si elle hésitait à risquer son cœur, elle était subitement toute prête à mettre son corps en jeu ! Quel dommage qu'ils se trouvent dans un lieu public, à la vue de la population réunie de Fool's Gold. Elle l'embrassa donc, passionnément, en décidant que cela lui suffirait et en parvenant — presque — à le croire.

Quand il finit par s'écarter, ses yeux brillaient. De désir ? Elle n'osait y croire tout à fait.

Après un instant, il s'éclaircit la gorge, s'écarta un peu d'elle et murmura :

— On peut rester là une minute ?

— Bien sûr, mais pourq..., demanda-t-elle, perplexe. Oh !

Avec un temps de retard, elle avait saisi qu'il se trouvait dans un état... qui deviendrait un peu trop visible s'il se levait. Elle risqua un regard rapide, découvrit une bosse assez impressionnante sous sa ceinture ; un frisson de désir la secoua. Gentiment, il lui prit la main et posa un baiser léger sur sa paume.

— Si tu espères quitter ce banc dans un avenir proche, arrête de me regarder comme ça.

Elle faillit lui demander « comme quoi ? » mais elle devinait très bien ce qu'il voulait dire : elle le regardait comme si elle mourait d'envie de le traîner dans son lit, maintenant. Il se détourna en calant sa cheville sur le genou opposé, le regard fixé devant lui ; au bout d'un instant, il entoura ses épaules de son bras et l'attira contre lui.

— Parlons d'autre chose, suggéra-t-il. Un sujet très neutre, pas du tout passionnant — et si tu pouvais prendre une petite voix perçante, ça m'aiderait beaucoup.

Elle éclata de rire.

— Ma voix normale te pose problème ?

— Oui, elle est beaucoup trop sexy.

Elle s'éclaircit la gorge.

— Vous... Tu ne m'as pas raconté ton rendez-vous de l'autre soir, en fin de compte.

— Et je n'ai aucune intention de te le raconter.

— Tu as d'autres rencontres en perspective ?

Il lui jeta un bref regard ; elle vit que ses yeux noirs riaient.

— On pourrait ne pas parler de rendez-vous galants ?

— D'accord. Voyons. Les forains seront bientôt à Fool's Gold. Enfin, d'ici trois semaines.

— *Tes* forains ? Ceux qui t'ont appris à détester les *gadjé* ?

— Mes forains, oui, mais ils ne m'ont rien enseigné, j'ai appris toute seule.

— Tu crois que quelqu'un pourra me montrer comment on s'y prend pour dompter un lion ?

— Les lions, c'est au cirque. Là, ce seront des manèges, des stands de tir. Ça n'a rien à voir.

— J'ai toujours aimé les manèges et les stands de tir.

— Dans ce cas, tu vas te régaler.

— Tu viendras avec moi ?

— Les manèges me donnent mal au cœur.

— Petite nature.

— *Gadjo.*

Il éclata de rire. Au fond, ils étaient à égalité : s'il appréciait sa voix, elle craquait complètement pour son rire. Il lui suffisait de l'entendre pour se sentir bien, en sécurité. Assise là au creux de son bras, elle se sentait même tout simplement *heureuse*. Décidément, elle frôlait un registre dangereux. Heureusement qu'elle n'était pas du genre à tomber amoureuse.

11

Heidi termina la traite et versa un peu de lait tiède et crémeux dans le plat pour les chats.

— Je devrais fixer des caméras à vos colliers, leur dit-elle. Pour découvrir où vous habitez.

Elle pourrait aussi tout simplement poser quelques questions dans le voisinage, quelqu'un saurait forcément quelque chose — mais en fait elle appréciait le mystère, c'était amusant d'imaginer ces chats menant une double vie. Elle rangea son tabouret, s'assura que l'abreuvoir était rempli d'eau claire, puis elle souleva ses seaux galvanisés et redescendit vers la maison. En poussant la porte de derrière, elle sentit un délicieux parfum du café.

Posément, elle continua sa routine, mit son lait cru en bouteilles, nettoya et stérilisa. Tout en faisant les gestes familiers, elle se disait que c'était gentil de la part de May de se lever si tôt et de faire du café. Car ce ne serait pas Rafe qui l'attendait dans la cuisine, non, elle ne devait surtout pas avoir la moindre attente de ce côté — malgré tout, son cœur battait plus vite. Le café qu'ils buvaient souvent ensemble, très tôt, avant de partir travailler chacun de leur côté, était en général le meilleur moment de sa journée.

Cela devenait de plus en plus difficile de se souvenir qu'il était l'ennemi. Sa présence était… agréable. Il la faisait rire, la surprenait. Elle attendait avec impatience le moment des repas, parce qu'elle savait qu'elle le retrouverait assis en face d'elle. Dans d'autres circonstances, elle aurait sans doute pris le risque de lui ouvrir son cœur, mais vu la situation… Elle ne pouvait pas se permettre de perdre de vue ses priorités !

Elle rangea donc le lait, referma le réfrigérateur et poussa la porte de la cuisine. Bien entendu, ce n'était pas May, mais Rafe qui se tenait adossé au plan de travail à respirer, les yeux plissés, la vapeur de son café. Son regard s'éclaira en la voyant. Il ne s'était pas rasé, venait probablement juste de se lever et elle fut sensible au charme de sa barbe naissante, de ses cheveux en bataille. Elle n'avait jamais aimé les hommes à la séduction trop lisse. Avec sa chemise de travail de coton aux manches roulées jusqu'aux coudes et son jean déchiré au genou, il ne ressemblait guère au jeune loup en complet des premiers jours. Maintenant, il était juste Rafe — et « juste Rafe » menaçait de bouleverser son existence bien plus profondément que « M. Stryker ».

— Bonjour, dit-il en lui tendant une tasse de café.

— Bonjour.

Elle nota qu'il avait déjà ajouté du lait, sans doute aussi du sucre ; il avait préparé le breuvage exactement comme elle l'aimait.

— Alors, comment vont les filles ? demanda-t-il avec un sourire.

— Bien. Elles étaient contentes de me voir.

Ils s'attablèrent face à face. C'était leur moment tranquille, avant le réveil de May et Glen et avant l'arrivée des gars du chantier. Cette fois, il y avait sur la table quelques feuillets qu'il poussa vers elle en déclarant :

— J'ai pensé à tes fromages et à ton savon. J'ai passé quelques coups de fil.

Elle lut trois noms, chacun avec un numéro de téléphone et le nom d'un pays. Deux étaient en Chine et le troisième en Corée.

— Ce sont des commerciaux qui sont en rapport avec des diffuseurs de produits américains sur les marchés haut de gamme en Asie. En ce moment, le fromage de chèvre a la cote.

Perplexe, elle leva les yeux du papier.

— Ils me parleront, si je leur téléphone ?

— Ils s'intéressent à ce que tu peux leur vendre. Si tes produits leur plaisent, ils sauront comment s'y prendre pour les placer. Tu ne cours pratiquement aucun risque parce que tu t'appuies sur une infrastructure déjà en place. Pas la peine de vouloir réinventer la roue…

Il tendit la main pour tapoter le deuxième nom de la liste chinoise.

— Elle voudra des échantillons de ton savon. Si ça lui plaît, elle en prendra en dépôt, en assumant elle-même les frais de port. Pour toi, le seul risque, c'est de devoir payer le retour si le produit ne se vend pas. Mais bon, elle connaît ses clients, elle sait ce qu'ils achètent ; et à mon avis tu auras plutôt le problème inverse : un déferlement de commandes et pas suffisamment de stock pour les honorer.

Elle avait du stock d'avance, pouvait fabriquer beaucoup dans les semaines à venir… et elle ne demandait pas mieux que de crouler sous les commandes ! Vendre localement, c'était une chose ; prendre pied sur un marché étranger, surtout en Asie, cela pouvait générer de sérieux bénéfices ! Et peut-être un jour suffisamment d'argent pour rembourser May ? Mais à quoi jouait Rafe ?

— Ce genre de projet met un peu de temps à démarrer, dit-il avec douceur, mais à terme ce sera rentable.

Bien ! Il était donc non seulement doué pour les affaires, mais aussi télépathe.

— Merci pour ces contacts, dit-elle. Je les appellerai aujourd'hui.

— Ils attendent ton coup de fil.

La conversation dériva sur les travaux de la grange, mais Heidi ne cessait de penser au cadeau qu'il venait de lui faire. S'il disait vrai (et elle n'avait aucune raison d'en douter), elle ne verrait pas de bénéfices avant la prochaine audience. En revanche, si elle pouvait produire un échéancier tenant compte de l'évolution de son affaire, cela aiderait sa cause. Alors pourquoi prenait-il ce risque ? Etait-il si sûr de son bon droit ? De son avocat ? Ou commençait-il à avoir des… sentiments pour elle ? Elle savait qu'il l'appréciait, ils passaient de bons moments ensemble ; se demandait-il, comme elle, ce qui aurait pu se passer s'ils s'étaient rencontrés dans d'autres circonstances ? Il se révélait si différent de sa première impression — c'était peut-être la même chose pour lui ? Et s'ils allaient tous deux, sans l'avoir cherché, se découvrir une vraie complicité ? Ou même plus ?

Rafe alluma le charbon de bois du barbecue et contempla les flammes avec satisfaction. Oui, bien sûr, ce serait plus rapide sur un gril au gaz, mais quel plaisir de cuire sa viande à l'ancienne !

Heidi parut dans la véranda.

— Tout va bien ? Pas encore d'incendie ?

— On aura des braises dans une demi-heure, répondit-il en riant.

— Parfait. Ta mère nous a laissé une salade de pommes de terre et j'ai fait une salade verte — on est parés.

— Tu as oublié le vin.

Il vit ses yeux verts se plisser, méfiants.

— Avec des hamburgers ?

— Il y a toujours un bon vin pour aller avec n'importe quel repas.

A grands pas, il passa devant elle et disparut dans la cuisine. Quand elle le rejoignit, il avait déjà choisi une bouteille.

— Col Solare, dit-elle en lisant l'étiquette. C'est un vin italien ?

— Non, il vient de l'Etat de Washington, c'est un assemblage de cépages. Tu veux des détails ?

Il lui souriait, sans ironie aucune.

— Pas vraiment, non, avoua-t-elle. Il est cher ?

— Qu'est-ce que tu entends par cher ?

— Je ne sais pas. Plus de vingt dollars la bouteille ?

— Oui.

— Plus de trente ?

— Tu tiens vraiment à le savoir ?

Elle fronça les sourcils, un peu décontenancée.

— C'est que… c'est juste du vin…

— On ne peut pas employer les mots « juste » et « vin » dans la même phrase. Enfin, Heidi ! Tu vis à sept kilomètres d'un excellent vignoble ! Tu devrais soutenir un peu l'industrie locale.

— Je m'y connais mieux en margaritas. Tu peux me dire quelle est la différence entre une bouteille à dix dollars et une à cent dollars ?

— Eh bien, en gros, ce vin a vieilli dans des fûts de chêne français. Il est fait avec les meilleurs raisins, et les fûts sont nettoyés en cours de maturation, ce qui représente de gros frais et beaucoup de main-d'œuvre.

— Pour quoi faire ? Et d'ailleurs comment est-ce qu'on peut les nettoyer, puisque le vin est dedans ?

— Le vin est transvasé dans des citernes d'acier pendant qu'on retire les sédiments des fûts et qu'on les lave. Ensuite, on y remet le vin pour qu'il continue à vieillir.

Il déboucha la bouteille et sortit deux verres à pied du placard.

— Des citernes d'acier pour ne pas créer de réaction chimique ? hasarda-t-elle.

— Exactement.

Elle prit le verre qu'il lui offrait et le huma.

— C'est agréable. J'espère que tu ne vas pas te mettre à parler de notes de chocolat ou de cerise noire ou je ne sais quoi, je n'ai jamais compris ça, c'est du raisin, pas du chocolat. Et, si tu me dis que je suis arrogante, je te le jette à la figure, je te préviens.

Avec la candidate envoyée par Nina, ils avaient aussi parlé de vin, faute d'avoir grand-chose à se dire. Il gardait le souvenir d'une discussion assez ennuyeuse, truffée d'anecdotes tendant à démontrer subtilement qu'on en savait davantage que l'autre. Il découvrit qu'il préférait l'approche franche de Heidi.

— Dis-moi si ça te plaît. C'est tout ce qui compte.

— Je dois le faire tourner dans le verre ? On voit toujours les experts faire ça.

— C'est pour l'aérer.

— Je croyais que l'oxygène gâchait le vin ?

— Dans la bouteille, oui, mais, une fois qu'elle est ouverte, l'oxygène libère le bouquet.

Docile, elle obéit, puis goûta en laissant le vin quelques instants sur sa langue. Il sourit en voyant ses yeux verts s'écarquiller.

— Oh ! C'est bon. Je craignais ce petit arrière-goût âcre, mais pas du tout. Beaucoup de parfum.

— Je suis content qu'il te plaise.

Ils emportèrent la bouteille à l'extérieur et s'installèrent sur les marches de la véranda. Il restait encore deux bonnes heures avant le coucher du soleil. Les soirées s'allongeaient, devenaient plus tièdes à l'approche de l'été ; les bourgeons des arbres s'épanouissaient en fleurs et en feuilles.

Un peu plus tôt, ils étaient montés ensemble chercher les chèvres pour les ramener à leur abri. Depuis là-bas, ils avaient observé les lamas et les moutons qui broutaient paisiblement. Dire qu'il avait tant redouté de revenir ici ! En regardant autour de lui ce soir, il avait du mal à se souvenir pourquoi.

— On est samedi soir, dit Heidi. Qu'est-ce que tu ferais si tu étais à San Francisco ?

— Je travaillerais.

— Tu ne sortirais pas ?

— Si je sortais le samedi soir, je n'aurais pas besoin de Nina.

— Même sans sortir. Il doit y avoir une foule de femmes disponibles à ton travail ou dans tes cafés préférés.

Il changea de position sur sa marche. Le sujet le mettait assez mal à l'aise, mais il ne voyait pas très bien comment se défiler.

— Sauf que je ne peux pas sortir avec quelqu'un avec qui je suis en affaires, et encore moins avec des collègues. Et il n'y a pas beaucoup d'autres femmes dans ma vie.

— Tu te mets beaucoup d'interdits.

— Je ne tiens pas à me faire traîner en justice pour harcèlement sexuel !

— Là, je te comprends. Et il n'y a personne d'intéressant à tes réunions mensuelles avec les géants de la finance ?

Il lui jeta un sourire impudent.

— Non. Figure-toi que les géantes valables sont déjà toutes mariées !

— Et ton abonnement à l'opéra ou au ballet ? Tu ne rencontres jamais personne à ces spectacles ?

— J'ai surtout un abonnement pour la saison de base-ball. A part ça, j'aime bien le théâtre. Mais j'y fais rarement des rencontres.

— Le théâtre ? Tu veux dire aussi les comédies musicales ? Les spectacles où les personnages se mettent à chanter sans raison ?

— Parfois, oui.

— Tu es vraiment plein de surprises.

Impulsivement, elle posa son verre et saisit sa main pour tâter les cals neufs de sa paume.

— Et, tes amis financiers, qu'est-ce qu'ils vont dire de ça ?

— Je crois surtout qu'ils vont m'envier.

Elle avait déjà lâché sa main. Il eut envie de la prendre dans ses bras pour l'attirer contre lui. Il aimait la toucher ; ces derniers temps, il avait même envie de faire bien davantage que la toucher ! Résultat, son emploi du temps se compliquait de jour en jour, il renonçait de plus en plus souvent à leur café matinal en tête à tête, préférant parfois partir avant qu'elle ne passe sous la douche le matin. Mieux valait s'épargner ces terribles quarts d'heure passés à écouter les sons de l'autre côté de la cloison en se représentant son corps nu zébré de ruisselets d'eau chaude. Le fait de quitter la maison n'effaçait pas cette image, mais la rendait tout de même un peu plus facile à endurer.

— Tu es un meilleur cow-boy que je n'aurais cru, avoua-t-elle.

— C'est un travail qui me plaît. C'est concret, je peux

toucher du doigt ce que j'ai accompli dans la journée. C'est très rare, dans ma vie normale.

— Méfie-toi, tu pourrais y prendre goût.

Il tourna la tête vers elle. Elle avait vraiment des yeux magnifiques, pensa-t-il en se sentant basculer tout au fond de ses iris verts. Et aussi un sourire fabuleux. Pour une fois, elle avait défait ses nattes et ses cheveux blonds flottaient sur ses épaules, joliment ondulés. Il dut retenir sa main qui se tendait déjà pour les caresser ; il éprouvait une envie énorme de sentir son corps souple ployer contre le sien. Seulement, s'il l'embrassait, il ne pourrait pas se retenir d'aller plus loin. Heidi n'était plus son ennemie, mais elle se dressait tout de même entre lui et son objectif. S'il couchait avec elle, une situation déjà complexe deviendrait tout simplement inextricable… en même temps la tentation était si forte ! Prisonnier de son regard, il parvint à articuler :

— Charbon.

— Comment ?

— Je dois vérifier les braises.

— Ah ? D'accord. Je vais chercher les hamburgers.

Pendant un instant, ils ne bougèrent ni l'un ni l'autre. Il allait craquer, c'était évident — bon, tant pis, au diable les conséquences. Il posait son verre pour la happer dans ses bras quand elle se leva d'un bond et s'engouffra dans la cuisine.

D'accord. Au prix d'un gros effort, il maîtrisa la tension qui vibrait dans son corps. C'était sûrement mieux comme ça. Mieux valait ignorer la petite voix qui lui soufflait qu'il serait stupide de laisser passer une opportunité pareille. Une chance comme Heidi.

Le dîner fut difficile. Non pas le menu, tout simple et très agréable — comment se tromper avec des hamburgers et une salade de pommes de terre ? Le vin était excellent et Rafe se montra charmant, un convive intelligent et plein d'humour, capable de la surprendre avec des opinions inattendues sur toutes sortes de sujets. Non, la confusion de Heidi venait d'une interrogation : elle ne comprenait plus comment sa femme avait pu le quitter. Personnellement, si elle avait eu la chance de le capturer, elle se serait accrochée des deux mains ! Ce qui la menait à prendre conscience de son second problème : les réactions incontrôlables de son corps.

Depuis l'instant où ils s'étaient retrouvés les yeux dans les yeux sur les marches, elle avait dépassé le stade de l'anticipation pour basculer dans un état de désir absolu. Chaque fois qu'il souriait, son corps se liquéfiait ; si sa main effleurait la sienne, elle réprimait un gémissement. Il lui suffirait de la prendre dans ses bras pour qu'elle ait un orgasme.

Le dîner terminé et la vaisselle faite, toute la soirée s'offrait encore à eux. May et Glen, sortis voir un film et dîner en ville, ne rentreraient pas avant des heures ; la nuit ne faisait que commencer et Heidi tremblait de dire un mot ou de faire un geste qui la trahirait. Si elle voulait s'en tenir à ses résolutions, elle n'avait qu'une seule option : la fuite !

Elle termina son vin — sans doute un mauvais calcul, elle se sentait déjà flotter depuis le deuxième verre — et se leva.

— J'ai… de la paperasse à terminer.

Rafe se mit sur pied à son tour.

— C'est vrai ? J'avais pensé qu'on pourrait faire un tour.

— Il fait presque noir.

— Je te protégerai.

Elle avait envie de dire oui, de prolonger cette soirée, mais elle savait ce qui risquait d'arriver. Dans l'état où elle se trouvait, elle allait soit dire une bêtise… soit se jeter directement dans ses bras, bref, elle allait se ridiculiser, et il ne la laisserait jamais oublier sa bourde. Non, mieux valait opter pour un repli stratégique.

— Un autre soir peut-être, murmura-t-elle en reculant vers la porte.

Vite, grimper l'escalier ; se barricader dans sa chambre — avant que le ciel ne lui tombe sur la tête, que le sol ne s'effondre sous ses pieds, que… Rafe la toisa, les sourcils légèrement froncés, et demanda :

— Tu vas bien ?

— Oui, très bien. C'est parfait. Formidable.

Avec un sourire aussi rayonnant qu'artificiel, elle pivota sur elle-même. Malheureusement, ayant mal calculé son élan, elle heurta de plein fouet les placards de la cuisine, recula trop brusquement et manqua tomber. Il la rattrapa avant qu'elle ne s'étale sur le sol et la retourna vers lui. A bout portant, elle se heurta à ses yeux noirs, à son beau visage, à sa bouche, oh, cette bouche… Lorsqu'elle se posa sur la sienne, une vague d'émotions la traversa et elle crut défaillir. Sur ses lèvres, elle retrouvait le goût du vin, la même sensation d'ivresse… Et, lorsque ses bras se refermèrent sur elle, elle se sentit à la fois infiniment vulnérable et en parfaite sécurité. Leurs corps se plaquèrent l'un à l'autre des cuisses à la poitrine ; instinctivement, elle leva les bras pour les nouer autour de son cou et enfouit ses doigts dans ses cheveux.

Ce fut un baiser sublime, tendre et passionné. Une nouvelle vague de désir s'engouffra en elle, si violente qu'elle eut l'impression de se dissoudre ; elle s'abandonna, heureuse de sentir ses grandes mains d'homme caresser son dos, enserrer sa taille. Soudain, il s'immobilisa, comme s'il voulait lui laisser le choix de la suite des événements. Confusément, elle se rendit compte qu'elle pouvait encore reculer. Lui souhaiter une bonne nuit, et s'enfuir : ce serait l'option la plus sage, la plus sûre. Ou alors…

Ou alors il y avait *l'autre* option. Céder à son désir. Découvrir s'il était aussi doué au lit qu'elle le pressentait. Découvrir si elle pouvait le satisfaire et s'ils étaient bien assortis, tous les deux. C'était une option… Oh ! et puis pourquoi se raconter des histoires ? Son choix était couru d'avance !

De tout son corps, elle se pressa contre lui ; la réponse à cet assentiment muet ne se fit pas attendre, elle sentit ses mains se refermer sur ses seins, sa bouche embrasser sa joue, son cou — puis, de là, dessiner un trait de feu vers son oreille, en mordiller le lobe, lécher la peau si sensible en dessous. Sous l'avalanche de sensations, un vertige s'empara d'elle. Elle gémit doucement de plaisir, les jambes tremblantes ; entre ses cuisses, un véritable brasier s'éveillait et elle mourait d'envie qu'il la touche partout, tout de suite, comme si seuls ses mains, son corps pouvaient apaiser la brûlure qu'elle sentait naître en elle.

Il pressait son visage contre sa peau, embrassait sa gorge, le creux de sa clavicule. Quand il rencontra l'échancrure de son chemisier, il trouva le bas du vêtement à tâtons et s'écarta un peu d'elle, juste assez pour le lui retirer en le faisant passer d'un seul geste par-dessus sa tête. Un instant plus tard, son soutien-gorge tombait à son tour. Elle hésita, un peu déconcertée par cette progression rapide — mais déjà il se penchait sur elle, sa bouche se refermant sur l'un de ses mamelons. Il aspira le bouton dressé, le taquina de sa langue... Le désir, un instant suspendu, l'inonda de nouveau. Sa tête ploya en arrière, elle sentit ses cheveux balayer son dos nu et s'accrocha à Rafe, sans force. L'univers basculait sur son axe, elle n'avait plus qu'un seul repère — Rafe ; Rafe dont la bouche et les mains pétrissaient ses seins. Haletante, elle crut sentir son sang s'épaissir, sa peau se hérisser d'antennes si fines et si sensibles que le moindre effleurement devenait porteur d'une charge érotique inouïe.

Il se redressa, la saisit aux épaules et la plaqua contre lui, s'emparant de nouveau de ses lèvres ; Heidi répondit à son baiser avec fougue, tandis qu'elle sentait sa main se glisser entre leurs corps arc-boutés, chercher à tâtons sa ceinture. Les doigts tremblants, il défit le bouton de son jean, abaissa sa fermeture Eclair. Subitement, il la fit se retourner ; à l'instant où ses fesses se plaquaient contre lui, l'une des mains de Rafe se referma sur son sein... tandis que l'autre se glissait dans son jean ouvert.

Cette main !... se faufila entre ses jambes, trouva le centre humide et gonflé de son désir et se posa exactement là où elle l'attendait. La première caresse lui arracha une plainte ; les doigts de Rafe poussèrent leur exploration magique, décrivant des cercles langoureux, chaque caresse l'emportant plus haut, plus près de l'orgasme. A travers le brouillard de son désir, elle espéra confusément qu'il ne s'agissait là que de préliminaires, et qu'ils iraient ensuite beaucoup plus loin — ensemble. Mais cela faisait si longtemps, et il était si désirable… en un temps absurdement bref, elle sut qu'elle allait basculer dans le plaisir.

Elle tenta de retenir l'avalanche mais il la touchait avec tant de finesse, sa main libre caressait son sein avec tant de sensualité… Il n'eut qu'à incliner la tête pour l'embrasser dans le cou pour faire déferler l'orgasme. Le corps tendu comme un arc, elle laissa échapper un cri sourd. Il continua à la caresser, étirant les sensations à leur limite, jusqu'à ce qu'elle s'affaisse contre lui.

Le plaisir reflua lentement… Elle ouvrit les yeux, comblée, mais humiliée aussi. Comment avait-elle pu se laisser aller aussi vite ? Se livrer aussi facilement ? Elle se demandait même s'il avait eu l'intention d'aller aussi loin : il demandait peut-être juste un baiser, rien de plus ? Si c'était le cas, si c'était elle qui… alors elle se serait comportée comme une vraie nymphomane ! Ou comme ces adolescents qui perdent la tête dès qu'ils touchent une fille… Elle se demandait que faire, que dire, quand Rafe la retourna vers lui et l'embrassa passionnément. Puis, d'une voix rauque, il articula :

— Je n'avais jamais rien vu d'aussi sexy.

Il se pencha, rafla son chemisier et son soutien-gorge, les lui mit dans les mains et l'entraîna vers l'escalier, un bras autour de sa taille. Etourdie, elle se retrouva dans sa chambre à lui, ses vêtements serrés sur sa poitrine nue. Elle le regarda retirer ses bottes, arracher sa chemise avant de se retourner vers elle, torse nu. Le regard tendre, il posa une caresse sur sa joue puis, fébrile et maladroit, il se mit à fouiller sa trousse de toilette, vida le contenu sur la commode et saisit, triomphant, un paquet de préservatifs. Enfin, il revint vers elle, lui prit ses vêtements des mains et les jeta sur une chaise, puis saisit son visage entre ses paumes et se remit à l'embrasser.

Plus tard, elle pourrait toujours se poser des questions. Chercher à faire la part des choses entre son besoin de se protéger et son droit au plaisir. Mais, pour l'instant, elle ne voulait rien d'autre que toucher la peau nue de Rafe et sentir combien il la désirait. Avec sensualité, elle caressa son dos, sa poitrine, dessinant du bout des doigts le contour de ses muscles. Puis, d'un geste vif, elle dégrafa son jean, le fit tomber avec son caleçon, et attendit à peine qu'il se soit débarrassé de ces derniers vêtements pour s'emparer de lui. Passionnée, elle plaqua sa bouche contre sa poitrine en savourant le hoquet involontaire qu'elle lui arrachait.

A son tour, il acheva de la déshabiller, l'allongea sur le lit et vint s'agenouiller entre ses cuisses. Il se pencha pour l'embrasser et, alors qu'elle croyait avoir déjà eu son plaisir, elle se remit à trembler sous l'assaut des doigts qu'il enfonçait en elle en leur imprimant un va-et-vient rythmé. Sous la torture exquise de ses caresses, elle se cambra, haletante ; il referma alors les lèvres sur son sexe et joua d'elle en virtuose, l'emportant vers des sommets insoupçonnés, jusqu'à ce qu'il ait le contrôle absolu de son corps, jusqu'à ce qu'il décide de l'instant où elle basculerait dans la jouissance. Le rythme s'accéléra, encore, encore, elle sentit tous ses muscles se contracter… et s'abandonna au séisme qui se déclenchait en elle.

Quand la dernière vague de plaisir s'apaisa, il se redressa, saisit un préservatif et en déchira l'emballage. Cette protection enfilée, il s'allongea sur elle, les mains de part et d'autre de sa tête. Elle s'ouvrit à lui et il l'envahit tout entière ; elle se cramponna à lui et noua ses jambes autour de ses hanches en ondulant au rythme rapide qu'il installait. Il braquait sur elle un regard brûlant, fabuleusement intime, dans lequel elle put lire toutes les étincelles de la passion ainsi que l'approche imminente du plaisir. Elle vécut la montée avec lui, son propre souffle se hacha quand il approcha du gouffre. A l'instant où il se figeait en tremblant, elle resserra ses muscles autour de lui et il explosa brutalement, les mains crispées sur ses hanches, ses yeux toujours rivés aux siens.

Quand Heidi s'éveilla, il faisait très sombre. Un peu hébétée, elle constata que le cadran du réveil numérique se trouvait du mauvais côté du lit, la fenêtre dans le mur opposé… et comprit qu'elle n'était pas dans sa chambre. A côté d'elle reposait un grand corps d'homme endormi. Rafe ! Les souvenirs de la soirée lui revinrent et elle sourit en savourant la chaleur du corps étendu contre le sien.

Ils n'étaient plus ressortis du lit. Vers 23 heures, ils avaient entendu rentrer Glen et May ; par chance les chambres du rez-de-chaussée se trouvaient de l'autre côté de la maison et leurs parents respectifs n'avaient pas pu les entendre quand ils avaient de nouveau fait l'amour.

Avec précaution, elle se glissa hors du lit. Le rayon de lune qui baignait le plancher lui permit de repérer ses vêtements épars. Bien sûr, elle aurait aimé rester, mais elle ne voulait pas qu'on la surprenne dans le lit de Rafe. Hors de question de subir les commentaires de Glen ! Sans bruit, elle enfila donc sa culotte en souriant de sentir protester des muscles dont elle ne s'était pas servie depuis trop longtemps. Voilà une éternité qu'elle n'avait pas fait l'amour, mais Rafe valait la peine qu'on l'attende, cet homme était un dieu au lit… et un type assez adorable en dehors.

Rhabillée, elle saisit ses bottes et se dirigea vers la porte sur la pointe des pieds. Délicatement, elle tourna la poignée… et heurta la commode de la hanche. Le choc fit cliqueter le rasoir et les produits divers posés sur le meuble ; instinctivement, elle les couvrit de la main pour étouffer le son et son geste fit voler quelques papiers. Vivement, elle s'accroupit pour les ramasser… et se figea, interdite. Sur la page qu'elle tenait à la main, elle voyait le croquis d'un lotissement, avec de petites maisons alignées sur des rues étroites. Comme Rafe était, entre autres choses, promoteur immobilier, cela ne l'aurait pas surprise… sans le titre griffonné en haut du dessin. Castle Ranch.

12

— Tu es certaine de ce que tu as vu ?

Devant l'expression de Heidi, Charlie se hâta de lever la main d'un geste apaisant en précisant :

— Je n'essaie pas de le défendre ! Je te dis juste qu'avant de riposter tu dois être sûre.

— Je suis sûre.

Heidi s'accrochait à sa colère : c'était ça ou fondre en larmes. Elle avait demandé à ses amies de la rejoindre au Jo's Bar pour déjeuner : elle aurait besoin de leur aide pour préparer sa contre-attaque.

— J'ai regardé tous ses papiers, répéta-t-elle. Il y avait un relevé du ranch, un relevé professionnel ! — et chaque mètre carré ou presque était englouti par son projet. Je ne sais pas comment il a fait, je ne me suis rendu compte de rien — il passe tellement de monde en ce moment que je n'ai même pas remarqué ses géomètres. Oh ! il est généreux, il prévoit de laisser la maison à sa mère, avec un peu de terrain autour pour ses animaux ! Mais tout le reste est couvert par les petites boîtes de son lotissement.

D'une main tremblante, elle reprit son verre de thé glacé.

— J'ai été… stupide. Il s'est servi de moi. Et moi qui commençais à le trouver gentil ! Quand il m'a donné ces contacts pour vendre mes produits en Asie, j'ai cru qu'on commençait à être amis ! Pas du tout, il devait juste se sentir coupable — ou, et c'est encore pire, il cherchait à détourner mon attention. On ne risque pas d'être amis, en fait je suis juste une gêne pour son projet d'affreux petit lotissement.

Vous vous rendez compte ? Il veut tout prendre, transformer ce paysage magnifique en une banlieue minable… et je ne peux rien faire pour l'en empêcher !

Malgré sa fureur, elle luttait surtout contre une énorme envie de pleurer.

— Je ne peux pas le laisser faire ! Où est-ce qu'on ira, Glen et moi ? Et les chèvres, il leur faut des pâturages ; et les grottes sont parfaites pour faire vieillir mes fromages. Et ici, c'est… c'est chez moi.

Sa voix se fêla, elle saisit une serviette de papier et y enfouit son visage en gémissant :

— Je ne veux pas quitter Fool's Gold !

Chacune de son côté, Charlie et Annabelle lui tapotèrent amicalement le bras.

— Tu ne seras pas obligée de partir, promit Annabelle. On va trouver une solution. Oh ! ce… ce sale type, je n'arrive pas à croire qu'il ait monté son petit projet dans ton dos.

— Il doit être sûr de gagner, déclara Charlie. A mon avis, ça ne doit pas lui arriver souvent de perdre. Quand on a autant d'argent et d'influence, on ne vit pas comme le commun des mortels. Il doit se dire que le projet achèvera d'éblouir la juge.

— Il n'a même pas besoin de l'éblouir, soupira Heidi en séchant ses larmes. Même si je trouve de nouveaux débouchés pour mes produits, il faudra du temps avant de voir des bénéfices. Et, du temps, je n'en ai pas. Même en supposant qu'on ait jusqu'à l'été avant d'être convoqués au tribunal, ce serait un miracle d'avoir dix mille dollars de côté à ce moment-là et ce ne serait de toute façon qu'une fraction de ce que Glen a pris à May. Quant à May… Elle s'est complètement installée au ranch ! Elle a fait réparer la clôture, refait entièrement la grange… elle a même acheté des animaux !

Sa voix s'étrangla dans une nouvelle crise de larmes.

— Je ne pourrai jamais la rembourser !

— On ne peut pas te forcer à payer les réparations, protesta Annabelle. La juge n'a jamais posé cette condition.

— Je sais bien, mais plus May investit… Tu verrais, toi, un tribunal décider que May doit renoncer au ranch, et en plus à tout l'argent qu'elle a engagé pour le retaper ?

— Tu penses que May est au courant des projets de Rafe ? demanda Charlie. Tu crois qu'ils t'ont trompée tous les deux ?

Heidi s'était posé la même question. Lentement, elle secoua la tête.

— Je ne peux pas imaginer ça. May est quelqu'un de sincère, de foncièrement gentil. Elle n'aurait eu qu'un mot à dire pour faire mettre Glen en prison. Non, elle ne cherche pas à faire des affaires, elle aime le ranch, c'est tout. C'est *lui* !

Elle n'avait rien dit de sa nuit dans les bras de Rafe, elle ne s'en sentait pas le courage. Il lui était physiquement impossible d'expliquer que si elle se sentait aussi trahie, aussi humiliée, c'était parce qu'elle avait commencé à baisser la garde et même à craquer pour lui. Elle lui avait fait l'amour cette nuit en se donnant à lui de toutes les façons possibles, en toute confiance. Quelle imbécile… Maintenant, il fallait juste espérer que la douleur qui lui broyait la poitrine était celle d'une plaie d'orgueil et non d'un cœur brisé.

— En fait, il voulait juste détourner mon attention de ses vrais projets, murmura-t-elle. C'est pour ça qu'il a commencé à se montrer aussi serviable. C'était…

Ses yeux s'arrondirent car elle venait de comprendre.

— Le casino ! Mais oui, c'est ça ! Voilà pour qui il veut construire ces maisons : pour les futurs employés du complexe hôtelier. Et dire que c'est moi qui l'ai emmené là-bas ! Athéna s'était échappée, il m'a accompagnée quand je suis allée la chercher… et il a vu le chantier.

— On peut encore tout arranger, répéta Annabelle avec conviction.

— Parce que tu vois une solution ? répliqua Charlie. Ce n'est pas pour te décourager, mais il ne suffit pas de vouloir.

— Il faut trouver un moyen de bloquer la situation.

Energique, Annabelle se pencha en avant, les coudes sur la table.

— Réfléchissez ! Qu'est-ce qui peut interrompre un chantier ?

— Les questions d'urbanisme. Les règlements en général, énuméra Charlie, intéressée. On pourrait peut-être parler à la maire ? Elle t'apprécie plus qu'elle n'apprécie Rafe, elle se rangerait peut-être dans notre camp.

— Je ne la connais quasiment pas, objecta Heidi. En plus elle a toutes les raisons d'être contente qu'il veuille construire tous ces logements : ça va dans le sens de la croissance de sa commune.

— Oui, mais ce n'est pas une *bonne* croissance ! s'exclama Annabelle.

— Pourquoi pas ? Ces employés vont bien devoir habiter quelque part, le ranch serait proche de leur lieu de travail…

Heidi s'interrompit pour ravaler un sanglot, et reprit :

— C'est bien le problème ! Qui va s'intéresser à ce que je voulais, moi, ou à mes chèvres, à côté des intérêts de centaines de nouveaux électeurs…

— Ne baisse pas les bras, ordonna Charlie. On va trouver une idée. Si la loi ne peut rien pour nous, on pourrait peut-être s'adresser aux médias ? Il doit bien y avoir des groupements, ou des associations, qui détestent ce que fait Rafe ? Si on prenait contact avec eux ?

— Malheureusement, d'après ce que j'ai pu voir, il a plutôt bonne réputation dans le milieu, soupira Annabelle. Il respecte les normes du bâtiment, il paie de bons salaires, il respecte l'environnement. C'est lamentable.

— C'est juste sur le plan personnel qu'il se comporte comme un fumier, alors ? renchérit Charlie. Quel gâchis !

Heidi baissa la tête. Elle ne voyait aucune porte de sortie et elle se sentait tellement trahie… Elle aurait dû se douter que Rafe était trop beau pour être vrai. Il était…

— J'ai une idée ! s'écria Annabelle en frappant la table de ses paumes. Je sais ce qu'on va faire.

— Quoi ?

Les yeux verts de la petite bibliothécaire jetèrent un éclair.

— Vous vous souvenez, l'automne dernier ? demanda-t-elle

avec gourmandise. En faisant sauter un pan de montagne sur le chantier du casino, ils ont trouvé une grotte avec un trésor qui datait du temps de la tribu Màa-zib ? Les archéologues sont venus, les médias, et Tucker a été obligé de stopper les travaux sur tout le secteur pendant les fouilles.

— Ouais, mais je doute qu'il y ait un second trésor sur le ranch, grogna Heidi. Il n'y a même pas franchement de montagne.

— Mais il y a les grottes.

— Et alors ? Tout le monde les connaît. S'il y avait un trésor, on l'aurait trouvé depuis longtemps !

— Peut-être, peut-être pas. On pourrait y trouver autre chose que des statuettes en or.

— Mais de quoi est-ce que tu parles !

Annabelle se pencha vers elle en baissant la voix.

— Des peintures rupestres par exemple. S'il y avait des peintures anciennes dans tes grottes ? Des peintures très anciennes, uniques au monde.

Jo surgit près de la table avec un plateau chargé d'assiettes fumantes. Sans paraître remarquer la tension des conspiratrices, elle s'enquit gaiement :

— Il vous fallait autre chose ?

— Non, merci, on est parées, répondit Charlie.

Elle attendit que la patronne se soit éloignée pour déclarer :

— Rafe en est encore au stade des croquis préliminaires. La découverte de peintures, même rupestres, ne peut pas bloquer ce qui n'a pas encore commencé.

— C'est vrai, admit Annabelle en attaquant ses frites. Mais ça permettrait à Heidi de gagner du temps.

Elle se tourna vers cette dernière pour lancer :

— Maintenant, tu as tes nouveaux contacts, tu vas commencer à vendre tes produits en Asie — si on pouvait obtenir un moratoire de trois ou quatre mois, ça changerait la donne ? Tu aurais davantage d'argent pour rembourser May ?

— Peut-être un peu…

Heidi hésitait à se montrer trop catégorique — et surtout à faire de tête des calculs aussi aléatoires.

— J'aurais peut-être assez pour montrer à la juge que je serai capable de rembourser un jour, si on m'en laisse le temps. Je ne sais pas encore ce que je vais décrocher comme commandes mais, si ça fonctionne moitié aussi bien que je l'espère, je dirais que oui.

— D'accord, déclara Charlie. Je marche. Tant que les experts sont sur les lieux, la juge ne voudra pas rendre sa décision. Et les experts ont souvent du mal à se mettre d'accord. Avec un peu de chance, ça va traîner…

Maintenant tout à fait convaincue et enthousiaste, elle lança un large sourire à ses amies.

— Oui, ça pourrait marcher !

— Attends ! protesta Heidi, un peu affolée. Vu comme ça, ça a l'air tout simple, mais… mais c'est un mensonge, une escroquerie. Et puis, les archéologues ne sont pas stupides, ils verront bien que les peintures ne sont pas authentiques. Et la juge le saura. Vous imaginez sa réaction ? D'abord, Glen prend l'argent de May et ensuite je trompe tout le monde ? Elle va nous prendre pour une vraie famille de voleurs.

— Ecoute, il te faut du temps pour mettre de côté de quoi rembourser May, rappela Annabelle. Tu ne prends rien à personne, tu cherches juste à garder ce qui est à toi. Et puis, si ça fait venir quelques touristes de plus, ce sera un bonus pour la commune !

Heidi eut une moue dubitative. L'idée la mettait très mal à l'aise — d'un autre côté, avait-elle vraiment le choix ? Et si la juge adorait le projet de Rafe ? Elle lui donnerait le ranch sur un plateau. La commune tirerait infiniment plus de revenus des maisons de Rafe que de ses chèvres. Oh ! c'était trop injuste, elle n'en pouvait plus — elle avait mal partout.

— Je ne veux pas perdre ma maison, sanglota-t-elle. Je ne peux pas. Ce ranch, c'est tout ce dont j'ai rêvé…

— Alors faisons en sorte que tu le gardes, lâcha Charlie.

— Je vais faire des recherches, suggéra Annabelle. Je vais trouver des exemples des peintures rupestres des Màa-zib, je me renseignerai sur leur style, leurs techniques. Si tu décides de le faire, on sera prêtes.

— Merci, soupira Heidi. Vous êtes géniales. Il faut juste que je réfléchisse, je… il faut absolument faire quelque chose, mais je ne sais pas si c'est vraiment…

— Ce n'est pas pour te casser le moral, mais tu n'as pas une foule d'autres options, objecta Charlie.

— Je sais. Donnez-moi juste un jour ou deux.

Le temps de chercher une alternative. Si, au bout de deux jours, elle n'avait rien trouvé, elle se rabattrait sur leur plan.

— D'accord, réfléchis, conclut Annabelle. De mon côté, j'étudierai l'iconographie de la tribu, je ferai quelques croquis. C'était une culture sophistiquée, on ne pourra pas se contenter de tracer quelques bonshommes-bâtons. Tu es douée pour le dessin ?

— Pas particulièrement. Je dessinais à une époque, mais je n'ai plus rien fait depuis des années.

— Espérons que ça te reviendra.

L'espoir ? Voilà trop longtemps qu'elle vivait d'espoir. Au fond, elle avait passé sa vie à attendre et à rêver, jusqu'à ce que l'escroquerie de Glen fasse voler son petit monde en éclats. D'abord paralysée par la peur de tout perdre, elle avait fini par baisser sa garde, d'abord avec May, puis avec Rafe. Voilà sa grande erreur ! Maintenant, elle savait que Rafe ne faisait pas de sentiment, qu'il ne reculait devant aucune manœuvre. Il prenait ce qu'il voulait, en piétinant froidement tous les obstacles. L'espoir ne suffisait plus. A elle d'être aussi forte que lui, aussi déterminée. Elle avait fait trop de chemin pour tout perdre maintenant.

En revenant au ranch après le déjeuner avec ses amies, Heidi espérait pouvoir se retrancher dans sa chambre pour réfléchir au plan qu'elles avaient élaboré. Elle avait toujours été quelqu'un d'honnête et mentir lui déplaisait viscéralement — surtout si c'était pour tromper les gens de Fool's Gold. En même temps, elle sentait bien que si elle s'en remettait au système, avec pour seules armes un peu d'espoir et sa bonne foi, elle se retrouverait bientôt à la rue avec ses chèvres et son grand-père. May était tout de même la première victime dans cette histoire et la justice lui donnerait presque certainement raison.

Ce temps de réflexion, elle dut pourtant y renoncer : en débouchant du chemin d'accès, elle trouva un nouveau camion de livraison devant la maison. May avait-elle commandé un nouveau lot de lamas ? Non, le logo d'une entreprise d'électroménager s'affichait sur le flanc du véhicule. Le vieux fourneau venait sans doute de rendre l'âme, et May avait entrepris de le faire réparer… Elle se gara et entra en coup de vent dans la cuisine — où deux hommes installaient une gazinière flambant neuve. Six feux, des chromes étincelants, un four assez grand pour rôtir une dinde… Rayonnante, May supervisait l'opération. En voyant Heidi, elle se retourna brusquement, les mains pressées sur la poitrine.

— Oh ! tu es déjà là ! J'espérais qu'ils seraient repartis mais… c'est tout de même une bonne surprise, non ?

Ce visage heureux, un peu coupable… Comme elle ne répondait pas, May reprit, très vite :

— Je ne supportais plus de faire la cuisine sur ce vieux clou. Glen adore les tartes et… j'ai foncé sans te consulter, j'aurais dû t'en parler, je regrette, mais…

Cette expression d'enfant déçu… non, impossible, May ne pouvait pas être au courant des projets de Rafe. Une telle duplicité chez cette femme généreuse, spontanée, le cœur sur la main, c'était tout simplement inconcevable. Dommage que son fils ne lui ressemble pas davantage ! Heidi se secoua et réussit à dire :

— C'est superbe. Quelle bonne idée !

— Tu trouves vraiment ?

Enchantée, May vint la serrer sur son cœur.

— Ouf ! Tu avais l'air contrariée, pendant une seconde, et… Tu comprends, j'étais juste allée regarder des modèles, mais je n'ai pas pu résister.

Elle entraîna Heidi vers sa nouvelle acquisition et entreprit de lui expliquer toutes ses fonctions. Les ouvriers se relevèrent, leur installation terminée ; l'heureuse cliente signa tout ce qu'ils lui présentaient, les raccompagna à la porte en les remerciant avec effusion, et revint caresser les manettes luisantes de son nouveau jouet.

— Tu imagines tout ce qu'on va pouvoir préparer avec cette merveille ? Je vais commencer par une tarte aux fraises. Il y a un stand au bord de la route, des fraises énormes, absolument délicieuses. Je vais juste faire cuire la pâte, avant de la laisser refroidir…

Les yeux brillants, les joues roses, elle jeta un coup d'œil à l'horloge et s'exclama :

— Oh, d'ailleurs, il faut que j'y aille, j'ai tout juste le temps !

La porte de derrière s'ouvrit et Rafe parut.

— Ah. Une nouvelle gazinière.

— Elle n'est pas fabuleuse ? s'écria May.

Heidi se concentra sur sa respiration. Si elle parvenait à inhaler, exhaler de façon régulière, elle parviendrait peut-être à supporter *sa* présence, là, juste à côté d'elle. C'était trop injuste : elle avait beau savoir maintenant ce qu'il tramait dans son dos, elle mourait toujours d'envie de le toucher.

— Maman, je t'en prie, arrête de nous faire des surprises !

May riait, protestait vivement, Rafe faisait des objections pour la forme ; c'était un jeu, leur connivence sautait aux yeux. Malheureusement, d'autres choses sautaient aussi aux yeux de Heidi : des images de la nuit précédente. Et aussi la mémoire de ses sens, la sensation de la peau de Rafe sous ses doigts, son odeur, ses baisers sensuels… Sans l'avoir voulu, elle leva les yeux vers lui, reçut un clin d'œil, un sourire… Son expression suggérait qu'il existait un lien entre eux, une intimité. Que faire, hurler, fondre en larmes ? En elle, le chagrin luttait contre la colère et la victoire restait encore indécise… Elle se demandait comment elle allait survivre à cette tension, quand brusquement ils sentirent le sol trembler sous leurs pieds : un nouveau, très gros camion venait de s'arrêter devant la maison.

— Qu'est-ce que tu as encore commandé ! lança Rafe à sa mère en se dirigeant à grands pas vers la porte.

— Mais rien, protesta l'intéressée. Juste le four. Je n'attends pas d'autres animaux cette semaine.

Parce que la semaine prochaine… ? Heidi commençait à connaître la stratégie de May, mais elle ne posa aucune question ; franchement, elle préférait ne rien savoir. La mère s'était précipitée dehors sur les talons du fils ; en s'approchant de la fenêtre, elle vit un homme de haute taille sauter à terre, se hâter vers le van accroché à l'arrière. Un van sophistiqué, avec un appareil de chauffage et de climatisation fixé au toit. Quant à l'homme, il avait quelque chose de familier. Grand, brun, avec une silhouette qui rappelait vaguement celle de Rafe… Avant même d'entendre le cri de joie de May et de la voir se précipiter, elle reconnut le visage qui lui souriait chaque jour dans l'un des cadres du salon. Shane Stryker avait décidé de rejoindre sa famille. Cette fois, c'était vraiment la fin de tout.

— C'est maman qui m'a demandé de venir m'installer dans le coin, expliqua le nouveau venu, confortablement calé dans un fauteuil.

— Et depuis quand est-ce que tu l'écoutes ? répliqua Rafe.

Il grognait pour la forme ; en réalité, il était enchanté de voir son frère. Les deux aînés s'étaient toujours adorés.

— En fait ça tombait bien, j'étais justement en train de me dire qu'il était temps de sauter le pas, reprit Shane avec entrain. J'en ai assez de travailler pour les autres, j'ai décidé de monter mon propre élevage. Attends de voir l'étalon que je viens d'acheter, il est sublime.

Il but une gorgée de bière et ajouta négligemment :

— A part ça, il a un caractère infect, mais je finirai par le mater.

Rafe jeta un coup d'œil vers la cuisine où May, enchantée de l'arrivée de son deuxième fils, chantonnait en préparant le dîner.

— Maman t'a tout de même précisé que nous ne sommes

pas encore techniquement propriétaires du ranch ? En théorie, la juge pourrait tout aussi bien décider de le rendre à Heidi.

— En théorie, peut-être, riposta son frère avec un sourire, mais je te connais trop bien. Ça n'arrivera pas.

— Je fais tout mon possible, mais tu devrais tout de même attendre avant de faire de grands projets.

— J'ai foi en toi, grand frère ! Tu balaieras tous les obstacles, comme d'habitude !

Malgré lui, Rafe leva les yeux vers le plafond et indirectement vers Heidi, qui s'était repliée à l'étage. Même en sachant qu'elle ne pouvait pas les entendre, cette discussion le mettait mal à l'aise. Bien sûr, il comptait toujours remporter la mise et il n'était pas du tout disposé à renoncer à Castle Ranch, mais, malgré tout, il avait du mal à y penser avec le même détachement cynique qu'au début. Surtout après cette nuit.

Cette nuit ! Chaque fois qu'il y pensait, il sentait un large sourire étirer son visage. Heidi dans ses bras, c'était encore meilleur que tout ce qu'il avait imaginé… et il avait *beaucoup* imaginé ! Dès qu'il pensait à elle, c'était comme si son corps entier s'éveillait. Il était plus que temps de détourner la conversation !

— Tu as fait la route depuis le Tennessee avec six chevaux de course à l'arrière ?

— Je n'avais pas vraiment le choix. Tant que les compagnies aériennes refusent de prendre des chevaux à leur bord ! Enfin, ils n'ont pas souffert du voyage et maintenant ils vont pouvoir s'installer tranquillement pendant que je rentre faire les dernières démarches là-bas.

— Parce que tu repars ?

— Seulement pour quelques jours.

— Et les chevaux, qui va s'en occuper ?

— Tiens, c'est curieux que tu me poses la question…

Shane avala encore une lampée de bière et contempla son frère en souriant.

— Pas question ! s'insurgea celui-ci. J'ai d'autres choses à faire.

— Il faut bien que quelqu'un s'en charge, répliqua Shane,

avec malice. Tu fais quoi de tes journées, ici ? Qu'est-ce qui t'empêche de t'occuper d'eux ?

— Je fais tourner ma compagnie, entre autres !

En fait, maintenant qu'il y pensait, il passait de moins en moins de temps à gérer ses affaires. C'était même bizarre, son ancien monde lui semblait à des années-lumière. Bizarre et même presque inquiétant ! Fool's Gold raffermissait son emprise sur lui et il ne parvenait même plus à s'en alarmer complètement. A moins que ce ne soit pas Fool's Gold, mais… Heidi ?

— Moi, je peux le faire.

Surpris, les deux frères levèrent la tête — Heidi se tenait sur le seuil. Spontanément, Rafe sourit en la voyant. En même temps, il s'aperçut qu'ils avaient tout juste cessé de parler de l'avenir du ranch. Il s'en était fallu du peu qu'elle ne les surprenne en plein projet de développement. Voilà qui aurait certainement fait exploser leur relation naissante ! Toujours courtois, Shane se leva d'un bond pour la saluer.

— Bonsoir, madame.

— May serait enchantée de vous voir si poli, protesta-t-elle en riant, mais, si vous m'appelez encore « madame », je jure de donner vos bottes préférées à mes chèvres. Je m'appelle Heidi, vous devez être Shane. Contente de faire votre connaissance.

Malgré lui, Rafe se hérissa un peu quand Shane s'avança pour lui serrer la main. Il éprouvait un besoin assez grotesque d'estampiller Heidi « chasse gardée », de clamer qu'elle était *à lui*. Il se retint de justesse : ils s'étaient mis d'accord tous les deux, la nuit dernière, pour ne rien dire à personne. Cela ne l'empêcha pas de détester la façon dont Shane lui souriait.

— Le plaisir est partagé, dit-il.

— Maintenant que les présentations sont faites, parlez-moi de vos chevaux.

— Eh bien, j'ai amené avec moi six pur-sang, un peu capricieux mais de braves bêtes dans le fond. Vous vous y connaissez en chevaux ?

Machinalement, elle glissa les mains dans les poches

arrière de son jean. Rafe nota la façon dont le mouvement la cambrait en faisant ressortir sa poitrine. C'était inconscient, bien sûr, on ne pouvait pas considérer qu'elle flirtait avec son frère, ni qu'elle cherchait à le mettre dans son camp en jouant de sa féminité… mais il lui venait néanmoins une furieuse envie d'intervenir.

— J'ai déjà deux chevaux en pension ici, dit-elle. Vous pouvez aller voir comment ils se portent et téléphoner aux propriétaires. Ils me recommanderont.

— Si le prix est correct, vous m'intéressez.

— On peut aller faire un tour dans l'écurie après le dîner, suggéra-t-elle en souriant. Vous verrez notre installation, vous me direz ce que vous attendez de moi, et on pourra négocier.

— Avec grand plaisir.

— Bon, on se calme !

Incapable de se retenir plus longtemps, Rafe venait de s'interposer.

— Laisse tomber, Shane, Heidi n'est pas une option. Je te rappelle qu'on habite ici, maman et moi.

— Alors là, franchement, je ne vois pas le rapport, protesta Shane, perplexe.

Que Shane proteste, c'était normal, mais Rafe s'attendait à ce que Heidi comprenne sa réaction, voire à ce qu'elle apprécie son désir de la protéger. Ce fut tout le contraire.

— Rafe a des idées bien à lui, lâcha-t-elle froidement. Sur la meilleure façon de faire les choses, et sur ce qui appartient à qui.

Comment ? Mais qu'est-ce qu'elle… ? Pendant qu'il hésitait, quelque peu déstabilisé, Shane s'approcha d'elle pour lui glisser d'un air de connivence :

— Rafe a beaucoup d'idées à lui sur tous les sujets.

Parce qu'ils se liguaient contre lui, maintenant ? Il n'eut pas le temps de réagir car son portable sonnait. Il sortit l'appareil de sa poche, jeta un regard à l'écran et grogna tout bas :

— Nina.

— Qui est Nina ? demanda son frère.

— Son agent matrimonial, répondit Heidi d'une voix froide et claire. Il lui a demandé de lui trouver la femme idéale.

Mais qu'est-ce qui lui prenait ? Pourquoi cette agressivité tout à coup ? Il avait l'impression qu'elle cherchait tout exprès à le mettre mal à l'aise et il avait du mal à comprendre ce qui subitement avait changé entre eux. Puis il vit que cette révélation embarrassante avait tout de même eu un effet positif : Shane se détournait enfin de Heidi pour s'intéresser à lui.

— Tu as fait *quoi* ? demanda-t-il, hilare. Tu cherches à me dire que, même avec tes millions, tu n'es toujours pas capable de te trouver une copine ?

— Je n'ai aucun mal à me trouver des copines, répliqua Rafe tout en pressant la touche « rejet ».

— Oui, c'est certain, concéda gentiment Heidi. La question serait plutôt de savoir si tu arrives à les garder.

Sur quoi elle tourna les talons et quitta la pièce. Shane laissa échapper un long sifflement.

— Je crois que tu as un problème.

— Merci, je suis au courant.

Dans un sens, il ne pouvait pas en vouloir à Heidi de s'énerver. Ils ne s'étaient pas parlé ce matin, Shane venait de débarquer sans crier gare avec six chevaux qu'il comptait installer à Castle Ranch, et maintenant il recevait des coups de fil de Nina. Elle avait le droit de lui en vouloir.

— Maman est au courant ?

Arraché à ses pensées, il jeta un regard irrité à son frère.

— Au courant de quoi ?

— Elle sait que vous êtes ensemble, Heidi et toi ?

— On n'est pas ensemble. Pas exactement.

— Mais tu couches avec elle.

C'était une affirmation. Percé à jour, Rafe opta pour la franchise et confirma de la tête. Shane reprit :

— Et tu embauches quand même un agent matrimonial pour te trouver une femme ?

— C'était avant.

— Mais elle te téléphone toujours, grand frère. Je serais toi, je mettrais les choses au clair. Et puis j'aimerais bien comprendre un truc : tu couches avec une femme tout en lui prenant son ranch — et tu vis avec ta mère tout en essayant de te trouver une femme.

Il lui lança une claque cordiale dans le dos en concluant :

— Ce doit être intéressant d'être toi.

— Va te faire voir.

— Non, toi, vas-y… et reviens me raconter.

13

Heidi feuilleta le carnet volumineux contenant les instructions de Shane et déclara :

— Quand je mourrai, je veux être réincarnée en cheval dans ton écurie.

Shane se mit à rire en caressant l'encolure d'une de ses juments.

— Je veux juste qu'ils soient traités correctement.

Ses six chevaux étaient splendides, de véritables merveilles à la robe luisante, aux muscles lisses et aux yeux intelligents. Shane venait de faire les présentations et ils se montraient plutôt amicaux.

— Je reste encore quelques jours, dit leur maître en refermant soigneusement la porte du box derrière lui. On aura le temps de tout revoir ensemble, et tu les auras tous montés au moins une fois avant mon départ. Globalement, ils sont plutôt faciles, tu ne devrais avoir aucun problème.

— Je ne sais pas pourquoi, tu ne me rassures pas du tout. J'aimerais bien savoir ce que tu considères comme difficile.

— Disons que j'en ai de plus capricieux que ces amours. Mon nouvel étalon me pose de vrais problèmes mais physiquement il est parfait. Mentalement… disons qu'il est juste un peu trop intelligent.

— Tiens, j'ai aussi une chèvre comme ça… Tu aimes les paris risqués, non ?

— Seulement quand il s'agit de chevaux. J'ai tout misé sur lui, alors le pari a intérêt de rapporter.

— Mon empire du fromage est en train de s'agrandir.

Si jamais ton étalon te ruine, tu pourras toujours travailler pour moi.

— Merci beaucoup, lança-t-il en riant.

Ils quittèrent la grange. En l'espace de quelques jours, l'été était arrivé à Fool's Gold. Il faisait tiède, le ciel était très bleu ; une journée idéale pour folâtrer en compagnie d'un bel homme. Malheureusement, le seul avec qui elle aurait eu envie de folâtrer était un sale type doublé d'un sinistre menteur. Si seulement elle avait craqué pour Shane ! Il était tout aussi beau que son frère, et mille fois plus gentil. Décontracté, souriant. Avec lui, elle s'était tout de suite sentie à l'aise. Tranquille même ; autrement dit, elle n'éprouvait pas le moindre frisson en sa présence et, de son côté, il ne cherchait pas particulièrement à la séduire. Rien à voir, en somme. Enfin, là n'était pas la question ! Le vrai problème, c'était que même maintenant, alors qu'elle lui en voulait énormément, elle avait toujours envie de Rafe.

Pour la millième fois, elle se répéta que ce qu'elle ressentait n'était pas de l'amour. Bien sûr que non, elle ne pouvait pas être aussi bête ; c'était juste cette impression de… connexion qu'éprouvent les femmes quand elles ont couché avec quelqu'un. La « reconnaissance du ventre », comme aurait dit Annabelle… Cela passerait.

— Je me demande à quoi tu penses, d'un autre côté, je ne sais pas si je veux vraiment le savoir !

Elle émergea brusquement de ses pensées et trouva le regard franc et amical de Shane posé sur elle.

— Tu avais l'air… féroce, pendant une seconde, ajouta-t-il.

— C'est dommage que j'apprécie autant ta mère, gronda-t-elle. Je ne voudrais pas lui faire de la peine en étranglant l'un de ses enfants.

— Vu que je suis le gars le plus charmant que tu auras jamais la chance de rencontrer, tu parles forcément de Rafe. Il a fait l'imbécile, c'est ça ? Ça ne me surprend même pas.

— Ça lui arrive souvent ?

— Très souvent, oui, surtout pour un type aussi intelligent. Enfin, un peu moins intelligent qu'il ne le croit, mais très intelligent tout de même. Il s'accroche trop, c'est son problème — sauf quand il ne s'accroche pas assez. En gros, on peut dire qu'il a beaucoup de mal à accepter de perdre le contrôle… Il aime décider. Y compris pour les autres.

Il avait sûrement raison, Rafe devait s'attendre à ce qu'elle lui laisse son ranch sans protester. Puisque c'est comme ça qu'il avait décidé les choses. Ce qui la tuait vraiment, ce n'était pas seulement qu'il soit prêt à la chasser de chez elle, mais qu'en plus il n'éprouve rien pour Castle Ranch, qu'il soit prêt à recouvrir ses terres d'immondes lotissements. Sans le moindre état d'âme.

— Tu veux me dire ce qui s'est passé ? demanda doucement Shane.

— Pas vraiment, non.

Il poussa un soupir de soulagement.

— Ouf. Je proposais surtout par politesse.

Elle ne put retenir un petit rire. Il lui sourit, puis son regard sombre plongea dans le sien et il murmura :

— Je ne sais pas ce qui se passe entre Rafe et toi, mais je peux te dire une chose : s'il te laisse lui échapper, il est encore plus crétin que je ne le pensais.

— Merci.

— De rien.

Son regard se fixa derrière elle et il murmura :

— Quand on parle de lui… voilà le patron. Tu veux l'énerver ? Mets-toi à rire comme si j'étais le garçon le plus drôle que tu aies jamais rencontré. Ça va le rendre dingue.

La perspective de rendre Rafe jaloux la mit de si bonne humeur qu'elle parvint à rire aux éclats — puis, pour parachever l'effet, elle posa la main sur le bras de Shane en murmurant :

— Merci.

— De rien. Alors, on recommence demain ? Je te ferai monter Ria, cette fois.

Il avait posé la question à haute et intelligible voix, pour s'assurer que Rafe l'entendrait.

— Je marche, répondit-elle avec enthousiasme. Avec plaisir.

— Parfait. Tiens, salut, grand frère !

Il lança ce salut d'un air innocent, en repoussant son chapeau en arrière, et pour faire bonne mesure il ajouta ingénument :

— J'étais en train de montrer mes chevaux à Heidi. Ainsi que quelques autres choses.

— C'est ce que je vois.

Ils se foudroyaient du regard. Heidi aurait pu puiser dans cette rivalité de quoi renforcer un ego bien fragile — si elle n'avait pas su que Shane en rajoutait exprès. Quant à Rafe, elle se demandait à quoi il jouait. Il n'allait tout de même pas jouer les petits copains possessifs. Ce n'était pas comme si elle représentait quelque chose pour lui.

— Bon, je vais y aller, dit Shane en reculant le premier.

— Bonne idée, renchérit froidement Rafe.

Lassée de leurs manigances, Heidi tourna les talons sans un mot et monta vers la chèvrerie. Quelques instants plus tard, Rafe la rattrapa.

— Tu as l'air de très bien t'entendre avec Shane.

— Il est gentil. Je l'apprécie. Je vais m'occuper de ses chevaux pendant son absence.

— Ce sera beaucoup de travail.

— J'ai du temps et j'ai besoin d'argent. Je veux pouvoir montrer à la juge que je fais des efforts pour rembourser ta mère.

Elle cessa de marcher et se campa devant lui.

— Tu saisis bien mon point de vue, j'espère ? Je ne veux pas partir ; ce ranch, c'est chez moi. Tu mesures ce que Fool's Gold représente pour moi ? Le fait d'avoir ma place ici, mes amis ? Ça a du sens pour toi ?

Elle attendit sa réaction, scrutant son expression dans l'espoir d'y trouver un seul indice montrant qu'elle s'était trompée sur son compte. Le visage attentif, mais parfaitement neutre, il se contenta de répondre :

— Je comprends.

Il soutenait son regard sans la moindre gêne. Comment pouvait-il faire ça ? Jouer l'amitié tout en complotant contre elle ? Bien sûr, techniquement, il n'avait pas menti… il s'était juste abstenu de lui dire l'essentiel. Elle devinait que dans son monde la victoire dépendait de ce genre de nuance : le choix d'une formulation, la solidité d'une clause. Mais ici, on n'était pas entre hommes d'affaires aguerris, et c'était toute sa vie qui était en jeu.

— Une chose que j'ai découverte en vivant sur la route, reprit-elle, c'est que tout le monde n'a pas les mêmes codes de comportement. Les règles du jeu ne sont pas universelles, et ce qui compterait comme un mensonge pour les uns peut être considéré par les autres comme… un aménagement acceptable de la vérité.

— Je ne vois pas trop où tu veux en venir. Il va encore être question des *gadjé* ?

Elle hocha sèchement la tête.

— J'avais une amie, Melinda, une fille de forains elle aussi ; on se connaissait depuis toujours. Elle était la plus jolie des deux, et sans doute la plus intelligente, mais ça ne me posait aucun problème. On avait le même âge, les mêmes centres d'intérêt. A part pour les études : elle, elle était déterminée à entrer dans une grande université alors que, moi, j'étais pressée d'entrer dans la vie active.

Elle reprit son souffle. Elle se sentait vulnérable, pas du tout sûre de pouvoir raconter cette histoire jusqu'au bout — mais il était trop tard pour reculer.

— Tu m'as déjà parlé d'elle, dit Rafe. Elle a bien été acceptée à la fac ?

— Oui. Elle faisait des études de vétérinaire. Elle était douée. Et puis elle a rencontré un garçon.

— Il y a toujours un garçon, Heidi, ou une fille. Je suis sûr que ça arrive aussi chez les forains. Ça n'a rien à voir avec le statut de *gadjo*.

— Cette fois, si. C'était un garçon d'une bonne famille, il était très populaire et les autres filles, des gosses de riches, n'ont pas admis qu'il puisse craquer pour une petite boursière. Elle n'était tellement pas de leur monde ! Une fille de

des grillons, une vie discrète bruissait dans les buissons, c'était une soirée très belle, une soirée pour faire la cour à une femme — dommage que celle qu'il imaginait dans ce rôle ne s'intéresse plus à lui. Son regard se posa sur son frère. Elle avait cessé de s'intéresser à lui à l'arrivée de Shane…

— Tu veux me dire ce qui t'arrive ? s'enquit ce dernier. J'ai l'impression que quelque chose te met la rate au court-bouillon.

— Je suis encore capable de te mettre une raclée, tu sais ? lâcha Rafe d'une voix neutre.

— Rien n'est moins sûr, mais franchement je nous trouve un peu vieux pour tester ta théorie. On aurait l'air de beaux crétins à nous rouler dans la poussière.

— C'est vrai.

Il croisa les mains derrière sa nuque, se laissa aller en arrière et avoua :

— C'est à cause de Heidi.

— Je me disais aussi.

— Elle est… compliquée.

— La situation aussi. Le fait que vous ne sachiez pas qui aura le ranch.

— Moi, je sais.

— … qu'il sera à toi ? Et elle, qu'est-ce qu'elle devient dans ce cas ?

Là, il n'avait pas la réponse. Il ne voulait pas qu'elle se retrouve à la rue, elle avait sa place ici — elle et ses fichues chèvres. Conclusion ? Changer ses projets pour lui faire de la place ? S'il lui laissait un hectare et les grottes, ce serait sans doute plus simple pour elle — mais, d'un autre côté, ça ne suffirait pas. Un hectare, c'était déjà un manque à gagner important pour lui et, en même temps, ça ne pouvait pas suffire pour élever des chèvres. Une fois qu'il aurait construit ses lotissements, les bêtes ne pourraient plus errer librement comme elles avaient l'habitude de le faire. Heidi le détesterait de toute façon. Il détestait les problèmes quand il ne voyait pas de solution ! Plus pour penser à autre chose que pour avoir une réponse, il demanda :

— Pourquoi est-ce que tu es venu ici ? Je croyais que tu étais bien au Tennessee.

— Je l'étais, mais je te l'ai dit : il est temps de me mettre à mon propre compte. Je vais acheter un terrain.

— Par ici ? Mais si on perd le ranch ?

Shane se mit à rire.

— La terre ne cessera pas de tourner ! Non, Fool's Gold me plaît, j'ai envie de m'y installer, quoi qu'il arrive.

— T'installer pour de bon ? Y fonder une famille aussi ?

— Un jour, pourquoi pas ?

— Donc, tu espères trouver une femme.

— Bien sûr ! Pas toi ?

— Si.

— Mais… en prenant un agent matrimonial ?

— Je m'y suis mal pris la première fois, je n'ai pas envie de refaire la même erreur.

— Tu n'es pas le seul.

Ennuyé, Rafe eut une grimace.

— Désolé, je ne voulais pas dire…

— Pas de problème. C'est vieux, tout ça.

C'était vieux, oui, mais Rafe soupçonnait que Shane n'avait rien oublié de son mariage avec cette fille superbe, emportée, capricieuse… et infidèle, dont il était amoureux fou. L'expérience de Rafe était beaucoup moins spectaculaire, mais il se sentait tout de même échaudé, et cela le troublait beaucoup de ne pas parvenir à cerner son erreur avec précision.

— Une professionnelle connaît les pièges à éviter, lâcha-t-il. Nina jure qu'elle peut me trouver exactement ce que je cherche.

— Et tu la crois ?

— Disons que je ne me fais pas confiance sur ce choix-là.

Shane hocha lentement la tête.

— J'aimerais te dire que tu es idiot, mais je ne peux pas. Moi non plus, je ne me fais pas confiance. On a tous les deux besoin d'une femme raisonnable. Pas une grande passion, mais une amie fiable, quelqu'un sur qui on puisse compter.

Cela rejoignait tout à fait sa propre théorie, pourtant le petit discours de Shane laissa Rafe avec une sensation de vide dans la poitrine.

— Tu me diras si ça fonctionne pour toi.

Son frère se remit à rire.

— Je n'ai pas réussi à te convaincre ?

— Désolé.

— Je t'assure, ce cheval est un génie, déclara Shane qui souriait, accoudé au box de Wesley, l'un de ses hongres.

Une fois de plus, ils passaient ses instructions en revue. Heidi tenait beaucoup à s'assurer qu'elle aurait tous les éléments pour soigner ces bêtes de prix. Elle voulait bien convenir qu'elles étaient magnifiques, mais leur propriétaire exagérait tout de même un peu leurs qualités ! Voyant son air sceptique, Shane sortit de sa poche un petit sachet rempli de tranches de pommes.

— Wesley ? Tu veux de la pomme ?

Le cheval leva et abaissa la tête avec énergie.

— C'est une coïncidence ! protesta Heidi en riant.

— Je savais que tu dirais ça. Wesley ! Combien de tranches ?

Le cheval hésita un instant comme s'il réfléchissait, puis frappa deux coups sur la paroi du box.

— Deux ? Tu es sûr ?

Le cheval hocha de nouveau la tête. Heidi éclata d'un grand rire.

— D'accord ! Tu as gagné, je suis très impressionnée... mais surtout par la quantité de temps libre dont tu disposes !

— Les hivers sont un peu longs, avoua-t-il en donnant les deux tranches au cheval. Il faut bien s'occuper.

Elle le suivit à l'extérieur en lançant :

— Bon, du moment que Wesley ne s'attend pas à ce que je corrige ses exercices de calcul, tout devrait bien se passer. Si tu veux, je lui ferai la lecture.

— Il devra s'en contenter. Je te fais confiance.

— Tu es assuré, n'est-ce pas ?

— Très drôle.

Un véhicule peinait sur le chemin d'accès ; un instant plus tard, un énième camion de livraison débouchait dans la cour en klaxonnant.

— Un colis pour vous ! cria la femme au volant.

— Tu as fait du shopping ? s'enquit Shane.

— Si on veut.

Pour une fois, ce n'était pas le nom de May dans la case du destinataire, mais le sien. Ce colis, elle aurait préféré être seule pour le réceptionner, car il s'agissait des pigments spéciaux qu'Annabelle lui avait fait commander en ligne. Mais la solitude était devenue une denrée rare au Castle Ranch ; les Stryker étaient partout. Souriante, la postière referma l'arrière de son véhicule et lui tendit son boîtier électronique.

— Signature ?

Elle se hâta de griffonner son nom sur l'écran, mais elle ne fut pas assez rapide : Shane avait déjà soulevé le colis en demandant gentiment :

— Je le mets où ?

Pour se donner une contenance, elle fit un signe désinvolte de la main à la livreuse qui s'en allait, hésita une fraction de seconde, et lui montra la chèvrerie.

— Là-dedans. Merci.

Le surlendemain, Annabelle et Charlie viendraient la rejoindre et, ensemble, elles réaliseraient les peintures rupestres. Elle réprima un soupir angoissé. Il lui sembla qu'elle était sur le point de faire une énorme bêtise. Non, vraiment, elle n'était pas faite pour le crime, puisque la moindre pensée de son projet lui donnait des sueurs froides. D'un autre côté, elle ne voyait pas d'autre solution. Rafe ne lui avait pas laissé le choix.

Par chance, Shane ne posa aucune question sur le contenu du paquet, qu'il déposa sans commentaire à l'endroit qu'elle lui indiquait. Elle recommençait à respirer librement quand, alors qu'ils redescendaient côte à côte vers la maison, il lâcha tranquillement :

— Au fond, je devrais me sentir coupable de financer tes agissements.

Elle recula d'un pas, les yeux ronds. Comment… comment avait-il deviné ? Surpris de sa réaction, il se hâta de dire :

— Je plaisantais ! C'est juste que je suis au courant, bien sûr, du problème autour du ranch, je sais que tu cherches à gagner de quoi rembourser ma mère, et ce que je te paie pour les chevaux va t'aider un peu.

Elle inspira profondément en s'efforçant de ne pas trahir son soulagement.

— Et ça ne te pose pas problème ?

— Franchement ? Je serais vraiment content que ma mère puisse rester ici. Elle aime ce ranch, et moi aussi, d'ailleurs. Depuis toujours. Dans l'idéal, j'aimerais que vous trouviez une solution ensemble, toutes les deux.

— Mais, moi, je serais d'accord, c'est juste que le mot « compromis » ne fait pas partie du vocabulaire de ton frère.

— Ah ? Tu as remarqué ?

— Ouais, fit-elle avec un sourire amer.

— Dans ce cas, tu as compris qu'il a toujours besoin de gagner. Il était déjà comme ça quand on était petits.

— Il se sentait obligé de porter toute la famille.

— Je vois que tu connais l'histoire.

— Pas tout, mais j'ai quelques bases. Je sais aussi qu'il n'est pas foncièrement mauvais.

— Juste… difficile ?

— Le mot est assez bien choisi.

Le regard qu'il posait sur elle était chaleureux, amical, mais elle n'osa pas se confier davantage. Ce qu'elle ressentait pour Rafe était trop complexe. Si seulement il n'avait pas envisagé de tracer un trait sur ce à quoi elle tenait le plus au monde, elle l'aurait… apprécié. Enormément, même. Oh ! si seulement elle n'avait pas fait l'amour avec lui ! Ce serait tellement plus facile de le détester maintenant.

— Tout va bien se terminer, promit Shane.

— Garanti sur facture ?

Il sourit puis demanda d'un air de connivence :

— Tu sens ça ?

Elle huma l'air. Un fumet délicieux de grillade et d'épices flottait jusqu'à eux.

— Qu'est-ce que c'est ?

— Notre dîner. Maman prépare ses célèbres plats de côte. Tout te paraîtra beaucoup plus simple une fois que tu y auras goûté.

— Avec toi, tout est facile.

— Je sais ce qui me plaît.

— C'est une grande qualité.

Il avait même une foule de qualités. Quel dommage qu'elle ne ressente pas cette attirance irrésistible pour *l'autre* frère Stryker ! Sa vie serait tellement plus facile si elle avait craqué pour Shane !

Heidi, qui devait encore préparer un lot de féta avant le dîner, venait de rassembler son matériel quand Rafe parut à la porte.

— Un coup de main ?

Elle aurait préféré refuser, mais elle commit l'erreur de le regarder dans les yeux avant de lui répondre ; dès que leurs regards se rencontrèrent, elle se sentit basculer. Comment nommer ce courant palpable qui passait entre eux, qu'elle ne savait pas définir mais qui lui donnait une telle envie de se perdre en lui ? Un tel besoin d'être dans ses bras… d'être… oui, d'être aimée par lui ! Elle n'avait donc rien appris ? Ni des enseignements de son grand-père ni de sa découverte ?

— Je fais de la féta, dit-elle tout bas.

— Pourquoi faut-il qu'il y ait tant de fromages différents ? soupira-t-il. Tu ne peux pas te spécialiser ? S'il n'y en avait qu'un, je pourrais peut-être apprendre à le faire.

Malgré la douleur sourde dans sa poitrine, malgré la difficulté qu'elle éprouvait à respirer en sa présence, elle ne put s'empêcher de sourire.

— Laisse tomber, de toute façon, faire du fromage, ce n'est pas quelque chose pour toi.

— Je peux tout de même t'aider ?

— Bien sûr.

Il lui était déjà arrivé de l'assister, il connaissait la routine et alla se laver les mains avant qu'elle ne le lui demande. Puis il enfila des gants stériles et la rejoignit devant la table sur laquelle elle avait déjà disposé plusieurs moules.

— Voilà le plan, annonça-t-elle.

— Parce qu'il y a un plan ? C'est compliqué ?

Elle retira les poids des couvercles, ouvrit les caissons ; il se pencha pour inspecter leur contenu.

— Ça ne ressemble à rien de particulier.

— C'est du fromage. Tu t'attendais à quoi ? Qu'il se mette à chanter ?

— S'il le faisait, tu gagnerais une fortune. Alors, c'est quoi, l'étape suivante ?

— Il faut les saler avant de les mettre à vieillir.

— Je veux bien agiter la salière, mais je parie que c'est un peu plus compliqué.

— Bien vu.

Elle lui montra les bacs qu'elle avait préparés et les grosses bombonnes d'eau.

— Pour commencer, on utilise une solution saline à 23 %. Les fromages vont y tremper vingt-quatre heures.

— 23 % ? C'est précis à ce point ?

— Oui, il faut bien, si je veux que le goût soit au rendez-vous. Ensuite, le fromage va baigner dans une solution à 14 % pendant environ soixante jours. Il faut que la température reste égale, c'est pour ça que je les entrepose dans les premières grottes, là où l'air est le plus tempéré.

— Et comment est-ce que tu as appris tout ça ?

Elle fit un signe du menton vers les gros cahiers qui s'alignaient sur l'étagère au-dessus de leurs têtes.

— J'ai fait des formations, et aussi mes propres recherches. Et j'ai commencé par me tromper, ce qui est encore la meilleure façon d'apprendre. Heureusement, j'ai été prudente : j'ai commencé avec de petites quantités, du coup je n'ai pas trop gâché. Maintenant, je suis bien rodée.

Ils transvasèrent les fromages des moules dans les bacs, mélangèrent la solution saline. Une fois la tâche terminée, elle couvrit les bacs d'une fine mousseline et retira ses gants.

— C'est tout ? demanda-t-il.

— Pour ce soir, oui. Demain, ils auront chacun droit à une boîte individuelle et à une solution à 14 %, et ils monteront aux grottes vivre leur vie.

— Et dans soixante jours ce sera du vrai fromage.

— Normalement, oui.

— Réserve-moi cinq boîtes, je paierai le prix du détail. Je suis comme ça, moi.

Elle faillit le provoquer en disant que chaque boîte lui coûterait vingt mille dollars — mais elle ne trouva pas sa voix. Sans doute parce qu'elle venait de prendre conscience que quand sa féta serait arrivée à maturité tout aurait changé pour eux. D'ici à soixante jours, la juge aurait forcément rendu sa décision… et l'un d'entre eux aurait quitté le ranch.

14

— Donc, Rafe avait un vélo, racontait Shane. Un vélo tout neuf, superbe : c'est la maire qui le lui avait offert. Il passait ses journées à pédaler.

Les cinq convives étaient attablés à l'ombre, autour d'une vieille table de bois trouvée dans la grange au moment de la rénovation. Il faisait bon, une petite brise apportait un peu de fraîcheur ; dans le grand plat au centre de la table, il ne restait plus une miette des délicieuses côtes de bœuf préparées par May. Pas plus que du gratin maison, de la salade ou de la bière fraîche. L'estomac noué par l'anxiété (cette arnaque avec les peintures rupestres aurait sa peau !), Heidi avait d'abord pensé ne rien pouvoir avaler mais, dès la première bouchée, elle s'était découvert une faim de loup. Le ventre plein, plus détendue qu'elle ne l'avait été depuis bien des jours, elle écoutait les deux frères relater des anecdotes de leur enfance.

— C'est vrai, j'adorais ce vélo, dit Rafe. Attends... mais oui, je me souviens. Tu me l'as volé !

— Je l'ai échangé contre des cours d'équitation.

— Quand j'y repense... Comment tu as pu faire un truc pareil ? Il n'était pas à toi.

— Oui, mais je voulais apprendre à monter !

— L'histoire a très mal tourné, intervint May en riant. Je les ai trouvés en train de se bagarrer dans la grange. Rafe avait un œil au beurre noir et Shane saignait du nez. Franchement, Shane, tu n'aurais pas dû prendre son vélo.

— Je sais, j'étais complètement obsédé par ma passion.

— Mais Rafe a fini par le récupérer ? demanda Heidi.

Puis, comme l'intéressé hochait affirmativement la tête, elle ajouta :

— Et manifestement Shane a tout de même appris à monter à cheval.

— Mais jamais à vélo.

Un éclat de rire général suivit cette précision ; du coin de l'œil, Heidi vit Glen presser la main de May. Décidément, ils étaient toujours collés ensemble. Sans jamais s'afficher, chacun recherchait discrètement mais systématiquement la compagnie de l'autre. Si elle avait moins connu son grand-père, elle aurait juré qu'ils étaient amoureux. Et d'ailleurs Glen se comportait différemment avec May : contrairement à ses habitudes, il ne semblait pas du tout avoir hâte de s'échapper.

— Vous vous souvenez du vieux chien que Clay avait ramené à la maison ? s'écria May en riant. Je n'avais jamais vu un chien aussi moche. Mais, lui, il le trouvait magnifique, bien sûr.

Son sourire s'effaça.

— Clay a supplié pour qu'on le garde, mais ce n'était pas possible… C'est tout juste si je parvenais à nourrir mes enfants, on ne pouvait pas en plus accueillir un animal. Enfin ! C'est vrai que ça aurait été bien.

— Tu as tes animaux, maintenant, lui rappela Glen.

— Oui, et largement de quoi manger.

Elle leva son verre en lançant :

— A mes garçons, dont je suis très fière !

Heidi se joignit au toast. Les anecdotes s'étaient taries. Comme le silence se prolongeait, elle se leva pour débarrasser la table, aussitôt aidée par les autres convives. Gentiment, elle expulsa May de la cuisine en déclarant que, puisque celle-ci s'était chargée du dîner, elle ferait la vaisselle. Glen et Shane s'en allèrent après avoir fini de débarrasser… mais Rafe resta.

— Je peux me débrouiller, lui dit-elle.

— Je te donne un coup de main.

Ils se mirent au travail en silence. Plus elle s'appliquait à ne pas le regarder, plus elle avait l'impression que sa présence remplissait toute la pièce. Rapide et efficace, il séchait et rangeait les plats qu'elle lui tendait. Puis elle le laissa rincer les assiettes et les glisser dans le vieux lave-vaisselle tandis qu'elle s'attelait au nettoyage des plans de travail. Tout en s'activant, elle se demandait, fébrile, comment échapper à la discussion qui l'attendait. Non vraiment, il n'y avait rien à faire, elle n'y couperait pas, c'était clair : elle rangeait son torchon quand il la saisit aux épaules.

Elle supposait qu'il allait lui demander ce qui n'allait pas — ou plutôt, vu son style habituel, qu'il exigerait de le savoir ; il se contenta de se pencher vers elle pour effleurer ses lèvres des siennes. Face à une attaque verbale, elle aurait sans doute pu résister, jouer l'indignation — mais ce contact très doux était tout simplement irrésistible. Ses paupières s'abaissèrent langoureusement, elle savoura son baiser, la chaleur de ses doigts sur ses épaules… Puis il se redressa en tirant gentiment l'une de ses tresses.

— Tu es la seule femme que je connaisse qui se coiffe de cette façon.

— Je sais que ce n'est pas très *fashion*…

— Non, ça me plaît, assura-t-il, ses yeux noirs plongés dans les siens. Tu me plais, toi.

Suffisamment pour renoncer à son projet de lotissement ? Pour envoyer promener Nina ? Suffisamment pour admettre que son mode et ses critères de recrutement de la femme idéale étaient parfaitement ridicules ? Mais non, bien sûr, c'était elle qui était ridicule de se laisser entraîner sur ce terrain.

— Si tu avais droit à un vœu, dit-elle brusquement, n'importe lequel, l'argent, la célébrité, seize enfants qui t'adorent, qu'est-ce que tu choisirais ?

Il hésita un instant et demanda :

— Je peux avoir le temps de la réflexion ?

— Bien sûr. Mais si tu me posais la question à moi j'aurais ma réponse toute prête. Je veux ce ranch. Je veux vivre ici toute ma vie. Je veux rester chez moi.

Les bras de Rafe retombèrent à ses côtés. Il ne recula pas, ce n'était pas nécessaire : son geste avait déjà tout dit.

Annabelle aligna plusieurs livres ouverts sur le sol de la grotte. Charlie était passée un peu plus tôt pour installer plusieurs lampes puissantes, braquées sur la surface inégale de la paroi. Heidi ferma son blouson avec un frisson ; ici, tout au fond du réseau des galeries, la température se stabilisait autour des dix degrés. Pas vraiment glacial, mais en net contraste avec la chaleur de cette journée d'été. L'air avait cette odeur particulière d'humidité minérale qu'elle appréciait tant quand elle venait stocker ses fromages. Pourtant, à cet instant, elle lui trouva quelque chose de sinistre.

— Tu as froid ? demanda distraitement son amie.

— Non. C'est juste que je ne m'étais encore jamais aventurée aussi loin dans les grottes. C'est un peu impressionnant.

— Ne te fais aucun souci, j'ai noté notre itinéraire et j'ai une boussole ; on ne risque pas de se perdre.

Elle sortit deux grands sachets plastiques de son sac à dos. Ils contenaient toute une panoplie de petits pots hermétiquement fermés.

— J'ai fait la peinture avec les pigments naturels que tu as achetés, et j'y ai mélangé quelques feuilles séchées et réduites en poussière. Pour une première impression, ça devrait aller… enfin, j'espère ! Curieusement, on n'a jamais abordé la façon de réaliser de fausses peintures rupestres dans mes cours à la fac. Enfin, je crois que j'ai pensé à tout. Maintenant, il s'agit de peindre dans le style des femmes de la tribu.

Elle tourna les pages du plus gros des livres.

— Tiens, regarde, voici des exemples de leurs œuvres. Attention, c'est juste pour nous donner des idées. Pas question de les reproduire exactement, les experts s'en rendraient compte tout de suite.

— Sincèrement, tu penses vraiment que quelqu'un va marcher ? soupira Heidi.

— Sur le moment, oui, après, quand ils feront une datation, ils s'apercevront forcément que c'est contemporain… et ils penseront que des randonneurs se sont amusés à décorer la grotte. Mais comme on cherche juste à gagner du temps, ce n'est pas grave. A moins que tu n'aies changé d'avis ?

Heidi secoua la tête.

— J'apprécie le coup de main, tu sais ? Si jamais ça tourne mal, je jurerai que c'était mon idée.

— Pour être la seule à aller en prison ? Tu t'ennuierais… Cela dit, c'est clair que, si ma hiérarchie était au courant, elle n'apprécierait pas du tout ce que je suis en train de faire.

— Ah bon ? Tu veux dire qu'elle ne serait pas impressionnée par ton esprit d'initiative et la qualité de ton travail de recherche ?

— Quelque chose me dit que non.

Elle se pencha sur une des photos ; comme Heidi s'accroupissait près d'elle, elle expliqua :

— C'étaient des communautés de femmes, tu sais, elles fréquentaient parfois des hommes mais ils n'étaient pas intégrés au groupe. Les peintures représentent des scènes de la vie quotidienne, des épisodes marquants ou des rites particuliers. Regarde celle-ci, il y est question de survivre à un hiver très rude. Là, c'est une série autour d'une grande réunion des clans, sans doute pour fêter la récolte. Ce truc est immense, une vraie fresque ; on aura intérêt à faire beaucoup plus simple.

Elle tourna la page. Muettes, elles contemplèrent l'image d'un petit bonhomme stylisé doté d'une érection monumentale.

— Je ne suis pas sûre de quoi il est question ici, voyons la suivante, lâcha Annabelle d'un ton dégagé.

— On ne peut qu'admirer leur vision de la chose ! pouffa Heidi.

— Quoi, réduire l'homme à sa fonction sexuelle et puis passer à autre chose ? Oui, c'est assez bien vu. Finalement, les hommes ne nous créent que des soucis.

Elle tourna encore quelques pages et déclara :

— Je crois qu'on devrait s'en tenir à une scène toute

simple. Un paysage, quelques personnages… Ce sera moins difficile pour nous et plus compliqué à évaluer pour ceux qui la verront.

— Quoi, alors ? Des arbres sur la montagne, et peut-être un panier ou une tente ?

— Oui, voilà, ce genre de choses !

Perplexe, Heidi regarda la brindille de saule terminée d'un bourgeon duveteux que lui tendait son amie.

— Qu'est-ce que c'est ?

— Ton pinceau ! Tu crois peut-être que les femmes de la tribu filaient au magasin de fournitures d'art quand elles se sentaient en veine de créativité ?

— Ah, oui, bien sûr…

Elle trempa son bâton dans un pot de peinture et se mit à l'œuvre. Le liquide était plus épais qu'elle ne s'y attendait, il ne s'étendait pas de façon très égale — mais cela ferait sûrement très authentique.

— Oh ! zut, soupira Annabelle. Je t'explique que les hommes ne faisaient pas partie du clan et voilà que j'en dessine un…

La tête penchée sur le côté, Heidi étudia le petit personnage simplifié qu'Annabelle venait de tracer.

— Tu pourrais dessiner une femme à côté en train de le renvoyer.

— Oui, très bien. Du moment que je ne suis pas obligée de dessiner l'érection.

En guise de décor, elle esquissa le contour d'un arbre. Après plusieurs minutes de travail, elle soupira :

— Les hommes, c'est vraiment une plaie. Tu peux me dire pourquoi on tient tellement à en avoir un ?

— Oui, bien sûr : c'est une question d'hormones. On est programmées pour l'échange affectif — surtout une fois qu'on a fait l'amour.

— Là, tu m'intéresses.

Un peu tard, Heidi s'aperçut qu'elle en avait trop dit.

— Je voulais dire en général, se hâta-t-elle de préciser.

Dans l'idée de garder le mâle pour protéger les enfants. Je ne parlais pas du tout d'un cas spécifique.

— Ah ? Je dois te croire ?

Heidi ne répondit pas. Par chance, Annabelle semblait trop concentrée sur sa création pour insister. Sur la paroi devant elle s'étalaient maintenant deux arbres, le contour d'une montagne, le petit homme face à une femme légèrement plus grande… Pensive, elle murmura :

— Aimer quelqu'un, ça peut être le plus grand bonheur ou le plus grand cauchemar. Tu peux me dire où tu en es sur cette échelle avec Rafe ?

La question laissa Heidi bouche bée. Quand, au bout d'un long instant, elle parvint à se ressaisir, elle se pencha de nouveau sur son œuvre, les joues très rouges, en marmottant d'une voix contenue :

— Je ne suis pas amoureuse de Rafe.

— C'est peut-être juste une question de timing. Les circonstances ne s'y prêtent pas vraiment, mais tu es tout de même en train de craquer pour lui.

— Un peu, peut-être. Je fais très attention.

Disons qu'elle faisait de son mieux, sans être très sûre du résultat ! Incapable de résister, elle demanda :

— Comment est-ce que tu as deviné… ?

— Tu étais furieuse quand tu as découvert son projet de lotissement, mais tu avais aussi l'air très malheureuse. Ça se voyait que tu prenais la nouvelle comme une attaque personnelle — donc il y avait quelque chose entre vous.

— Tu es douée…

— Certains font l'amour, répliqua la petite bibliothécaire en haussant les épaules. Les autres se rabattent sur l'observation.

— Franchement, je ne sais pas où j'en suis, soupira Heidi. Je ne sais même pas comment décrire ce qui se passe entre nous.

Comme elle n'avait pas envie d'entrer dans les détails, ni de raconter sa nuit avec Rafe, elle désigna les peintures d'un geste en ajoutant :

— Je trouve ça lamentable d'en arriver là.

— Il n'y a vraiment pas moyen de vous entendre ? Aucun compromis possible ?

— Rafe tient à gagner. Pour lui, ce sera toujours plus important que tout le reste.

— Mais c'est aussi un garçon qui a du cœur, il n'y a qu'à le voir avec sa mère. Tu devrais essayer de lui parler.

— Je pourrais toujours essayer.

Le fait est qu'elle n'avait pas encore tenté un vrai dialogue ; elle s'était contentée de répéter qu'elle ne voulait pas partir sur le ton du défi, sans faire de propositions concrètes. Voyant qu'elle réfléchissait, Annabelle s'écria :

— Ecoute, voici ce qu'on va faire : on termine nos peintures, mais je ne préviens personne tant que tu ne m'as pas donné le feu vert. Comme ça, tu peux encore réfléchir. Ça te va ?

— C'est parfait.

« Si jamais vous envisagez de repasser par le bureau, ayez l'amabilité de me prévenir. J'irai en ligne chercher une photo de vous pour être bien sûre de vous reconnaître. »

Rafe relut le courriel sarcastique de son assistante et referma son ordinateur portable en secouant la tête, surpris et un peu contrarié. Oui, son absence se prolongeait, et alors ? De nos jours, on n'avait plus besoin de rester cloué à son bureau pour participer efficacement à la vie de son entreprise ! Dante aussi le harcelait pour qu'il rentre à San Francisco : des négociations délicates étaient en cours, des projets qui exigeaient sa présence. S'il refusait de rentrer, son associé ne demandait pas mieux que de se charger entièrement de ces affaires — Dante adorait les contrats piégés et les négociations difficiles — mais, dans ce cas, il voulait se voir déléguer davantage de responsabilités. Or, Rafe ne se sentait pas encore prêt à cela, non, il n'avait aucune envie de lui laisser la place ! Il avait créé la boîte à partir de rien, c'était *son* œuvre et, en temps normal, il aimait le jeu des affaires tout autant que son ami. Il avait juste un peu de mal à s'y intéresser *en ce moment.* Même s'il était incapable d'expliquer exactement pourquoi.

Une fois la grange refaite, sa mère s'était aussitôt enthousiasmée pour un nouveau chantier : la rénovation de la maison elle-même. Il continuait à puiser un plaisir tout à fait inattendu dans les travaux manuels, et aussi dans les heures qu'il prenait parfois pour sortir à cheval, rêvant au rythme du pas de sa monture, écoutant le souffle du vent et le chant des oiseaux. Pour l'amour du ciel, il commençait même à se prendre d'affection pour les chèvres de Heidi !

Campé devant la fenêtre du salon, il contempla longuement le paysage. Il était arrivé ici horrifié à l'idée de devoir revivre à Fool's Gold, avec les fantômes de son passé. Depuis, il avait compris qu'il n'y avait pas de fantômes, et que la ville n'était pas responsable de ce qu'ils avaient vécu, sa famille et lui. Au contraire, les gens d'ici s'étaient efforcés de les aider. Cela n'avait peut-être pas été agréable de dépendre d'eux, mais s'ils ne l'avaient pas fait…

Au-delà de la grange, il voyait la pente où commencerait son lotissement. Il s'efforça de se représenter les rangées de maisonnettes, les rues bordées d'arbres, les voitures garées le long des trottoirs. Il n'y parvenait pas, la réalité s'imposait, quoi qu'il fasse : des herbes folles, un vieux mouton, deux lamas, les chèvres de Heidi et deux des chevaux de course de Shane. Pourtant, le progrès apportait toujours des changements ! Le casino métamorphoserait tout ce coin de nature, et ces maisons seraient un coup de maître ! Les moutons pourraient bien se trouver un autre pâturage…

Un fracas assourdissant au fond de la maison le fit sursauter. Saisi, il se précipita… et trouva Heidi appuyée à sa table de travail, le visage pâle et les yeux dans le vague. Plusieurs de ses grands bacs galvanisés gisaient sur le sol.

— Qu'est-ce que… ?

Puis il la regarda plus attentivement, posa la main sur son front ; sa peau était à la fois moite et brûlante.

— Je ne me sens pas bien, murmura-t-elle d'une voix flottante. Tout s'est mis à tourner pendant une seconde.

Elle regarda ses bacs un long instant et demanda :
— Je les ai fait tomber ?
— Tu es malade.
Elle le regarda, interdite.
— Moi ? Je ne suis jamais malade.
Un instant plus tard, elle se frotta le ventre.
— Bon, je ne suis peut-être pas très bien…
— Allez viens, bergère. On va te mettre au lit.
— Impossible, je dois déplacer les chèvres, et monter le reste des fromages dans la grotte, et…
— Je m'occuperai des chèvres et du fromage.
Avec ménagement, il l'entraîna vers la porte. Elle se laissa faire, en titubant un peu ; en bas de l'escalier, elle leva la tête et contempla les marches en murmurant :
— Je ne vais pas pouvoir…
Sans commentaire, il la souleva et se mit à gravir les marches. Elle poussa un petit cri en nouant les bras autour de son cou.
— Non ! Qu'est-ce que tu fais !
Puis elle gémit :
— Je ne me sens pas bien du tout, Rafe…
— Tiens bon, poids plume. On y est presque.
Il atteignit la salle de bains de justesse. Elle se précipita vers les toilettes et se laissa tomber à genoux en lui faisant des signes frénétiques pour qu'il sorte. Il ressortit juste à temps.
Un quart d'heure plus tard, la porte s'écarta lentement et elle émergea, pâle et vacillante. Il se hâta de la guider jusqu'à sa chambre ; là, il la déshabilla, lui passa un grand T-shirt. S'il eut conscience de la douceur de sa peau et de la beauté de ses seins, il préféra ignorer sa propre réaction : il avait ses défauts, mais pas celui de se rincer l'œil sur une femme ayant 39° de fièvre. Il l'aida à se coucher, tira les stores, rassembla quelques oreillers supplémentaires autour d'elle et la laissa se reposer. Un peu plus tard, il revint passer un gant frais et humide sur son visage en lui disant tout bas :
— C'est sûrement la grippe, je me demande où est-ce que tu es allée attraper ça par cette chaleur… En tout cas,

tu risques de passer deux ou trois jours très désagréables. Maman doit aller en ville, je vais lui demander si elle peut te rapporter ce qu'il te faut. Dans ces cas-là, elle ne jure que par le soda au gingembre et le bouillon de poulet.

Avec un sourire, il précisa :

— Son bouillon de poulet est célèbre, tu sais ? Elle le fait avec du riz plutôt que des vermicelles, pour que ce soit plus facile à garder.

— Pas la peine. Ne vous occupez pas de moi, je vais m'en sortir, souffla-t-elle, les yeux clos. Ou alors je vais mourir, je ne sais pas. Mais de toute façon il n'y a rien à faire.

— Tu ne vas pas mourir. Essaie de dormir.

— J'aurai peut-être besoin de vomir de nouveau.

— Je promets de ne pas camper dans la salle de bains.

Il vit ses lèvres se retrousser dans un pâle sourire.

— Merci…

Touché, il posa un baiser sur sa joue.

— C'est à ça que servent les amis.

— Parce qu'on est amis ?

Sa voix était ténue, à peine audible. Elle s'endormait.

— J'espère, bergère !

Le temps passa. Parfois, la fenêtre de Heidi était sombre, parfois le soleil entrait à flots. Pendant vingt-quatre heures, elle vomit beaucoup et flotta dans un brouillard fiévreux ; ensuite, elle eut l'impression de dormir trois semaines d'affilée. Des silhouettes se penchaient régulièrement sur son lit, une inconnue l'examina et déclara que, oui, elle avait la grippe et qu'il fallait l'hydrater… et elle se rendormit.

Si elle trouvait souvent May ou Glen à son chevet, la présence rassurante de Rafe était une constante, comme une sorte de fil rouge au long des jours et des nuits. C'était lui qui passait un gant frais sur son visage, ou qui tenait sa main. Une nuit, elle le trouva à côté d'elle sur le lit : tout habillé, allongé sur la couette, le bras autour de ses épaules.

Surprise mais réconfortée, elle se blottit contre lui et sombra de nouveau dans le sommeil.

Finalement, le moment arriva où, en ouvrant les yeux, elle s'aperçut qu'elle se sentait à peu près normale. Il faisait jour ; un peu éblouie, elle battit des paupières. D'après la position du soleil, ce devait être l'après-midi. Mais l'après-midi de quel jour ?

— Tu es de retour.

Elle tourna la tête ; Rafe se tenait sur le seuil de la chambre, bronzé, éclatant de vitalité. Elle fronça les sourcils en voyant, sur son avant-bras, deux ecchymoses qui ressemblaient à des marques de sabots étroits.

— Qu'est-ce qui t'est arrivé ?

Il s'approcha, secoua ses oreillers et en cala deux contre la tête du lit pour qu'elle puisse se redresser. Un peu étourdie, elle s'y adossa et tendit la main pour palper le bras de Rafe. L'ecchymose était toute fraîche, gonflée.

— Athéna ne voulait pas changer d'enclos, expliqua-t-il. On a eu une grande discussion. Ou, plutôt, je lui ai dit ce que je pensais d'elle et elle m'a lancé un coup de pied.

— Aïe.

— Ne te fais aucun souci, je l'ai bottée aussi.

Heidi se mit à rire.

— Ça, ça m'étonnerait !

— Non, d'accord, mais j'en ai eu très envie.

— Tu as réussi à la déplacer ?

— A ton avis ?

— Bien sûr. Question stupide.

Il se pencha pour lui tâter le front.

— Bien ! La fièvre est tombée. Tu as faim ? Tu crois que tu supporterais un peu de soupe ?

Hésitante, elle posa la main sur son estomac.

— Il me semble, oui. Je suis hors de combat depuis combien de temps ?

— Quatre jours.

— Quoi ? Impossible. Je n'ai jamais été malade aussi longtemps de ma vie.

— Pour tout dire, tu commençais à nous inquiéter, avoua-t-il. On a fait venir le médecin. Elle a dit que les choses suivaient leur cours, et elle a eu raison.

Les mains sur les hanches, il la contempla un instant en souriant.

— Bon, je vais prévenir maman. Elle sera si contente de te savoir guérie qu'elle voudra te faire avaler au moins un litre de soupe, je la connais. Surtout, ne te force pas pour lui faire plaisir !

Il la laissa. Médusée, elle s'enfonça dans ses oreillers. Quatre jours ? Elle ne se souvenait pas de grand-chose, mais cela n'avait pas dû être joli à voir. Maintenant, si elle pouvait juste sortir du lit avant que Rafe ne revienne… Pressée tout à coup, elle se leva, les jambes en coton, et rejoignit la salle de bains en se tenant aux murs. Son reflet dans le miroir faillit la faire hurler. Rapidement, elle se lava le visage, les dents, se brossa les cheveux. Elle aurait adoré prendre une douche, mais elle se sentait si faible qu'elle dut remettre l'opération à plus tard.

Elle parvint à regagner son lit sans s'effondrer et resta immobile de longues minutes, tremblante et sans force. Bientôt, Rafe reparut avec un plateau. Le fumet qui s'élevait du bol lui sembla si exquis que son estomac laissa échapper un grondement sourd.

— C'est encore meilleur que ça, lança-t-il avec un clin d'œil. Maman préparait cette soupe chaque fois que l'un d'entre nous était malade. C'était presque un plaisir de se sentir mal.

A côté du bol de soupe, il y avait du pain grillé et un verre d'eau fraîche. Elle ne s'était pas aperçue qu'elle avait aussi soif ! L'eau passa sans difficulté ; elle s'attaqua à la soupe mais, avec la meilleure volonté du monde, elle ne put avaler que quelques cuillerées avant de retomber, épuisée. Rafe reprit le plateau pour le poser sur la commode.

— Je te l'apporterai encore d'ici un petit moment. Repose-toi.

— Mais je n'arrête pas de me reposer, protesta-t-elle.

Ses paupières retombaient déjà. D'une voix enrouée, elle soupira :

— Donne-moi juste une minute et je serai en pleine forme.

— D'accord.

Il souriait, cela s'entendait à sa voix. Elle dormait presque quand elle sentit ses lèvres effleurer les siennes. Le contact lui arracha un sourire involontaire, assorti d'un petit soupir de plaisir. Pendant tout ce temps, Rafe avait pris soin d'elle. Avec une infinie douceur. Subitement, tout lui semblait limpide, très clair, très simple. A quoi bon manœuvrer, monter des stratégies compliquées en faisant passer les grottes pour un important site archéologique ? Il suffisait de lui parler. Ensemble, ils chercheraient un compromis, une solution à leur problème. Parce que… Parce qu'elle…

— Je t'aime, chuchota-t-elle.

Comme elle n'obtenait pas de réponse, elle entrouvrit un œil. Il était déjà parti.

Le lendemain, elle se sentait nettement mieux. Elle resta encore au lit une bonne partie de la journée mais, l'après-midi venu, elle ne tenait plus en place. Elle s'était — enfin ! — douchée dès le matin, elle avait regardé des heures de télévision, commandé des sandales et un petit haut adorable à une émission de télé-achat, avalé encore des quantités de soupe… Vers 17 heures, à bout, elle sortit de son lit, enfila son jean préféré… et constata qu'il flottait sur elle. La grippe, le meilleur des régimes ! pensa-t-elle gaiement. Beaucoup de femmes gardent en réserve un jean devenu trop étroit dans l'espoir d'y rentrer de nouveau un jour, mais elle n'avait pas ce genre de réflexe — elle serait donc obligée de s'empiffrer pour retrouver son poids habituel. Tant mieux !

Elle descendit, prudemment, en s'accrochant à la rampe, tout heureuse de constater que, si elle se sentait encore faible, elle n'avait plus du tout le vertige. Un murmure de voix lui parvenait de la cuisine ; elle reconnut May et Glen qui bavardaient tranquillement, et poussa la porte avec un grand sourire.

— Tu es levée ! s'écria son grand-père en la voyant.

Il vint la serrer sur son cœur et se hâta de la faire asseoir près de la table.

— Heidi, je suis trop vieux pour qu'on me flanque des frousses pareilles !

— Désolée, répliqua-t-elle Je ne recommencerai plus.

Il scruta son visage un instant et déclara :

— Tu as l'air en forme. Tu dînes avec nous ?

— Du moment que c'est de la nourriture solide ! Bonjour, May, ajouta-t-elle en riant. La soupe était merveilleuse, mais…

— Je comprends ! Justement, j'allais préparer des pâtes primavera, tu crois que tu pourras avaler ça ?

— Et comment !

Enchantée, l'excellente cuisinière s'activa à ses fourneaux avec une énergie renouvelée, tandis que Glen entreprenait de mettre la table, tout en donnant à Heidi les dernières nouvelles du ranch. Surprise, elle vit qu'il ne disposait que trois couverts.

— Rafe n'est pas là ?

— Il dîne en ville, expliqua May. Nina a téléphoné et, cette fois, je crois vraiment qu'elle lui a trouvé la perle rare. Je suis impatiente d'avoir les détails ! Enfin s'il veut bien nous en donner… En tout cas, lui qui ne s'emballe jamais, il avait l'air tout heureux de sortir. Il est parti il y a une petite demi-heure.

Elle s'interrompit. Il y eut un bref silence, puis elle demanda :

— Il ne t'a rien dit ?

Heidi secoua la tête sans parvenir à trouver sa voix. Rafe… était sorti avec une femme ? Tout *heureux* ? Après ce qu'ils avaient partagé tous les deux, il continuait donc sa quête de la femme idéale ? Et ses baisers, ses étreintes, et leurs éclats de rire à deux… et sa présence attentive pendant sa maladie… Elle était tombée amoureuse de lui, et lui, il demandait encore à Nina de le caser ? Rage, souffrance, humiliation, les effets de ce mélange explosif ressemblaient beaucoup à ce qu'elle avait éprouvé au plus fort de sa grippe. Elle aurait voulu pleurer, mais elle ne le pouvait pas, pas devant May et Glen. Ils lui auraient posé toutes sortes de questions auxquelles elle ne voulait pas répondre. Au prix d'un violent effort, elle réussit à demander d'une voix presque normale :

— Combien de temps avant le dîner ?

— Un grand quart d'heure.

— Très bien. Je vais passer un coup de fil. Je veux dire à Annabelle que je suis sur pied.

— File, ma grande.

Elle alla chercher son portable et sortit dans la véranda. Le numéro d'Annabelle était programmé, elle n'eut qu'une touche à presser pour la joindre.

— Salut, toi ! lança la voix de son amie. Il paraît que tu es malade ?

— Ça va beaucoup mieux.

Enfin, en ce qui concernait sa grippe. Elle reprit :

— Ecoute, je voulais te dire, je crois que c'est le moment. Tu veux bien prendre contact avec tes connaissances ?

Il y eut un bref silence, puis Annabelle répondit :

— Bien sûr. Je les appelle tout de suite.

15

Rafe arpentait nerveusement le salon, son portable plaqué contre l'oreille.

— Non ! Je ne vois pas comment le dire plus clairement, Nina : ne m'envoyez plus personne. On arrête tout.

— Vous exagérez, répondit son agent matrimonial. Citez-moi une chose, une seule, qui vous ait déplu chez la dernière candidate. Elle était tout ce que vous cherchiez : intelligente, raisonnable, avec une jolie carrière, mais prête à se reconvertir en maman au foyer. Avez-vous la moindre idée de la difficulté de trouver une combinaison pareille ? Et en plus elle était vraiment jolie. Vous me demandez la lune, je vous donne la lune et vous me dites que vous n'en voulez plus ?

— Ecoutez, le moment est mal choisi pour moi, c'est tout.

Il se sentait… dépassé. Tout était trop compliqué depuis quelque temps. D'abord, il y avait Dante qui le harcelait… Bien sûr, il savait qu'il ne pourrait pas rester ici indéfiniment, mais voilà, il ne se sentait pas prêt à partir. Pour plusieurs raisons, sans doute, mais l'une d'entre elles le perturbait tout particulièrement… Heidi. Oui, plus il y pensait, plus c'était elle le vrai problème… Peut-être qu'après sa maladie les choses iraient un peu mieux, mais il avait le pressentiment que ce ne serait pas si simple. En fait, il ne comprenait pas bien ce qui se passait. Leur relation avait semblé prendre un tour nouveau, mais à un moment quelque chose s'était brisé. Elle avait beau ne rien lui avoir dit, il voyait bien que quelque chose n'allait pas ; elle le regardait parfois avec, au fond des yeux, une expression… S'il avait dû la définir, il aurait dit : de la déception. Qu'avait-il fait ou dit pour mériter ça ? Cela n'avait aucun sens et pourtant… En tout cas, une chose était claire : ce n'était vraiment pas le moment de sortir avec une autre. Les choses étaient déjà bien assez compliquées comme ça. D'ailleurs, s'il avait accepté ce second rendez-vous organisé par Nina, c'était uniquement parce que son agent matrimonial l'avait mis au pied du mur : la jeune femme était déjà en route pour Fool's Gold quand il avait trouvé son message… Mais c'était la dernière fois qu'il se livrait à cette mascarade ! Fermement, il lança :

— Envoyez-moi votre facture. Vous avez fait un travail remarquable et j'apprécie sincèrement vos efforts. Je serai heureux de vous recommander autour de moi, mais je ne veux plus rencontrer personne pour le moment.

— Alors, vous avez trouvé par vous-même ? Il y a quelqu'un d'autre ?

— Non !

Il avait parlé trop vite ; il se demanda aussitôt s'il mentait. Déjà, son interlocutrice revenait à la charge.

— Dites-moi ce qui vous a déplu, l'autre soir. Parce que votre partenaire m'a dit qu'elle avait passé une soirée inoubliable, alors j'ai du mal à comprendre.

Il ravala un grondement excédé. Il ne voulait plus parler de cette soirée ! Au fond, cette fille était très bien, charmante, il n'avait vraiment rien à lui reprocher ; non, le problème, c'était *lui*. Ou plutôt Heidi. Il ne voulait pas sortir avec une autre qu'elle ! Il ne voulait pas parler musique, politique ou châteaux historiques en Grande-Bretagne — mais chèvres, fromages, dernières nouvelles de Fool's Gold. Il voulait se perdre dans ses yeux verts, la voir sourire, l'entendre rire. Et, oui, il la voulait dans son lit aussi. Leur nuit unique n'avait fait que décupler la soif qu'il avait d'elle.

— Nina, je raccroche. On discutera quand je serai de retour à San Francisco.

— Et ce sera… ?

— Je n'en ai pas la moindre idée.

Il coupa la communication et rangea son portable. Mlle Jennings et Dante attendaient tous deux un coup de fil de sa part… eh bien, ils attendraient. Lui, ce dont il avait besoin maintenant, c'était d'une longue randonnée sur le dos de Mason. Cela lui nettoierait la tête et peut-être parviendrait-il enfin à réfléchir.

Il dévalait les marches de la véranda quand une camionnette blanche couronnée d'une énorme antenne satellite se rangea brusquement devant la porte. Une équipe de télévision ? Il ne reconnut pas le logo placardé à l'arrière, mais quelques secondes plus tard une seconde camionnette, beaucoup plus grosse, se rangeait derrière la première, celle-ci arborant les initiales d'une chaîne de San Francisco. Une chaîne affiliée au réseau national.

Les portes coulissèrent et en un instant un flot de personnes se déversa dans la cour ; une équipe se mit à assembler un matériel compliqué avec une rapidité surprenante, tandis qu'une femme très maquillée, accompagnée d'un homme en costume — également maquillé, nota Rafe, sidéré —, s'avançait vers lui.

— Nous cherchons la propriétaire de ce ranch, dit la femme.

Elle jeta un regard rapide à son Smartphone et ajouta :

— Heidi Simpson.

— C'est moi.

Rafe se retourna d'un bond. Heidi passa devant lui sans un regard et accueillit chaleureusement les nouveaux venus. Assez dépassé par les événements, il l'étudia en se demandant ce qui avait changé chez elle. Elle portait un jean et des bottes, comme toujours, et pourtant elle semblait plus apprêtée que d'habitude. Un corsage plutôt que ses éternels T-shirts, du maquillage — pas autant que les gens de la télévision, mais nettement plus qu'à l'accoutumée. Ses cheveux flottaient librement, joliment ondulés, et elle portait des boucles d'oreilles. Des *boucles d'oreilles* ? Irrité, il lança :

— Tu peux me dire qui sont ces gens et ce qu'ils font ici ?

— L'info est authentique ? demanda la reporter sans se

préoccuper de lui. Vous avez vraiment fait une nouvelle découverte ?

— Oui, répondit Heidi avec un sourire charmant. Les grottes sont sur ma propriété. J'ai eu envie de les explorer un peu mieux et je me suis perdue. Je n'étais encore jamais allée aussi loin ! Et c'est là que je les ai vues.

Rafe avait le sentiment désagréable d'être entré au milieu du film sans avoir vu l'affiche.

— Qu'est-ce que tu as vu ? demanda-t-il.

Heidi lui lança un bref regard.

— Des peintures rupestres. Elles sont stupéfiantes. Je me demande si elles ne datent pas de la tribu Màa-zib, comme la cache qu'on a trouvée l'an dernier de l'autre côté de la montagne.

Elle s'était de nouveau tournée vers la présentatrice et expliquait maintenant avec beaucoup d'animation :

— C'était un sous-groupe de l'ethnie maya qui a émigré ici il y a des siècles. L'an dernier, on a découvert une cache avec des objets en or, tout près d'ici. Une société matriarcale ! J'ai une amie qui a étudié la tribu et elle pense que la grotte a pu servir pour leurs rituels sacrés. Si c'est le cas, ce serait une découverte importante !

La reporter hocha la tête avec énergie.

— J'ai couvert *l'autre* découverte. Les téléspectateurs ont adoré, surtout les femmes je dois dire ! Est-ce qu'il est possible de voir les peintures ?

Elle se retourna à demi vers sa camionnette en ajoutant :

— Je voudrais emmener un technicien, il nous dira de quoi on a besoin pour filmer. Le plus gros problème, ce sera sans doute l'éclairage. A votre avis, c'est possible ? Vous pensez qu'il sera possible d'installer des projecteurs sans endommager les peintures ?

— Je ne crois pas que ça posera problème, répondit Heidi.

— Formidable.

La femme se précipita vers sa camionnette. Le second journaliste parlait à toute allure dans son portable, détaillant à vitesse grand V l'histoire stupéfiante de cette découverte incroyable…

— Des peintures rupestres ? articula Rafe. On est allés dans ces grottes ensemble, il n'y avait pas de peintures aux murs.

Elle le considéra d'un petit air distant, les mains dans les poches de son jean.

— On n'était pas allés si loin ce jour-là. Tu verras, il y a des peintures merveilleuses, quelques objets aussi. Annabelle pense que c'était peut-être un lieu de culte.

— C'est ce que tu viens de dire, oui. Et qui est Annabelle ?

— Une amie à moi. Elle travaille à la médiathèque.

Plus il entendait les détails, moins il y croyait… et plus son incrédulité virait à l'irritation.

— Oui, bien sûr ! Si elle travaille à la médiathèque, elle est forcément une experte.

— Il se trouve, répliqua Heidi en haussant le menton d'un air de défi, qu'elle a fait des recherches sur la tribu pendant ses études. Alors oui, elle est plus ou moins une experte.

— Et quand est-ce que tu as fait ta découverte miraculeuse ?

— Hier.

— Pendant que tu te remettais encore de ta grippe ?

— Je voulais jeter un coup d'œil à mes fromages. Je me suis perdue…

— Effectivement. Et pourquoi est-ce que tu ne m'as rien dit ?

— Tu n'étais pas là. Tu avais un rendez-vous.

Un pincement de culpabilité vint refroidir la colère de Rafe. En même temps, s'il se laissait déconcentrer par ce genre de détails, il pouvait tout de suite laisser tomber les affaires.

— Je me demande tout de même quand Annabelle a pu avoir le temps de venir voir ta découverte… sans parler de conduire une évaluation professionnelle au fond des grottes.

— Elle est très rapide.

— Ou alors ces peintures sont une addition récente aux charmes du ranch.

Elle le regarda droit dans les yeux pour déclarer :

— Je ne vois pas du tout de quoi tu parles.

— Très bien !

Il respira à fond et demanda :

— Alors, quel est le plan ?

— Quel plan ? Je suppose que des archéologues viendront voir le site. Ils devront explorer les grottes, systématiquement, pour s'assurer qu'il n'y a pas d'autres peintures — et pour examiner les objets. S'il s'agit vraiment d'un ancien lieu sacré, il est possible que ça change un peu la situation.

— Sacré, mon œil… sacrée arnaque, oui, marmotta-t-il.

Cette histoire n'était qu'un écran de fumée, il en avait la certitude. Ce qu'il ne comprenait pas, en revanche, c'était… pourquoi maintenant ? Pourquoi Heidi passait-elle subitement à l'offensive ? Elle n'était pas plus menacée que le mois précédent, et surtout il lui avait semblé que leur relation évoluait en bien, alors ? A moins… A moins qu'elle n'ait appris qu'il comptait faire construire un lotissement ? Non, ce n'était pas possible, personne n'était au courant — à part Dante, et ils n'en avaient parlé qu'au téléphone, il ne lui avait même pas envoyé de courriel sur le sujet. Non, elle ne pouvait pas savoir. La question restait donc entière : pourquoi faisait-elle cela, et pourquoi maintenant ?

— On est prêts ! lança la journaliste.

Son confrère, celui qui était au téléphone, se retourna brusquement.

— Hé ! Je viens avec vous.

La femme leva les yeux au ciel.

— Si vous voulez, mais ne restez pas dans mes jambes. Je suis arrivée la première.

— A une minute près.

Heidi quitta Rafe en murmurant :

— Excuse-moi, je dois leur montrer le chemin.

Il la regarda s'éloigner… prit une grande inspiration, arracha son portable de sa poche et composa le numéro de Dante.

— Tu ne devineras jamais ce qui nous arrive, dit-il dès que son ami décrocha. Des peintures rupestres.

Il expliqua l'arrivée des reporters, les difficultés que

pourraient poser des fouilles archéologiques. Lorsque son associé partit d'un grand rire, il se sentit quelque peu vexé.

— Dix points pour l'originalité ! Elle a vraiment de la ressource, cette fille.

— Laisse tomber sa ressource, riposta Rafe. On a un problème, il va falloir le régler.

De nouveaux camions arrivèrent, et déversèrent une horde de journalistes. Pendant deux jours, ils sillonnèrent le ranch en tous sens et la cour resta encombrée par leur matériel de prise de vues. Heidi installa un stand pour proposer ses produits, et May vendit à prix d'or des bouteilles d'eau et de soda. A bout, Rafe préféra prendre ses distances. Le moment lui semblait tout à coup idéal pour faire un saut à San Francisco. Il réglerait les affaires les plus pressantes, signerait les documents en souffrance, et réfléchirait à sa riposte. Tout ça à bonne distance de la folie qui s'était emparée de Castle Ranch. Il prit donc la route, fit le trajet en un temps record et se rendit tout droit à son bureau.

En émergeant de l'ascenseur dans une ambiance délicieusement climatisée, en retrouvant l'élégance discrète des locaux de l'entreprise, il s'attendait à éprouver un immense soulagement — le sentiment d'être enfin à sa place. Il lui semblait que l'univers cesserait de marcher sur la tête quand il se retrouverait en complet derrière un ordinateur. Et voilà, cela faisait maintenant une bonne demi-heure qu'il était dans le bureau de son associé et son esprit errait toujours du côté de Fool's Gold.

— Mais qu'est-ce que tu as ? s'écria Dante d'une voix plaintive. Ce sont des conditions extraordinaires, j'ai fait des miracles pour les obtenir.

— Qu'est-ce que… ? Oh ! dit Rafe en reprenant distraitement le dossier posé devant lui. Je vois, oui. Tu as fait un super-boulot.

— Attends, supplia son ami en se pressant la poitrine à

deux mains. Après un échange si bouleversant sur le plan émotionnel, je crois bien qu'il va me falloir un mouchoir.

Sans répondre, Rafe se leva et vint se camper devant la grande paroi vitrée qui surplombait la baie. C'était une journée parfaite, le ciel était limpide, le soleil scintillait sur l'eau… Une de ces rares journées où la ville montre son plus joli visage.

— Ce n'est pas à cause de toi, marmonna-t-il.

— On ne sort pas ensemble, Rafe, glissa Dante, amusé. Ce ne sera jamais à cause de moi. Tu as toujours la tête dans le…

Rafe se retourna brusquement. Sans se démonter, son associé insista :

— Mais oui, tu m'as bien entendu. Si ta tête n'est pas où je pense, elle est toujours à Fool's Gold. Et, franchement, je ne vois pas ce que je peux faire de toi quand tu es dans cet état.

— Je vais bien.

— Arrête ! Tu es incapable de te concentrer. Et fou de rage parce qu'elle t'a surpris et que tu détestes les surprises.

— Elle triche.

— Elle sort des sentiers battus. Elle improvise… Personnellement, j'admire la manœuvre.

— Je croyais qu'elle me faisait confiance. Je croyais qu'on était…

Dante cessa brusquement de sourire.

— Ne me dis pas que tu couches avec elle !

— Ce n'est pas comme ça.

Et pourtant si, c'était exactement « comme ça ». La situation lui échappait et il détestait être dans le flou, ne pas parvenir à cerner un problème. Il était en colère, évidemment, mais il ne saisissait pas pourquoi Heidi avait fait ça… ni pourquoi d'ailleurs son geste le dérangeait autant.

— Je retourne là-bas, annonça-t-il en saisissant son veston.

— Quelle surprise !

— Je t'appellerai.

— Ah, ils disent tout ça mais ils ne rappellent jamais…

Rafe sortit en coup de vent, sans relever la pique. Parvenu au parking en sous-sol, il monta dans sa voiture, reprit la route — il n'était même pas passé chez lui. Quand, trois heures plus tard, il déboucha du chemin d'accès au ranch, un nouveau camion était rangé près de la grange. Un camion énorme, qui ne portait ni les couleurs d'un journal ni celles d'une chaîne de télévision. Une large rampe se perdait dans l'ouverture caverneuse… et ce qu'il vit émerger lentement, à reculons, le laissa bouche bée, les yeux aussi écarquillés qu'un personnage de dessin animé.

— Qu'est-ce que… ?

— Tu le vois aussi ? murmura Heidi en s'approchant de sa portière. Je me demandais si j'hallucinais. Si la fièvre m'avait laissé des lésions cérébrales…

Il se tourna vers elle. Elle avait de nouveau ses tresses de bergère et c'était presque un choc de retrouver ses yeux verts, sa bouche pulpeuse. Une délicieuse chaleur l'envahit, faite de joie et de désir ; il eut envie de la prendre dans ses bras, de l'embrasser… et, juste après, de la secouer comme un prunier pour lui faire entendre raison.

— Tu veux bien me dire ce qui se passe ?

— Je ne sais pas non plus.

Dépassé, il regarda l'éléphant qui descendait la rampe avec des précautions de vieille dame.

— C'est peut-être juste une location ?

La porte de la maison s'ouvrit à la volée et sa mère jaillit en criant :

— Elle est arrivée ! Regardez, elle n'est pas magnifique ?

La créature immense prit pied sur la terre ferme. Médusé, Rafe articula :

— C'est un éléphant, maman.

— Je sais bien. J'en ai toujours voulu un.

Heidi secoua la tête, admirative.

— May, vous êtes impressionnante. Le pauvre McKenzie va devoir refaire des études.

— Notre vétérinaire est un homme très intelligent, répliqua May avec une assurance écrasante. Il saura ce qu'il faut faire.

Oui, le vétérinaire demanderait peut-être aux autorités locales de la faire interner, pensa Rafe. Cela vaudrait peut-être mieux pour tout le monde ? Avec une retenue dont il se sentit fier, il s'enquit :

— Tu as déjà décidé où tu allais la mettre ?

— Bien sûr ! J'ai fait construire un abri.

Il approuva de la tête. Maintenant, il savait ce qu'on ressent quand on cherche à vider l'océan à la petite cuillère. Toujours de la même voix lointaine, il ajouta :

— Et je suppose qu'un éléphant, ça a un certain coût ?

— Oui, c'est vrai. Même quand ils sont âgés.

— Donc, il y avait une facture, et je suppose… que je l'ai signée ?

Tendrement, sa mère posa sa tête sur son épaule. Bien sûr qu'il y avait eu un document ! Mais il ne l'avait pas lu parce que, apparemment, il n'apprenait pas vite.

— Maman ?

— Oui, mon chéri ?

— D'où est-ce que tu sors l'argent pour toutes ces dépenses ?

— J'ai vendu mon appartement.

— Celui que je t'avais acheté ?

Un appartement avec une vue sublime dans le quartier exclusif de Pacific Heights. Un appartement qui valait nettement plus de un million de dollars.

— Oui, mon chéri.

May le quitta pour rejoindre l'homme qui tenait la longe de l'éléphant. Heidi lui souffla :

— Tu as forcément signé l'acte de vente.

— Merci de le faire remarquer.

Confortablement blottie sur son lit, Heidi leva un instant les yeux de son roman pour regarder l'heure. Il était très tard et elle aurait dû dormir depuis longtemps, mais elle s'était déjà tellement reposée quand elle était malade ! Et puis la lecture l'aidait à oublier ses soucis. Un coup léger à la porte la fit sursauter. Le cœur battant, elle se mordit la lèvre et faillit ne pas répondre. Elle savait de qui elle espérait la visite, mais une petite voix raisonnable lui soufflait qu'il vaudrait mieux pour elle que Glen, ou même May, ait eu envie de monter la voir — même si c'était très peu probable à une heure pareille !

— Oui ?

— Tu as une minute ?

C'était Rafe, bien sûr. Tandis qu'elle se redressait sur son lit en posant son livre sur la table de nuit, il referma la porte avec un sourire rapide et alla s'asseoir près de la fenêtre. Qu'il semblait fatigué ! Manquait-il de sommeil ? A moins que son séjour rapide à San Francisco n'ait compris un interlude amoureux ? Non, là elle était ridicule. Elle avait très envie de lui en vouloir, mais elle doutait qu'il ait fait autre chose que travailler. En tout cas, elle l'espérait, parce qu'elle éprouvait soudain une folle envie de le prendre dans ses bras. Une envie parfaitement insensée : il était tout de même la cause de tous ses problèmes ! Et peut-être complotait-il même à aggraver encore les choses…

— Sincèrement, Heidi, tu crois que ma mère a toute sa tête ? demanda-t-il. Ce n'est pas une forme de démence ?

Son premier réflexe fut d'éclater de rire — puis elle vit qu'il était tout à fait sérieux.

— Je t'en prie, May est l'un des êtres les plus lucides que je connaisse !

— Elle a acheté un éléphant ! Tu connais des gens qui font ça, toi ? A part des gens qui travaillent dans un zoo ou un cirque ?

— Non, c'est certain, mais elle nous a déjà expliqué son rêve : accueillir les vieux animaux dont plus personne ne veut, leur offrir une sorte de retraite paisible… On avait supposé qu'elle se contenterait de lamas et de moutons, mais…

— Et où est-ce que tu crois que ça va s'arrêter ? Qu'est-ce qu'elle va nous ramener la prochaine fois ?

— Je crois qu'on a déjà touché le fond. Franchement, un zèbre, ça te choquerait encore ?

— Pas vraiment, non.

— Tu vois bien ! Elle ne peut pas faire pire.

Voyant qu'il restait toujours aussi abattu, elle ajouta :

— Je te jure qu'elle va bien. Ce n'est pas comme ça que tu aurais choisi de dépenser ton argent… mais bon, tu n'aurais pas non plus acheté le ranch.

Il y eut un nouveau silence, puis elle murmura :

— Je suis désolée, pour l'appartement. Il était bien ?

— Je trouvais. Deux chambres, deux salles de bains, près de cent mètres carrés. Une vue extraordinaire.

— Tu prends soin d'elle. Je suis sûre qu'elle l'apprécie.

— J'ai commencé tôt. On ne se refait pas.

C'était évident, quoi qu'il arrive, Rafe prendrait toujours soin de sa mère. Elle trouvait cette pensée réconfortante, cela prouvait qu'il avait un cœur, des principes aussi, bref, qu'il était quelqu'un de bien, malgré tout. Mais dans ce cas pourquoi tenait-il tant à transformer le ranch en banlieue ouvrière ? Et sans en parler à personne ! Il était évident que May n'apprécierait pas du tout, ne s'en rendait-il pas compte ? Ou bien comptait-il passer outre cette fois ? Elle aurait aimé lui poser la question, et même lui avouer que c'était pour cela qu'elle était allée peindre les parois des grottes… mais la chose était faite, elle ne pouvait plus revenir en arrière, et en parler maintenant n'y changerait rien. Elle se contenta donc de répéter :

— Je regrette.

— Moi aussi.

Ils ne parlaient sûrement pas de la même chose !

— Ma mère dit que les éléphants ont besoin de compagnie, reprit-il d'un ton lugubre.

Cette fois, elle se redressa, interdite.

— Attends, elle compte acheter un *autre* éléphant ?

— Non, elle veut la mettre avec les animaux qui sont déjà ici, pour voir si elle s'attachera à eux. Elle se demandait si ça t'ennuierait qu'on lui présente Athéna. Elle dit que c'est avec elle qu'elle a le plus de points communs…

— Eh bien, ça promet ! Et cette éléphante… elle a un nom ?

— Priscilla, répliqua-t-il, le visage figé.

— Non, c'est sérieux ?

— Tu crois que j'inventerais un nom pareil ? demanda-t-il amèrement.

Elle ne voulait pas le vexer, mais c'était vraiment trop : elle se laissa aller en arrière en riant à perdre haleine.

— Priscilla l'Eléphante ! J'adore. Je parie que May l'a choisie rien que pour son nom.

— D'après elle, elle l'a choisie parce qu'elle avait l'air triste sur les photos.

Elle s'essuya les yeux en reprenant son souffle.

— Très bien, je leur donne ma bénédiction ! Oui, Priscilla peut rencontrer Athéna et je leur souhaite une longue et belle amitié ! On lui présentera aussi les chèvres !

Avec un dernier petit hoquet hilare, elle soupira :

— J'adore ta mère. Elle est vraiment géniale.

C'est le moment que choisit Rafe pour passer à l'action. Sans le moindre avertissement. Un instant, il était assis tranquillement près de la fenêtre, l'air abattu ; celui d'après, il la tenait dans ses bras, le regard fiévreux. Elle ne sut même pas qui avait fait le premier geste, mais elle s'offrit aussitôt, avide de sentir enfin sa bouche sur la sienne.

Il l'embrassa avec passion, comme s'il ne devait jamais parvenir à se rassasier d'elle, et elle se jeta à corps perdu dans ce vertige sensuel. Il l'allongea sur le lit, s'étendit près d'elle ; leurs mains commencèrent une danse magique faite d'exploration, d'égarement et d'élans aventureux et elle se sentit fondre délicieusement en caressant son corps musclé. Il la fit rouler sur le dos et la contempla, arc-bouté au-dessus d'elle.

— Tu es tellement belle…

— Glen m'a toujours dit de ne jamais croire ce qu'un homme me déclare au lit.

— D'accord, je te le répéterai demain, glissa-t-il avec son sourire le plus sexy.

— Et peut-être que demain je te croirai.

— Et, pour l'instant, qu'est-ce que tu crois ?

— Que tu as envie de moi.

— C'est un bon début.

Il inclina la tête pour semer des baisers dans son cou ; la

chaleur de sa bouche lui donnait l'impression que de minuscules feux d'artifice explosaient sur sa peau. Le délicat ballet des préliminaires aiguisait son désir jusqu'à l'insoutenable, l'ardeur de Rafe fouettait la sienne, elle voulait qu'il la chevauche, tout de suite, puissamment — être emportée, ne plus avoir d'autre choix que de perdre la tête. Et, comme un message non verbal est parfois le plus éloquent des discours, elle glissa la main entre eux et défit adroitement sa ceinture. Il releva la tête.

— Tu essaies de me dire qu'il est temps de passer aux choses sérieuses ?

— Je te suggère seulement d'aller chercher des préservatifs et de revenir complètement nu.

— Ah. Une femme qui sait ce qu'elle veut. Tant mieux.

Sur un dernier baiser rapide, il se redressa d'un coup de reins et quitta la pièce. Le temps qu'elle rabatte la couette, fasse gonfler les oreillers, se lève et saisisse le bas de son T-shirt, il était déjà de retour, pieds nus, chemise ouverte et ceinture dégrafée. Un homme qui suit les instructions qu'on lui donne ! pensa-t-elle avec bonheur. Une vraie trouvaille ! Elle lui prit des mains la boîte de préservatifs qu'elle laissa choir sur la table de nuit et, très lentement, retira son T-shirt. Prise dans le faisceau incandescent du regard de Rafe, elle déboutonna ensuite son jean et le fit tomber au sol… un muscle tressauta dans la mâchoire de Rafe, ses mains se crispèrent comme pour former des poings.

Elle ne s'était jamais considérée comme une fille particulièrement spectaculaire. Elle se trouvait même plutôt ordinaire, mais en voyant le souffle de Rafe se précipiter, ses pupilles se dilater, elle se fit l'effet d'être la créature la plus irrésistible de la planète. D'un geste lent, elle dégrafa son soutien-gorge, les bras serrés contre ses flancs pour le retenir, et, lascive, le fit descendre peu à peu, savourant la tension grandissante de son spectateur. Comment aurait-elle continué son strip-tease ? Il ne lui laissa pas le temps d'y réfléchir ; à bout, il lui arracha le soutien-gorge, se jeta sur son sein, aspirant son mamelon gonflé avec voracité ; elle se cambra, offerte à cet élan fougueux.

Leurs corps se pressaient l'un contre l'autre, la tension de ses muscles bandés contre la soie de sa peau frémissante. Elle sentit son désir exploser. A deux mains, elle empoigna la tête de Rafe pour l'embrasser avec passion, puis elle laissa ses doigts courir jusqu'à ses abdominaux au contour si bien dessiné, descendre lentement… Jamais elle n'avait pensé qu'il pût être si excitant de toucher un homme ; entre ses jambes, l'appel se faisait si pressant, presque douloureux, qu'elle décida que les jeux d'amour, si merveilleux soient-ils, n'avaient qu'un temps. Elle ne jouait plus : elle le voulait tout entier.

— Rafe…, souffla-t-elle en lui mordillant la lèvre.

C'était le signal qu'il attendait. D'un élan, il la souleva et la déposa sur le lit ; lui arracha sa culotte, se débarrassa de son propre jean et s'agenouilla entre ses cuisses. Il se penchait vers elle pour l'embrasser quand elle empoigna ses épaules pour le retenir.

— Je te veux. Tout de suite.

Il sembla hésiter ; sans doute craignait-il de ne pas lui donner suffisamment de plaisir. Une inquiétude toute à son honneur, mais parfaitement déplacée vu l'état dans lequel elle se trouvait !

— Je suis prête, haleta-t-elle. Crois-moi.

Il se redressa, saisit un préservatif ; elle glissa la main entre leurs corps pour le guider en elle et, frémissante de plaisir, se cambra pour l'avaler tout entier. La sensation lui arracha une plainte éperdue. Ses yeux se fermèrent, sa tête ploya en arrière. Voilà ce qu'elle voulait ! Elle rouvrit les yeux, trouva son regard rivé au sien et noua ses jambes autour de ses hanches en chuchotant :

— Ne retiens rien…

Appuyé sur ses bras raidis, il revint à la charge, s'engouffrant au plus profond d'elle — puis de nouveau, un peu plus rapidement. Perdue dans ses sensations, emportée par le rythme, insistant, passionné, qu'il imposait à leur étreinte, elle laissa retomber ses paupières. A chaque poussée, un élan irrésistible la soulevait à sa rencontre, elle s'ouvrait entièrement, recevait tout ce qu'il lui donnait, encore, encore, dans une danse haletante et sensuelle. Des étincelles couraient sur sa peau, chaque cellule de son corps se tendait vers le plaisir. Cette fusion de leurs corps embrasés, c'était la réalisation de tous ses fantasmes.

De plus en plus vite, sa respiration sanglotait presque, son corps tressautait, se tordait sous celui de Rafe. Elle tremblait de tension quand tout à coup… tout s'enflamma, et il l'emporta en plein ciel. Elle cria comme sous le fouet d'une torture exquise qu'elle aurait voulu voir durer toujours. Les yeux brûlants, la mâchoire crispée, il continua son mouvement jusqu'à ce qu'elle retombe, inerte, épuisée. Enfin, doucement, il se laissa glisser sur le flanc et la tourna vers lui.

Quand elle ouvrit les yeux, rêveuse, son regard sombre scrutait son visage. Elle leva une main qui pesait plusieurs tonnes, caressa sa barbe naissante, et laissa courir ses doigts le long de son bras.

— Qu'est-ce que je vais faire de toi ? demanda-t-il tout bas.

— C'est la grande question.

Il se pencha pour l'embrasser.

— Je peux passer la nuit avec toi ?

— Evidemment.

Elle vit ses lèvres se retrousser dans un sourire.

— Toi, t'es vraiment une fille comme je les aime.

Ces paroles auraient dû la rendre heureuse… mais elle voulait davantage. Elle voulait être tout pour lui. Elle ne voulait pas être « comme il les aime », mais *qu'il l'aime*.

Une petite phrase lui revint à la mémoire, une réflexion qu'elle avait entendue tout au long de son enfance : « Si tu demandes la lune, tu n'auras qu'un reflet. » La leçon était bien intégrée, aussi, ce soir, elle ne demanderait rien, se contenterait de rêver. A l'avenir de se mettre en place comme il le pourrait.

*
* *

Rafe ouvrit un œil. Une vibration sourde emplissait la nuit, comme si un convoi de poids lourds pénétrait dans la cour. En l'espace d'une seconde, il prit la mesure de sa situation : il était nu, couché dans le lit de Heidi, et il la désirait. Follement. Des circonstances intéressantes ! Sauf qu'il fallait tout de même tirer au clair ce bruit bizarre. Près de lui, Heidi se redressait en se frottant les yeux.

— Qu'est-ce qu'on entend ?

— Justement, j'allais voir.

Il sortit du lit, enfila son jean et s'approcha de la fenêtre. A l'est, une vague lueur verdâtre annonçait l'aube. La nuit, très claire, aurait sans doute été tranquille sans le grondement des moteurs et le bip-bip-bip régulier qu'émettait l'un d'eux en reculant. Heidi le rejoignit en serrant la ceinture de sa robe de chambre ; elle jeta un regard dehors, un seul, et s'écria :

— Ils sont arrivés !

— Qui ?

Elle l'étreignit avec emportement et se précipita sur ses vêtements en jubilant.

— Les forains !

16

Heidi jaillit de la porte, dévala les quelques marches et se jeta dans les bras de ses amis. Chacun l'embrassait, l'étreignait avant de la passer au suivant ; c'était comme de plonger dans un bain de tendresse.

— Regarde-toi ! Dis donc, t'es toujours aussi jolie.

— Tu as encore grandi ? Mais enfin, tu n'as plus l'âge !

— Heidi, tu m'as manqué.

— Ça te plaît vraiment de vivre comme une *gadji* ? Quand est-ce que tu reprends la route ?

La dernière question avait été posée par Harvey, le grand ami de Glen ; c'est également lui qui la serra sur son cœur le plus longtemps.

— Tu vas bien, toi ? demanda-t-elle.

— J'ai fait mes derniers examens la semaine dernière. Il semblerait que ce fichu cancer se soit vraiment fait la malle !

Voilà une nouvelle apte à lui faire relativiser ses propres soucis ! Ravie, elle lui sautait de nouveau au cou quand la porte s'ouvrit, laissant le passage à Glen, suivi aussitôt de May. Pour une fois, cette dernière semblait presque intimidée.

— Mes amis, ma famille, présenta Glen, les bras ouverts.

Il fit signe à sa compagne de le rejoindre et, le bras autour de ses épaules, annonça à la cantonade :

— Voilà, je crois bien que j'ai trouvé la femme de ma vie !

— Eh bien, tu y as mis le temps ! lança Harvey en riant.

Enchanté, Glen clama en riant :

— Je vous présente May Stryker ! May, voici ma famille.

Les forains se pressèrent autour d'eux dans un brouhaha

joyeux. La pâleur de l'aube gagnait sur les étoiles, il faisait froid mais il n'était pas question de rentrer chercher de quoi se couvrir, Heidi ne voulait pas rater un seul instant de ces retrouvailles. La voyante, Mme Zoltan — Rita pour les intimes —, vint la rejoindre en s'écriant :

— C'est bon de te voir, si tu savais.

Heidi la serra sur son cœur en riant.

— Je suis tellement contente ! Vous m'avez manqué, vous ne pouvez même pas imaginer !

— Mais pas suffisamment pour venir nous rejoindre ?

— Je crois que j'avais vraiment besoin de planter mes racines quelque part.

Rita, autrefois une rousse authentique, haussa ses sourcils auburn redessinés au crayon.

— Tu n'es quand même pas devenue une semelle-de-plomb ?

— Non, j'ai juste ce que je voulais : une maison sans roues.

Pourvu qu'on la laisse garder sa maison de rêve ! C'était encore possible. Après tout, la justice ne s'était pas encore prononcée, et son compte bancaire s'étoffait peu à peu. Si seulement les experts pouvaient valider les fouilles des grottes, elle verrait le bout du tunnel !

— Et c'est qui, ce beau garçon ? demanda Rita en glissant son bras sous le sien.

Elle suivit son regard. Rafe était sorti dans la véranda, très séduisant en jean et chemise, les manches roulées jusqu'au coude comme à son habitude. Une impulsion bizarre lui vint, elle aurait voulu pouvoir se déclarer comme Glen venait de le faire, clamer à la face du monde à quel point Rafe comptait pour elle. Elle s'entendit seulement répondre :

— C'est le fils de May. Il habite ici pour l'instant.

La voix de la raison venait de parler. Elle hésita à donner davantage de précisions — la seule idée d'expliquer la situation l'épuisait d'avance ! — et finit par soupirer :

— C'est compliqué.

Rita lui jeta un regard sagace en susurrant :

— Les choses intéressantes sont toujours compliquées. C'est du sérieux ?

— Pas pour lui, répliqua-t-elle d'un ton léger.

Puis, sans cesser de sourire, elle précisa :

— J'aimerais juste pouvoir en dire autant.

— Tu veux que je lui dise la bonne aventure, en glissant quelques menaces bien placées ?

— Ce serait un plaisir, mais il ne te croirait pas. Il est terriblement borné, tu sais.

— Dommage, lâcha Rita. J'aime les bons croyants.

— Combien de temps est-ce que vous allez rester à Fool's Gold ? Le festival dure tout le week-end, mais…

— Seulement quatre jours. C'est une escale rapide, on reprendra la route mardi matin.

— Je vais me dépêcher de prévenir tout le monde !

Le jour achevait de se lever. Rita fit un geste vers les chèvres qui suivaient la scène avec intérêt, alignées derrière leur clôture.

— Et qui sont ces grandes filles ? Tu fais les présentations ?

— Bien sûr ! Je te laisserai même en traire une si tu veux.

Rita éclata d'un grand rire.

— Parce que tu crois que je vais faire ton travail à ta place ? Je me suis suffisamment fait avoir quand tu étais petite.

— Moi ? Tu me crois capable de manipuler mes amis ?

— Tout à fait !

Rafe, qui ne connaissait strictement rien aux fêtes foraines, ne comprit pas très bien par quel processus il s'était soudain retrouvé sur la place principale de Fool's Gold, au cœur d'un groupe d'inconnus, à travailler d'arrache-pied pour décharger leur matériel. Les forains semblaient convaincus qu'il s'était porté volontaire pour les aider.

Les manèges coloniseraient le parking près de l'entrée du parc : le sol y était à peu près plat et le pavage offrait une fondation solide. Cela représentait une dizaine d'attractions, y compris une grande roue assez impressionnante. Les autres jeux — les forains avaient tout un vocabulaire insolite pour les désigner — s'aligneraient le long des rues principales. Avec les stands de restauration, les badauds auraient largement de quoi s'amuser.

— Tu sais ce que tu fais ?

Levant les yeux du boulon sur lequel il s'acharnait, il croisa le regard souriant de Heidi et sentit son corps entier se réchauffer d'un coup. Ce fut pourtant d'une voix neutre qu'il répliqua :

— Je suis capable de serrer un boulon.

— Je voulais juste m'assurer que tu le serrais en toute conscience, que tu te rendais bien compte que tu étais en train de travailler pour l'industrie du divertissement.

Il se redressa et se planta juste devant elle, si près qu'elle dut renverser la tête en arrière pour soutenir son regard.

— Bon, alors, dis-moi tout, il y a une poignée de main secrète ? Un manuel d'introduction à la confrérie ? Un code de déontologie ?

— Il y a toujours un code de déontologie. Tu as pour habitude de les suivre ?

— Je suis quelqu'un de très honorable.

Elle toussota d'un air de doute. Troublé, il allait protester quand elle enchaîna, en tapotant l'armature qu'il assemblait :

— On verra. Tu sais ce que tu construis ?

— Pas du tout.

— Un stand de fléchettes. On accroche des ballons à un tableau et le client lance ses fléchettes en essayant de les éclater.

— Et s'il gagne ?

— Il repart avec une magnifique peluche et le droit de se vanter de son habileté.

— La transaction m'a l'air correcte.

Elle était adorable quand ses yeux verts riaient. Il ne l'avait jamais vue aussi animée. C'était sûrement la joie de revoir ses amis !

— Pourquoi est-ce que tu ne me présentes pas à tes forains ? s'enquit-il.

Elle leva vivement les yeux, surprise.

— Qu'est-ce que tu veux dire ? Tu les as tous rencontrés.

— Bien sûr — mais c'est Glen qui m'a présenté, pas toi. Tu as peur de ce qu'ils pourraient penser ?

— Ce n'est pas ça. C'est juste que c'est un groupe très soudé, on ne peut pas faire autrement quand on vit quasiment les uns sur les autres — du coup, tout le monde se dit tout, c'est impossible de garder un secret. Si c'est moi qui t'avais présenté, ils auraient aussitôt sauté à toutes sortes de conclusions. J'ai pensé que tu n'apprécierais pas.

— Je n'ai pas pour habitude de me laisser impressionner par des ragots. Pour hier soir…, poursuivit-il en baissant la voix.

Elle se hâta de secouer la tête.

— Ne t'inquiète pas, tu n'as pas profité de moi, je voulais tout ce qui s'est passé. Il ne faut surtout pas te sentir gêné. Je suis une grande fille !

— Je ne me sens pas gêné, je voulais juste m'assurer que tout va bien pour toi.

— Parfaitement bien. Si on parlait plutôt de ce que tu ressens, toi ?

— Pas question. Je suis un homme et tu sais bien que, nous, on ne parle jamais de notre ressenti. C'est génétique.

— Rafe ? Ah, vous voilà. Je vous ai cherché partout.

Il se retourna… et reconnut aussitôt la femme blonde, mince et élégamment vêtue qui se frayait un chemin entre les piles de poutrelles. S'il avait eu un mur à portée de main, il s'y serait volontiers cogné la tête ; privé de ce mode d'expression, il se contenta d'articuler :

— Nina. Bonjour.

La nouvelle venue se campa devant lui, les mains sur ses hanches étroites.

— Vous faites vraiment tout pour m'éviter.

— Pas du tout, c'est juste que je n'avais rien de particulier à vous dire.

— Mais moi, si !

D'un mouvement plein d'aisance, elle se tourna vers Heidi en lui souriant.

— Nous ne nous connaissons pas. Nina Blanchard, je suis l'agent matrimonial de Rafe.

— Heidi Simpson. Heureuse de vous rencontrer. Je ne savais pas que vous deviez venir à Fool's Gold.

— Moi non plus, intervint Rafe.

Il ne voulait même pas savoir ce qui motivait cette visite : la raison lui déplairait forcément.

— En fait, je suis venue sur un coup de tête, avoua Nina à Heidi, avec un sourire de connivence féminine. Rafe fait des difficultés.

— Alors, ça, ça ne me surprend pas du tout, assura Heidi, c'est la personne la plus têtue que je connaisse. Si vous voulez qu'il vous écoute, il va falloir le prendre en main sérieusement.

— Dites donc ! s'écria Rafe en s'interposant. Vous avez peut-être fini de parler de moi ?

— Ah ? s'enquit Heidi. Je croyais que tu aimais être le centre d'attention.

— Tu te trompes.

Sans égards particuliers, il saisit le bras de Nina et l'entraîna en proposant abruptement :

— Venez, on va prendre un café.

Puis il se retourna à demi pour jeter un regard froid à Heidi en assurant :

— Je m'occuperai de toi plus tard.

L'air très satisfaite d'elle-même, elle se détourna avec un petit signe de la main. De plus en plus contrarié, il emmena Nina au Starbucks, lui offrit un crème allégé et décaféiné et s'installa en face d'elle en terrasse.

— Vous pouvez me dire ce que vous êtes venue faire ici ?

Il aurait volontiers formulé les choses de manière encore plus brutale. Pas du tout impressionnée, elle répliqua :

— Je vous l'ai dit. Vous faites tout pour m'éviter, je n'avais pas le choix.

— Vous exagérez. Je vous ai dit que je ne comptais plus faire appel à vos services. Je vous réglerai ce que je vous dois mais je ne souhaite pas que vous organisiez d'autres rencontres.

— C'est à cause de Heidi ?

— Quoi ? Non ! C'est… pour toutes sortes de raisons.

Elle ne sembla pas convaincue le moins du monde. Mais que venait-elle chercher ici, elle n'était pas du tout à sa place à Fool's Gold ! En la rencontrant dans le cadre feutré de son agence, il lui avait donné la quarantaine ; ici, à la lumière aveuglante de ce matin d'été, elle en paraissait dix de plus. Pour une femme dans son genre, toutes ces ridules autour des yeux représentaient sans doute une forme de tragédie, mais à l'heure actuelle il ne se sentait pas du tout disposé à la compassion. Cette femme se comportait vraiment d'une façon inacceptable !

— Je me suis engagée à vous trouver une épouse et je compte bien tenir parole.

— Ecoutez, j'ai changé d'avis, ce n'est pas plus compliqué que ça. Je n'ai plus l'intention de me marier.

— A cause de Heidi ?

— Je n'ai pas déjà répondu à cette question ?

— Si, mais je ne vous ai pas cru. J'ai vu la façon dont vous la regardiez.

Elle se pencha vers lui pour demander, un ton plus bas :

— Vous avez déjà fait l'amour, tous les deux ?

— Mais enfin, ça ne vous regarde pas !

— Je prends ça pour un oui. Vous savez, Rafe, je rencontre énormément de gens intéressants dans mon métier. Et vous en faites partie. Vous n'êtes pas du tout le genre d'homme qui fait habituellement appel à un agent matrimonial, et pourtant vous avez tenu à m'engager, ça m'intrigue.

— Je m'étais déjà trompé une fois, je ne tenais pas à répéter mon erreur, c'est tout.

— Vous vouliez qu'on vous amène la femme parfaite sur un plateau.

— Je voulais que vous me trouviez une partenaire adaptée. L'amour ne m'intéresse pas.

Puisqu'il n'y croyait pas ! Il avait vu ses sentiments pour

son ex s'évaporer sans laisser de traces, vu Shane et sa femme se déchirer parce qu'elle le trompait à tour de bras — s'il existait réellement, l'amour s'inscrivait dans un univers trouble, fait de chagrin et de trahison. Mieux valait éviter de passer par cette case, et trouver une femme qui aurait les mêmes priorités que lui, qui partagerait ses objectifs et ses valeurs. Et tant pis si ce n'était pas très romantique : c'était la seule approche raisonnable.

— Vous avez peur, déclara Nina. En fait, vous redoutez de tomber réellement amoureux parce que vous sentez que cela pourrait vous obliger à vous remettre en cause et à changer.

Outré, il protesta :

— Comment est-ce que vous pouvez dire ça ? Vous ne savez presque rien de moi.

— Je sais beaucoup de choses, au contraire. Je sais par exemple que votre père est mort quand vous étiez enfant et que vous avez endossé le rôle de chef de famille très tôt — et jusqu'à votre départ à l'université.

Au fil des années, quelques articles de presse étaient parus, retraçant sa carrière ; dans le cadre de son activité, Nina avait sans doute l'habitude de se renseigner sur ses clients. En soi, cela n'avait rien de très étonnant.

— C'est vieux, tout ça, argua-t-il.

— Au contraire, je pense que ça vous poursuit. Cette époque a marqué toute votre vie. Vous avez vu combien votre mère souffrait de se retrouver seule. Plus tard, vous avez suivi le parcours obligé, vous êtes sorti avec des filles, vous vous êtes marié, mais si je devais hasarder une hypothèse je dirais que vous n'étiez pas vraiment amoureux de votre épouse. Vous n'avez pas souhaité vous aventurer dans ce domaine, parce que vous saviez ce que c'est de perdre l'être aimé.

Posément, il se mit debout.

— C'est gentil d'être passée, Nina, mais nous n'avons plus rien à nous dire. Au revoir.

Elle se leva vivement pour lui barrer la route.

— Attendez, je n'ai pas fini. En fait, j'ai une autre hypothèse. Vers l'époque où vous avez rencontré votre ex-femme, l'un de vos proches a aussi entamé une relation… mais une relation très différente, passionnelle, douloureuse. Ce couple vous a fait peur et vous avez définitivement opté pour une approche diamétralement opposée. Vous vous êtes enfermé dans cette idée que les sentiments devaient être gardés sous contrôle, qu'un couple ne pouvait marcher que sous la forme d'un partenariat clairement négocié.

Il ne voulut pas lui faire le plaisir de l'admettre, mais cette fichue bonne femme avait vu juste. Shane venait de rencontrer Rachel et, dès le premier jour, leur relation avait été dévorante. Ils avaient été emportés, balayés… Shane ne cessait de répéter que Rachel était tout pour lui, que plus rien d'autre n'avait d'importance. Comment une femme pouvait-elle devenir tout l'univers d'un homme ? Rafe avait tenté de le mettre en garde, mais il n'était pas parvenu à se faire entendre.

Il aurait voulu se dire que Nina tentait juste de l'intimider pour le garder comme client. Elle faisait ce métier depuis très longtemps, c'était important pour elle de pouvoir se poser en experte ; en bonne professionnelle, elle savait jeter de la poudre aux yeux de ses clients. Lui aussi, dans sa branche, il pratiquait ces tours de passe-passe qui impressionnent tant les non-initiés. Et, dans un sens, elle n'avait pas totalement tort, il s'était sans doute montré trop prudent lors de son premier mariage… mais cela ne signifiait pas qu'il ait tort de vouloir une relation bien réfléchie aujourd'hui. Il prit sur lui, et réussit à répliquer :

— Je n'ai pas honte de dire que je préfère être prudent et assurer mes arrières. Cela me paraît même tout ce qu'il y a de plus sensé.

Elle lui lança un sourire compatissant, un peu triste même, qui le contraria beaucoup.

— Vous vous trompez. L'amour, ça ne va pas avec la prudence, au contraire, ça exige qu'on soit prêt à tout risquer pour lui. La seule façon d'être vraiment amoureux, c'est de miser son cœur, sans hésiter. Se mettre en danger, se rendre vulnérable, tout donner sans jamais savoir si ce sera suffisant. L'amour, c'est se planter tout nu devant le monde entier en proclamant : « Voilà qui je suis. »

— Eh bien, dans ce cas, je n'en veux pas !

— Et pourtant ça vaut la peine. Si, je vous le jure ! Si vous trouvez la femme qui vous convient, c'est l'expérience la plus fantastique qu'on puisse imaginer. Oh ! je ne dis pas qu'il n'y a sur terre qu'une seule personne qui puisse vous convenir, je ne crois pas un instant qu'il n'y ait qu'un seul amour pour chacun d'entre nous. Je ne ferais pas ce métier sinon. Non, il y en a beaucoup, au contraire, et on peut parfois connaître ce bonheur deux fois, trois fois dans sa vie. Mais vous, visiblement, vous ne l'avez pas encore rencontré.

— Et je n'y tiens pas. Ce n'est pas pour moi.

— Mais si. Une fois au moins, Rafe, vous devriez mettre votre cœur en jeu.

— Nous avons terminé ?

— Non, mais je vais vous laisser partir. Je me sens investie d'une mission, maintenant. Je veux vous voir marié et heureux en ménage… et je vois bien que ça ne va pas être facile !

Il réprima une plainte sourde.

— Mais puisque je vous dis que…

— Pas de problème. Je suis patiente.

L'après-midi venu, Rafe se sentait prêt à prendre le maquis. A fuir dans la montagne pour y vivre en ermite, à la dure, loin du monde. Car, en échappant aux griffes de Nina, il était aussitôt retombé entre celles des forains. Le stand de fléchettes enfin monté, on lui avait demandé de parachever sa tâche en gonflant les ballons. Sans trop savoir ce qui l'attendait, il n'avait pas su dire non. Un grand maigre appelé Ham lui avait apporté une machine à air comprimé et une boîte de ballons, format industriel, ainsi que trois immenses cartons vides. Ces cartons, il était censé les remplir de ballons gonflés. Sur cette explication, Ham l'avait planté là avec une claque cordiale dans le dos, et Rafe avait clairement perçu qu'il venait de se faire avoir.

Résolument, il se mit au travail, gonflant les ballons au compresseur, les nouant et les laissant choir dans le carton le plus proche. Le soleil tapait à la verticale, les trottoirs s'animaient ; vers 15 heures, les doigts douloureux d'avoir trop répété le même geste de torsion, il se surprit à rêver au labeur fourni sur sa clôture, et aussi au jour où ils avaient rassemblé les taureaux sauvages. Cela, au moins, c'était un vrai travail. Accompli en pleine nature, et dans une relative solitude. Ici, il avait l'impression de vivre un cauchemar : les boîtes à remplir étaient sans fond et il ne cessait d'être bousculé par des enfants ou interrompu par toutes sortes de visites.

Harvey était passé lui parler de sa santé recouvrée et de la générosité de Glen. A l'entendre, son ami lui avait littéralement sauvé la vie. Comme Rafe lui faisait remarquer que l'argent venait en fait de sa mère et que Glen lui avait menti pour l'obtenir, il s'était fendu d'une longue tirade sur le système de santé du pays, agrémentée de deux anecdotes plus ou moins comiques dans lesquelles Glen tenait le beau rôle. Puis il était reparti, en l'informant que tout le monde attendait le stand de fléchettes avec impatience.

Ensuite, ce fut le tour d'une jolie rousse d'une cinquantaine d'années affublée d'une longue robe flottante.

— Vous devez être Rafe, déclara-t-elle en se plantant devant lui. Je suis Mme Zoltan, mais vous pouvez m'appeler Rita.

Elle le détailla de la tête aux pieds, et murmura avec une moue appréciative :

— Pas mal… Pas mal du tout.

Il jugea plus prudent de ne pas lui demander ce qu'elle voulait dire par là.

— Content de vous rencontrer, lâcha-t-il sans grand enthousiasme.

— Alors, comme ça, vous êtes avec Heidi.

Le ballon qu'il gonflait lui échappa et fusa hors du stand avec un bruit ridicule. Après avoir changé deux fois de direction, il s'abattit sur le trottoir où un petit garçon le saisit avant de s'enfuir en courant.

— Je crois que j'ai besoin de boire quelque chose, marmonna Rafe.

Et il ne parlait pas de la bouteille d'eau laissée par Ham ! Avec un large sourire, Rita reprit :

— C'est une fille formidable mais, ça, vous le savez déjà. Je peux ?

Elle s'était déjà emparée de sa main. Méfiant, il la regarda se pencher, l'air concentré ; ses longs doigts tracèrent quelques lignes, frottèrent la base de son pouce. Avec une ironie discrète, il suggéra :

— Je vais rencontrer un inconnu très brun qui va changer ma vie ?

— Pour vous, ce ne sera pas aussi simple. Vous êtes un type compliqué.

Elle tapota une ligne en ajoutant :

— Très tendre, même si vous avez tendance à le cacher. Protecteur. Vous prenez soin de vos proches.

Pour la deuxième fois de la journée, une femme qu'il ne connaissait pas se mettait en tête de lui dire quel genre d'homme il était. Bon sang, mais qu'est-ce qu'elles avaient toutes ? Elles croyaient disposer d'une ligne directe avec son ange gardien ? Excédé mais néanmoins toujours courtois, il lui retira sa main, répéta fermement qu'il avait été heureux de la rencontrer, et se remit à la tâche. Plus amusée que vexée, elle recula.

— Vous me congédiez ? Très bien, je m'en vais. Je dois tout de même vous prévenir que, si vous voulez obtenir ce que vous désirez, vous allez devoir oser vous jeter à l'eau. Prendre le risque d'être vulnérable.

C'était, sous d'autres mots, ce que Nina lui avait dit ce matin. Se planter nu devant le monde entier… Ces femmes avaient-elles organisé une réunion de concertation pour préparer leurs interventions ? En décidant que c'était le jour idéal pour le torturer ?

— Ça en vaut la peine, assura Rita.

— C'est bon à savoir.

Elle le quitta sur un dernier sourire. Il la suivit du regard quelques instants, secoua sèchement la tête, et se concentra de nouveau sur ses ballons. Une heure plus tard, il en avait presque terminé quand Charlie se planta devant lui. Comme elle portait son uniforme des pompiers de Fool's Gold, il mit quelques instants à la reconnaître.

— C'est moi. Je suis venue…

Excédé, il recula en levant les mains.

— Stop ! Je refuse de parler de mon passé, des femmes avec qui je sors, ou de Heidi. Vous ne pouvez pas lire les lignes de ma main, m'interroger sur ma mère ou discuter de tout autre aspect de ma vie. Ni aujourd'hui ni jamais !

Elle haussa un sourcil sceptique en demandant :

— Vous vous sentez bien ?

— Non. Allez-vous-en.

Il la vit pincer les lèvres comme pour se retenir de rire.

— Si vous y tenez, mais tôt ou tard je devrai inspecter ce stand. C'est le règlement. Pour les incendies, vous comprenez ?

— Oui, eh bien, là, ce n'est pas le moment. Filez. Ne parlez plus de moi. Faites comme si vous ne m'aviez jamais vu.

Cette fois, elle éclata franchement de rire en déclarant :

— Maintenant, je peux dire que je ne vois pas du tout ce que Heidi vous trouve.

— Vous alliez partir, non ?

Elle riait toujours quand elle s'éloigna.

Son petit public était maintenant rassemblé : six personnes, trois archéologues et trois journalistes. Discrètement, Heidi tâta la poche où elle avait rangé les notes d'Annabelle en espérant de tout son cœur qu'elle n'oublierait aucun point important. Elle n'avait jamais été très à l'aise pour prendre la parole devant un auditoire mais, si la situation lui déplaisait, elle ne pouvait s'en prendre qu'à elle-même.

Elle était montée aux grottes un peu plus tôt pour placer des lanternes aux points stratégiques et baliser le chemin ; à l'arrivée des visiteurs, elle leur avait fourni une lampe torche à chacun et maintenant, ils s'enfonçaient sous terre en file indienne. Les lumières de la petite procession semblaient bien fragiles dans ces ténèbres millénaires ; plus ils marchaient, plus il faisait froid. Comme le silence commençait à l'impressionner, elle se lança dans ses explications.

— La partie extérieure des grottes a été couramment visitée et utilisée, peut-être depuis des siècles. Quand j'ai racheté le ranch l'an dernier, j'ai tout de suite pensé qu'elles seraient parfaites pour faire vieillir mes fromages. La température reste constante toute l'année et…

— Vous avez trouvé des objets en or ? interrompit une journaliste.

— Non, pas ici. Par contre, on a effectivement découvert une cache d'objets précieux à quelques kilomètres d'ici. Le trésor des Màa-zib était sans doute entreposé là-bas ; ici, avec les peintures, on se demande s'il ne s'agit pas d'un lieu de culte. Un sanctuaire.

— Mais pas d'objets précieux, insista la femme.

L'une des archéologues la foudroya du regard.

— La valeur d'un site ne se résume pas à ce qui brille.

— C'est possible, mais mes téléspectateurs sont certainement plus sensibles à un trésor qu'à quelques traits de peinture.

— Si vous cherchiez à éduquer leurs intérêts…

— Si vous viviez dans le monde réel…

— Comme je vous l'expliquais…, reprit Heidi en élevant la voix.

Les deux femmes suspendirent les hostilités pour se retourner vers elle. Avec un sourire forcé, elle conclut :

— En fait, on ne sait pas exactement à quoi on a affaire, mais c'est sans doute une découverte importante. C'est déjà important pour notre histoire ici, à Fool's Gold — vous savez peut-être que la tribu des Màa-zib était une société matriarcale et on peut dire que nous gardons un lien très fort avec cette origine. Pendant longtemps, il y a eu davantage de femmes que d'hommes ici et, aujourd'hui encore, nous avons beaucoup de fortes femmes…

Des femmes assez fortes pour résoudre leurs difficultés sans tromper personne, pensa-t-elle avec amertume. Des femmes qui choisissaient d'affronter les choses plutôt que de mentir. Elle répondit encore à quelques questions, et entraîna le groupe jusqu'aux peintures rupestres. Un peu en retrait, elle regarda les silhouettes des visiteurs se pencher, fascinés, sur ces images peintes en quelques heures avec Annabelle. En écoutant les archéologues se concerter à voix basse, elle sut qu'elle avait commis une terrible erreur.

Cette manœuvre, ce n'était pas *elle* ! Elle avait toujours vécu honnêtement, en s'efforçant de faire les bons choix — pourquoi opter pour le mensonge au moment où l'enjeu était le plus vital ? Rafe pouvait bien sortir avec toutes les femmes du continent américain, il pouvait bien prévoir de construire des tours gigantesques où ça lui chantait, elle aurait tout de même dû lui parler, chercher un compromis avec lui. Et aussi discuter avec May. Avec elle, elle aurait pu parler et, ensemble, elles auraient forcément trouvé une solution. Maintenant, elle ne pouvait plus revenir en arrière, les événements lui échappaient. Elle ne pouvait que s'accrocher en espérant que tout le monde s'en sortirait plus ou moins indemne.

17

— Qu'est-ce que tu as fait de Nina ? Je ne l'ai pas revue, lança négligemment Heidi.

Rafe s'arrêta de marcher, Heidi l'imita ; comme ils se trouvaient au milieu du trottoir, la foule qui les entourait dut se scinder en deux pour les contourner.

— On va passer un accord, déclara-t-il. Tu ne me parles pas de Nina et, moi, je t'achète tout ce que tu veux sur la fête foraine.

— Si tu crois que je suis si facile à acheter, répliqua-t-elle. Il faudra au moins trois tours sur la grande roue et une barbe à papa pour t'offrir mon silence.

— Marché conclu.

Un petit garçon se jeta dans les jambes de Heidi. Agacé, Rafe prit le bras de la jeune femme et l'entraîna dans une ruelle latérale. Là, les yeux dans les yeux, il lui dit :

— Je n'ai pas demandé à Nina de venir ici.

— Je n'ai pas pensé que tu l'avais fait.

— Elle a débarqué comme ça, à l'improviste.

— Mais je te crois ! assura-t-elle, amusée. J'ai vu ta tête quand tu l'as reconnue, tu étais sous le choc.

— Ça, on peut le dire. Je lui avais déjà annoncé que je ne ferais plus appel à elle.

Elle étudia son visage maintenant familier, ses yeux sombres, la ligne virile de son menton. Il avait beaucoup changé depuis son arrivée. Plus bronzé, plus musclé… et surtout tellement plus humain, plus accessible. S'il ne ressemblait plus du tout au redoutable M. Stryker, le requin des affaires, pour elle, il présentait toujours un terrible danger. A double titre. Il pouvait lui faire perdre Castle Ranch, mais aussi son cœur.

Il avait donc demandé à Nina de ne plus lui envoyer de candidates ? C'était à la fois une bonne et une mauvaise nouvelle. Bonne parce qu'elle n'aurait plus à l'imaginer en compagnie d'une autre ; mauvaise parce qu'elle semait encore davantage le trouble dans son esprit. Avait-il pris cette décision à cause d'elle ? Tenait-il à elle en fin de compte, étaient-ils *ensemble* tous les deux ? Dans ce cas, il détiendrait encore un nouveau pouvoir sur elle : le pouvoir de lui briser le cœur. Elle s'aperçut qu'elle n'avait pas écouté la suite de ses explications.

— … une femme très déterminée. Une fois qu'elle tient un client, elle refuse de le lâcher. Elle se sent investie d'une mission… C'est pour ça qu'elle est venue.

— D'accord…

D'un ton à travers lequel perçait une vulnérabilité qu'elle trouva troublante, il conclut :

— Je voulais tout de même que tu le saches.

Il prit sa main, mêla ses doigts aux siens ; sa poigne était solide, rassurante. Elle se laissa entraîner de nouveau dans la foule.

A Fool's Gold, on adorait les festivals. Il y en avait toute l'année, sur tous les thèmes : pour fêter l'été, la moisson, le cinéma, le livre, le vélo… tous les prétextes étaient bons pour étoffer le calendrier habituel des célébrations ! La population au grand complet participait, les touristes venaient des quatre coins de l'Etat et même de bien au-delà, les hôtels et chambres d'hôtes étaient complets des semaines à l'avance, réservés par des couples, des familles, des groupes d'amis attirés par l'ambiance joyeuse de la petite ville.

— Alors, la grande roue, tu disais ? lança Rafe.

— Je plaisantais ! Je n'ai pas besoin de faire des tours de manège.

— Qui a parlé d'avoir besoin ?

— Parce que, toi, tu aimes la grande roue ?

— En tout cas, je l'aimais quand j'étais gosse.

Ils achetèrent des churros — parce que, sur une fête foraine, il est important de manger son dessert avant le dîner. Le sucre leur donna soif et ils faisaient la queue devant l'une des nombreuses buvettes quand Heidi se mit à agiter les bras.

— C'est Nevada Hendrix, expliqua-t-elle. Enfin, Nevada Janack. Tu sais, celle du chantier.

— Oui, oui, quand on est allés récupérer Athéna.

Elle le regarda attentivement. Allait-il se trahir ? Avouer ? Non, il se contenta de hocher la tête en murmurant :

— Je me souviens d'elle.

Nevada et Tucker s'approchaient, main dans la main. Tout le monde se salua puis Nevada lança gaiement :

— J'adore les fêtes foraines ! Dakota vient d'emmener Hannah sur la grande roue, c'est sa première fois. Du coup, le pauvre Finn se retrouve tout seul à jongler avec le bébé et la caméra, on a promis de retourner l'aider.

Elle embrassa Heidi en ajoutant :

— On ne se voit pas assez souvent. On déjeune ensemble cette semaine ?

— Oui, avec plaisir !

Leur tour venu, ils se firent servir, puis Nevada et Tucker filèrent porter secours à leur beau-frère. Un peu pensive, Heidi raconta :

— Nevada a deux sœurs qui s'appellent Dakota et Montana, si tu peux imaginer une chose pareille. Elles sont triplées, de vraies triplées, tu sais, parfaitement identiques ! Et elles sont toutes les trois tombées amoureuses l'an dernier et se sont mariées au nouvel an. Dakota croyait qu'elle ne pourrait jamais avoir d'enfants, elle venait d'adopter une petite fille mais, bien sûr, elle était à peine avec Finn qu'elle s'est retrouvée enceinte. Résultat, ils ont déjà une belle petite famille. Montana est enceinte jusqu'aux yeux, elle devrait accoucher d'un jour à l'autre. Et je suppose qu'ensuite ce sera le tour de Nevada.

Il devenait urgent de parler d'autre chose, là, elle était vraiment en terrain miné ! Elle avait toujours aimé les enfants, toujours supposé qu'elle en aurait un jour. Le mari, les gosses, un rêve un peu conventionnel peut-être, mais elle y tenait ! Enfin, surtout quand elle était plus jeune, car depuis le suicide de Melinda, si elle désirait toujours avoir des enfants, elle était beaucoup moins sûre de vouloir l'amour. Glen lui avait assez répété que les histoires de couple finissaient toujours mal ! Pour tout dire, tant que personne ne faisait battre son cœur, la question ne l'avait guère tourmentée… mais maintenant il y avait Rafe, et elle ne savait plus très bien où elle en était. Il voulait le mariage, les enfants… mais pas l'amour. C'était tout de même étrange. En plus, elle connaissait ses attentes et ne se voyait pas du tout correspondre au cahier des charges. En fait, si elle regardait les choses en face, elle n'était même pas dans la course ! Ce serait affreux de trouver l'homme de sa vie… pour s'apercevoir qu'elle n'était pas la femme pour lui !

— Tu sais, j'ai beaucoup plus de respect pour les forains maintenant que j'ai aidé à monter un stand, dit-il.

Oui, mieux valait changer de sujet ; les forains, c'était beaucoup plus sûr. Un peu tristement, elle répondit :

— Tu savais qu'il y a tout un art dans la façon d'organiser une fête foraine ? Les manèges et les stands sont groupés d'une façon très étudiée, en tenant compte des circulations, des prix, du nombre de personnes qui peuvent faire un tour en une heure…

— Les prix varient d'un manège à l'autre ?

Elle hocha affirmativement la tête.

— Ce serait plus simple de mettre le même prix partout, mais certaines attractions sont plus populaires que d'autres, et certaines utilisent des équipements plus sophistiqués. Il y a aussi d'autres facteurs, comme le nombre de clients qu'on peut servir dans un temps donné.

Elle fit un geste vers la grande roue.

— Tu vois ? Seize nacelles de deux personnes. Avec une bonne équipe aux commandes, c'est quatre cents passagers à l'heure.

— Tant que ça ?

— Oui ! Tu vois les balançoires ?

— Il n’y qu’une seule personne aux commandes.

— Mais trente-deux balançoires. Eux, ils peuvent prendre neuf cents passagers en une heure.

— C’est une sacrée différence.

— C’est vrai. La plupart des attractions se situent entre les deux. La clé, c’est d’installer une circulation fluide et sécurisée. Le tour ne doit pas être si court que les clients se sentent grugés, mais pas trop long non plus : on y perd du revenu et les queues deviennent ingérables. Les forains doivent gagner leur vie, et les communes aussi.

— Tu travaillais sur les manèges quand tu étais petite ?

— J’ai tout fait, les manèges, les jeux, la restauration.

— Et les chèvres ?

— J’ai eu ma première chèvre quand j’étais gamine, oui, reconnut-elle en riant.

— Et tu ne regrettes pas cette vie ?

— Les forains me manquent, mais j’avais envie de me poser. Et puis, qui ne voudrait pas vivre à Fool’s Gold ?

Elle haussa les épaules et glissa :

— A part toi, bien entendu.

— En fait, ce n’est pas si mal, finalement, avoua-t-il. L’endroit me plaît beaucoup mieux maintenant que je ne dépends plus de la générosité de la commune pour ma survie.

Il hésita un instant, et demanda :

— Tu connais Raoul Moreno ?

— Bien sûr, c’est le mari de Pia. Ils ont des jumelles.

Rafe se mit à rire.

— Je n’en doute pas, mais c’était aussi un très grand quarterback. C’est un terme de football.

— Tu me prends pour qui ? riposta-t-elle en lui lançant une bourrade. Je sais ce que c’est qu’un quarterback !

— Ça ne me paraissait pas évident. Tu es tout de même une fille.

— Et alors, tu crois que les filles ne peuvent pas s’intéresser au football ? Mais d’où est-ce que tu sors, mon pauvre ? Tu voudrais que je ne m’intéresse qu’au shopping et à la cuisine ?

Une fois de plus, il l’attira à l’écart de la foule. Des groupes joyeux passaient sur le trottoir à quelques pas mais, là où il l'avait entraînée, ils étaient à peu près tranquilles. C'était très agréable, pensa-t-elle quand il inclina sa haute taille pour l'embrasser.

— Ça me plaît que tu sois comme tu es, dit-il contre sa bouche.

— Tant mieux…

Ce serait si facile de se perdre en lui… si seulement le prix à payer n'était pas si exorbitant ! Elle s'obligea à demander :

— Et alors, Raoul ?

— Raoul, oui.

Il reprit son bras et replongea dans la foule.

— En fait, j'ai repensé à lui quand j'ai appris qu'il vivait maintenant à Fool's Gold. Tu as sans doute entendu dire qu'il avait créé une sorte de centre pour jeunes en difficulté : il accueille les gosses des quartiers chauds des grandes villes et leur fait suivre tout un programme pour améliorer leur scolarité. Il a de grands projets. L'idée est formidable, le programme d'éducation ambitieux, mais… je me suis dit, il y a aussi d'autres gosses, dans les petites villes ou les zones rurales. Eux aussi, ils ont besoin d'aide.

— Tu envisages de faire quelque chose pour eux ?

— Je ne sais pas encore. Mais j'y pense. Moi, j'ai eu beaucoup de chance, finalement, et le fait de revenir ici m'a fait réfléchir. Toutes les communes ne prennent pas soin des familles en difficulté comme Fool's Gold a pris soin de nous. Je détestais être pauvre, je détestais qu'on nous fasse la charité, mais sans ces paniers de provisions et les affaires qu'on nous donnait… Mme Tilson m'a offert mon premier vélo, Denise Hendrix nous a quasiment habillés — oui, la mère d'Ethan et des triplées. C'était incroyable : cette dame avait six gosses, elle en avait déjà accueilli un septième, et elle trouvait encore moyen de penser à nous. Je me demande combien de Denise Hendrix et combien de maires comme Marsha Tilson il existe dans le pays.

— Tu me surprends.

— Franchement, je me surprends moi-même. Je ne suis

pas tout à fait sûr de me voir dans ce rôle non plus. D'ailleurs, je n'ai encore rien fait. Mais disons que ça fait une quinzaine de jours que je retourne le problème…

Elle aurait préféré qu'il garde ses idées pour lui. Qu'il songe à aider les plus démunis c'était formidable, mais… quand il parlait de cette façon, il lui plaisait encore davantage. Ce qui n'arrangeait pas du tout ses affaires !

— Bon, assez sur le sujet, conclut-il en posant un baiser sur ses cheveux. J'ai envie d'un hot-dog au chili. Ça te dit ?

— Et comment !

Blottie sur le canapé de la caravane de Rita, Heidi soupira de satisfaction. Cela faisait du bien, cette soirée « en famille » ! Tout ici était familier, de la housse fleurie du canapé qu'elle avait aidé à coudre il y a quelques années jusqu'à Nelson, le beau chat gris et blanc qui faisait sa toilette à ses pieds. Rita servit deux verres de cognac et lui en tendit un.

— Je t'ai offert ton premier verre le soir de ta majorité, dit-elle avec un sourire. Tu te souviens ? On avait fait une sacrée fête.

— Oui, Melinda était avec nous. Son anniversaire tombait quatre mois avant le mien et elle n'arrêtait pas de me taquiner parce qu'elle avait le droit de boire de l'alcool et pas moi.

— Vous ne faisiez pas beaucoup la fête, ni l'une ni l'autre. Pas non plus de bêtises avec les garçons, vous étiez des filles plutôt sages en fait.

— On était des saintes, répliqua Heidi d'un ton léger en goûtant son cognac. Il aurait fallu nous dresser une statue.

— Elle te manque encore, soupira Rita. Je n'ai pas besoin d'être médium pour m'en rendre compte, je le vois dans tes yeux quand tu parles d'elle.

— C'était ma meilleure amie…

Sa voix s'enrouait un peu. Aujourd'hui encore, elle ne pouvait pas penser à la mort de Melinda sans se sentir trahie. Si elle l'avait perdue dans un accident, une maladie, un de ces coups du sort imprévisibles, il lui semblait qu'elle aurait pu se résigner — mais Melinda avait agi délibérément. Plusieurs fois ! Elle s'était ôté la vie en abandonnant derrière elle ses amis et sa famille.

— Pourquoi est-ce qu'on ne lui a pas suffi ? s'écria-t-elle tout à coup, les yeux pleins de larmes. On l'aimait, nous. Lui, c'était juste un garçon rencontré à la fac, un pauvre type qui ne savait pas ce qu'il voulait vraiment. Il n'en valait pas la peine.

— Est-ce que tu crois vraiment que l'un d'entre nous a le pouvoir de te faire autant de mal que Rafe ?

Quelle question embarrassante ! Que pouvait-elle répondre ? Glen avait le pouvoir de l'agacer — et même de la mettre en rage. Le jour où elle avait découvert l'escroquerie, par exemple... Mais Rita avait raison, il ne pouvait pas réellement la faire souffrir, elle savait trop bien que son amour pour elle était inconditionnel et qu'elle pourrait toujours compter sur lui. Quoi qu'il arrive, ils seraient toujours là l'un pour l'autre.

— Je ne veux pas l'aimer, gémit-elle.

— Tu n'es pas comme Melinda.

Heidi leva brusquement la tête. Une fois de plus, Rita venait de mettre le doigt sur le nœud de son angoisse.

— Tu ne peux pas le savoir ! Et si mon cœur se brise en mille morceaux ? Si je ne peux pas affronter la douleur ? Melinda avait autant de raisons de vivre que moi.

— Mais elle n'était pas aussi forte. Dans votre amitié, c'était toi le roc. Elle s'appuyait sur toi.

— J'aurais dû partir en fac avec elle. J'aurais pu empêcher ces filles de la harceler, ou au moins faire en sorte que ça n'ait pas autant d'importance, au moins on aurait été toutes les deux.

— Ce n'est pas si simple, et tu le sais aussi bien que moi. Melinda était fragile et vulnérable, même avant qu'on ne lui brise le cœur. Tu n'es pas elle, et Rafe n'a rien à voir avec ce garçon qu'elle aimait.

— Tu n'en sais rien. Tu ne le connais pas.

— Mais je te connais, toi, et je l'ai regardé. Au fond, c'est un homme bien. Pas toujours très clair avec lui-même, et très prudent dans le domaine des émotions, c'est certain, mais une fois qu'il donne son amour il est loyal. Un cœur d'or, beaucoup de gentillesse.

Et fabuleux au lit — mais, cela, Heidi ne le précisa pas.

— Il ne veut pas de moi ! Il cherche la femme parfaite pour se glisser dans sa vie d'homme d'affaires. Il a une espèce de liste et autant dire que je ne corresponds à aucun de ses critères.

— Il se protège, il cherche à éviter les coups. Tout le monde fait la même chose, d'une certaine manière.

Elle but une gorgée, réfléchit un instant et reprit :

— Rafe veut ce que nous voulons tous : trouver une place sur cette terre. Il a ses fragilités, lui aussi. Alors, ne te laisse pas aveugler par tes angoisses, joue la partie telle qu'elle est, sans projeter sur lui des craintes qui ne sont qu'à toi. Fais avec ce qu'il est… et avec ce que, toi, tu es.

— Je voudrais bien, mais je suis morte de peur.

— Le courage véritable, c'est d'agir alors qu'on a peur.

— Et je ne peux pas juste partir en courant ?

Rita lui lança un grand sourire très tendre.

— Alors, ça, ça n'a jamais été ton style. Tu feras ce qu'il faut faire, et tu survivras.

Avec une inquiétude croissante, Rafe regardait sa mère disposer de grandes feuilles de papier sur la table de la cuisine. Elle l'avait fait asseoir en lui disant qu'elle voulait lui soumettre un nouveau projet. Sur les plans qu'elle alignait devant lui, il reconnut le contour du ranch, la maison, les dépendances principales, l'emplacement des enclos des animaux — il choisit d'ignorer les légendes faisant référence à un chameau, deux zèbres…

— Voilà à quoi on a pensé, déclara-t-elle.

Ses yeux brillaient, ses joues étaient roses et elle sautait presque sur place d'excitation.

— Des quartiers d'hiver pour les forains !

Elle le regarda comme si elle s'attendait à des exclamations de joie. Décidément, cette nouvelle lubie n'allait pas arranger ses propres projets ! Sans s'engager, il demanda :

— Tu m'expliques ?

Ce fut Glen qui répondit :

— Eh bien… il fait sacrément froid dans les caravanes, l'hiver.

Rafe nota qu'une de ses mains s'égarait distraitement vers la chute de reins de May, et riva aussitôt son regard aux plans en s'efforçant de désactiver sa vision périphérique.

— On ne pensait pas à des maisons trop grandes, poursuivit le vieil homme. Juste deux chambres, un salon, une cuisine, une salle de bains et une buanderie. Dans les quatre-vingts mètres carrés peut-être ? Avec suffisamment de place entre les maisons pour caser les camions des attractions. Ce serait comme une sorte de petit hameau.

May revint à la charge en désignant plusieurs emplacements sur son plan.

— Et à la belle saison, quand les forains seront en tournée, on pourrait faire des locations de vacances ! Histoire de rentabiliser le projet, tu comprends ? On pratiquerait des prix très raisonnables. Tu imagines quelle chance ce serait pour des familles modestes de pouvoir passer une semaine à Fool's Gold en louant une maison dans un endroit pareil ? Tu pourrais même en bâtir quelques-unes avec une troisième chambre, pour les familles nombreuses.

— Je me réjouis déjà.

— Ça ne te plaît pas ?

La seule idée semblait la choquer profondément. Un peu gêné, il répondit :

— C'est intéressant…

Intéressant, oui — mais pas du tout ce qu'il avait imaginé. Beaucoup moins rentable. Cela dit… d'après le plan qu'il avait sous les yeux, une grande partie du ranch resterait disponible. S'il ne pouvait pas bâtir autant de maisons que prévu, il pourrait tout de même réaliser un premier lotissement.

— Tu veux que je demande à Mlle Jennings de m'envoyer des modèles de maisons ? proposa-t-il.

— Ce serait formidable.

— Bon, il faut que je vous laisse, déclara Glen en se levant. J'ai promis à Heidi de déplacer les chèvres. Athéna est plutôt nerveuse en ce moment, j'en ai sûrement pour un certain temps.

Il embrassa May sur la joue, salua Rafe d'un signe de tête et les quitta. Dès qu'il fut sorti, May se laissa tomber sur une chaise en soupirant :

— Tu détestes mon idée.

— Mais non. Je suis juste surpris, c'est tout. Je n'avais pas pensé à des locations de vacances, mais après tout pourquoi pas ?

Il la connaissait suffisamment pour savoir que, maintenant qu'elle s'était enflammée pour cette idée, elle n'en démordrait plus. Mieux valait travailler avec elle que contre elle ! Elle braqua sur lui un regard douloureux en soupirant :

— Tu penses que je suis une mauvaise mère.

— Comment ? Qu'est-ce que… ?

Médusé, il vit ses yeux se remplir de larmes.

— Et tu as bien raison ! reprit-elle amèrement. Tu sais quel jour on est, aujourd'hui ?

Il mit un instant à saisir où elle voulait en venir, mais dès qu'il eut compris il se hâta d'assurer :

— Tu n'es pas une mauvaise mère.

— Je ne lui ai même pas téléphoné. Je sais bien que je devrais, mais je ne sais jamais quoi lui dire. Elle est toujours tellement distante. Je sais bien que c'est ma faute…

— Mais non, maman.

— C'est ma fille ! On devrait être proches, toutes les deux. Je ne comprends pas, je m'entends très bien avec toi.

— Parce que je n'arrive pas à t'échapper.

S'il avait espéré la faire sourire, il en fut pour ses frais : les larmes débordèrent et inondèrent ses joues. Profondément troublé, il contourna la table, la fit lever et la serra sur son cœur.

— Appelle-la. Souhaite-lui un bon anniversaire. Il n'est pas trop tard.

— C'est tellement compliqué ! Je devrais avoir envie de

parler à Evangeline, sanglota-t-elle. Elle devrait me manquer. Non, ce n'est pas ça, elle me manque en fait, c'est juste que je ne sais jamais où j'en suis, avec elle. Tu crois qu'elle nous déteste ? Toi non plus, tu ne l'appelles jamais.

— C'est vrai mais, quand je lui parle, on finit toujours par se disputer. Du coup, je préfère éviter.

Sa sœur l'avait effectivement beaucoup déçu. Tant de potentiel, pour de si piètres résultats ! Une danseuse extraordinaire, admise à la plus prestigieuse des écoles, promise à une grande carrière… et elle avait laissé tomber ses études en deuxième année. A l'époque, sept ans plus tôt, l'affaire de Rafe était en pleine expansion, il y réinvestissait tous ses bénéfices ; l'école Juilliard coûtait les yeux de la tête, il avait eu du mal à trouver la somme nécessaire, mais il était déterminé à ce que sa sœur ait toutes les chances de son côté. Il avait donc payé, versé à Evangeline de quoi vivre et même de quoi sortir de temps en temps avec ses amis… et elle avait tout laissé tomber, elle était partie sans se retourner et sans jamais lui donner le commencement d'une explication. Sa défection, il l'avait apprise par un courrier de l'école, qui lui remboursait l'argent de l'année « car Evangeline Stryker n'était plus étudiante chez eux ».

— Elle est toute seule, chuchota May. Tu imagines, c'est son anniversaire et elle est toute seule.

Il la laissa pleurer en la berçant contre lui. Ce problème, il ne savait pas comment le régler. Shane dirait sans doute que tout était sa faute — et il aurait peut-être raison, peut-être attendait-il effectivement trop de sa famille, mais, bon sang, Evangeline avait le potentiel, elle pouvait être la meilleure ! Et, comme Clay, elle avait opté pour la facilité. Elle avait renoncé à son rêve, à ses ambitions, et cela, il ne pouvait pas le lui pardonner.

— Appelle-la, répéta-t-il. Tu te sentiras mieux et elle aussi.

Elle s'écarta de lui en s'essuyant les joues.

— Toi et moi, on a le même problème, soupira-t-elle. On est trop orgueilleux. Si on estime que quelque chose nous est dû, on refuse de s'abaisser à le demander. On trouve humiliant de se battre pour certaines choses — alors que ce sont parfois celles qui comptent le plus. Et si quelqu'un nous tourne le dos on ne lève pas le petit doigt pour le retenir. Je sais bien que c'est de moi que tu tiens tout ça…

Assez choqué par ce diagnostic, il protesta :

— Je ne fais pas ça… si ?

— Mais si. Tu l'as fait avec Evangeline, et aussi avec Clay. Peut-être aussi avec ta femme, je n'ai jamais réellement su ce qui s'était passé entre vous. Je te vois réagir exactement comme moi et ça me fait mal, je sais que c'est de moi que tu tiens ça… Mais il faut que ça change. Un jour, tu devras te décider à demander, insister, supplier même. Et moi aussi. Enfin, il faudrait déjà que je sache ce que je veux…

Elle quitta brusquement la cuisine. Déconcerté, Rafe se rassit. Où voulait-elle en venir ? Il savait se battre, il l'avait suffisamment montré dans sa vie professionnelle ! Parti de rien, il était tout de même devenu millionnaire… Mais sa mère ne parlait pas de ça. De quoi, alors ? De son cœur, de ses relations affectives. Se pouvait-il qu'elle ait raison ? Se montrait-il trop intransigeant sur le registre des relations humaines — intransigeant ou plutôt lâche ? Clay l'avait déçu, Evangeline aussi, et aujourd'hui ils ne faisaient plus partie de sa vie. L'amour l'avait déçu et il refusait de miser son cœur une seconde fois. Il ne pardonnait pas facilement, et jusqu'à aujourd'hui il avait toujours estimé que c'était une force. Et s'il se trompait aussi sur ce point ?

Rita fit jouer le rayon de sa lampe torche sur les parois de la grotte et éclata d'un grand rire.

— Elles sont superbes ! Vous avez fait un travail remarquable, franchement, je me serais laissé avoir sur toute la ligne.

— Malheureusement, ce n'est pas toi qu'on doit convaincre, soupira Heidi. Les experts les ont vues, ils ont commencé leurs travaux. Je ne sais pas combien de temps on va pouvoir les mener en bateau.

— Tu n'as pas l'air très à l'aise avec la situation, rétorqua Rita en scrutant son visage.

— Je déteste. Je n'aurais jamais dû faire ça. J'ai failli laisser tomber mais j'étais tellement vexée, tellement en colère… C'est comme une avalanche : une fois que ça commence, on ne peut plus rien arrêter.

Elle effleura la paroi fraîche et inégale.

— Je sais que j'aurais dû parler à Rafe, essayer de trouver un terrain d'entente avec lui. Mais je n'ai pas voulu, et maintenant je me retrouve à mentir et tromper tout le monde. Quand ça se saura, personne à Fool's Gold ne me le pardonnera.

— Tu exagères !

— Non, je regrette vraiment, je n'aurais pas dû faire ça.

— Ma pauvre chérie, soupira Rita en lui embrassant le front. Tu n'allais tout de même pas te laisser marcher sur les pieds ?

— Si j'étais vraiment quelqu'un de fort, j'aurais trouvé une autre solution.

— Respire. De toute façon, c'est fait, maintenant. Tu n'as plus qu'à surfer sur la vague en attendant de voir où elle retombera. Ce ne sera peut-être pas si grave.

— J'espère que tu as raison !

— J'ai presque toujours raison. Allez viens, montre-moi le reste.

Heidi l'entraîna plus loin dans le dédale des grottes… sans remarquer la journaliste tapie dans l'ombre, à qui pas une miette de la conversation n'avait échappé, et qui se hâtait maintenant vers la sortie.

18

Campé au milieu de la cuisine, Rafe étouffait de rage. Impossible de regarder Heidi en face, pas après ce qu'elle avait fait. Des mots terribles se pressaient sur ses lèvres et il devait lutter pour ne pas dire des choses qu'il regretterait forcément par la suite. Au fond, il l'avait toujours soupçonnée de ne pas être tout à fait honnête, mais il n'aurait pas imaginé qu'elle soit capable d'aller jusque-là. Et quand il pensait à la façon dont l'information venait de lui sauter au visage ! Il se sentait profondément trahi.

— Ecoute, je suis sûre que si Heidi nous expliquait…

Fidèle à elle-même, May cherchait à réconcilier tout le monde — mais, cette fois, elle aussi semblait avoir du mal à encaisser le coup, et ses propos manquaient sérieusement de conviction. Quant à Glen, il se tenait entre les deux femmes, l'air de ne pas savoir laquelle soutenir.

Adossée au plan de travail — par besoin d'un appui ou par désir de mettre la plus grande distance possible entre eux ? — Heidi ne regardait personne. Ses yeux semblaient rivés au plancher. Les informations du matin venaient de claironner le scoop du jour : les peintures rupestres de Fool's Gold étaient fausses. L'envoyée spéciale en personne avait entendu la jeune propriétaire du ranch avouer son geste ; la journaliste insistait lourdement sur le fait que Heidi Simpson avait grugé ses concitoyens. Rafe comprit tout à coup pourquoi il éprouvait une telle colère : ce n'était pas qu'elle ait tenté de le battre — cela, il pouvait encore le comprendre —, non, c'était qu'elle ne lui ait pas fait confiance.

Il réprima un juron. Après tout, au nom de quoi aurait-elle dû s'en remettre à lui ? Certes, elle ne pouvait pas le savoir, mais au fond il ne valait pas mieux qu'elle : il voulait le ranch pour son lotissement et il n'avait pas eu l'intention non plus de chercher un compromis ! Malgré tout, il ne parvenait pas à lui pardonner son geste.

— Tu m'as menti, dit-il enfin d'une voix blanche.

Elle leva le menton, puis les yeux, et répondit fermement :

— Oui, c'est vrai. Je voulais que la juge se décide en ma faveur et, pour ça, j'étais prête à faire n'importe quoi pour que tu sois obligé de renoncer à tes projets.

May se laissa tomber sur la chaise la plus proche.

— Oh ! Heidi… Je ne comprends pas. On s'entendait bien, je croyais que tu appréciais ma compagnie.

— Ce n'est pas toi le problème, c'est ton fils, répondit Heidi, le regard toujours braqué sur Rafe. Moi aussi, au début, je croyais qu'on pourrait trouver un terrain d'entente, mais quand j'ai découvert que Rafe faisait des projets derrière mon dos… Tu sais qu'il a sa propre idée sur l'avenir du ranch : il veut construire des lotissements pour les futurs employés du casino. Rien à voir avec vos quartiers d'hiver pour les forains, non, des centaines de maisons collées les unes aux autres, sur quasiment toute la surface du terrain.

Enfin, elle se détourna de lui pour regarder May et conclut d'une voix amère :

— Mais tu n'as aucun souci à te faire : d'après les plans que j'ai vus, tu pourras garder la maison et il te laissera même quelques ares pour tes animaux. Pour nous en revanche… Tout le reste sera construit et, Glen et moi, on pourra prendre la porte.

Rafe jura tout bas. Quand avait-elle pu voir ces plans ? Sa mère le dévisageait maintenant, interdite.

— Rafe, c'est vrai ? Tu veux construire des maisons et mettre Heidi dehors ? Comment est-ce que tu as pu envisager une chose pareille ?

— Mais je n'ai rien *fait*. Il s'agit seulement de quelques croquis.

— Tu n'as rien fait ? Tu plaisantes ? protesta Heidi avec mépris. Tu as passé des coups de fil, tu t'es renseigné sur le plan d'occupation des sols. Tu as discrètement entamé des tractations avec la commune.

— Tu ne peux pas savoir ça.

— Non, c'est vrai — mais je te connais, et j'imagine très bien comment ça s'est passé. Ose dire que je me trompe !

Tous les regards étaient maintenant braqués sur lui. Sa mère avait les larmes aux yeux.

— J'ai juste demandé à Dante de tâter le terrain, avoua-t-il. Rien de plus.

— Mais… et Heidi alors ! s'exclama May. Tu comptais la mettre à la rue ? Et les chèvres ?

N'ayant rien à dire pour sa défense, il choisit de passer à l'offensive.

— Maman, tu t'es fait escroquer ! Je cherchais juste à m'assurer que tu…

— Oh ! je t'en prie, s'énerva Heidi, outrée. Tu te mens à toi-même, là ! Tu crois vraiment que May rêve d'avoir deux cents maisons à deux pas de chez elle ? Dix routes pour découper ce ranch qui lui rappelle tant de souvenirs ? Toute cette nature sauvage transformée en parking ? Tu n'as pas fait ça pour elle, ne raconte pas n'importe quoi, tu as vu la combine et tu as foncé, c'est tout.

— Ce n'est pas vrai.

— Ah ? Alors, dans ce cas, pourquoi est-ce que tu n'as parlé à personne de tes projets ? Tu aurais pu au moins en dire deux mots à May, non ? Quand j'ai découvert ton plan, je me suis sentie tellement trahie ! Je ne voyais pas comment je pouvais me défendre, alors oui, j'ai truqué ces fichues peintures rupestres, j'ai mis des objets dans les grottes. Je n'aurais pas dû, et je peux même te dire que d'une certaine manière c'est un soulagement pour moi d'être démasquée. Mais, au fond, tu ne m'as pas laissé beaucoup de marge de manœuvre et, maintenant, j'assumerai les conséquences.

Sa voix se fêla et elle conclut tout bas :

— Je voulais juste préserver le ranch, et m'assurer qu'on

pourrait rester ici, Glen et moi. Oh ! May, je suis désolée, j'aurais dû te parler ! C'est là que j'ai été stupide et je t'assure que je le regrette de tout mon cœur. Quand j'ai découvert ce que Rafe comptait faire… j'ai eu tellement peur, je me suis sentie si humiliée…

Elle respira à fond pour tenter de maîtriser sa voix.

— Je te demande pardon.

— Je comprends, balbutia May. Rafe, pourquoi est-ce que tu n'as rien dit ? Quand on t'a parlé de quartiers d'hiver pour les forains, de locations de vacances, tu aurais pu nous parler de tes projets. Tu ne comptais tout de même pas conclure un projet comme ça dans mon dos ? Je ne comprends pas…

Voyant la perplexité de Heidi, elle expliqua :

— Ton grand-père et moi, on avait eu une idée formidable : prendre une partie du terrain pour construire de petites maisons pour accueillir les forains pendant l'hiver. L'été, on aurait pu les louer à des vacanciers, des familles qui ont envie de venir à Fool's Gold.

Une larme roula sur la joue de Heidi.

— J'aurais bien aimé…

Rafe n'y comprenait plus rien. Comment la situation avait-elle pu se retourner à ce point contre lui ? Heidi montait une escroquerie éhontée — la deuxième en peu de temps — et c'était lui le monstre ! Tout en sachant qu'il ferait mieux de se taire, il ne put s'empêcher de lancer :

— Heidi nous a tout de même menti. Elle nous a tous trompés.

— Et toi aussi, riposta sèchement sa mère. Transformer le ranch en lotissements ? Enfin, Rafe, tu devais bien te douter que je n'aurais jamais accepté ça ! Peut-être un ou deux hectares, tout ou bout, sur la partie la plus proche du casino, et encore ! Et, de toute façon, je ne t'aurais *jamais* permis de renvoyer Heidi. Tu as voulu prendre les choses en main, comme d'habitude, en partant du principe que tu sais tout mieux que tout le monde.

Posément, elle se leva et planta son regard dans le sien.

— Je sais que c'est en partie ma faute. J'ai trop compté

sur ton soutien quand tu étais petit ; je t'ai forcé à grandir trop vite. Maintenant, tu te crois seul maître à bord et tu passes sur tout le monde comme un rouleau compresseur.

Médusé, il la dévisagea sans rien dire : les protestations se pressaient sur ses lèvres, mais il ne parvenait pas à choisir laquelle formuler en premier. Il ouvrait la bouche quand elle déclara :

— Non. Je ne veux plus en parler.

Et elle quitta la cuisine en coup de vent, Glen sur ses talons. Les dents serrées, Rafe écarta une chaise de la table et s'assit.

— Tu es contente de toi ? s'enquit-il.

— Non. Ce n'est pas ce que je voulais.

— Qu'est-ce que tu voulais, alors ?

— Ne pas être mise à la porte de chez moi. Je te l'ai dit, pourtant, plus d'une fois ! Et quand j'ai su, pour le lotissement, j'ai bien envisagé de venir te trouver, d'essayer d'en parler avec toi, mais toi…

Elle secoua la tête, désabusée, en lâchant :

— Toi, il faut toujours que tu aies le dernier mot. Tu veux tout décider, tout le temps, et sans consulter personne. D'ailleurs, tu le vois bien, ta mère t'avait parlé de son idée de locations de vacances, et pourtant tu ne lui as rien dit non plus de tes projets.

Son regard se posa sur lui, aigu, et elle ajouta :

— En fait, je parie que tu cherchais déjà le moyen d'avoir les deux ! Lui construire les petites maisons qu'elle voulait, et te servir du terrain restant pour ton lotissement.

Il ne répondit pas — c'était l'exacte vérité.

— Je vois, soupira-t-elle. Et laisse-moi deviner : il n'y avait pas non plus de place pour moi dans ton nouveau projet ?

Il changea de position sur sa chaise. Elle avait mal agi et c'était lui qui se sentait coupable ! C'était insupportable.

— Heidi…

— Non. Oublie tes justifications, ça ne sert à rien. Pour toi, je suis juste une pauvre fille de la campagne avec qui tu as couché. Tu te fiches complètement de ce que je deviendrai et ça ne te dérange pas du tout de me mettre à la rue.

— Ce n'est pas vrai !

— Ah bon ? Prouve-le, alors. Montre-moi où j'ai ma place dans ton projet. Indique-moi le centimètre carré de ce ranch que tu laissais pour mes chèvres.

— Je n'ai pas tous les détails, protesta-t-il, évasif.

— Tu n'as rien du tout.

Longtemps, elle scruta son visage. Il s'attendait à des cris, des insultes, mais elle n'ajouta rien. Elle ne semblait même plus en colère — seulement infiniment triste.

— Ces fichues peintures... je sais que j'ai eu tort, dit-elle tout bas. C'était stupide et malhonnête, mais je l'ai fait pour protéger mon foyer et celui de mon grand-père. Toi, ta seule motivation, c'était le profit. Ta mère a raison, tu imposes ta volonté à tout le monde et, les conséquences, tu t'en fiches. Si tu n'as rien ressenti de particulier quand ton mariage est passé à la trappe, c'est parce que les autres n'existent pas pour toi. Un agent matrimonial, c'est sans doute exactement ce qu'il te faut, Rafe. Assure-toi juste que Nina explique bien à ta future femme qu'elle épouse un homme sans cœur.

Rafe avait toujours estimé être un type correct et responsable, ayant intégré les règles du vivre ensemble et mesurant les retombées de ses actes. Oui, il jouait pour gagner, et alors ? On n'est pas entrepreneur si on espère perdre. Et voilà que tout à coup on changeait les règles du jeu ? La situation s'était retournée contre lui d'un seul coup, Heidi avait menti, elle avait trompé tout le monde, une journaliste l'avait prise la main dans le sac... mais on ne lui reprochait rien. Non, le grand fautif, c'était *lui*. C'était à n'y rien comprendre.

Sa mère lui avait demandé de quitter le ranch et de retourner s'installer à l'hôtel. Il n'avait pas revu Heidi, Glen ne lui adressait plus la parole et, dans les rues de Fool's Gold, des gens qu'il ne connaissait ni d'Eve, ni d'Adam lui lançaient des regards lourds de reproche.

— J'ai comme l'impression que tout le monde te déteste, dit Dante d'un ton léger en étirant ses longues jambes devant lui.

Ils étaient installés dans les larges fauteuils du bar de l'hôtel, où Rafe avait repris possession de son ancienne suite. Dante était venu le rejoindre pour poser les dernières touches à une négociation en cours ; d'ici deux jours, ils reprendraient ensemble la route de San Francisco. A quoi bon rester ici ? Personne ne désirait sa présence. Amèrement, il commanda un autre verre.

— C'est un éclairage intéressant sur le comportement humain, ajouta son associé. Techniquement, Heidi est en tort. Elle a monté une arnaque très élaborée qui pouvait entacher la réputation des archéologues comme celle de la commune. Toi, tu t'es contenté de griffonner quelques croquis pour un éventuel projet. Résultat, tout le monde lui pardonne et, toi, on te prend pour le diable en personne. Il y a sans doute des leçons à tirer de tout ça !

— Merci pour ce récapitulatif, je me sens beaucoup mieux, répondit Rafe avec un sourire d'ironie désabusée.

— Cet endroit me plaît, reprit Dante en promenant un regard satisfait autour de lui.

— Tu es un grand malade.

— Peut-être. Mais je sens qu'il existe ici une communauté soudée, solidaire. Finalement, aux yeux de Fool's Gold, Heidi est la courageuse petite jeune femme victime du grand méchant promoteur. On est presque dans le mythe !

— Je ne les ai même pas construits, ces fichus lotissements.

— Mais tu aurais pu, et alors là, mon grand, ton péché aurait été terrible. Non, sérieusement, ils sont loyaux. J'ai du respect pour ça.

— Oui, eh bien, j'espère que tu as autant de respect pour l'affaire en or qui vient de nous filer entre les doigts. On ne pourra jamais, je dis bien jamais, construire une seule maison par ici.

— Pas sur le ranch de ta mère, mais il y a d'autres terrains. Et le casino aura toujours besoin de recruter du monde.

Catégorique, Rafe secoua la tête.

— Non, merci. J'en ai terminé avec Fool's Gold. Ma

première impression était la bonne : je n'aurais jamais dû revenir ici.

— Je jetterai peut-être quand même un coup d'œil au cadastre.

— Ne te gêne pas pour moi.

Rafe ouvrait la bouche pour ajouter quelque chose quand l'ambiance feutrée du bar vola en éclats. Un nouveau venu venait de pousser la porte à la volée, ses pas sonores claquaient sur le parquet ancien. Surpris, Rafe se retourna… c'était Shane. Son frère semblait d'une humeur exécrable.

— Prépare-toi pour un nouveau round, glissa-t-il à Dante.

Ils se levèrent tous deux en même temps. Shane s'arrêta à trois pas, le regard braqué sur son aîné.

— Tu es de retour, lança Rafe.

— Comme tu vois.

— Je te présente Dante Jefferson, mon associé.

Les deux hommes se serrèrent la main, et Shane s'enquit :

— Vous êtes aussi crétin que mon frère ?

— Je ne lui arrive pas à la cheville, répliqua Dante avec un sourire cordial.

— Parfait.

Shane lui tourna aussitôt le dos pour se concentrer sur Rafe.

— Tu peux me dire ce qui t'a pris ?

Avec une certaine lassitude, Rafe se rassit, en se carrant bien dans son fauteuil. Il connaissait suffisamment son frère pour savoir que celui-ci n'attendait pas vraiment de réponse.

— Tu savais que je voulais amener mes chevaux ici, poursuivit Shane en s'asseyant en face de lui, dans le fauteuil précédemment occupé par Dante.

Poliment, celui-ci approcha un autre siège et y prit place sans un mot. Shane ne sembla pas remarquer la manœuvre ; exclusivement concentrés sur Rafe, ses yeux sombres jetaient des éclairs.

— J'ai déjà fait une offre sur cent hectares juste à côté du ranch. J'élève des chevaux, Rafe ! Il n'est pas question pour moi d'avoir un lotissement tout contre mon haras. J'avais déjà parlé à maman de louer une partie de ses terres pour mes pâturages, on allait faire du foin, peut-être d'autres récoltes. Tu te prends pour qui, de saboter tous nos projets ?

— Techniquement, il n'a rien fait du tout, lâcha discrètement Dante. Il n'y a rien eu de plus que quelques croquis, quelques conversations.

— Vous, ne vous mêlez pas de ça, recommanda Shane.

L'associé de Rafe leva les mains pour indiquer qu'il ne dirait plus rien.

— Mais tu ne m'as pas parlé de tes projets, argua Rafe. Comment est-ce que je pouvais en tenir compte alors que vous aviez décidé ça entre vous, maman et toi ?

— Je ne t'en ai pas parlé, non. Je n'étais pas pressé de m'entendre expliquer pourquoi ça ne pourrait jamais marcher.

— Comment ? protesta Rafe, sincèrement heurté. Je n'aurais jamais dit une chose pareille. Tu connais très bien ton métier, je te fais confiance.

— Merci ! Merci beaucoup, vraiment, j'apprécie. Excuse-moi si je n'attendais pas un tel soutien de ta part : si mes souvenirs sont bons, tu m'as toujours répété que je faisais fausse route. Pendant des années, tu m'as harcelé pour que j'aille à l'université, alors que je n'avais pas le moindre intérêt pour les études. Il n'était pas question que je devienne un simple travailleur manuel comme papa ! Et, quand, à 18 ans, je suis parti travailler sur un ranch, tu m'as prévenu que si je me ramassais je devrais me débrouiller tout seul. Tu n'étais pas d'accord avec ma décision, tu estimais que je dilapidais mon potentiel, et du coup tu as tout simplement tiré un trait. L'idée que tu aurais pu me soutenir dans *mon* projet ne t'a même pas effleuré.

Rafe réprima une grimace.

— Je ne voulais pas dire ça comme ça ! Je voulais juste le meilleur pour toi.

— Ce n'est pas à toi de décider ce qui est meilleur pour les autres.

— Tu as raison.

— C'est un peu tard pour l'admettre.

Shane se pencha en avant et, avec une intensité qui stupéfia Rafe, il déclara :

— Tu ne t'en rends peut-être pas compte, mais tu fais ça tout le temps ! Tu te mêles de nos choix, tu décrètes ce qu'il faut faire, tu exiges des résultats. Tu ne demandes jamais, tu ne proposes rien, tu *décides*. Notre point de vue ne t'intéresse pas. Tu dois penser qu'on est tous trop bêtes ou incompétents pour avoir une opinion valable.

— Mais pas du tout !

C'était invraisemblable ! Une fois de plus, c'était lui qu'on accusait de tous les maux de la terre !

— Bien sûr que si ! Ça fait des années que tu n'as pas adressé la parole à Clay ou à Evie. Ce n'est pas eux qui t'ont repoussé, c'est toi qui as coupé les ponts ! Tu estimes qu'ils gâchent leurs vies et ça, pour toi, c'est impardonnable. C'est *leur* vie, Rafe, c'est à eux de décider ce qu'ils en feront ! Je sais bien que tu as travaillé dur pour nous faire vivre, et on t'est tous reconnaissants — mais le prix à payer est exorbitant parce que, en échange, tu crois qu'on t'appartient ! Et ça, tu nous excuseras, mais c'est hors de question.

Il se remit debout et conclut :

— Tu ne feras rien sur le ranch. L'idée de maman et Glen de construire quelques petites maisons est formidable, mais il n'y aura rien de plus. Pas de lotissements, pas de commerces, rien. On garde le reste des terres pour les animaux de maman, les chevaux et quelques champs. C'est compris ?

Muet, Rafe hocha affirmativement la tête. Sans un mot de plus, Shane tourna les talons et ressortit. Il y eut un long silence, puis Rafe se laissa aller dans son fauteuil en soupirant :

— Tu as de la chance d'être fils unique…

— Tu crois ? Moi, j'aimerais assez avoir de la famille.

Il récupéra son verre, but une gorgée de whisky et demanda :

— Et maintenant, qu'est-ce qu'on fait ?

— Aucune idée. On rentre, j'imagine. Je vais juste m'assurer que les charpentiers ont terminé la grange et que tout ce que ma mère a lancé est sur des rails ; ensuite je te rejoindrai à San Francisco.

Dante haussa les sourcils.

— Tu sais, ça ne surprendrait personne que tu la laisses se débrouiller avec les charpentiers.

— C'est ce que je devrais faire.

Mais il ne le ferait pas, bien sûr. Prendre soin de sa mère, ses frères et sa sœur, c'était dans sa nature. Même si on ne lui en était guère reconnaissant.

Il réfléchit aux accusations de Shane. Lui, il imposait son point de vue, il décidait pour les autres ? Ce n'était peut-être pas tout à fait faux — mais il ne fallait tout de même pas oublier qu'il s'était donné un mal de chien pour élever les trois plus jeunes et épauler leur mère. Il avait fait de sérieux sacrifices, il s'était mis en quatre pour qu'ils puissent vivre une enfance normale — pendant tout ce temps, il se faisait un sang d'encre pour leur avenir. Aujourd'hui, bien sûr, il s'y prendrait autrement, mais à seize ou vingt ans…

Il aurait aimé… aussi invraisemblable que cela lui paraisse, il aurait vraiment aimé pouvoir en parler avec Heidi. Lui répéter les accusations de Shane et lui demander son avis, peut-être même ses conseils. Elle saurait considérer les différents points de vue, c'était un don qu'elle avait ; elle lui donnerait peut-être une idée sur la façon de réagir. Seulement, elle aussi l'évitait, maintenant. Même s'ils se croisaient par hasard, elle n'accepterait certainement pas de lui parler. Pour tout dire… elle lui manquait. Ce qui avait d'abord semblé être une sorte de cauchemar, vivre sous le même toit que sa mère, le vieil escroc et la petite-fille dépossédée… était finalement devenu très agréable. En fait, il avait adoré. Apprendre à connaître Heidi, se familiariser avec ses humeurs, ses enthousiasmes, découvrir ce qui la faisait sourire… oui, cela avait été un vrai régal, dès le premier jour. Il lui suffisait d'entendre le son de sa voix, son rire, elle n'avait qu'à entrer dans la pièce pour lui donner envie d'elle. Envie de son corps bien sûr, mais surtout envie de toute sa personne, de sa présence, de sa douceur, de son humour… C'est elle qu'il regretterait le plus en repartant, bien sûr. Il était maintenant tellement évident qu'il ne voulait plus de l'épouse parfaitement calibrée commandée à Nina. Il voulait…

Non, impossible ! Et pourtant si. Ce qu'il voulait réellement, c'était *elle*. Heidi. Un véritable amour.

Cette révélation lui explosa au visage, aussi excitante que terrifiante. Même s'il réussissait de nouveau à se faire une place dans sa vie, Heidi n'accepterait jamais une relation uniquement fondée sur une amitié solide ou des valeurs partagées. Elle lui offrirait son cœur tout entier, sans réserve, en exigeant qu'il en fasse autant. Il n'y aurait aucun filet de sécurité, il ne pourrait plus se cacher… et si jamais elle le quittait il ne s'en remettrait jamais.

C'était trop, il ne pouvait tout simplement pas miser autant ; dans un sursaut, il repoussa tout, en bloc. Le plus important était de garder le contrôle. C'était comme cela qu'il avait survécu, toutes ces années, comme cela qu'il avait réussi à intégrer Harvard, comme cela qu'il était parvenu à assurer l'avenir de sa famille. Renoncer à son mode de fonctionnement, changer d'approche ? Le risque était bien trop grand.

Heidi cala soigneusement les savonnettes emballées dans les alvéoles de la boîte d'expédition, la referma, passa à la suivante. Cet après-midi, elle expédiait son premier lot d'échantillons vers la Chine et, d'ici quelques mois, elle saurait si elle avait réussi à se placer sur le grand marché asiatique.

C'était une étape importante pour elle. Un tel bond en avant pour sa petite affaire aurait dû la rendre heureuse et pourtant elle ne ressentait rien, ou seulement de la tristesse. Ses amis forains repartis, l'espace entre la maison et la grange semblait bien vide. Elle n'avait pas revu Rafe depuis plusieurs jours ; et c'était horripilant de devoir se l'avouer, mais il lui manquait. Elle se sentait tout à fait seule, car malgré les messages de soutien qui ne cessaient de pleuvoir sur sa boîte vocale elle avait trop honte pour oser se montrer en ville. Elle avait tout fait rater, et elle ne pouvait s'en prendre qu'à elle-même.

On frappa un coup bref à la porte du bureau, et May parut sur le seuil. Confuse, Heidi lui lança un pâle sourire et se concentra sur le couvercle de la dernière boîte, qu'elle ajusta avec un soin exagéré.

— Tu vas bien ? demanda sa visiteuse.

— Je suis fatiguée. Tout est un peu dur en ce moment. Et toi ?

— Disons que j'aimerais mettre certaines choses au clair.

Heidi se redressa ; nerveusement, elle enfonça les mains dans les poches de son jean, les ressortit aussitôt. Ses rapports avec May restaient amicaux… mais, depuis plusieurs jours, elles tournaient toutes les deux autour du pot sans oser aborder la question qui les tourmentait. Apparemment, le moment était venu. Avec franchise, elle lança :

— Je regrette beaucoup, tu sais ? En fait, je suis même soulagée que le pot aux roses ait été découvert. Je crois bien que je ne ferai jamais une bonne criminelle !

May lui fit son plus beau sourire.

— Contente de l'entendre ! Et puis, tu t'es déjà excusée, et je comprends très bien ce qui t'a poussée. Rafe ne t'a pas vraiment laissé le choix.

— Entre nous, c'est compliqué.

Pas question d'avouer qu'ils avaient couché ensemble : la mère de Rafe serait bien la dernière à qui elle oserait faire une telle confidence. Rougissante, elle poursuivit :

— Mais je sais que ce n'est pas une excuse. Si je n'arrivais pas à lui parler, j'aurais pu venir te trouver, toi. J'aurais dû le faire !

— Bien sûr que tu aurais dû. Tu sais bien que je n'ai jamais voulu vous voir lésés, Glen et toi.

Heidi laissa échapper un profond soupir. Elle ouvrait la bouche pour s'écrier qu'il n'était pas trop tard, qu'elles pourraient encore chercher à formuler ce fameux compromis, quand un bruit de moteur les attira vers la fenêtre. Une voiture se rangeait devant la maison : une voiture de police. Les sourcils froncés, May fit volte-face et se hâta vers la porte d'entrée, Heidi sur ses talons. En émergeant dans la véranda, celle-ci reconnut Alice Barns, la redoutable chef de la police.

— Madame Stryker, dit celle-ci d'une voix brève. Heidi, bonjour.

— Bonjour, souffla-t-elle, le cœur battant.

Rita aurait appelé cela une prémonition, mais l'appréhension qu'elle ressentait était tout simplement logique ! La chef de la police n'était sûrement pas venue lui annoncer qu'elle venait de gagner une fortune au loto. Et, effectivement, ce fut de sa voix la plus coupante que la fonctionnaire lança :

— Heidi Simpson, vous êtes convoquée devant le juge à 11 heures.

Elle lui tendait une enveloppe. Heidi la prit ; en voyant son expression, le visage de la policière s'adoucit et ce fut avec une gentillesse bourrue qu'elle ajouta :

— Vous devriez faire attention, elle est en colère. Ne soyez surtout pas en retard.

— Elle est au courant pour les peintures ? demanda Heidi d'une voix étranglée.

— Elle est au courant de tout, vous savez bien.

Lors de l'audience précédente, c'était Glen qui était sur la sellette et Heidi dans la salle. Cette fois, elle se trouvait directement mise en cause et c'était son tour d'occuper le siège infamant auprès de Trisha Wynn, l'avocate. Heidi prit place en tremblant de tous ses membres.

— Je ne veux même pas vous parler, lui glissa Trisha tandis qu'elles attendaient la juge. Quelle idée ridicule ! Si vous étiez venue en discuter avec moi…

— Je n'y ai pas pensé. J'ai juste réagi. C'était une impulsion stupide…

— Bravo. Vous n'avez plus qu'à croiser les doigts. Il paraît que le Ciel vient en aide aux imbéciles.

— Je croyais que c'était « le Ciel ne souffre pas les imbéciles ».

— Vous tenez vraiment à corriger mes citations dans un moment pareil ?

— Désolée.

La voix de l'huissier fit taire l'assistance ; la juge entrait. Heidi se leva en se cramponnant discrètement à la table. Il lui semblait qu'elle n'avait jamais eu aussi peur de sa vie. Après l'escroquerie de son grand-père, son geste stupide allait achever de convaincre la juge qu'ils étaient une famille de voyous.

La magistrate s'installa, l'huissier fit rasseoir l'assistance. La salle était bondée ; perchée sur le bord de sa chaise, les mains crispées, Heidi n'osait pas se retourner pour voir qui était venu assister à son humiliation. May et Glen, bien entendu ; ses amies aussi très certainement. Rafe ? Difficile à dire. Il était peut-être déjà reparti pour San Francisco… à moins qu'il n'ait tenu à savourer sa victoire ? Là-haut, la juge prenait son temps, chaussait ses lunettes pour étudier ses papiers. Heidi respira profondément. Enfin, le visage austère se releva et le regard aigu de la juge se braqua sur elle.

— Mademoiselle Simpson.

Poussée par un discret coup de coude de son avocate, Heidi se remit debout.

— Vous m'avez beaucoup déçue, mademoiselle, reprit la voix de la justice. Je croyais m'être montrée très claire quand votre grand-père a été présenté devant moi. J'espérais que vous parviendriez à vous entendre avec la famille Stryker. Je vois que cela n'a pas été le cas.

Les lèvres tremblantes, Heidi luttait de toutes ses forces pour ne pas fondre en larmes. Il y eut un silence affreux, puis la juge lança :

— Pouvez-vous vous expliquer ?

— A vrai dire, j'ai peur que non, Votre Honneur. Je ne suis pas très fière de ce que j'ai fait. Quand j'ai appris que M. Stryker comptait transformer le ranch en lotissements, je crois que j'ai un peu perdu la tête. J'étais en colère, je me sentais trahie…

Elle dut s'interrompre pour maîtriser sa voix.

— Quand Glen a pris l'argent de Mme Stryker, j'ai bien compris que je risquais de tout perdre. Mon grand-père et le ranch, ma petite entreprise, mes chèvres… Vous m'avez donné ma chance et je vous en suis très reconnaissante… J'ai essayé, vous savez. J'ai mis de l'argent de côté pour rembourser Mme Stryker… Mon entreprise se développe et j'espère… En plus, May et moi, nous nous entendons très bien, et je pensais qu'on arriverait à trouver une solution ensemble… Quand j'ai su ce que Rafe voulait faire, j'aurais dû aller la trouver.

— Mais vous ne l'avez pas fait.

Muette, Heidi secoua la tête. La juge attendit un instant, et reprit :

— Si je peux comprendre votre détresse en découvrant les projets de M. Stryker, il y a une nette différence entre un projet et une action. Vous, vous avez choisi d'agir. Vous avez délibérément trompé vos concitoyens, les habitants de cette commune que vous prétendez aimer. Une fois de plus, les médias s'en donnent à cœur joie, et l'image de notre ville est ternie. Autant vous dire que c'est une chose que nous n'apprécions guère.

Heidi chassa furtivement la larme qui roulait sur sa joue.

— Rien ne peut excuser votre geste. Vous vous êtes abaissée à un acte mesquin, et vous avez mis en danger l'honneur et la crédibilité de cette commune.

— Votre Honneur ?

Dans l'assistance, May s'était dressée en levant la main comme une écolière impatiente de pouvoir prendre la parole.

— Oui, madame Stryker ?

— Je vous en prie, il ne faut pas trop en vouloir à Heidi. Moi, je ne lui en veux pas. Je suis persuadée que nous pouvons encore trouver un arrangement, toutes les deux. On peut partager le ranch. Je ne vois pas pourquoi elle devrait perdre sa maison.

Heidi ne put retenir un sanglot. Malgré tout ce qui s'était passé, May lui offrait son soutien, elle la défendait publiquement !

— Je crains que la décision ne soit plus entre vos mains, répondit la juge d'une voix glaciale. Mlle Simpson doit assumer les conséquences de ses actes.

Elle toisa de nouveau Heidi et déclara :

— La procureure a envisagé de vous inculper mais elle s'est ravisée — pour l'instant. Vous n'irez donc pas en prison.

Heidi sentit ses jambes fléchir sous elle. Elle n'avait même pas envisagé que cette folie puisse lui coûter aussi cher !

— Toutefois, à l'exception des grottes dont vous avez besoin pour votre entreprise, et d'un demi-hectare devant leur accès, je rends mon arbitrage en accordant le titre exclusif de propriété du Castle Ranch à Mme Stryker. L'audience est levée.

19

Tassée sur sa banquette au fond du Jo's Bar, Heidi se cramponnait des deux mains à son verre de soda. Assises à ses côtés, ses amies tentaient de la réconforter. Ou, plus exactement, Annabelle tentait de la réconforter, tandis que Charlie semblait surtout préoccupée d'aller trouver Rafe pour lui faire la peau.

— Ce n'est pas sa faute, protesta Heidi. Je n'ai pas le droit de me plaindre. La juge a raison : j'ai fait une bêtise et je n'ai plus qu'à en assumer les conséquences.

L'écho de la voix de la juge résonnait encore à ses oreilles. En entendant le verdict, elle s'était enfuie — pour échapper à Glen et à May qui s'approchaient déjà pour la consoler. Elle n'aurait tout simplement pas pu les regarder en face.

— Au fond, Rafe n'a rien fait. Il a eu une idée, envisagé un projet, mais il n'est pas passé à l'acte.

— Seulement parce qu'il n'a pas eu le temps, grommela Charlie à sa droite. Je voudrais le…

Ses grandes mains tordaient un cou invisible. Heidi réprima un soupir. A gauche, le visage pointu d'Annabelle semblait pétri d'angoisse.

— Tout ça, c'est ma faute, se lamenta-t-elle. Ces peintures, c'était mon idée. Les pigments, les modèles, tout vient de moi ! Si je ne m'en étais pas mêlée, tu aurais sans doute parlé à Rafe et rien de tout ça ne serait arrivé.

— Arrête, ça n'a pas de sens, gronda Charlie.

— Bien sûr que non, renchérit Heidi avec un brin d'impatience. C'est moi, la seule responsable. Ça ne me plaisait pas comme idée, mais je l'ai fait quand même. Et j'aurais pu changer d'avis. Une fois les peintures réalisées, j'aurais encore pu tout arrêter, mais je t'ai demandé d'alerter les médias, juste parce que j'étais vexée. Rafe était sorti avec une femme sans m'en parler et j'ai voulu me venger. Je ne peux m'en prendre qu'à moi-même.

Ses deux amies la dévisagèrent, interdites.

— Attends.

— Tu veux dire que vous étiez ensemble ? Enfin… tu as couché avec lui ? demanda Annabelle.

Les yeux bleus de Charlie s'arrondirent de stupéfaction.

— Pas possible…

— Si, c'est vrai. Je n'ai pas pu m'en empêcher.

— Faut reconnaître qu'il n'est pas mal, admit Annabelle. C'est bien, un homme qui n'est pas mal. Je ne sais même plus quand j'ai couché avec un homme qui n'était pas mal. Ou n'importe quel homme, d'ailleurs. Le sexe n'est plus qu'un lointain souvenir. Il me semble que c'était un mardi…

Charlie se pencha vers elle pour lui glisser discrètement :

— On ne parle pas de toi, là.

La petite bibliothécaire battit des paupières comme si elle émergeait d'un songe.

— Pardon. Oui, bien sûr.

Ramenée à la réalité, elle pressa la main de Heidi en déclarant :

— En somme, si je comprends bien, tu n'as pas juste perdu ta maison, mais aussi l'homme que tu aimes.

Charlie se redressa, outrée.

— Quoi ? Tu l'aimes ? Mais depuis quand ? Et pourquoi est-ce que je n'étais pas au courant ?

Heidi s'apprêtait à tout nier en bloc… mais il y avait déjà eu trop de mensonges.

— En fait, je ne pourrais même pas dire quand ça a commencé, mais oui, je l'aime. Si je n'ai rien dit, c'est que je ne me faisais pas confiance, je ne voulais pas croire ce que me disait mon cœur. Je crois que j'avais peur de me perdre, de ne pas être assez forte…

Elle prit une grande inspiration.

— Voilà. J'ai tout perdu ce matin : ma maison, mes projets d'avenir, ma fierté et une chance de connaître vraiment l'amour. Je peux vous dire que c'est une sacrée leçon… mais je sais maintenant que je suis plus forte que je l'imaginais. Je survivrai. Après tout, j'ai toujours mon entreprise, je garde les grottes pour mes fromages, j'ai lancé des contacts…

Ironie du sort, son entreprise se portait aujourd'hui mieux que jamais grâce à ses projets d'exportation, aux magasins spécialisés qui proposaient désormais ses produits à Los Angeles et San Francisco… Et cela, c'était grâce à Rafe.

— Il me faudra sans doute quelques années pour pouvoir mettre assez d'argent de côté mais, un jour ou l'autre, j'achèterai de nouvelles terres.

— Tu vas rester dans le coin, n'est-ce pas ? demanda Annabelle avec inquiétude.

— Oui. C'est ici que j'ai ma place. Je n'ai pas envie de vivre ailleurs qu'à Fool's Gold. J'achèterai quelque chose dans la région. Plus tard.

— Mais… et *lui* ? demanda Charlie.

— Lui, je ne sais pas. Il est sans doute déjà parti.

— Il était à l'audience ce matin. On ne peut pas dire qu'il avait l'air très heureux.

— Alors, je me demande bien pourquoi, lâcha amèrement Heidi. Il a eu tout ce qu'il voulait.

Résolument, elle repoussa la vague de découragement qui s'emparait d'elle.

— May sera dans tous ses états, elle ne voulait pas que ça se finisse comme ça, mais Rafe… pour lui, c'est pas de quartier, pas de prisonniers. Si jamais il a une ombre de mauvaise conscience maintenant, il se remettra vite.

Et il se remettrait aussi des sentiments qu'il avait peut-être éprouvés pour elle. Franchement, elle ne savait pas du tout comment nommer ce qu'ils avaient partagé. Il recherchait une femme si différente d'elle ! Jamais elle ne correspondrait à son idée de la femme parfaite ou de la maman idéale.

Jo s'approcha de leur table pour y déposer un papier plié en quatre.

— Je ne sais pas pourquoi tout le monde me prend pour le facteur. Tiens, Heidi, c'est pour toi.

Surprise, Heidi déplia le papier et découvrit un curieux collage, une mosaïque d'annonces immobilières flanquées de notes manuscrites : « Heidi : pas de caution pour toi. Tu es de la famille » ; « Deux chambres, deux salles de bains. Parfait pour Heidi et son grand-père » ; « Le jardin est grand, on accepte les animaux. Les chèvres pourront tondre la pelouse. »

Interdite, Heidi leva les yeux vers la tenancière du bar.

— Je ne…

— C'est évident, non ? Tout le monde sait ce qui s'est passé à l'audience ce matin. Il va bien te falloir un toit, non ? Ce n'est pas notre genre de laisser l'une des nôtres à la rue.

Heidi voulut dire quelque chose… mais ne trouva pas les mots. La honte qui l'écrasait venait de s'évaporer, remplacée par un immense élan de gratitude. Jo tapota une annonce à mi-hauteur de la liste en déclarant :

— Je te recommande la maison avec le grand jardin. La cuisine est refaite, la rue tranquille… C'est aussi la plus proche du ranch. Et puis, tenez, j'ai autre chose pour vous, on vient de les recevoir.

Elle déposa trois pin's ronds sur la table et retourna derrière le bar. Sur une face des badges, de grosses lettres carrées épelaient « POUR HEIDI ». Pour la seconde fois en deux minutes, celle-ci resta sans voix — mais Charlie épinglait déjà un badge à son revers en expliquant d'un air entendu :

— Tu vas voir, chacun peut choisir son camp : « Pour Heidi » ou « Pour Rafe ». Je parie que personne ne sera assez stupide pour se promener avec un badge « Pour Rafe ».

Coquette, Annabelle cherchait le meilleur emplacement pour son propre badge.

— D'après vous, où est-ce que les gens regardent en premier ?

— Si tu veux que les femmes le voient, mets-le à ta gauche. Pour les hommes, c'est en plein sur le sein.

— Très drôle.

Sagement, elle épingla le badge au creux de son épaule et le tapota avec satisfaction. Heidi, quant à elle, les contemplait, médusée. Quelqu'un s'était donné la peine de dessiner le slogan, de faire fabriquer les badges en nombre… et pourquoi ? Simplement pour qu'elle sache qu'on l'aimait et qu'on la soutenait. Il ne se trouverait peut-être que quelques personnes pour les porter, mais si elle n'en croisait qu'une seule ce serait déjà extraordinaire !

— Je ne vous mérite pas, murmura-t-elle en épinglant maladroitement son propre badge.

— C'est vrai, répliqua gaiement Charlie, mais tu n'arriveras pas à te débarrasser de nous. On est comme le chiendent : chaque fois qu'on croit avoir réussi à s'en débarrasser, il revient.

Assise au volant de son pick-up, Heidi contemplait la petite maison, si pimpante avec son toit neuf et sa façade fraîchement repeinte. Des fleurs le long de l'allée, des buissons bien taillés complétaient le tableau. Il y aurait probablement de l'eau chaude à volonté, l'électroménager serait récent, tout serait en état de marche. Pour une location, on pouvait difficilement demander mieux… et pourtant il n'y avait rien ici pour elle.

Ce qu'elle voulait, c'était le toit fatigué et la peinture écaillée du ranch ; prendre ses douches sans savoir si elle pourrait terminer de se laver les cheveux avant qu'il n'y ait plus d'eau chaude. Des fleurs, elle en avait là-bas autant qu'elle voulait ! Elle voulait entendre la véranda grincer sous ses pas, se battre avec le lave-linge rétif, soigner la ménagerie de May, ces vieux animaux dont plus personne ne voulait. Et aussi monter les chevaux de Shane, regarder le soleil se coucher sur le monticule formé par le dos de la douce Priscilla. Elle s'était juré de rester forte, mais les conséquences de son dérapage se révélaient très rudes à encaisser.

Elle réprima un soupir en jetant un coup d'œil à sa montre. Puisqu'il restait quelques minutes avant son rendez-vous avec l'agent immobilier, elle pouvait toujours jeter un coup d'œil au jardin. Elle descendait de voiture quand un grand pick-up délabré se gara juste derrière elle. Glen. Avec une certaine raideur, elle resta plantée près de sa portière en attendant qu'il la rejoigne.

— Qu'est-ce qui t'amène ?

Il lui ouvrit les bras et la serra tendrement contre lui.

— J'ai su que tu étais ici. Je suis venu voir la maison.

— Qui est-ce qui t'a appelé ?

— Une de tes amies.

Elle se détendit un peu et l'étreignit en retour, en respirant l'odeur familière de cet homme qui avait été toute sa famille.

— Mais tu ne vas pas t'installer avec moi, soupira-t-elle. Toi, tu vas rester avec May.

Comme il ne répondait pas, elle se dégagea pour pouvoir le regarder en face.

— Je vous ai vus ensemble, tous les deux ! Je ne veux même pas savoir combien de femmes tu as connues…

— Je ne te le dirai pas, glissa-t-il avec un bref sourire.

— Je préfère. Bref, il est évident qu'il se passe quelque chose de spécial entre vous. Je m'en rends compte maintenant.

— C'est possible, mais toi tu es ma petite-fille. Tu me vois rester royalement installé chez elle alors que tu as tout perdu par ma faute ?

Elle se jeta dans ses bras en le serrant sur son cœur.

— Ce n'est pas comme ça. Si je n'avais pas tout gâché, la juge aurait opté pour un compromis et on aurait tous pu rester là-bas. Toi, tu voulais juste aider Harvey ! Et, très sincèrement, je préfère encore que tout se termine comme ça plutôt que de l'avoir perdu.

Il posa un baiser sur son front.

— Tu es une fille formidable. Je ne te laisserai pas tomber.

Sa tendresse lui faisait un bien fou, elle sentait son cœur se libérer des glaces qui l'engourdissaient ; tout à coup, elle s'aperçut qu'elle pouvait même lui sourire.

— Tu sais quoi ? Le moment est peut-être venu de quitter le nid. J'ai tout de même 28 ans !

Il secoua la tête en lui tapotant la joue.

— Ecoute, ça fait des années que tu es autonome et que tu t'occupes de moi. Tu crois que je n'avais pas remarqué ? Le problème, ce n'est pas de prendre ton indépendance, c'est de te retrouver toute seule.

— Le moment est peut-être venu pour ça aussi.

Persuasive, elle prit sa main entre les siennes en insistant :

— Glen… il ne faut pas perdre May pour moi. C'est une femme adorable et… Et puis zut alors ! Tu tombes amoureux pour la première fois de ta vie, tu ne vas tout de même pas gâcher ça ?

— Il y a quand même eu ta grand-mère.

— Oh ! je t'en prie ! Vous n'étiez pas du tout amoureux. Tu l'as mise enceinte, tu t'es senti obligé de l'épouser, point. Je sais que tu ne l'as jamais dit comme ça, mais j'ai toujours su ce qu'il en était. Au fond, tu as eu de la chance qu'elle te quitte parce que, autrement, tu aurais été très malheureux !

Il éclata d'un grand rire.

— J'ai toujours dit que tu étais une fille intelligente !

— Alors, dans ce cas, écoute ce que je te dis. Je vais louer cette maison juste pour moi. Ce n'est pas négociable. Même si tu quittes le ranch, je ne te laisserai pas t'installer avec moi. Tu seras obligé de trouver ton propre logement.

— Tu es redoutable.

— J'espère bien !

Désœuvré, Rafe errait au hasard dans les rues de Fool's Gold. Encore un week-end, encore un festival. Pas de forains cette fois, mais des stands d'artisanat d'art à perte de vue, un défilé de mode, des comestibles en tout genre. Blasé, il passa devant des bijoux, des carillons de bambou, du miel biologique. Comment ça, du miel biologique ? Le miel n'était-il pas fait par les abeilles ? Les abeilles n'étaient-elles pas intrinsèquement biologiques ?

Il reprit son chemin solitaire, détaché de la scène joyeuse qui l'entourait ; la musique, les éclats de voix, les parfums de fleurs et de grillades ne lui parvenaient qu'à travers une sorte de filtre brumeux. De toute sa vie, il ne s'était jamais senti aussi seul qu'au cœur de cette foule. Depuis plusieurs jours, il rejetait les coups de fil de Dante. Son ami voulait savoir quand il reviendrait au bureau — une question raisonnable dans la mesure où cela faisait près d'une semaine qu'il aurait dû le rejoindre ! Mais, pour une raison qu'il ne s'expliquait pas, il ne parvenait pas à franchir le pas. A boucler sa valise et reprendre la route.

Il avait le sentiment d'attendre quelque chose, mais quoi ? Sa mère ne lui adressait plus la parole, il n'avait pas revu Heidi. Son unique contact avec elle se résumait à ces fichus badges « Pour Heidi » qu'il voyait au revers de toutes les femmes du bourg. Jusqu'ici, il n'avait vu qu'un seul badge « Pour Rafe », épinglé au T-shirt d'un gros type rougeaud qui lui avait jeté un clin d'œil en levant le pouce comme pour dire « beau boulot ». Comme si Rafe pouvait être fier de ce qu'il avait fait !

Un peu au hasard, il poussa la porte de la librairie Morgan's Books et parcourut les titres des thrillers alignés sur la table des nouveautés. Parmi les romans policiers, il trouva le dernier Liz Sutton, décoré d'un gros autocollant « Auteur local ».

— Elle est vraiment très bien, dit une voix près de lui.

Surpris, il leva les yeux. A quelques pas de lui, la maire de Fool's Gold le regardait en souriant.

— Ses intrigues se déroulent toutes à San Francisco, précisa-t-elle. Ça devrait vous plaire. Et puis vous verrez, dans les premiers livres, les victimes des meurtres ressemblaient toutes à votre ami Ethan.

— Ethan ? Mais pourquoi ?

— Ils ont eu quelques difficultés, tous les deux. Ethan pourrait vous raconter. Enfin, tout a fini par s'arranger.

— Ils sont mariés, maintenant, non ?

La vieille dame lui sourit.

— Tout à fait. L'amour est capable de passer par-dessus bien des choses, vous savez.

A cet instant, une femme d'une trentaine d'années, un badge « Pour Heidi » au revers de sa chemise, salua chaleureusement la maire, jeta un regard méprisant à Rafe et quitta le magasin. D'un geste, son interlocutrice invita Rafe à l'accompagner au petit salon installé dans l'angle de la librairie.

— Je suppose que ce genre de chose vous arrive souvent en ce moment ? reprit-elle avec un signe du menton en direction de la porte par laquelle la jeune femme venait de sortir. On vous attribue toutes sortes de mauvaises intentions.

— Je n'ai pas cherché à influencer la décision du juge et mon objectif n'était pas que Heidi perde sa maison.

— Vous comptiez bâtir ces lotissements pour le personnel du casino ?

Il haussa les épaules.

— C'était plus ou moins l'idée… si ma mère avait été d'accord. Le ranch est à elle après tout. Tout le monde m'en veut parce qu'on croit que j'ai volé la propriété de Heidi, mais ce n'est pas le cas. Quant à ces lotissements… quoi qu'on pense de moi, la ville aura besoin de logements supplémentaires.

— Effectivement. Le problème va d'ailleurs se poser très vite.

Le regard bleu de la maire restait paisible et franc.

— Personnellement, je ne pense pas que vous ayez mal agi ; je dirais plutôt que vous avez un peu précipité les choses.

— C'est pour ça que vous ne portez pas de badge « Pour Heidi » ?

— La vie m'a appris à ne jamais prendre parti sous le coup de l'émotion ; je sais d'expérience que ça vaut mieux pour tout le monde.

Elle l'étudiait toujours. Au bout d'un instant, elle reprit :

— J'ai aussi appris à ne pas m'immiscer dans certains conflits. La leçon a été difficile, comme toutes les leçons réellement importantes.

Elle s'interrompit un instant, et ajouta :

— Ma fille est morte il y a quelques années.

— Je suis désolé.

C'était une réaction courtoise, mais au fond plutôt automatique ; en fait, il ne voyait pas du tout le rapport.

— La tragédie va bien au-delà du décès d'une femme encore jeune. Parce que, pour tout dire, ce n'est pas ce jour-là que je l'ai perdue, c'est bien avant, alors qu'elle était encore adolescente. J'ai trop exigé d'elle, je lui ai mis une pression démesurée, déraisonnable. Si je suis une maire relativement bienveillante, j'ai été une mère, une maman… difficile. Je voulais tout maîtriser, tout contrôler, par angoisse peut-être, ou parce que je croyais que c'était ça, l'amour. Elle aurait pu choisir de me tenir tête, entrer en opposition, elle a préféré s'enfuir. Fuguer. Elle était encore très, très jeune.

— Vous avez pu vous réconcilier ?

— Malheureusement non. J'ai fini par la retrouver, mais elle a refusé tout contact avec moi. Elle avait une fille, mon unique petite-fille ; je ne l'ai rencontrée que des années plus tard. Comme je vous l'ai dit, la leçon a été rude.

— « Laissez leur liberté à ceux que vous aimez », c'est ce que vous essayez de me dire ?

— C'est un peu ça, convint-elle avec un sourire mélancolique. Au fond, on a tous besoin d'aimer et d'être aimé. C'est ce qui fait que la vie en vaut la peine. Et vous, Rafe, qui est-ce que vous aimez ?

La question le prit totalement par surprise.

— Ma famille, répondit-il au bout d'un instant.

— Y compris le frère et la sœur avec qui vous avez coupé les ponts ?

— Comment est-ce que vous savez ça ?

— J'ai un réseau à faire blêmir d'envie la CIA. Les gens parlent, je les écoute… Il n'est pas trop tard pour vous, Rafe. Ni avec eux ni avec…

Elle s'interrompit de nouveau, et reprit :

— Tout peut s'arranger, vous savez. Vous pouvez encore retrouver votre place parmi nous.

— Ce n'est pas ici que j'ai ma place.

— Bien sûr que si. Notre place, notre foyer, c'est là où se trouvent ceux qu'on aime. C'est là où l'on est aimé. Contrairement à ce que vous pensez, les gens de Fool's Gold vous apprécient. Peut-être vous en veulent-ils en ce moment, mais ils sont prêts à vous ouvrir grand les bras. En fait, nous aimerions beaucoup vous voir rejoindre la communauté de Fool's Gold.

Une étincelle dans le regard, elle précisa gentiment :

— Enfin, si vous voulez bien de nous. Quant à ces maisons qu'il va bien falloir construire, j'ai des terrains qui pourraient vous intéresser.

— Vous cherchez à m'acheter ?

— Tout au plus à conclure un accord mutuellement profitable. C'est une approche qui devrait vous être familière.

— Je veux bien appeler votre bureau pour convenir d'un rendez-vous.

Il attendit la suite. Comme rien ne venait, il finit par demander :

— Vous n'allez pas m'interroger au sujet de Heidi ?

— Non. Vous n'êtes pas encore prêt. Quand vous le serez, je n'aurai même pas à poser de questions.

Il s'aperçut qu'il ne se tenait plus sur la défensive. Souriant malgré lui, il glissa :

— Je crois que vous adorez les mystères.

— A mon âge, on trouve son plaisir où on peut !

Rafe chargea son sac dans le coffre de sa voiture. Après ces jours passés à tourner en rond, il savait subitement exactement où il devait aller. Tout était maintenant très clair, il avait une adresse, il savait ce qu'il devait faire. Dante lui faxerait les documents nécessaires pour faire retirer son nom du titre de propriété du ranch.

Il s'apprêtait à démarrer quand un énorme camion de pompiers se rangea à dix centimètres de son pare-chocs, lui barrant très efficacement le passage. La portière côté chauffeur s'ouvrit et une grande femme athlétique sauta à terre et s'avança lentement vers lui. Il reconnut Charlie, l'amie de Heidi ; sans doute venait-elle lui rappeler le soir mémorable où il s'était engagé à ne pas faire de mal à celle-ci ? Il mit pied à terre à son tour et attendit l'attaque.

Elle était à peine plus petite que lui, solide, très sûre d'elle. Surtout, quoi qu'il dise, quoi qu'il fasse, il serait dans son tort. Elle détenait tous les atouts.

— Vous partez ? s'enquit-elle.

Il fit oui de la tête.

— Sans dire au revoir ? insista-t-elle.

— Heidi ne veut pas me voir.

— C'est bien la première fois qu'elle manifeste un gramme de bon sens en ce qui vous concerne.

Elle croisa les bras sur sa poitrine, le toisa quelques secondes, et éructa :

— Vous pouvez me dire en quoi elle n'est pas assez bien pour vous ? Qu'est-ce qu'il vous faut de plus ?

— Rien, dit-il sincèrement. Rien du tout.

— Ne m'obligez pas à vous faire du mal, répliqua-t-elle.

— Je ne joue pas avec vous, je vous dis la stricte vérité. Heidi n'est pas en cause, c'est moi. J'ai quelque chose d'urgent à régler — ensuite, je reviendrai et j'essaierai de lui parler. Si elle me laisse l'approcher.

Elle le dévisagea avec un mépris écrasant.

— Et je devrais vous croire ?

— Non, il n'y a pas de raison, je le reconnais. Elle a de la chance d'avoir une amie comme vous. Quoi qu'il arrive, prenez toujours sa défense. Et, si vous ne me voyez pas revenir, je suis certain que vous n'aurez aucun mal à me retrouver pour essayer de me le faire regretter.

— Voilà une invitation qui me plaît. D'un autre côté… pourquoi attendre ?

— Parce qu'il y a une chance pour que je sois sincère.

— Je ne vois pas pourquoi on ne peut pas se débrouiller entre femmes, marmonna-t-elle. La vie serait beaucoup plus simple. La mienne, en tout cas.

— Ce serait moins drôle pour les hommes.

— Alors là, c'est bien le cadet de mes soucis.

Il fit un pas vers elle, posa une main sur son épaule et lui embrassa la joue.

— Je vous en prie… faites-moi confiance.

— Vous essayez de me mettre en colère ? protesta-t-elle en se dégageant brusquement.

Ce mouvement de recul… Un instant, il lui sembla qu'elle avait eu peur d'être touchée… puis il décida qu'il se faisait des idées. Sur un dernier regard furieux, elle remonta dans son mastodonte qu'elle fit reculer, juste assez pour laisser passer la Mercedes. Il manœuvra sans se presser, très conscient de la présence de cette sentinelle qui le toisait du haut de sa cabine. Elle ne lui faisait pas peur ; il n'avait plus rien à cacher.

20

Pour la plupart des gens, le nom de Los Angeles évoque surtout les studios de cinéma, Disneyland, Beverly Hills et les plages ; en réalité, on trouve de tout dans cette ville immense, le meilleur comme le pire — le luxe le plus tapageur, des quartiers tranquilles et agréables peuplés de gens ordinaires, des secteurs vraiment dangereux, et aussi des zones intermédiaires, des coins autrefois plaisants mais en passe de devenir des ghettos.

C'est dans l'un de ces quartiers minables que Rafe cherchait son chemin. Après avoir un peu erré, il se gara devant un petit immeuble de deux étages, à côté duquel un carré de pelouse jaunie avec, dans un angle, un palmier bancal rappelait que l'endroit avait dû connaître des jours meilleurs. Un carreau cassé avait été remplacé par du film alimentaire, une voiture sans roues posée sur des parpaings encombrait l'allée. Il vérifia l'adresse sur son portable ; il ne s'était pas trompé, c'était bien là.

Ça n'aurait pas dû se passer comme ça ! Il aurait dû être en mesure de protéger les siens… mais Evangeline ne voyait peut-être pas les choses de la même façon. Eh bien, le moment était venu de lui poser la question. Assez tendu, il descendit, verrouilla sa voiture. La Mercedes neuve tranchait parmi les voitures modestes et poussiéreuses de la rue, rappel clinquant de sa condition d'homme riche. Il grimpa au premier étage, frappa à la porte de droite ; une blonde à la poitrine plantureuse lui ouvrit, haussa les sourcils, et le détailla de la tête aux pieds avec un plaisir évident.

— Bonjour ! Vous avez dû vous perdre, vous, on ne voit jamais des types dans votre genre dans le quartier. Entrez !

Elle portait un short minimaliste, un T-shirt qui dénudait son ventre, du maquillage pour trois et un vernis orange vif sur les ongles des orteils.

— Je viens voir Evangeline.

La blonde le gratifia d'une moue sexy.

— Oh ! Quel dommage ! Vous devriez venir me voir, moi ! Je suis beaucoup plus amusante.

— Non, merci.

Elle tourna les talons avec un clin d'œil salace et alla frapper à une porte close.

— Evie ? Il y a un type pour toi. Si tu n'en veux pas, tu me le laisses ?

Elle se retourna vers lui avec un regard coquin. Derrière elle, la porte s'ouvrit et une voix lasse lança :

— Quel type ? Je n'attends pas de…

Rafe n'avait pas revu sa sœur depuis près de sept ans — et aujourd'hui il la découvrait avec un regard tout neuf. Toujours aussi grande et fine, toujours un corps de danseuse… Non, vraiment, elle ne ressemblait pas du tout à ses frères avec ses yeux verts et ses cheveux couleur de miel. En revanche, alors que cela ne l'avait jamais frappé auparavant, il lui trouva la forme du visage de May. De son côté, elle le contemplait sans le moindre enthousiasme — une réaction qui n'avait rien de surprenant, vu la teneur de leur dernière conversation. D'ailleurs, on ne pouvait même pas appeler ça une conversation : il tempêtait, elle lui opposait un silence buté… et puis, à un moment, elle était partie et il ne l'avait pas revue jusqu'à cet instant.

— Qu'est-ce que tu viens faire ici ? demanda-t-elle.

— Tu le connais ? s'étonna sa colocataire.

— C'est mon frère.

Puis, comme la femme s'apprêtait visiblement à répéter son offre, il lâcha :

— Désolé, je ne suis toujours pas intéressé.

— Et pourquoi pas ?

— Vous n'êtes pas mon genre et… de toute façon, j'ai quelqu'un.

C'était sorti tout seul. Il n'était pas sûr si c'était vraiment le cas, mais en tout cas il avait quelqu'un dans le cœur, c'était certain. Et, avec un peu de chance, elle serait bientôt dans sa vie — mais d'abord il devait réparer ses erreurs. Si c'était encore possible.

— Je peux t'offrir un café ? demanda-t-il à Evangeline.

A son regard, il devina qu'elle aurait aimé refuser tout net, mais peut-être redoutait-elle qu'il évoque leurs problèmes familiaux devant sa colocataire. Toujours est-il qu'elle hocha la tête, le visage inexpressif, et disparut dans sa chambre ; quelques instants plus tard, elle reparut, des sandales aux pieds et un petit sac accroché à l'épaule. Son style était aussi différent que possible de celui de sa colocataire, son jean était tout ce qu'il y a de plus sage, son T-shirt lui descendait jusqu'aux hanches.

— Je n'en ai pas pour longtemps, murmura-t-elle en se dirigeant vers la porte.

Ils montèrent dans la voiture. Il avait déjà repéré un Starbucks à quelques rues de là et ils firent le trajet en silence ; une fois sur place, ils passèrent leur commande, emportèrent leurs tasses à une table d'angle ; là, attablé en face d'elle, il étudia de nouveau le visage de sa sœur. Un visage tellement expressif ! Evangeline avait toujours été très mince, mais il la retrouvait presque émaciée, avec au fond des yeux une lueur qui l'alarma. Simple méfiance… ou désespoir ?

— Tu es sûre que tu manges assez ? demanda-t-il.

Il avait parlé trop vite, et regretta aussitôt sa question : encore davantage sur la défensive, elle le toisait maintenant d'un air hautain.

— Et toi, tu es sûr que c'est par là que tu veux entamer cette conversation ?

— Non, désolé, murmura-t-il.

Il goûta son café et déclara :

— Tu sais, je suis content de te voir.

Elle n'avait pas touché à sa propre tasse. Sans le quitter du regard, elle se carra sur son siège.

— Pourquoi est-ce que tu es venu ?

— J'ai souvent pensé à toi, ces derniers temps. Je… je voulais savoir ce que tu devenais.

— Tu aurais pu téléphoner.

— Je voulais te voir.

— Pourquoi ? Il ne me semblait pas qu'on avait encore beaucoup de choses à partager.

Il eut envie de lui faire remarquer que c'était elle qui avait choisi de couper les ponts. De disparaître de son radar. Lui, il avait essayé de renouer le contact — bon, techniquement, il avait envoyé un assistant chez elle vérifier qu'elle allait bien — et elle lui avait fait dire de la laisser tranquille, en des termes très peu courtois. En ne reprenant pas contact avec elle, il s'était contenté de faire ce qu'elle demandait ! Il avait supposé qu'elle reviendrait quand elle serait prête à le faire. Et si jamais elle se trouvait en difficulté elle savait comment le joindre — lui ou leur mère, ou Shane, ou Clay.

Ce qu'il avait choisi de ne pas comprendre, c'est qu'elle n'avait que dix-huit ans à l'époque. Elle venait de quitter la Juilliard sans métier, sans qualification, sans la moindre expérience du monde — et, lui, il l'avait laissée faire, parce que c'était plus facile que d'affronter son regard buté et ses reproches muets. Il s'était désintéressé de son sort, en se contentant de déposer quelques milliers de dollars sur un compte bancaire et en lui faisant dire, par l'intermédiaire de l'assistant, de venir le voir quand il lui en faudrait davantage. Elle avait pris l'argent, et clos le compte le lendemain.

— Comment vas-tu ? demanda-t-il.

— Bien.

— Tu danses ?

Elle le foudroya du regard en s'écriant :

— Mais enfin, qu'est-ce que tu fais ici, qu'est-ce que tu veux ?

— Rien, je… Enfin, je voulais reprendre contact avec toi. Renouer le lien.

— Ecoute, c'est vrai que techniquement on est parents, mais de là à parler de lien… Dans une vraie famille, on se serre les coudes. Moi, j'ai une mère qui m'a ignorée depuis le jour de ma naissance, et un frère aîné qui me méprise et casse chacun de mes choix. Ma famille, c'est Shane et Clay, c'est tout.

Elle se leva en lâchant :

— Merci d'être passé.

Elle s'en allait ! Il bondit en s'écriant :

— Attends. Je t'en supplie.

Elle se retourna en le dévisageant froidement.

— Je t'en supplie ? Tu es capable de me dire ça sans tomber en poussière ? C'est stupéfiant.

Cette colère… il la comprenait, au fond, mais ce qui le troublait le plus, c'était la tristesse qui se dégageait d'elle. Cette espèce de froideur blessée… cette solitude peut-être.

— Evie, je regrette, dit-il. S'il te plaît, reste encore un peu.

A contrecœur, elle se laissa retomber sur son siège. Il se rassit en face d'elle et reprit lentement, en cherchant ses mots :

— Je suis désolé. C'est ça que je voulais te dire. J'ai eu tort de te laisser tomber. J'ai eu tort de ne pas t'écouter, de ne pas chercher à comprendre. Tu n'étais qu'une gamine et je t'ai tourné le dos.

— Maman aussi.

Il approuva de la tête en répétant :

— Maman aussi.

Il constatait tout à coup une chose terrible : il avait toujours pensé à sa sœur en termes des difficultés qu'elle leur posait. Ce petit être secret, consumé par sa passion de la danse… et qui pouvait être tellement obstiné. Jamais il n'avait essayé de se mettre à sa place. Son arrivée comme un cheveu sur la soupe, rappel perpétuel d'une nuit unique avec un inconnu : quel contraste avec leur naissance, à lui et ses frères, dans le nid bien chaud d'un couple d'amoureux ! Les trois garçons formaient un bloc soudé, tandis qu'Evangeline était toujours de trop, une sorte de symbole du deuil du père. May n'avait jamais été à l'aise avec sa fille ; elle adorait ses fils, mais avait toujours tenu Evie à distance. Quand à Rafe, trop occupé à tenter d'être l'homme de la famille, il l'avait plus ou moins considérée comme un souci de plus. Seuls Shane et Clay lui avaient accordé un peu d'attention.

— Le 18, c'était ton anniversaire, dit-il maladroitement. J'ai pensé à toi.

— Ah, tu as pensé à moi ? répéta-t-elle sur un ton de naïveté feinte. Oh ! Rafe, ça rachète tant de choses ! Le fait que tu te sois donné la peine… je ne sais pas comment te remercier.

— Evie, nom de Dieu…

Au son agacé de sa voix, elle s'était aussitôt levée.

— Va te faire voir. Je n'ai aucune envie de renouer le fichu lien avec toi, je n'ai pas besoin de toi. J'aurais eu besoin de toi à une époque, mais tu n'as pas été là. Ni toi ni maman. J'ai dû m'en sortir toute seule.

Ce regard froid, parfaitement impersonnel ! Tout ce qu'il disait glissait sur elle sans l'atteindre. Atterré, il l'entendit lâcher :

— Quoi que tu veuilles, c'est trop tard. Ça ne m'intéresse pas.

— Mais je ne veux rien !

— Alors pourquoi est-ce que tu es venu jusqu'ici ?

— Parce que j'ai eu tort. Parce que je veux qu'on redevienne une famille.

— On n'a jamais été une famille.

— Oui, je sais que d'une certaine manière tu as raison, mais on pourrait… essayer de faire mieux, maintenant.

Elle se détournait déjà. Il s'entendit lancer :

— S'il te plaît, j'ai besoin de toi !

Cette fois, elle s'arrêta, sans pour autant se retourner. Maladroit dans sa hâte, il contourna la petite table et alla se planter devant elle.

— J'ai besoin de toi, répéta-t-il avec conviction. Je me suis comporté comme un sombre crétin. Je ne t'ai jamais demandé pourquoi tu avais quitté ton école. Je n'ai jamais cherché à savoir ce qui avait mal tourné, je ne me suis jamais donné la peine de savoir où tu étais allée et ce que tu avais fait. En plus, je crois que je ne t'ai même jamais appris à monter à vélo !

— Shane s'en est occupé, chuchota-t-elle.

— Je suis content qu'il l'ait fait. S'il te plaît, Evie. Tu avais raison, il y a quelque chose que je veux : je veux te connaître. Donne-moi juste ton numéro de téléphone, prends le mien. On pourra se parler de temps en temps, disons tous les quinze jours. Je reviendrai te voir, on ira dîner. Tu veux bien ?

— Je ne te fais pas confiance.

— Je comprends. Et à ta place je ne me ferais peut-être pas confiance non plus.

Longtemps, elle scruta son visage, et il se livra sans protester à ce regard aigu qui le transperçait jusqu'au cœur. Au point où il en était, il espérait juste qu'elle se montrerait généreuse, indulgente — parce qu'il n'avait rien mérité de sa part. Sans un mot, elle retourna à leur table et se rassit.

— Je vais prendre ton numéro. Et te donner le mien.

— D'accord, souffla-t-il avec un sourire ému.

— Et je t'interdis de sortir avec Opal.

— Qui est Opal ?

— Ma colocataire.

Il se laissa tomber sur son siège en levant les deux mains comme un homme qui se rend.

— Pas de problème !

— Et tu ne me poseras pas de questions. Je te dirai ce que je veux bien que tu saches, mais tu n'auras pas le droit de fouiller dans mon passé ni de me juger ou de me faire la morale.

— Alors là, tu rêves, dit-il avec conviction en reprenant sa tasse. Je te poserai toutes les questions que je voudrai.

Son expression resta blasée, hostile, mais il surprit dans ses yeux une sorte de sourire fugace, aussitôt réprimé.

— Je ne répondrai pas.

— Bien sûr. Tu as toujours été butée.

— Tu ne me connais pas assez pour savoir ce que j'étais.

Sans relever, il attaqua :

— Alors ? Qu'est-ce que tu fais en ce moment ?

— Je suis neurologue et pilote d'essai. Pendant mes loisirs, je résous des énigmes pour le FBI.

— Ah, une fille ambitieuse ! J'aime ça. Il y a un homme dans ta vie ?

Elle leva les yeux au ciel.

— Et toi, Rafe, toujours marié ? Tu as fabriqué des tas de futurs petits génies des affaires ?

— Je ne suis plus marié, non.

Spontanément, elle se pencha en avant, demandant vivement :

— Qu'est-ce qui s'est passé ?

Il vit l'instant où elle se souvint qu'elle n'était pas censée s'intéresser à lui ; aussitôt, elle reprit son masque blasé, mais parce qu'il avait capté ce bref instant de sincérité il lui avoua la vérité.

— En fait, ça fait des années qu'on a divorcé. Je suis resté seul longtemps, mais maintenant il y a une autre femme… Elle me rend dingue.

— Alors là, elle me plaît déjà.

— Je pense qu'elle te plairait, oui. Elle élève des chèvres et fait des fromages. Quand elle sourit, on dirait que le soleil sort de derrière les nuages.

Elle lui jeta un regard sagace.

— Toi, tu es mal parti.

— Toi, tu es perspicace.

Ce matin-là, Heidi avait beau s'être levée très tôt, elle ne put éviter la confrontation : en rapportant le lait du jour, elle trouva May qui l'attendait dans l'atelier. Quand elle la vit, ses mains se crispèrent sur les anses de ses seaux et elle ravala un petit soupir d'angoisse. Voilà plusieurs jours qu'elle multipliait les ruses pour éviter de la croiser, mais les commandes s'accumulaient et elle devait les honorer ;

elle avait donc osé revenir à Castle Ranch… et voilà qu'elle se retrouvait nez à nez avec la mère de Rafe.

— Bonjour, dit-elle d'une voix mal assurée en déposant son chargement sur la longue table.

— Quand tu auras terminé ici, viens dans la cuisine, ordonna May. Il est hors de question pour toi de quitter le ranch sans m'avoir parlé. Compris ?

Le ton était sans réplique et elle comprit qu'il serait inutile d'essayer de se défiler.

— D'accord, marmotta-t-elle.

— Parfait !

May la planta là et s'engouffra dans la cuisine. Mal à l'aise, Heidi transvasa son lait, aligna les bouteilles dans le réfrigérateur, lava rapidement son matériel et remit la stérilisation à plus tard. May avait raison, cette discussion ne pouvait plus attendre — et dès que ce serait fait elle filerait signer son bail de location. Jusqu'ici, elle n'en avait pas encore eu le courage. Là-bas, la cuisine était assez grande pour lui servir d'atelier, et elle pourrait transformer la seconde chambre en bureau et zone d'emballage. Et, comme le loyer était beaucoup moins élevé que les traites du ranch, elle mettrait de l'argent de côté chaque mois. En deux ou trois ans, selon l'évolution de son affaire, elle pourrait demander un prêt pour acheter une autre ferme. Elle reprendrait tout à zéro.

Elle hésita un long moment, plantée devant la porte de la cuisine. Au moins, elle n'avait pas à redouter de croiser Rafe, car tout Fool's Gold savait qu'il était parti du Ronan's hier matin. Allez, courage ! Ce serait difficile d'affronter May, mais une fois que tout serait dit elle pourrait tourner la page, repartir du bon pied. Rita avait raison, au fond, elle était très différente de Melinda. Beaucoup plus solide. Cela lui faisait un mal de chien d'aimer Rafe en sachant qu'elle n'avait rien à espérer de sa part, mais elle restait capable de vivre et de reconstruire. Avec le temps, elle guérirait. Elle respira à fond et entra dans cette cuisine qui avait été la sienne.

— J'ai terminé.

— C'est bien.

D'un geste, May l'invita à la rejoindre à table. Devant elle, il y avait plusieurs liasses de papiers — sans doute des documents à signer ? Oui, ce serait logique : il fallait transférer le titre de propriété, l'assurance… Heidi s'assit donc, en murmurant :

— Je sais que je te l'ai déjà dit, mais je tiens à ce que tu saches que je regrette.

— Moi aussi, je regrette, tu sais. J'étais tellement occupée à tomber amoureuse de ton grand-père que je n'ai pensé à personne d'autre. Tu étais là, sous mon nez, à chercher une issue, à t'enferrer, et je n'ai rien vu. Je m'en veux beaucoup.

— Tomber amoureuse, ça demande beaucoup d'énergie.

Une lueur taquine s'alluma dans le regard sombre de May.

— Oui, tu en sais quelque chose !

Cela, Heidi n'avait vraiment pas envie d'en parler, mais comment détourner la conversation maintenant ? Tendre le doigt vers la fenêtre en criant « Oh ! Un éléphant ! » ne serait sans doute pas très efficace. Une seule solution : ramener May à sa propre histoire.

— Tu sais, entre-temps, j'ai compris qu'entre Glen et toi c'était du sérieux. Je lui ai dit que ce serait stupide de te perdre à cause de moi. J'espère qu'il m'a écoutée ?

Rayonnante, May lui tendit sa main gauche. Un petit diamant scintillait à son annulaire.

— J'ai dit oui ! Tu ne peux pas savoir comme je suis heureuse !

Aussi abasourdie qu'enchantée, Heidi s'écria :

— Félicitations ! Je suis contente pour vous ! Je crois que Glen t'a attendue très, très longtemps.

— C'est ce qu'il m'a dit. Oh ! Heidi, j'ai aimé mon premier mari à la folie et, quand je l'ai perdu, je me suis juré de ne plus jamais aimer aussi fort. Toutes ces années… Quelle imbécile j'ai été ! L'amour est un trésor, le plus beau des cadeaux ! Je sais, je parle comme une carte de vœux, mais je suis tellement heureuse…

Emue, Heidi serra sa main entre les siennes.

— Alors, c'est quand, le grand jour ?

— On va se marier en cachette, rien que tous les deux. On prendra la voiture pour filer au lac Tahoe, ce sera tout simple et très discret. A nos âges, tu sais, on ne fait plus de grandes réceptions tapageuses…

Puis elle s'éclaircit la gorge, tapota les documents disposés près d'elle et déclara :

— Mais ce n'est pas de ça que je voulais te parler. Il faut régler la question du ranch.

Brutalement ramenée à la réalité, Heidi soupira :

— Il ne doit plus y avoir grand-chose à régler.

— C'est là que tu te trompes. Il reste le plus important. On devra passer devant un notaire pour tout finaliser, mais…

Elle lui tendait un long document aux paragraphes compacts. Heidi parcourut les premières phrases, mais renonça vite à comprendre : ce fatras de termes juridiques lui était aussi obscur qu'une langue étrangère.

— Tu peux me résumer le contenu ? soupira-t-elle.

— Mais oui ! s'écria May avec une gaieté assez insolite. Tu sais que Rafe a procuration pour tout, il contresigne toutes mes transactions et, techniquement, il est copropriétaire du ranch. Ce contrat…

Triomphante, elle brandit le document.

— Eh bien, ce contrat te cède sa moitié !

Par chance, Heidi était déjà assise. Blême de saisissement, elle murmura :

— Je ne comprends pas…

— Il te donne sa moitié du ranch. C'est la solution parfaite !

Des larmes de bonheur brillaient dans ses yeux.

— Attends de voir ce que j'ai imaginé !

Visiblement très excitée, elle tira à elle d'autres papiers et les étala devant Heidi, en lissant un plan du ranch du plat de la main.

— Regarde ! Il y a beaucoup à faire et, je te dis tout de suite, on va être débordées. Les locations de vacances seront ici…

Heidi se pencha pour distinguer les petits carrés hachurés calés dans les replis du terrain.

— Le projet est toujours d'actualité ?

— Oh ! oui ! Des quartiers d'hiver pour les forains, des locations de vacances pendant l'été. J'ai fait quelques estimations, je pense que ce sera très rentable. Rafe nous avancera les coûts de construction et on le remboursera avec les bénéfices. Tout est si simple quand on a ses entrées auprès d'un homme plein aux as !

— Je vois ça…, murmura Heidi.

May éclata d'un grand rire joyeux et se pencha de nouveau sur le plan.

— Mes animaux seront cantonnés ici. Shane achète les terres adjacentes de ce côté-ci pour ses chevaux. Glen et moi, on va se bâtir une maison… ici, en surplomb du vallon, parce que je crois bien que nous sommes un de ces couples insupportables, toujours joyeux, que personne n'a envie de voir dès le matin.

Elle leva les yeux vers Heidi et lui dit avec tendresse :

— Ce qui signifie que cette maison te revient, ma chérie. Ainsi que le reste du ranch. Tu auras toute la place nécessaire pour tes chèvres. J'espère juste que tu me laisseras l'accès à la grange : j'ai cru comprendre que le froid pose problème aux zèbres. Evidemment, il faudra que je revoie l'enclos et l'abri pour ma douce Priscilla, mais ça ne devrait pas être trop compliqué…

D'abord assommée, Heidi sentit soudain une grosse boule d'espoir gonfler en elle, jusqu'à l'étouffer. On lui rendait le ranch ? La nouvelle était déjà assez stupéfiante en soi… mais, en plus, c'est à Rafe qu'elle devait ce cadeau ! Cela voulait-il dire qu'il… qu'il pensait à elle ? Elle aurait donné n'importe quoi pour que ce soit le cas… mais comment en être sûre ? De très loin, elle entendait May poursuivre ses explications.

— Glen et moi, on veut voyager — surtout en Europe. Tu sais que ton grand-père danse comme un dieu ? On dansera le tango des nuits entières ! L'essentiel des travaux de la nouvelle maison pourra avoir lieu pendant notre voyage, mais j'espère que tu accepteras de nous héberger si on rentre avant que tout soit terminé…

— Bien sûr…

Prise de vertige, Heidi n'arrivait pas à déchiffrer le plan qu'elle tenait toujours à la main. Comme May reprenait son souffle, elle demanda d'une voix faible :

— Pourquoi est-ce que tu fais ça ? Tu aurais pu tout avoir et…

— Je n'ai jamais voulu tout avoir. Juste retrouver le ranch, y faire mon foyer. J'ai tant rêvé de revenir ici, et j'y ai trouvé tellement plus que je n'espérais ! Quant à l'idée de te donner la moitié du ranch, c'est Rafe qui y a pensé.

Rafe ! Il avait donc un cœur ? Il avait bien caché son jeu.

— Il est retourné à San Francisco ? demanda-t-elle, rougissant malgré elle.

— Oui. En fait, je ne sais pas du tout quand il compte revenir. Il n'est pas toujours facile à suivre, c'est le moins qu'on puisse dire…

Pour la première fois, May semblait embarrassée, comme si elle craignait de blesser Heidi avec cette nouvelle.

— Tu peux me dire où est son bureau ? demanda celle-ci.

— Tu comptes aller le voir ?

Heidi fit oui de la tête. A elle aussi, la vie venait d'accorder ce qu'elle désirait le plus. Ses angoisses, son besoin de se préserver avaient failli lui voler son *happy end,* mais tout était clair, à présent ! Ils se ressemblaient tant, Rafe et elle… Ils se dévouaient pour ceux qu'ils aimaient, ils cherchaient à les pousser à se réaliser, mais derrière ce soutien inconditionnel se cachait une peur terrible d'être abandonné, d'être rejeté. Une peur de souffrir.

Elle était si petite à la mort de ses parents ; malgré l'amour de Glen, il y avait toujours eu un grand vide dans son cœur. Inconsciemment, elle redoutait d'aimer parce que cela l'exposerait à perdre, une seconde fois, l'être qui comptait le plus pour elle. Plus tard, le suicide de Melinda était venu lui confirmer le potentiel destructeur de l'amour.

Rafe aussi éprouvait cette même peur d'aimer. La mort de son père l'avait arraché à l'enfance ; dans un sens, il ne s'en était jamais remis. Pour lui, l'amour était synonyme d'une charge écrasante. L'échec de son mariage avait encore fragilisé son image du couple : sans comprendre qu'il s'était délibérément préservé en refusant d'aimer, il avait seulement noté qu'il ne souffrait pas et conclu que l'amour n'existait pas.

Heidi se mit à rire, les larmes aux yeux. Ils auraient sans doute tous les deux besoin de quelques années de thérapie — on leur ferait peut-être un prix ? — mais, en attendant, ils se débrouilleraient de leur mieux, en s'efforçant de se soutenir mutuellement. Elle voyait bien, maintenant, pourquoi tout avait déraillé entre eux : parce qu'ils refusaient, l'un comme l'autre, d'écouter leurs sentiments. Ils n'osaient pas risquer leurs cœurs ou exposer leurs âmes.

— En fait, je crois que je pars tout de suite, déclara-t-elle. Il y a juste une chose que je dois emporter avec moi ; dès que je l'aurai trouvée, je prends la route.

Pour Heidi, qui détestait conduire en ville, le centre de San Francisco ressemblait au premier cercle de l'enfer. Elle se perdit trois fois avant de repérer la tour vitrée qui abritait les bureaux de Rafe — ensuite, il fallut trouver l'accès au parking souterrain. Celui-ci semblait comporter au moins cent niveaux, la voie descendait en spirale vers le centre de la terre, toutes les places libres étaient réservées... Quand enfin elle descendit de son pick-up, les jambes tremblantes, elle s'attendait à devoir traverser des rivières de lave pour accéder à l'ascenseur.

Bon, il était temps de se reprendre. Avec un peu de chance, elle n'aurait jamais à revenir ici — en tout cas, pas toute seule. Si tout se passait bien, Rafe serait avec elle. Si tout se passait mal... eh bien, elle reviendrait avec Athéna, exprès pour la lâcher dans ses locaux.

Ragaillardie par l'idée des dégâts que la chèvre pourrait faire dans la tour d'ivoire de ces *gadjé*, elle prit un ascenseur qui l'emporta à une vitesse hallucinante de quelque quarante étages dans le ciel, et la déposa dans un hall élégant doté d'une vue stupéfiante sur la baie. La jeune beauté qui tenait l'accueil jeta un regard surpris à son badge « Pour Rafe ». Elle avait eu un mal fou à se le procurer : il n'en existait en tout qu'une demi-douzaine, et elle avait dû mettre Fool's Gold sens dessus dessous pour localiser celui-ci.

— Je viens voir Rafe Stryker, annonça-t-elle.

— Vous avez rendez-vous ?

— Non.

— M. Stryker ne reçoit que sur rendez-vous.

— Je ne sais pas pourquoi, ça ne m'étonne pas. Dites-lui que Heidi Simpson est ici et qu'elle souhaite lui parler.

Une dame austère vêtue d'un strict tailleur noir passait à cet instant devant l'accueil. Elle s'arrêta net et se tourna vers Heidi en demandant :

— Vous êtes Mlle Simpson ? De Fool's Gold ?

Heidi eut le sentiment qu'on venait de la convoquer dans le bureau du proviseur après une énorme bêtise.

— Euh… oui.

La dame aux cheveux gris la considéra un instant… Et sourit.

— Laissez, Charlotte, ordonna-t-elle. Je m'en occupe.

— Très bien, mademoiselle Jennings.

— Par ici, je vous prie.

Impressionnée, Heidi lui emboîta le pas. Dans un renfoncement spacieux, un gros bureau montait la garde devant une porte à deux battants. Mlle Jennings posa la main sur l'une des poignées en lui indiquant :

— Il est en rendez-vous, mais je suis sûre qu'il ne vous en voudra pas de l'interrompre.

Heidi la revit sourire, une expression tout à fait inattendue sur ce visage austère, et l'entendit lui glisser :

— Je tenais à vous dire… Bravo, mademoiselle. Bravo.

Mais de quoi parlait-elle ? Heidi, qui ne comprenait plus rien, la remercia d'un signe de tête, inspira à fond et franchit la porte du bureau de Rafe. Il était là ! Installé sur un canapé… à côté d'une blonde absolument éblouissante. Penchés sur un classeur, ils se tenaient vraiment très près l'un de l'autre, et Heidi eut la nette impression que la main de la blonde glissait vers la cuisse de Rafe.

Saisie d'une impulsion, elle marcha droit sur le couple en lançant sèchement :

— Alors là, non, il n'en est pas question !

Interdits, ils levèrent brusquement la tête. Dès qu'il la vit, Rafe bondit sur ses pieds en s'exclamant :

— Heidi ? Qu'est-ce que…

— J'ai à te parler. Attends une seconde, je règle juste une petite chose avant.

Les mains sur les hanches, elle se campa devant la blonde et déclara :

— Laissez tomber, il n'est pas pour vous. Je me fiche de ce que Nina a pu vous raconter sur votre compatibilité ou vos intérêts communs : c'est non. Il ne l'a peut-être pas encore compris, mais il est à moi. C'est un homme qui… qui est prêt à accepter que sa mère achète un éléphant. Il s'occupe de mes chèvres quand j'ai la grippe et… et je l'aime.

La femme la dévisagea en silence et finit par murmurer timidement :

— Je suis juste la décoratrice…

— Pardon ?

Comme Heidi battait des paupières, décontenancée, la jeune femme retrouva assez d'assurance pour lui sourire.

— Aucun problème. Je vois que vous avez des choses à vous dire. Monsieur Stryker, je reprendrai rendez-vous.

Elle referma son classeur, rassembla ses croquis et échantillons de tissu, les rangea dans sa mallette et se leva pour prendre congé.

— Très bien, votre badge, lâcha-t-elle en sortant.

Les joues de Heidi la brûlaient, elle aurait voulu que la terre s'entrouvre pour l'avaler — une gageure, au quarantième étage. Dans l'océan de honte dans lequel elle se noyait, un petit tremblement de terre l'aurait également bien arrangée. Impassible, Rafe s'adossa à son bureau en disant :

— Toi, on peut dire que tu sais faire une entrée remarquée.

— J'ai cru…

Elle avala péniblement sa salive et conclut tout bas :

— Enfin, j'imagine que tu as parfaitement saisi ce que j'ai cru.

— Je t'ai dit que j'en avais terminé avec Nina.

— Tu m'as dit beaucoup de choses.

— Tu devrais mieux m'écouter.

— Et toi, tu devrais…

Elle soupira et avoua :

— Je ne trouve rien à répliquer.

— Etonnant, tu te débrouillais plutôt pas mal jusqu'ici.

Il s'avança vers elle et posa délicatement la main sur son badge.

— C'est sérieux ?

C'était le moment qu'elle n'avait cessé de vivre par anticipation pendant tout le trajet. Elle avait répété plusieurs discours dans sa tête, sans jamais réussir à trouver les mots justes. Elle allait probablement tout gâcher, mais elle devait tout de même faire une tentative…

— Je suis désolée, pour les peintures rupestres…

— Et moi je suis désolé d'avoir envisagé de faire construire ces lotissements, répondit-il aussitôt. C'était stupide de ma part. La ville en a besoin, mais pas sur le ranch, c'est évident.

Ah ? Cela commençait mieux qu'elle ne l'avait espéré. Elle prit une grande inspiration.

— Je suis désolée aussi de ne pas être venue te trouver pour en parler. J'ai agi sans réfléchir. J'aurais dû te faire confiance.

— Moi aussi, j'aurais dû te faire confiance.

Il caressa sa joue et se pencha pour déposer un baiser rapide sur ses lèvres.

— On n'est pas très doués, tous les deux.

— Doués pour quoi ? chuchota-t-elle.

— Pour être amoureux. Tu as bien dit que tu m'aimais ?

— Oui. Je l'ai dit.

Son regard sombre captura le sien.

— Moi aussi, je t'aime, bergère. Tu sais, cette pauvre décoratrice que tu viens d'agresser ? Elle m'aide pour la conception des locations de vacances de May. Ensuite, quand elle aura fini, elle doit se charger de rénover le bâtiment que j'ai acheté à Fool's Gold.

Trop éblouie par la phrase magique : « Moi aussi, je t'aime », elle n'avait rien saisi de la suite.

— A Fool's Gold ? Mais qu'est-ce que…

— Je délocalise. Pour l'instant, Dante refuse de s'éloigner du stade des Giants, mais je finirai bien par le convaincre.

Non, décidément, son cerveau s'était mis en veille. Elle n'y comprenait rien. Elle entendait des suites de sons sans parvenir à en dégager le moindre sens. Voyant son expression, il eut un petit rire très tendre et l'embrassa de nouveau.

— Si on doit être ensemble, ce sera plus simple de vivre au même endroit, non ?

Médusée, elle fit oui de la tête. Il précisa :

— Tu avais bien l'intention de m'épouser ?

Encore un hochement de tête… Un instant plus tard, et sans savoir lequel des deux avait fait le premier geste, elle se retrouva enfin là où elle rêvait d'être : dans ses bras.

— Je ne te lâcherai pas, jamais, jura-t-il tout bas. J'ai trop souvent lâché ceux que j'aime. J'y ai mis le temps, mais j'ai enfin compris la leçon.

Elle ne voyait pas très bien de quoi il parlait, mais elle aurait tout le temps, à l'avenir, de lui demander des explications. Blottie contre lui, elle murmura :

— Tu savais que ta mère et Glen vont se marier ?

— Oui. Il m'a demandé ma bénédiction. Tu imagines comme j'étais à l'aise !

Elle se mit à rire — un rire qui ressemblait un peu à un sanglot. Cramponnée à lui, elle ajouta un peu confusément :

— Et, tu sais, elle va vraiment acheter des zèbres. J'ai vu leur enclos sur les plans.

— Tu sais comment on fait pour s'occuper de zèbres, toi ?

— Non.

— Alors, ça aussi, on va le découvrir ensemble, souffla-t-il en pressant ses lèvres dans ses cheveux. Tu es prête à rentrer à la maison, maintenant ?

— Du moment que je suis avec toi…
— Tu n'arriveras jamais à te débarrasser de moi, bergère.
Promis ?
Juré.

Le 1er Avril

Prélud' n°381

Un bonheur si simple - Mary Sullivan

Après une énième rupture, Laura en est presque arrivée à croire que, l'amour, elle n'y arrivera jamais... Et comme pour lui rappeler ses échecs, Nick Jordan revient soudain dans sa vie. Elle ne l'a pas vu depuis treize ans – depuis ce soir où il l'a séduite, alors qu'elle était fiancée à un autre. A cause de lui, elle a dû rompre ses fiançailles, et elle le déteste ! Pourtant, l'impensable se produit : ils retombent dans les bras l'un de l'autre. Et quelle nuit incroyable ! Une nuit qui, quelques semaines plus tard, révèle ses conséquences...

Prélud' n°382

Le feu sous la glace - Anna Sugden

Maggie peut enfin souffler : adieu l'Angleterre et un ex-mari abusif ; une nouvelle vie l'attend aux Etats-Unis. Une vie simple, où sa fille Emily et son travail – elle sera l'agent de Jake Badoletti, le célèbre joueur de hockey – seront ses seules priorités. Sauf que, dès sa première rencontre avec Jake, Maggie, bouleversée, a le pressentiment que rien ne se passera comme elle l'avait prévu. Car, dans le regard bleu glacier de son nouveau client, elle a cru voir briller une étrange étincelle – une étincelle qui lui est allée droit au cœur...

Prélud' n°383

Pour l'amour d'Alice - Sarah Mayberry

Tout n'est pas rose pour Pippa White en ce moment : mère célibataire, elle élève sa petite fille de six mois et doit en plus jongler avec son travail et ses études, qu'elle a récemment reprises. Et même si elle est prête à tous les sacrifices pour sa petite Alice adorée, elle doit bien avouer que, seule, elle a de plus en plus de mal à s'en sortir. Alors quand Harry, le meilleur ami de son ex, lui propose de l'aider, elle est très tentée d'accepter... Même si, elle le sait, elle aurait toutes les raisons du monde pour refuser l'offre d'un homme comme Harry. A commencer par le fait qu'il exerce sur elle une attraction irrésistible...

Prélud' n°384

La plus belle des leçons - Tracy Kelleher

Après une agression traumatisante, Katarina a tout abandonné – brillante carrière et appartement de luxe – pour retourner à Grantham auprès de sa grand-mère et faire le point. Mais après une telle épreuve, pas facile de se reconstruire seule... Aussi quand elle apprend qu'un poste d'enseignant se libère à l'Ecole pour adultes de la ville, Katarina saute sur cette occasion parfaite de commencer une nouvelle vie. Elle est alors loin de se douter que, dès son premier cours, un certain Ben Brown et son fils Matt, jeune adolescent turbulent, vont faire irruption dans sa classe... et dans sa vie, pour la bouleverser complètement...

Prélud' n°385

SÉRIE : « POUR L'AMOUR DES FRERES CREED »

L'héritage des Creed - Linda Lael Miller

Carolyn n'a qu'une obsession : partir. Peu importe où, pourvu que ce soit loin de Lonesome Bend, ce minuscule patelin où elle a toujours vécu. Depuis des mois, elle cumule les petits boulots et économise chaque centime : à présent le grand départ est imminent ! Sauf que sa rencontre avec Brody Creed vient tout bouleverser. Car cet homme sombre et terriblement séduisant – fraîchement de retour parmi les siens, après des années d'absence mystérieuse – suscite immédiatement en elle un trouble aussi profond qu'inattendu...

Prélud' n°386

SÉRIE : « UNE SAISON A FOOL'S GOOD »

Les nuits d'été - Susan Mallery

Annabelle est abasourdie. Pourquoi Shane Stryker est-il à ce point persuadé qu'elle est une croqueuse d'hommes ? Juste parce que, à la soirée où ils se sont rencontrés pour la première fois, il l'a vue danser follement ? Mais même les bibliothécaires ont le droit de s'amuser, non ? Certes, elle pourrait se sentir flattée qu'un homme aussi beau que Shane la croit capable d'un tel pouvoir de séduction, seulement c'est plutôt de la fureur qu'elle éprouve, face à de tels préjugés. Et pourtant, elle va devoir ravaler sa colère, du moins pour l'instant : car Shane est le seul qui puisse l'aider à réaliser son grand projet pour le festival de Fool's Gold, lequel a lieu dans quelques semaines à peine...

A paraître le 1er janvier

Best-Sellers n°593 • thriller

Indéfendable - Pamela Callow

Lorsqu'Elise Vanderzell bascule par-dessus la rambarde de son balcon par une belle nuit d'été, ses enfants se réveillent en plein cauchemar. Leur mère est morte. Et c'est leur père qu'on accuse du meurtre.

Kate Lange, jeune avocate, sort tout juste d'une période personnelle très noire dont elle garde de profondes cicatrices. Elle sait ce que c'est que de vivre un cauchemar, aussi accepte-t-elle de défendre Randall Barrett, son patron – mais également un être très cher –, soupçonné du meurtre de sa femme. Elle découvre alors un dossier complexe, car Randall est le suspect idéal. En apparence, tout l'accuse : son ex-femme l'a trompé, il a la réputation d'être un homme impulsif et violent, il s'est disputé avec la victime quelques heures avant sa mort…

Confrontée à une famille hostile, meurtrie par le doute et les conflits, Kate sait qu'elle n'a rien à attendre non plus des légistes d'Halifax. Ceux-ci préfèrent à l'évidence voir Randall en prison, plutôt que de défendre l'indéfendable. Et elle est désormais la seule à pouvoir prouver l'innocence de Randall. Il y a urgence, car dans l'ombre, un personnage silencieux attend le moment propice pour porter le coup fatal.

Best-Sellers n°594 • suspense

Les secrets de Heron's Cove - Carla Neggers

Une collection de somptueux bijoux russes, mystérieusement disparue quatre ans plus tôt, serait sur le point de refaire surface à Heron's Cove ? Quand Emma Sharpe, agent du FBI spécialisé dans le trafic d'œuvres d'art, apprend cette incroyable nouvelle, elle est aussitôt convaincue que cette affaire est liée à celle dont s'occupe Colin Donovan, son collègue au FBI, qui revient tout juste d'une périlleuse mission d'infiltration auprès de trafiquants russes… Certes, elle se serait bien passée de collaborer avec Colin, pour lequel elle éprouve des sentiments ambigus, très déstabilisants. Mais elle sait pourtant qu'elle n'a pas le choix : ce n'est qu'en joignant leurs forces qu'ils parviendront à déjouer les plans de ces dangereux criminels…

Best-Sellers n°595 • suspense

La demeure des ténèbres - Heather Graham

L'adolescent surgit de la forêt et s'arrêta au milieu de la route. Il était nu. Et couvert de sang…

Le jeune Malachi Smith a-t-il massacré les membres de sa famille à coups de hache ? Sam Hall, le célèbre avocat qui a choisi de le défendre, exclut cette hypothèse : jamais cet adolescent malingre et inoffensif n'aurait pu commettre un crime d'une telle violence. Tout comme il refuse de croire que Malachi ait été – comme tous le murmurent dans les ruelles de la vieille ville de Salem – possédé par le démon… Non, Sam en est persuadé : le véritable meurtrier court toujours, et il doit à tout prix le démasquer. Voilà pourquoi il a accepté l'aide que Jenna Duffy lui propose. Bien sûr, il ne croit pas un seul instant au don que cette rousse incendiaire prétend posséder – et qui lui permettrait de communiquer avec les morts. Mais Jenna est un agent reconnu du FBI. Et puis, comme lui, elle est prête à tout pour faire éclater la vérité…

Best-Sellers n°596 • thriller

Dans les griffes de la nuit - Leslie Tentler

Des cadavres de femmes aux ongles arrachés, marqués d'un chiffre gravé à même la peau... L'agent du FBI Eric Macfarlane en est convaincu : après avoir passé plusieurs années à se faire oublier, le Collectionneur – ce psychopathe qu'il n'est jamais parvenu à arrêter et qui, prenant un plaisir malsain à le provoquer, à le défier, a été jusqu'à assassiner sa femme – vient de sortir de sa tanière... Mais cette fois, une de ses victimes a réussi à lui échapper. Et bien qu'elle soit frappée d'amnésie suite aux mauvais traitements qu'elle a subis, Mia Hale est la seule à avoir vu le visage de son tortionnaire... Alors, qu'elle le veuille ou non, elle devra l'aider, pour qu'il puisse enfin mettre un terme aux agissements de ce tueur fou qui l'obsède jour et nuit depuis trois ans...

Best-Sellers n°597 • roman

L'enfant de Kevin Kowalski - Shannon Stacey

Après une folle nuit d'amour dans les bras du sublime Kevin Kowalski, Beth est contrainte de redescendre de son petit nuage. Même si elle totalement sous le charme, même si elle frissonne de désir dès que Kevin pose les yeux sur elle, que peut-elle attendre de ce don Juan impénitent, qui collectionne les conquêtes sans jamais penser à l'avenir ? Seulement voilà, trois semaines plus tard, Beth apprend que cette nuit qu'elle pensait sans lendemain va en réalité changer toute sa vie : elle est enceinte de Kevin.

Déjà très déstabilisée par cette nouvelle qui remet en cause tous les choix qu'elle a faits jusqu'à présent, Beth a la surprise de constater que Kevin semble plutôt bien accepter l'idée de devenir père. Et qu'il est même prêt à l'épouser et à vivre avec elle ! Loin de l'apaiser, l'attitude de son amant d'une nuit la perturbe encore un peu plus : comment pourrait-elle accepter ce qu'il lui offre uniquement pour le bien de leur enfant ?

Best-Sellers n°598 • historique

La comtesse amoureuse - Brenda Joyce

Cornouailles, 1795

Désespérée, la comtesse Evelyn d'Orsay doit se rendre à l'évidence : la mort de son mari la plonge dans le dénuement le plus total. Et dans ces conditions, qu'adviendra-t-il d'Aimée, sa petite fille adorée ? Le comte d'Orsay a bien laissé une fortune en France, avant de fuir les affres de la Terreur, mais comment la récupérer dans ce pays en proie à la guerre ? Evelyn n'a plus qu'un recours : faire appel aux services du célèbre contrebandier John Greystone, qui les a aidés à quitter la France quatre ans plus tôt. Pour l'amour de sa fille, la comtesse devra remettre leur sort entre ses mains. Mais n'est-ce pas folie de confier son destin à un homme que l'on dit espion, traître à sa nation ? Pire, de s'exposer à l'irrépressible désir que lui inspire ce hors-la-loi...

Composé et édité par les

éditions HARLEQUIN

Achevé d'imprimer en janvier 2014

CPI BRODARD & TAUPIN

La Flèche

Dépôt légal : février 2014

Imprimé en France